主　编：吴增基　吴鹏森　苏振芳
撰稿人：吴增基　吴鹏森　苏振芳　张　明　王晓燕
　　　　钱再见　林闽钢　谢宏忠　赵　芳　邝春伟

吴增基　吴鹏森　苏振芳　主编

现代社会调查方法

第三版

上海人民出版社

第 三 版 序

《现代社会调查方法》第二版自 2003 年出版以来,承蒙全国许多高校师生的厚爱,每年都重印多次。随着国内研究生招生规模的不断扩大,本书还被全国多所院校定为社会学及其他相关专业研究生考试的指定参考书。对此,我们深表感谢。

《现代社会调查方法》定位于普通高校社会学及其他相关专业的通用教材。我们在编写时特别注意把握以下三点:一是教材所采用的体系和主要内容要为大多数高校的教师所接受;二是教材所介绍的社会调查理论与方法办求做到科学性与实用性的统一,既便于学习者的理解与掌握,又便于他们在社会调查实践中实用;三是教材内容要随着社会的发展和时代时的时步不断地修订和补充。我们希望通过以上三点,能够使这本教材成为常教常新、受师生欢迎的精品教材。

与第二版相比,第三版作了如下几个方面的变动:

1. 全面更新了书中的各种统计数据。我们依据最新版即 2007 年版的《中国统计年鉴》、《国际统计年鉴》、《中国人口统计年鉴》等资料,对能更新的资料都进行了更新。

2. 对少数内容作了修改。比如,对第四章第四节中关于社会测量效度的三种类型的叙述作了修改,修改后的内容更准确,也更容易理解。

3. 补充了一些新内容。比如,在第九章第三节的统计分组中,我们补充了开口式组距的计算方法。

4. 本书第二版第十一章 SPSS 的应用介绍的是 SPSS10.0 版本的使用方法。由于 SPSS10.0 版本已经过时,最新的 17.0 版本已经出版,故本版介绍的是 SPSS17.0 版本的使用方法。

本书的参编单位增加了上海政法学院。华东师范大学的邝春伟副教授对本书第三版的修改提出了不少具体的、有价值的修改意见。经本书主编商定,增补邝春伟为本书副主编。

《现代社会调查方法》编写组

2008 年 10 月

第 二 版 序

《现代社会调查方法》第一版自 1998 年出版以来,受到全国许多高等院校师生的欢迎,在五年时间内已重印六次,对此,我们深感欣慰。

在这五年中,我国的改革开放和社会主义现代化建设又取得了许多新的成就,人们的经济生活与社会生活也发生了许多新的变化。面对如此日新月异的生动的现实生活,本书第一版中的不少资料显得有些陈旧了。在这五年中,我们在社会调查研究方法课程的教学中又积累了一些经验,发现了本书第一版中的一些错误与不足。在这五年中,国内外社会调查研究方法的研究也在不断取得新的进展,特别是社会科学统计软件(SPSS)的版本在不断升级,功能在不断强大,应用在逐渐普及。所有这一切,都要求我们对本书第一版的内容进行更新、补充、修改与完善。

与第一版相比,第二版主要有以下四个方面的变动:

1. 补充与修改了一些内容。对第三章第三节概念的操作化、第四章社会测量、第十章调查资料的统计分析等章节作了较大修改。其中将原第四章第三节社会测量指标移至第三章第三节的"变量"之后,并补充了一些内容。这样,概念的操作化这一节内容的逻辑结构更完整,思路更清晰,内容更充实。第四章社会测量的第三节增加了"量表"的内容,因为量表是进行态度调查与测量的一种十分有用的工具。在第十章第二节单变量描述统计中,补充了"频数分布与频率分布"这一十分有用的内容。在众数的计算中,进一步明确了众数主要适用于描述定类与定序变量的集中趋势,并更换了有关的例子。在第四节双变量统计分析中,增加了"变量间的关系"与"列联表的应用"两部分内容。后者对于双变量关系的初步分析是十分有用的。

1

2. 增加了"SPSS 的应用"一章。鉴于社会科学统计软件在社会调查研究中得到了越来越广泛的应用,故第二版专门增加了"SPSS 的应用"一章。本章以 SPSS10.0 版本的使用为例,较为详细地介绍了这一软件的具体使用方法。

3. 更新了一些资料。对第九、第十章及其他章节中一些陈旧的统计资料进行了更新。

4. 补充与完善了思考题。"思考题"改为"思考与练习",增加了一些提高实际操作技能的训练题;增列了"基本概念",以进一步让学生明了各章中必须掌握的基本概念。

各章的修改由原作者进行。新增加的第十一章"SPSS 的应用"由华东师范大学的邝春伟撰写,最后由主编统改定稿。

由于编写者水平有限,书中缺点与错误之处仍然难免,希望广大教师和同学在使用本书后能提出你们的意见和建议,以便再版时改进。

《现代社会调查方法》编写组

2003 年 6 月

前　言

90年代以来,我国社会正在发生一系列新的、巨大的变化。随着社会的变迁和进步,我国的社会学研究也获得了新的发展和实际应用。特别是社会调查方法在社会生活的各个领域得到广泛的运用,社会调查方法的课程更为普及,社会调查方法的研究成果越来越多。基于此,我们华东地区高等师范院校的部分教师在原教材的基础上又一次通力合作,重新编写了这本《现代社会调查方法》,并与《现代社会学》配套,作为高等院校社会调查课程的通用教材。

与原教程相比,本书在体系和内容上都作了较大的调整与充实,并增加了民意测验和市场调查等社会调查应用性内容,增加了社会调查实例。这使本书体系更合理、内容更丰富,从而更具有针对性与实用性。

参加本书编写的高等院校有:南京师范大学、华东师范大学、安徽师范大学、福建师范大学、苏州大学、扬州大学、上海师范大学。

本书各章的作者是:吴增基(第一、九章,第二章第一节,第十四章第一节),吴鹏森(第十、十二章,第十四章第二节),苏振芳(第七章,第二章第二节,第三章第四、五节),张明(第六章),王晓燕(第五章),钱再见(第十三章),林闽钢(第八章),谢宏忠(第三章第一、二、三节),赵芳(第四章)。

全书由吴增基、吴鹏森策划,吴增基、吴鹏森、苏振芳统稿,张明(任本书副主编)参与了部分章节的修改。最后由吴增基统一修改并定稿。

在本书的编写过程中,我们参考了大量国内外文献资料,吸取了其中的一些研究成果。同时,本书的出版得力于上海人民出版社的大力支持和责任编辑李卫同志卓有成效的工作,在此一并表示衷心的感谢。

由于我们水平有限,编写中缺点错误在所难免,恳请读者批评指正。

《现代社会调查方法》编写组

1997 年 3 月

目　　录

第一章 绪 论

现代社会是一个复杂多变的信息社会。要正确认识并科学管理现代社会,离不开对社会信息准确及时的收集和处理。社会调查作为一种收集和处理社会信息的基本方法,在现代社会中具有越来越重要的作用。一切社会工作者和社会科学研究人员,都应该认真学习和掌握社会调查方法,努力提高自己的认识能力和工作水平。

第一节 什么是社会调查

一、社会调查的概念

社会调查是人们有目的地认识社会现象的一种活动。由于人们对这种活动所涉及的范围和内容的看法不同,因而对社会调查这一概念的理解也不相同。

有的学者认为,社会调查是收集社会资料的活动或过程。如:"社会调查是对生活在特定地理、文化或行政区域中的人的事实进行系统的收集。"①社会调查是"运用有目的地设计的询问方法搜集社会资料的过程"②。"社会调查是指运用观察、询问等方法直接从社会生活中了解情况、收集事实和数据,它是一种感性认识活动。"③这些表述都把社会调查仅仅看作是一种收集资料的活动或过程。按照这种理解,社会调查与社会调查研究这两个概念是不同的,因而是不能相互替代和混用的。

---

① 《新社会学辞典》,上海译文出版社1987年版,第338页。
② 《国际社会学百科全书》,四川人民出版社1989年版,第639页。
③ 《社会调查原理与方法》,高等教育出版社1990年版,第1页。

另一些学者认为,社会调查是对社会现象的完整的认识过程,它既包括收集资料的活动,又包括分析研究资料的活动。如:"社会调查是指对某一地区的社会现象、社会问题或社会事件,用实际调查的手段,取得第一手的材料,用以说明或解释所要了解的各种事实及其发生的原因和相互关系,并提供解决线索的一种科学方法。""所谓社会调查,就是人们有目的有意识地通过对社会现象的考察、了解和分析、研究,来认识社会生活的本质及其发展规律的一种自觉活动。"这些表述都是从较宽泛的意义上来理解这一概念的,即社会调查不仅包括了收集资料的活动,而且包括了分析研究资料、探究社会现象的本质和规律的过程。按照这种理解,社会调查就是社会调查研究的简称,这两个概念是可以相互替代和混用的。

上述情况表明,社会调查这一概念是多义的,它可以因人们所特指的调查活动的范围和内容的不同而有所差异。

从我国已出版的有关社会调查的教科书来看,多数教科书都倾向于不对社会调查和社会调查研究这两个概念作严格的区分,我们也同意这一看法。

我们认为,所谓社会调查,是指人们运用特定的方法和手段,从社会现实中收集有关社会事实的信息资料,并对其作出描述和解释的一种自觉的社会认识活动。这一定义包含了以下几层意思:

第一,社会调查是一种自觉的认识活动。社会调查区别于日常生活中人们对社会现象的观察和思考。日常生活中的观察与思考不具有特定的明确的目的,而社会调查却是有目的有意识地观察和认识社会现象的活动。

第二,社会调查的对象是社会事实。它既包括像人口数量的变动、家庭规模的变动、青少年犯罪的状况等客观存在的社会事实,也包括人们的态度、意愿、意见等主观范畴的社会事实。社会调查在研究社会事实时,是从活生生的社会现实生活中直接收集社会事实材料并进行分析研究,而不是仅仅在书斋或图书馆里利用间接的文献材料进行研究。是否直接从社会现实中收集事实材料,这是社会调查区别于理论研究的一个显著特点。

第三,社会调查的目的是透过现象揭示事物的真相和发展变化的规律性,并进而寻求改造社会的途径和方法。社会调查决不是对社会现象和社会事实的机械的、简单的、零碎的反映,而是要通过特定的方法和技术,在收集资料的基础上,经过去粗取精、去伪存真、由此及彼、由表及里的整理加工和分析研究过程,逐步揭示出事物的真实面目和发展变化的规律,并进而寻求改造社会的途径和方法。

第四,社会调查是一门方法科学。社会调查有别于哲学以及经济学、社会学、政治学等社会科学学科。这些学科都有其完备的范畴体系和理论体系,而社会调查则不具备自己的理论体系。从学科性质上讲,社会调查是一门方法科学,而不是理论科学。

社会调查与哲学以及其他社会科学学科又有着密切的关系:一方面,哲学以及其他社会科学为社会调查提供了世界观、方法论和专门的理论指导,社会调查必须要接受一定的哲学思想和有关社会科学学科理论的指导。另一方面,社会调查为各门学科理论提供了基本的认识社会、了解社会的方法和途径。社会调查并不是属于某一专门的社会科学学科的(如社会学),它与各门社会科学密切相关,各门社会科学的发展都离不开社会调查这一获取知识的基本途径。

二、社会调查的特点

从对社会调查的上述界定可以看出,社会调查作为一种有目的的认识社会现象的活动,具有以下三个主要特点:

1. 实践性

社会调查的实践性是指在社会调查过程中离不开人的实践活动。它主要有如下三层含义:第一,社会调查一定要深入到实际的社会生活中去,从社会生活中直接收集第一手材料。第二,社会调查的研究课题来自于现实社会,其研究结果又服务于现实社会,因而它具有鲜明的现实性。第三,社会调查的方法与技术具有极强的操作性。

社会调查的这一特点使得它区别于纯粹的文献研究和实验室研

究。社会调查可以运用文献研究和实验室研究的方法,但纯粹的文献研究和严格意义上的实验室研究不属于社会调查的范畴。社会调查一定要深入到现实的社会生活中去,收集到相当数量的经验材料。关在书斋、图书馆里搞研究,不能称为社会调查。

2. 客观性

社会调查的客观性是指调查者在进行社会调查时,必须持实事求是、一切从实际出发的科学态度。在社会科学研究中,研究者的立场、观点必然会对研究过程产生影响,这在社会调查研究中也难以完全避免,但社会调查区别于社会科学理论研究的一个显著特点是,它更强调忠实于客观事实。理论假设必须经受客观事实的检验,一切调查结论必须来源于客观事实材料,而不能服从于某种主观愿望或某个利益主体的需要。

3. 综合性

社会调查的综合性特征有如下三层含义:第一,研究视角的综合性。社会调查研究总是放开视野、综观全局的。即使是研究社会具体现象,它也是注重从该现象与其他现象的相互关系中去把握它、认识它,从不同角度对该现象进行深入的多层次分析。例如,在对青少年犯罪问题进行调查研究时,不仅要研究家庭教育对青少年的影响,而且要从更广阔的社会生活背景来认识各种社会因素对青少年犯罪的影响,如伙伴群体、社区素质、学校教育、大众传播媒介、社会风气等等。任何孤立地、片面地认识事物的方法,都不是调查研究的正确方法。第二,运用知识的综合性。社会调查不仅涉及某一学科或某一知识领域的知识,而且还涉及到哲学、经济学、社会学、政治学、社会心理学、统计学、逻辑学、写作知识、计算机技术等多学科、多领域的知识。社会调查是诸多学科知识的综合性运用。第三,研究方法的多样性。社会调查可以运用抽样调查、典型调查、个案调查等多种方式,访问法、问卷法、观察法等多种方法,以及录音、摄像、电脑处理数据等多种技术手段。社会调查常常是多种研究方法与手段的综合运用。

第二节　社会调查的任务和功能

一、社会调查的任务

如前所述,社会调查的目的和根本任务是揭示事物的真相和发展变化的规律性,并进而寻求改造社会的途径和方法。由于社会调查的具体目的不同,其具体任务也有所侧重,有的侧重于反映客观社会事实,有的侧重于对社会现象作出科学的解释,探求社会现象发展变化的规律性,有的侧重于在探求社会现象发展规律性的基础上作对策性研究,等等。

1. 客观地描述社会事实

一些以了解国情、民情为主要目的的社会调查,如普查、民意测验、市场调查等,都是以客观地反映社会事实为主要任务的。它们必须正确地收集调查对象的有关事实材料,并对这类材料进行去粗取精、去伪存真的加工整理,从而能将调查对象的有关情况如实地再现出来。

例 1

《国有企业职工内部阶层分化的现状》[①]是一篇典型的以描述社会事实为主要任务的调查报告。这一调查以大连造船厂职工为调查对象,从经济利益、社会地位、思想观念等方面揭示了不同层次职工之间的差异,如实地反映出随着我国经济体制改革的不断深入,国有企业职工内部阶层分化的现状。这篇调查报告分为如下几个部分:一、不同层次职工对职业流动的不同选择;二、不同层次职工在利益追求上的不同目标;三、不同层次职工在利益分配上的不同收益;四、不同层次职工在生产活动中的不同作用;五、不同层次职工在职业归属中的不同认同;六、不同层次职工在人际协调中的不同标准。

这一类以描述社会事实为主要任务的社会调查如欲取得成功,关键有两个:一是采用的调查方法要科学,二是调查者所持的立场要客观。只有做到了这两点,我们才能透过错综复杂的社会表象,如实地揭

---

① 见《社会学研究》,1992 年第 6 期。

示出它的本来面目。

2. 科学地解释社会事实

有许多社会调查,仅仅揭示社会事实真相还不够,还要在此基础上分析该社会现象产生的原因,揭示它的本质以及它发展变化的规律性。这也就是社会调查的理论任务,包括检验与修正原有的理论和提出新的理论两个方面。

例2

《论城市独生子女家庭的社会特征》①这篇文章依据作者在湖北省五个市镇对 1293 个小学生家庭的调查结果,初步探讨了城市独生子女家庭在规模、结构、内部关系及外部关系等方面的基本特征。文章指出,我国城市的独生子女家庭,80%左右都是仅由父母子女两代人组成的三口之家,这种结构完整、规模最小的核心家庭,是目前我国城市独生子女家庭的典型模式;在家庭成员间的关系上,这种模式具有"点""线"相等的特征,即成员间的关系既具有最基本、最简单、无重复的性质,又具有对象集中、互动频繁、关系强度大的特点;在子代家庭与祖辈家庭的关系上,独生子女家庭既比多子女家庭具有更为有利的客观条件,又比多子女家庭表现得更为积极,小家与大家之间的关系更为密切。可以看出,作者在社会调查的基础上,经过深入分析与思考,形成了对城市独生子女家庭的社会特征的较为系统的认识,从而为家庭社会学理论增添了新的内容。

这一类以科学解释社会事实为主要任务的社会调查,除了要有科学的调查方法和客观的立场以外,正确的理论指导在其中起着关键性的作用。只有用正确的理论作指导,才能对纷繁复杂的社会现象作出正确的判断与解释,才能透过事物的表象,正确揭示事物的本质及其发展变化的规律性。否则,作者即使获得了较正确的调查结果,也会由于其所持立场观点的偏差而得出错误的调查结论。

3. 对策研究

有些社会调查的任务不仅仅要客观地反映社会事实,探求事物发展的内在规律性,而且要在此基础上作较系统的对策研究,这也就是社

---

① 见《社会学研究》,1992 年第 2 期。

6

会调查的实践任务。它主要包括：为党和政府决策及制定具体政策提供参考意见，为解决社会矛盾与社会问题提供对策，为企事业单位提供具体的咨询意见，等等。

例3

《改革开放以来中国人口"非正式迁移"的状况》①这篇文章根据1982年第三次人口普查、1990年第四次人口普查、1987年全国1%人口抽样调查的资料，对我国非正式迁移人口的发生、发展过程及发展趋势进行了分析，并在此基础上提出了若干政策性建议：从政策上对劳动力流动的流量和流向进行有效的导控；增加内地和大中城市就业机会的有效供给；促进乡镇企业的发展，刺激小城镇的增长；大力发展中西部中小城市；改革户口登记制度，在农业户口和非农业户口之间设立某种中间形态，为最终实现人口的自由迁移创造条件；建立开放的劳动力市场，实现劳动力的合理流动，等等。

这类以较系统的对策研究为主要任务的社会调查，除了要做到前面两项任务所要达到的基本要求以外，还必须特别注意：（1）所提对策与政策建议必须与调查材料及调查结论有合理的逻辑联系。（2）必须考虑所提对策与政策建议的可行性。

社会调查的上述三项主要任务环环相扣，层层递进。后一项任务必须在前一项任务的基础上才能完成。可见，对客观事物作出正确的描述，这是所有社会调查都必须做的基础性工作。另外，社会调查的这三项主要任务的区分只是相对的，许多以描述社会事实为主要任务的社会调查，常常在调查报告的末尾写一个简短的结论或结语。在这一结论中，有的简要阐述了基于调查产生的对该调查对象的具有规律性的认识，有的还提出了简要的对策建议，等等。

二、社会调查的功能

社会调查作为一种自觉的认识和实践活动，具有多方面的社会功能。

---

① 见《中国社会科学》，1996年第6期。

1. 社会调查是正确认识社会的基本途径

人们认识社会的途径有很多,主要有参加社会实践、学习书本知识、进行社会调查等。参加社会实践是认识社会的重要途径。但是,如果一个人只是埋头于自身的社会实践,而不对人们丰富的社会生活进行专门的调查研究,那么他就只能积累一些零碎、有限、狭隘的经验,很难获得对社会生活和社会现象的全面而深刻的认识。学习书本知识也是认识社会的重要途径。但是,一方面,这些书本知识本身就是前人和他人实践经验和调查研究的结晶,另一方面,如果仅仅依靠书本知识,不接触社会实际,不搞调查研究,就容易犯主观主义、教条主义和理论脱离实际的错误。所以,参加社会实践、学习书本知识是认识社会的重要而基本的途径,但光有这两条途径还不够,还必须加上社会调查这一重要的不可缺少的途径。通过社会调查,人们可以超越自身实践经验的局限性,获得更为广阔的社会生活的知识与经验;可以使我们对事物的认识更符合客观实际;可以透过事物的外部现象而认识事物的本质和发展规律性,从而使我们对社会现象的认识更全面、更深刻。因此,社会调查是正确认识社会的基本途径。

2. 社会调查是科学管理社会的重要前提

科学的社会管理有赖于正确的社会预测和决策,正确地制定政策和执行政策,这些都离不开对国情的正确认识,都离不开社会调查。只有在社会调查的基础上,全面地正确地了解本国、本地区的具体情况,并从本国、本地的实际情况出发,将马克思主义的普遍真理与中国实际相结合,将党和国家的方针政策与当地实际相结合,才能正确地制定并执行政策,提高科学管理社会的水平。

随着我国改革开放和社会主义市场经济的深入发展,社会的经济、政治、文化等各个领域日益复杂化,各个领域之间的相互联系和相互影响日益加强,社会管理成了一项十分复杂的系统工程。而且在中国这块土地上发展社会主义市场经济是一项全新的事业,我们只有在全面深入地了解中国国情的基础上才能制定出符合我国国情的正确的方针政策,才能使我国的现代化建设事业顺利发展。

3. 社会调查是进行思想教育,提高人的思想水平和认识能力的有效手段

首先,社会调查能够帮助我们的主观认识符合客观实际,在思考问题和分析问题时做到从实际出发,从而避免犯主观主义、教条主义、经验主义和理论脱离实际的错误。革命前辈张闻天通过社会调查纠正自己的错误认识就是一个最好的例证。1943 年 3 月,张闻天写的《出发归来记》深刻地总结了他一年多实际调查的切身体会。他说:"这次出发使我深切地感觉到,我知道中国的事情实在太少了。""在过去,我从未怀疑过我是一个唯物论者(我主要是指历史唯物论)。因为我觉得,既然我已经承认了马列主义关于唯物论的一切原则,我当然是唯物论者无疑了。然而一年来的经过,使我对于我过去是否是一个真正的唯物论者这一点,发生怀疑了。因为粗枝大叶、夸夸其谈、自以为是的作风,决不能认为是一个真正唯物论者的作风。相反的,这正是主观主义唯心论者的特点。所以我的自我改造,还得从做一个真正的唯物论者开始。"①张闻天的这番话,对我们来说仍然具有深刻的现实意义。

其次,社会调查对于调查对象来说,能起到启发和引导的作用。马克思于 1880 年起草的《工人调查表》(见本书附录)不仅是为了通过调查全面而深入地了解当时工人阶级的生活状况,而且是为了启发工人群众的觉悟。任何社会调查都必然具有特定的目的,不管调查者是有意还是无意,调查的内容和调查活动本身都会在客观上对被调查者产生某种影响,在不同程度上对他们产生某种启发和引导作用。因此,社会调查不管对调查者还是对被调查者都具有某种思想教育的功能。这也说明了社会调查的组织者和实施者负有一定的社会责任。

4. 社会调查是端正党风和学风的法宝

党风问题是关系到执政党生死存亡的问题。毛泽东曾经指出:"在全党推行调查研究的计划,是转变党的作风的基础一环。"②毛泽东的这

① 《张闻天选集》,人民出版社 1985 年版,第 317、318 页。
② 《毛泽东著作选读》(下册),第 479 页。

一论断,在今天仍然具有重要的现实指导意义。

首先,社会调查是各级干部改进思想作风、提高工作水平的重要途径。经常深入基层,作调查研究,有利于改进机关作风,有利于克服高高在上、主观主义、官僚主义、形式主义、文山会海等种种不正之风,也有利于提高各级干部的认识水平和工作水平。

其次,社会调查是密切干部与群众关系的有效方法。在新的历史时期,我们的干群关系正在经受着严峻的考验。在过去革命战争年月,我们党的干部能深入群众作调查研究,密切与人民群众的联系,这是我们党取得革命成功的一大法宝。我们应当继承发扬党的这一优良传统。今天,在改革开放的新形势下,各种不同利益之间的矛盾、不同观念之间的冲突大量存在,人民群众中存在着许多思想问题、现实问题需要得到关心和解决。这就要求各级干部能深入基层,深入到群众中去,了解民意,体察民情,做群众工作。因此,调查研究不仅是一种认识方法,也是一种密切联系群众的工作方法。

例4

在京郊富裕的大兴县,有一位心系民众、把农民的冷暖常挂心间的好书记,他就是被中共中央组织部命名为全国优秀县委书记的王耀平。

王耀平为了准确把握农民的脉搏,一年有三分之一的时间在农村基层转。1992年下半年,社会主义市场经济大潮从城市涌向乡村,面对市场经济,农民在想些什么?有什么要求?王耀平带着机关干部,走村串户,深入到田间炕头搞调查。

在调查中他发现一些农民的思想观念离市场经济还差得很远。当问到冬闲干什么时,被问及的农民70%回答无事可干。有个村各户存放的雪花梨加起来近百万斤,却不知到外面推销,更舍不得花钱做广告。根据调查,他写出《百户农民心态调查后的思考》,分析了当前农民四种复杂心态,提出了从四个方面为农民进入市场提供服务的思路。牢牢把握农民的心态,从而制定出符合农民利益的政策,是王耀平长期遵循的工作方法。

与贫困农民交朋友,是王耀平的一贯作风。他带领县委一班人,经常深入到贫困户中访贫问苦,帮助他们尽快脱贫致富,并把联系贫困户作为一项制度长期坚持下去。他说,多交些穷朋友,心和农民的距离更近了,更有助于正确决策。共产党人之所以有力量,在于他扎根于人民大众的沃土之中。①

社会调查还是端正学风、提高科研和教学水平的重要手段。

学风问题说到底也是个思想作风问题。在学术界、教育界，一些人总是习惯于将自己关在书斋里搞研究，不愿意深入基层去搞调查研究，因而大大影响了科学研究尤其是社会科学研究的学术价值和社会效益，也影响了学校教育质量的提高。这种状况现在已引起了人们的重视。在社会科学研究中，社会调查正在成为一种越来越重要的研究手段；年轻教师或科研人员深入社会、深入基层作调查研究的必要性正在得到越来越多的有识之士的重视；大学生深入实际、搞社会调查，已成为大学生社会实践的主要形式之一。但是从总体上讲，在学术界、教育界，对调查研究的重要性和必要性还认识不够，调查研究之风、求实之风还应当进一步发扬。

第三节　社会调查的历史发展

社会调查作为认识社会的一种活动，其历史源远流长。但是，它作为一种科学方法，主要还是近代的产物。了解它的历史发展，有助于我们进一步认识社会调查的性质、特点、功能与发展趋势。

一、社会调查方法在近代西方社会的产生

社会调查作为一种自觉认识社会的科学方法，是伴随着近代资本主义的产生而形成和发展起来的。其产生的原因主要有以下几个方面：

1. 早期资本主义社会大量社会问题的出现。随着早期资本主义社会的迅速发展，西方各国出现了成堆的社会问题。如城市人口急剧膨胀，贫富两极分化，犯罪现象层出不穷等等。严重的社会问题激化了阶级矛盾，威胁着资本主义制度的稳定性。一些资产阶级的社会改革

---

① 《一个县委书记和农民的故事》，《瞭望》1996 年第 6 期。

家、慈善事业家为了寻找解决社会问题的途径,以缓解阶级矛盾和社会矛盾,开始围绕各种社会问题,特别是围绕贫民阶层的生活状况展开了许多专门的社会调查。

2. 社会调查任务的复杂化。随着早期资本主义社会的迅速发展,社会发生急剧分化,社会结构迅速趋向复杂化与异质化。在这种情况下,社会调查所面临的任务也日趋复杂,原来那一套简单的以定性分析为主的方法已不能适应日益繁重而复杂的社会调查任务,迫切需要将定量分析方法运用到社会调查中来。

3. 自然科学方法的渗透。随着数学、物理学等自然科学的长足进步,一些学者主张将自然科学的研究方法运用到社会科学研究中来。例如,社会学的创始人孔德就主张将数学和物理学的方法运用到社会研究中,并一度把社会学称为"社会物理学"。许多自然科学家则直接用自然科学的方法来研究社会。其中,统计方法的发展及其在社会调查研究中的运用,在社会调查研究方法的产生过程中起到了最为突出的推动作用。1795 年法国的拉普拉斯用概率论研究人口问题,出版了《概率论的解析理论》,奠定了现代人口统计理论的基础。1853 年第一次国际统计会议召开,此后,英法等国成立了统计局和统计学会,成为参与社会发展研究的重要力量。

在这一时期,社会调查大多集中在行政统计调查和社会问题调查方面,其间出现了近代西方社会调查研究的三位先驱人物。

第一位是英国著名的慈善家和社会改革家霍华德(1726—1790年)。他是使用访谈法进行系统社会调查的先驱。他在"监狱调查"中使用访谈法,直接与犯人交谈,广泛收集英国和欧洲各地监狱的情况。1774 年他用调查中获得的确凿事实,说服众议院顺利通过了监狱改革法案。后来,他出版了《英格兰和威尔士监狱状况》一书。

第二位是法国著名社会改革家勒·普累(1806—1882 年)。他主要从事家庭调查,并在问卷调查方法方面作出了卓越的贡献。普累著有 6 卷本《欧洲劳工》。他以家庭特别是劳工家庭为调查的基本单位,以家庭预算为调查的中心课题。在调查中,他发现家庭的收支状况决定家庭生活,家庭消费与国家的社会政策之间有某种固定关系。他的问卷调查结果在 1853 年国际统计会议上公布时,使德国统计学家恩格尔倍受启发,从而促使他发现了工资与生活消费的比例关系,创立了著名的恩格尔法则。

第三位是英国的布思(1840—1916 年)。他曾经是位造船企业家,后来投身于社会调查事业。布思是社区生活调查的创始人,他从 1886 年开始经过 18 年时间,写成了 17 卷本的《伦敦居民的生活和劳动》一书。布思在社区生活调查中主要采用的是个案研究方法,在此基础上综合使用访谈法、问卷法和观察法等多种方法,以及地图、图表、统计表等工具和技术。他根据伦敦居民家庭收入的数额,把各种家庭分成八个等级。在区别了每一个城区的特点之后,他逐街逐区地描述各种家庭的生活方式、问题和期望,以及各行各业的工资和劳动条件。他的调查研究引起了社会上对劳苦人民的同情,终于导致英国于 1908 年颁布了"老年退休金法",规定了重体力行业的最低工资,实行了病残救济与失业保险制度。

霍华德、普累、布思三人所进行的社会调查活动,标志着社会调查科学方法的逐渐形成。但是,由于历史的局限,他们在调查研究中所使用的定量分析方法还比较简单;他们的社会调查缺乏正确理论的指导,得出的往往是改良主义的结论。

二、社会调查方法论的革命

在西方资产阶级学者为了维护资本主义制度开展社会调查研究的同时,马克思和恩格斯站在崭新的无产阶级立场上,以辩证唯物主义与历史唯物主义为指导思想,不仅完成了社会科学上的伟大革命变革,而且实现了社会调查方法论上的革命性变革。

这种革命性变革主要体现在一种崭新世界观的提出。他们从纷繁复杂的社会现象中找到了物质生活条件这一决定社会历史发展进程的关键因素,从而为我们正确理解和解释社会现象提供了一把钥匙。恩格斯指出:"尽管其他的条件——政治的和思想的——对于经济条件有很大的影响,但经济条件归根到底还是具有决定意义的,它构成了一条贯穿于全部发展进程并唯一能使我们理解这个发展进程的红线。"①以往的一些学者就是因为没有认识到历史发展的这一条重要规律,所以对纷繁复杂的社会现象往往感到迷惑不解,不能作出令人信服的科学解释,至多只能对社会现象作一些片断的描述。

此外,马克思、恩格斯所提出的辩证的观点、历史的观点、阶级分析的观点、群众的观点等等,还为我们的社会调查提供了最基本的指导思想和方法论原则。

马克思、恩格斯更是社会调查实践的典范。马克思从青年时代起就注意社会调查。1842 年他任《莱茵报》主编时,实地考察了摩塞尔地区农民状况,撰写了《关于林木盗窃法的辩护》和《摩塞尔记者的辩护》,揭露了普鲁士政府压迫人民的真相,猛烈抨击了普鲁士的社会制度。

1843 年 10 月至 1845 年 2 月间马克思在法国巴黎生活了 15 个月。当时,巴黎是世界社会主义运动的中心。在巴黎期间,"马克思不仅特别偏好地研究了法国过去的历史,而且还考察了法国当前历史的一切细节"②,不仅与许多社会主义流派的代表人物经常见面,"整夜整夜地辩论"③,而且还经常到"咖啡馆和其他许多地方去和工人们交谈"④。这些调查研究活动,使得当时还带有黑格尔主义印记的马克思产生了新的世界观。

1845 年 7—8 月,马克思在恩格斯的陪同下到英国的伦敦、曼彻斯特去直接考察英国的经济生活、政治生活和工人运动。"因为有恩格斯的帮助,他扩大了同工人的接触,深入研究了英国工人运动的经验,以及英国人思维的民族特点。"⑤

---

① 《马克思恩格斯选集》第 4 卷,第 506 页。
② 罗伯尔－让·龙格:《我的外曾祖父卡尔·马克思》,新华出版社 1982 年版,第 68 页。
③ 同上书,第 73 页。
④ 同上书,第 78 页。
⑤ 同上书,第 89 页。

1849 年 8 月，马克思到伦敦定居以后，就以他的全部精力从事他一生中最宏伟的工程——从历史和现状两个方面对资本主义生产方式进行全面深入的调查和研究。马克思认为："研究必须充分地占有材料……只有这项工作完成以后，现实运动才能适当地叙述出来。"①为了"充分地占有材料"，他在十分艰苦的条件下，多年在大英图书馆收集和研究各种文献资料，包括政治经济学史的大量资料以及工厂视察员写的大量调查报告，最终写成了不朽名著《资本论》。

马克思不仅自己重视社会调查，还在国际共产主义运动中大力提倡社会调查。1866 年，他为工人阶级状况调查提出了最初的调查提纲——《普遍的劳动统计大纲》，并在日内瓦代表大会议程的建议中指出："常务委员会建议代表大会按下列调查大纲对工人阶级状况进行调查：

（1）行业名称。

（2）从业工人的年龄和性别。

（3）从业工人的人数。

（4）雇佣的条件和工资：……。

（5）工厂中工作日的长短：……。

（6）吃饭的时间和对工人的态度。

（7）劳动场所的情况和劳动条件：……。

（8）工种。

（9）劳动对身体的影响。

（10）道德状况。教育。

（11）生产情况……等等。"②

1872 年底，马克思在起草"国际工人协会共同章程和组织条例草案"时又提出"每个地方支部内均应设一专门的统计委员会"，并"建议所有支部对统计委员会书记均支付薪金"。要求协会在各国的分部能

---

① 罗伯尔－让·龙格：《我的外曾祖父卡尔·马克思》，新华出版社 1982 年版，第 89 页。

② 《马克思恩格斯全集》第 44 卷，第 509—510、583—584 页。

同时在同一思想指导下，按照统一设计的调查大纲进行社会情况调查。①

1880年4月，即在马克思逝世前三年，他还应法国社会主义者的请求，亲自编写了著名的《工人调查表》②。该调查表分四部分共近100个问题，是马克思所设计的最完整的、最有代表性的一份调查提纲。这份调查表的发表不仅为工人生活状况调查提供了一个依据，而且对于启发工人群众的阶级觉悟、引导工人阶级反抗资产阶级的斗争都起到了巨大的推动作用。

同马克思一样，恩格斯一生中也十分重视社会调查。1839年，19岁的恩格斯发表了他的第一篇文章《乌培河谷来信》。在这篇文章中，他根据自己的观察和研究，清晰地描述了宗教神秘主义在乌培河谷各个社会生活领域的渗透，愤怒地谴责了虔诚主义的反理性性质和资产阶级的残酷行径。这篇文章实际上是恩格斯的第一篇调查报告。

1842年11月至1844年8月，恩格斯在英国的曼彻斯特生活了21个月。在此期间，他经常深入到工厂和工人住宅区参观访问。他"抛弃了社交活动和宴会，抛弃了资产阶级的葡萄牙红葡萄酒和香槟酒，把自己的空闲时间几乎都用来和普通的工人交往。"③通过社会调查，年仅25岁的恩格斯写出了长达22万字的《英国工人阶级状况》一书（1845年）。这不仅是他的第一部专著，也是他的最有代表性的社会调查研究文献。40年后，恩格斯在回顾当时的情况时说："我在曼彻斯特时异常清晰地观察到，迄今为止在历史著作中根本不起作用或者只起极小作用的经济事实，至少在现代世界中是一个决定性的历史力量；这些经济事实形成了现代阶级对立所由产生的基础；……又是政党形成的基础，党派斗争的基础，因而也是全部政治历史的基础。"④这说明，在曼彻斯特的实地调查，对恩格斯崭新世界观的形成具有决定性的影响。同时也可以看出，

---

① 《马克思恩格斯全集》第44卷，第509—510、583—584页。
② 《马克思恩格斯全集》第19卷，第250页。
③ 《马克思恩格斯全集》第2卷，第273页。
④ 《马克思恩格斯选集》第4卷，第192页。

恩格斯所使用的调查研究方法主要是实地观察法。

1844 年 8、9 月间,他和马克思在巴黎会见以后,两人多次在一起进行社会调查。恩格斯在巴黎逗留期间,在马克思的帮助下考察了法国的工人运动。以后马克思又在恩格斯的陪同下,到英国的伦敦、曼彻斯特直接考察英国的经济生活、政治生活和工人运动。这说明,共同进行社会调查是马克思和恩格斯早期合作的一个重要组成部分。

直到晚年,恩格斯仍然十分重视社会调查。他在 1884 年发表的《家庭、私有制和国家的起源》一书中,不仅分析和借鉴了摩尔根的调查材料,而且补充了他自己掌握的许多材料。

总之,由于马克思和恩格斯的出色的社会调查实践和艰苦卓绝的理论研究工作,他们实现了社会调查研究方法论上的革命性变革,为科学的社会调查研究指明了正确的方向。

三、现代社会调查方法科学的形成

19 世纪末 20 世纪初,随着社会调查方法的广泛运用,以及数学方法在社会调查领域的长足进步,社会调查方法逐渐演变成为一门专门的方法性学科。而且在近半个世纪以来,这门学科获得了迅速的发展。

社会调查方法科学形成的主要标志是,数理统计学的发展及其在社会调查中的应用、专门的社会调查机构的出现、电子计算机技术在社会调查中的广泛应用以及社会调查方法课程在高校的普遍开设。

现代社会调查研究方法的兴起,首先应归功于数理统计学的发展。19 世纪中叶比利时的凯特勒把概率论引入统计学,成为数理统计的奠基人,并进而创立了社会统计学。他的著作《论人类及其能力的发展,或社会物理学论》是这项开创性工作的代表作。1877 年英国人高尔顿在研究人类遗传现象时,第一个发明了统计相关法。1886 年他进一步提出了"相关指数"概念。1892 年爱奇渥斯将其定名为"相关系数(r)"。1900 年皮尔逊提出了卡方检验、复相关计算,并开始研究抽样的理论和方法。1928 年前后,戈塞特论证了 t 分布,费舍论证了 F 分布。抽样理论与方法的日臻完善为社会调查开辟了新的广阔途径。

在数理统计学获得长足进步的同时,一些学者开始尝试将数理统计技术运用于社会调查。1912—1914 年,英国人鲍莱主持了英国 5 个中等城镇的比较研究。在这次调查研究中,他进行了抽样方法的最初尝试。1936 年,英国人朗特里对约克镇的城市生活进行第二次调查时,成功地运用了抽样方法,并证明了抽样方法的可靠性。

第二次世界大战后,美国社会学家斯托福将数理统计方法应用到社会问题的研究中,在研究设计、抽样方法、问卷设计和假设检验等方面都有重要发展,对现代社会调查研究方法的发展产生了较大影响。

社会调查方法的科学化、现代化与电子计算机技术的发展是分不开的。20 世纪 50 年代,随着电子计算机技术的日趋成熟,美国的拉查斯菲尔德率先倡导在社会调查研究中将数理统计与电子计算机结合起来,实现资料处理的自动化。1966 年斯坦福大学开发成功"社会科学统计软件包"(SPSS),于 1971 年投放市场,成为社会调查研究中统计分析的有效手段。可以说,电子计算机技术在社会调查研究中的应用实现了社会调查方法的革命性变革。在今天,任何大型的、复杂的社会调查,如果离开了电子计算机,都会变得难以想象。

随着现代社会调查方法的发展和广泛运用,一些专业性的调查机构应运而生。1912 年,美国塞基财团设立了以哈里逊为主任的调查机构,并于 1914 年在伊利诺伊州的春田市进行了小城市状况的调查研究。这是设立专门调查机构的早期尝试。1932 年美国总统选举预测失败,迫使人们改进过去由报纸、杂志作民意测验的方法,于是产生了科学的舆论调查。1935 年盖洛普创办民意测验所,并于 1936 年总统选举前进行抽样预测,以 1% 左右的样本准确地预测罗斯福当选,它使盖洛普民意测验所名声大振。从此,各种各样的民意测验机构、市场调查机构、像"兰德公司"那样的"智囊"机构纷纷建立起来,承担着越来越广泛的社会调查研究任务。

随着现代社会调查方法的发展和广泛运用,社会调查方法逐渐成为一门专门研究和教授的学问。1920 年前后,美国的查平出版了《实地调查与社会研究》一书,这是第一部系统探讨社会调查研究方法的教科书。50年代以后,各种各样的社会统计学、社会统计软件包的使用等课程成为大学里普遍开设的基础性课程,对社会调查作为一门方法科学的形成和发展起了巨大的推动作用。

四、中国社会调查的历史发展

中国社会调查的历史也可以追溯到古代。但将社会调查作为一种认识社会的科学方法,还是20世纪的事情。

1. 近现代中国学者的社会调查

在19世纪末20世纪初,西方传教士和学者开始在中国进行实地社会调查研究活动。1878年美国传教士史密斯对山东农村生活进行了调查,并著有《中国农村生活》一书。1914年至1915年美国传教士伯吉斯对北京302名黄包车夫进行了调查。1917年清华大学美籍教授狄德莫指导该校学生对北京西郊195户农民家庭的生活费用进行了调查。1918年至1919年上海沪江大学美籍教授古尔普曾两次率学生去广东潮州凤凰村调查,并著有《华南乡村生活》(1925年)一书。西方传教士和学者在中国进行的这些实地调查活动,促进了社会调查方法在中国的传播。

20世纪20年代开始,中国的社会调查走向本土化,中国学者成为社会调查的主体。1926年,中国学术界出现了两个社会调查机构。一个是在北京的由陶孟和、李景汉教授主持的中华教育文化基金董事会社会调查部(后改为社会调查所),另一个是在南京的由陈翰笙教授主持的国立中央研究院社会科学研究所社会学组。前者开展的影响较大的社会调查有:陶孟和的《北平生活费用之分析》(1930年),李景汉的《北京郊外乡村家庭》(1929年)和《定县社会概况调查》(1933年)。定县调查是以县为范围的大型社会调查。李景汉教授通过调查对定县的状况作了极为详细的描述,并出版了《实地社会调查方法》一书。这是一本很有价值的社会调查方法专著。后者开展的影响较大的社会调查是陈翰笙于1929年7月至1930年8月对无锡、广东、保定进行的三次大规模的农村调查,并出版了他的《中国的地主和农民》(1930年)

与《工业资本和中国农民》(1939 年)二书。

近现代中国社会调查中最有影响的人物,是著名社会人类学家费孝通教授。他毕生重视社会调查,并将社会学、人类学方法运用于中国社会经济调查。在赴英留学之前,他在自己的家乡开弦弓村作了一个多月的社会调查。这一调查材料经整理后于 1939 年出版,书名为《江村经济》(又名《中国农民的生活》)。该书被他的导师马林诺夫斯基誉为"人类学实地调查和理论工作发展中的一个里程碑"。① 并且被当时许多大学的人类学课程列为必读参考书。回国后在云南期间,费孝通与张之毅合作进行社会调查,撰写了《乡土中国》一书,在国内外也产生了较大的影响。

总的来说,在一批老社会科学家的努力下,近现代中国的社会调查有了长足的进步,不仅积累了社会调查的丰富经验,还积累下了大量珍贵的社会调查资料。

2. 毛泽东同志社会调查的实践

1919 年五四运动后,马克思主义开始传入中国,并对中国社会产生了深刻影响。以毛泽东同志为代表的中国共产党人,以马克思主义为指导思想,开始了对中国社会的科学的调查研究工作。

毛泽东同志毕生重视社会调查的理论和实践活动。他在湖南第一师范读书时,就经常利用假期到工厂、农村进行社会调查。他曾于 1917 年暑假用一个月时间,步行对长沙宁乡、安化、益阳、浣江五县的广大农村进行过社会调查。这些早期的社会调查实践为他以后的注重社会调查、实事求是的工作方法奠定了基础。

第一次和第二次国内革命战争时期是毛泽东同志社会调查实践最频繁、最活跃、也是成果最丰富的时期。1926 年 3 月,毛泽东通过深入调查,写出了《中国社会各阶级的分析》一文。1927 年 1 月至 2 月,他实地考察了湘潭、湘乡、衡山、醴陵、长沙五县的情况,于 1927 年 3 月写成《湖南农民运动考察报告》。这两篇调查研究报告,科学地阐明了中

---

① 费孝通:《江村经济》,江苏人民出版社 1986 年版,第 1 页。

国社会的性质,正确地分析了中国社会各阶级的状况,得出了农民问题是中国革命的基本问题这一科学结论。这两本书是马克思主义和中国革命具体情况相结合的结晶。

1930年,毛泽东为解决武装斗争、土地革命和根据地建设等重大问题,亲自至寻邬、兴国、木口村、才溪乡、长岗乡等地进行了仔细的调查研究。撰写出《中国的红色政权为什么能够存在?》、《井冈山的斗争》、《寻邬调查》、《兴国调查》、《长岗乡调查》等一系列调查研究报告,通过这些调查研究弄清了中国革命的对象、性质、任务、动力、前途等中国革命的根本问题,为创建新民主主义革命理论准备了材料。

这一时期毛泽东还在社会调查的理论方面作出了重要贡献。1930年5月,他撰写了《调查工作》一文,科学地论述了社会调查研究的基本观点、调查研究与中国革命的关系、调查目的和技术问题,初步形成了调查研究的理论。

抗日战争时期,毛泽东对社会调查的指导思想和方法进行了概括和总结,发表了《〈农村调查〉的序言和跋》、《改造我们的学习》、《关于农村调查》等文章。这些著作标志着毛泽东的社会调查的理论和实践进入了成熟阶段。在这些著作中,毛泽东同志指出了社会调查的意义、指导思想和具体方法,并且把这些理论运用于自己的工作实践中。在这一时期,他的社会调查理论已开始为全党所接受。1941年8月1日,党中央作出了《关于社会调查的决定》。《决定》对全党同志提出了开展社会调查的具体要求,从思想上、组织上、方法上把社会调查向前推进了一大步,使社会调查成为我们党工作方法的一大法宝。《决定》发表以后,各地开展了广泛的社会调查。主要成果有:《绥德、米脂土地问题初步研究》、《米脂县杨家沟调查》、《沙滩坪调查》等。

新中国成立以后,毛泽东仍然注重社会调查。1956年在听取了许多部门的汇报和查阅了大量材料之后,毛泽东写了《论十大关系》一文,为我国的社会主义建设指明了方向。1961年,为纠正浮夸风,毛泽东又提出了大兴社会调查研究之风的要求。这为纠正当时大跃进中的盲目冒进倾向起到了一定的作用。

事实证明,毛泽东毕生都注重社会调查研究工作,善于把马克思主义的普遍真理同中国革命的具体实践相结合。毛泽东同志不愧为社会调查研究的典范。

3. 当代中国的社会调查

20 世纪 80 年代以来,随着社会学等学科在我国的恢复与迅速发展,社会调查也进入了一个崭新的发展阶段。其主要特点是调查手段运用的日益广泛化,调查方法的日益科学化,调查人员的日益专业化等等。

在我国改革开放和社会主义现代化建设中,党和政府越来越重视社会调查工作,并将它作为了解我国基本国情的一种重要手段。继 1953 年与 1964 年两次全国人口普查以后,我国又分别于 1982 年与 1990 年进行了第三和第四次全国人口普查。而且后两次普查的资料全部用电子计算机进行处理,极大地提高了普查的效率和精确性。此外,1981 年进行了全国农业资源调查,1982 年春进行了建国以来第一次大规模的工人阶级状况调查。1987 年进行了第一次全国残疾人抽样调查。国家环保局于 1990 年 6 月首次公布了《1989 年中国环境状况公报》,并在此后定期公布。1995 年我国又进行了第三次全国工业普查,普查的主要内容为 1995 年工业生产经营基本情况,资产负债状况,生产能力利用及技术装备状况等。1995 年 1 月国务院召开第一次全国农业普查联席会议,决定建立 10 年一次的定期农业普查制度,并于 1997 年进行了第一次全国农业普查。1996 年国家统计局决定在今后的统计工作中更多地运用抽样的方法。抽样调查的方法在民意测验、市场调查中得到了越来越广泛的运用。

在党和政府重视社会调查的同时,广大社会科学工作者对社会调查也越来越重视。社会调查的领域日益拓展,社会调查研究作为社会科学研究的一种重要手段日益受到了科研主管部门的重视,因而在科研中日益得到了广泛的运用。在这一时期,中国学者开展的比较有代表性的社会调查有:1982 年中国社会科学院和社会学研究所主持的北京等五城市婚姻、家庭、生育状况的专题性抽样调查,并出版了《中国城市家庭》一书(1985年);1982年开始的以费孝通教授为首的小城镇研究;1988年开始的由中国社会科学院组织的"中国百县市经济社会调查"等等。

在这一时期，费孝通先生仍然是中国学者中开创社会调查一代新风的杰出代表。1957年，他第二次到江村调查，并在《新观察》上发表了《重访江村》一文。1981年他在赴英国接受皇家人类学会的赫胥黎奖章前夕，又第三次访问了江村。从1982年开始，费孝通把调查研究的重点放到了作为农村政治、经济、文化中心的小城镇上。他先从吴江县各镇入手调查，并于1983年发表了第一篇小城镇研究报告——《小城镇大问题》。随着研究范围的逐步扩大，他又发表了一系列小城镇研究文章，对我国小城镇的健康发展起到了极有价值的指导作用，在国内乃至国际学术界产生了重大影响。在谈到社会学以及其他社会科学发展中存在的问题时，费孝通曾经指出："我们只有一条路可走，那就是投身于社会实践"，"到人民群众的日常生活中去，踏踏实实地从具体的问题调查做起，一步一个脚印，去认识处于社会主义现代化建设时期的中国社会。"①费孝通是这么说的，也是这么做的。他的这种学风是社会科学工作者特别是年轻同志学习的楷模。

20世纪90年代以来，我国学术界社会调查研究的课题主要集中在以下领域：中国社会转型时期的特征、代价、度量指标及发展趋势的研究，社会转型期国民心理的变化及承受能力的研究，当代中国社会阶层结构变动情况的研究，社会贫富分化问题的研究，社会流动及农民工问题的研究，社会弱势群体与社会保障制度改革的研究，当代婚姻家庭关系的新特点及变化趋势的研究，性别问题及女性地位变化的研究，城市社区体制与社区功能变革的研究，村民自治问题研究，网络对人们生活方式和交往方式的影响的研究，等等。② 在这些领域都取得了令人

---

① 《小城镇　新开拓》，江苏人民出版社1986年版，第67页。
② 《社会学研究》编辑部：《2001：中国社会学前沿报告》，《社会学研究》2002年第2期。

瞩目的调查研究成果,为丰富和发展社会学及其他社会科学理论,为促进党和政府的科学决策作出了重要贡献。

基本概念:
社会调查

思考与练习:

1. 怎样正确理解社会调查的涵义?

2. 社会调查的任务是什么?

3. 社会调查具有哪些社会功能?

4. 20世纪90年代以来,我国学术界社会调查研究的课题主要集中在哪些领域?

第二章 社会调查的方法体系
与基本程序

社会调查并不是一种随意地收集和分析社会资料的认识活动,而是要依据一定的程序,运用特定的方法和手段,收集和分析有关社会事实材料,并对其作出正确的描述和解释。能否严格地遵循科学的程序和方法,这是社会调查能否取得成功的关键所在。

第一节 社会调查的方法体系

一、社会调查方法体系的内容

社会调查是一门方法性科学。社会调查的方法体系是由调查研究的方法论、各种具体方法和具体技术三个层次构成的(见图2-1)。

1. 社会调查的方法论

社会调查的方法论是社会调查方法体系的最高层次。它主要是指社会调查的理论基础和指导思想。它由马克思主义哲学方法论、逻辑方法论和各门社会科学的学科方法论所组成。

马克思主义哲学方法论,是运用马克思主义哲学理论观察和分析问题的根本方法。它从世界观和方法论的高度,为社会调查指明方向和道路,构成社会调查方法体系的理论基础。

逻辑方法论,是一整套科学思维形式和思维方法的理论体系。它为社会调查的具体方法和具体技术提供思维方法的指导。

学科方法论,是指各门社会科学的专门理论。它们为调查研究课题的确定、各种调查指标的制定等等提供理论帮助。

总之,哲学方法论、逻辑方法论和学科方法论的综合运用,构成了

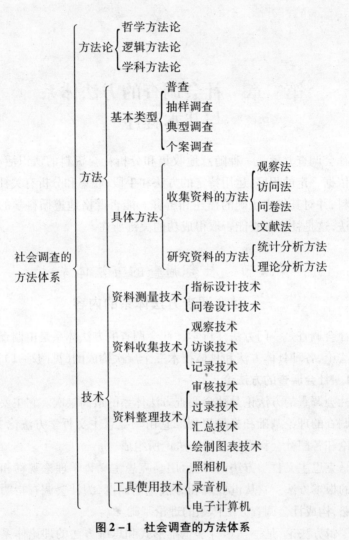

图 2 - 1 社会调查的方法体系

社会调查方法论的完整体系。

2. 社会调查的具体方法

社会调查的具体方法,是社会调查方法体系的中间层次。这个层次主要包括收集资料的方法和研究资料的方法两部分内容。

收集资料的方法，主要是指在调查实施阶段所使用的具体方法。它的方式、方法繁多，主要有普查、抽样调查、典型调查、个案调查等基本类型，以及观察法、访问法、问卷法、文献法等具体方法。

研究资料的方法，主要是指在研究阶段所使用的具体方法，包括统计分析方法和理论分析方法两部分内容。统计分析方法主要有单变量描述统计、双变量相关分析、区间估计和假设检验等。理论分析方法主要有分类和比较、归纳与演绎、分析和综合等方法。

3. 社会调查的具体技术和工具

社会调查的具体技术和工具，是社会调查方法体系的最低层次。它包括专门技术和工具使用两部分内容。

专门技术服务于具体方法。它包括指标设计、问卷设计等资料测量技术，观察、访谈、记录等资料收集技术，以及审核、过录、汇总等资料整理技术。

专门工具也服务于具体方法，是具体方法的延伸。它包括记录表、过录表、统计表等量度工具，还包括照相机、录音机、摄像机、电子计算机等辅助工具的使用技术。随着调查研究方法的现代化，像电子计算机这样的统计分析工具在调查研究中正发挥着越来越重要的作用。

社会调查方法体系的上述三个层次，是相互联系、相互制约的。在整个方法体系中，方法论是基础，它决定着调查研究的方向和价值，决定着具体方法和技术的选择。而调查研究的具体实施有赖于具体方法和技术的运用，具体方法和技术的发展变化，又促进着方法论的发展变化。正是这三个层次在相互联系和相互制约中不断发展与完善，才使社会调查方法构成为一个严密的科学体系。

二、社会调查的方法论原则

在社会调查方法体系的上述三个层次中，制约和影响社会调查研究过程的，主要是第一层次，即研究者所采取的立场和观点。研究者对同一社会现象之所以会得出不同的研究结论，主要根源于他们的立场、观点上的分歧。而在方法体系的第二、第三层次，即在具体的调查方法、技术手段等方面则很少或基本上不存在分歧意见。所以,社会调查研究的方法论原则是统管社会调查研究全局的首要问题。

我们的社会调查是以辩证唯物主义和历史唯物主义的基本理论为指导的。根据辩证唯物主义和历史唯物主义的基本原理,我们的社会调查研究必须遵循以下几条方法论原则:

1. 实事求是、一切从实际出发的原则

社会是一种特殊的物质运动形式,它的发展规律是客观的,是不以人的主观意志为转移的。要正确认识社会及其发展规律,就必须从社会的实际情况出发,坚持实事求是的观点。毛泽东指出:"'实事'就是客观存在着的一切事物,'是'就是客观事物的内部联系,即规律性,'求'就是我们去研究。"①实事求是是马克思主义的基本原则,是毛泽东思想和邓小平有中国特色的社会主义理论的精髓,也是科学的社会调查的根本指导思想。

在社会调查中,要坚持实事求是的方法论原则,就必须做到以下几点:

第一,必须真正深入实际、深入基层搞调查研究。钻在书堆里或文件堆里,浮在上面蜻蜓点水似的"考察"等等,都不能真正了解到社会的实际情况。

第二,必须尊重客观事实,忠实地反映客观事实。要做到"不唯上,不唯书,不唯己",即不能为了迎合上级领导或某些利益群体的意图,去任意剪裁或歪曲客观事实;不能固守书本上已有的结论或过时的老框框,而不尊重活生生的现实;不能从自身利益或自己的主观好恶出发去任意挑选或歪曲事实材料。

第三,研究者的观点或调查结论必须服从事实材料。调查结论只能产生在调查研究之后,而不能产生在调查研究之前;研究者的观点必须以客观事实材料作为最终检验标准,而不能将调查材料仅仅作为论证自己观点的工具。

---

① 《毛泽东选集》第三卷,人民出版社1991年版,第801页。

总之,实事求是是一切社会调查工作者必须坚持的首要的、最基本的原则。

2. 理论与实际相统一的原则

社会调查是一门方法科学而不是理论科学,但这并不等于说,社会调查就没有理论的指导。恰恰相反,在调查研究的整个过程中,理论知识都在起着支配的作用。理论知识在社会调查中的作用主要体现在:第一,任何社会调查课题的提出都必须以一定的理论知识为前提。没有有关的理论知识,就不可能提出具有较高理论价值和实际价值的研究课题,也不可能使调查研究沿着一个既定的方向顺利进行。例如,围绕农村剩余劳动力这一课题的研究,就必须具有农村经济体制改革方面的理论知识;围绕青少年犯罪问题的调查研究,就必须了解有关青少年犯罪原因的种种理论解释等等。第二,在资料的收集和分析过程中,研究者的理论知识、思想观点始终在起着支配作用,在决定着材料的取舍以及对事实材料的解释。第三,理论是调查研究的归宿。前面已指出过,调查研究的目的并不在于仅仅展示社会现象,而是要透过社会现象,去揭示其内在的本质联系,从而达到对社会现象的发展变化的规律性的认识。社会调查的理论任务包括检验和修正原有的理论、提出新的理论两个方面。诚然,社会调查并不都要解决理论任务,但是由感性认识而达到理性认识是社会调查的基本目的,即使是应用性研究也不例外。

从以上三个方面可以看出,理论在社会调查过程中起着十分重要的指导作用。因此,研究者在调查研究之前,必须懂得和研究与课题有关的理论知识。

社会调查离不开理论的指导,而理论也只有在调查研究的基础上才可能产生并获得其科学性。从理论的来源来看,调查研究总是先于理论的。原有理论的检验与修正、新理论的提出只有在调查研究之后才可能展开;人们在调查中得到的客观事实材料是检验理论、观点正确与否的标准。

因此,在社会调查中,理论与实际是不可分割地联系在一起的。调查研究必须以科学的理论为指导,理论必须通过调查研究得到检验与发展,两者在调查研究过程中应得到有机的统一。

3. 价值倾向性与科学性相统一的原则

价值倾向性与科学性的关系问题一直是困扰社会调查研究人员的一个难题。社会调查研究是具有价值倾向性的。在社会调查过程中,研究者的不同立场、观点是客观存在的,研究者的阶级利益或阶层利益也是客观存在的,这些都会对社会调查研究的科学性产生不同程度的影响,不承认这种影响的存在不是唯物主义的态度。另一方面,社会调查又必须具有科学性,即社会调查必须如实地反映社会现实问题,正确地揭示社会现象的本质及其发展变化的规律性。在社会调查过程中,价值倾向性和科学性这两者似乎经常处于相互矛盾、相互对立之中。深圳建立经济特区以后,有的人到深圳去调查考察,虽然他们也看到并承认深圳的快速发展,但是他们看到的更多的是经济特区发展中的消极面,总觉得经济特区与社会主义格格不入。这种困惑产生的原因,主要是这些人习惯于从头脑中固有的观念出发,来评判活生生的社会现实。他们违反了唯物辩证法的一条最基本的原则,即实事求是的原则。

价值倾向性与科学性两者是应该统一也是能够统一的。它们统一的基础就是实事求是,一切从实际出发,而不是从本本出发,或者从某个阶级或社会集团的狭隘的私利出发。毛泽东在《改造我们的学习》一文中谈到如何从实际的材料得出结论时指出:"这种结论,不是甲乙丙丁的现象罗列,也不是夸夸其谈的滥调文章,而是科学的结论。这种态度,有实事求是之意,无哗众取宠之心。这种态度,就是党性的表现,就是理论和实际统一的马克思列宁主义的作风。"[①]可见,实事求是的原则既与党性原则及人民群众的根本利益相一致,又是科学地认识社会的前提。

4. 定性分析与定量分析相统一的原则

任何事物都有质与量的规定性,都是质与量的统一体。因此,我们

---

① 《毛泽东选集》第三卷,第801页。

对事物的认识也可以从质与量两个方面入手,形成定性分析与定量分析这两种研究事物的基本方法。

所谓定性分析,是指按照唯物辩证法的原理,在事物的联系和运动中全面地考察事物,从总体上认识事物特性的一种研究方法。由于人们认识社会的能力和手段还没有达到自然科学研究那样的程度,再加上社会现象的极端复杂性、偶然性和模糊性,因此在对社会现象的调查研究中,运用定量分析方法就比较困难。在这种情况下,人们多侧重定性分析方法,运用比较分析、类型分析、矛盾分析等方法来认识社会现象的性质、特点、结构、功能等。定性分析的主要优点在于,这种方法有助于从总体上把握事物的本质和特性,适合在社会结构简单、同质性强的条件下对社会现象的考察与分析。

但是定性分析方法往往失之笼统,缺乏认识事物的精确性和准确性。随着现代社会的日益复杂化和异质性的日益增强,这种方法的局限性日益明显,而定量分析方法则越来越显示出其重要的作用。

所谓定量分析,是指运用统计学的原理与方法,搜集并处理社会现象中的数据资料,从中找出社会现象之间相互关系的一种统计分析方法。在社会调查中,缺少定量的研究,我们对社会现象的认识就是不完善的。马克思曾经指出过,一门科学只有成功地运用数学时,才算达到了真正完善的地步。马克思的这一观点对我们搞好社会调查具有重要的指导意义。

定量分析方法的主要优点是:(1)能使我们更准确地认识事物的质及其差别。比如,可以通过少年犯罪率、少年犯罪案件占犯罪案件总数的比重等指标来准确地认识少年犯罪的严重性程度。(2)能避免先入为主、抽取个别事例来推及全体的偏误。比如,在农村调查中,只根据一个生产情况较好的村庄的调查,就去推论全乡乃至全县的生产状况,这在定量分析中是不会发生的。(3)能使科学的社会预测成为可能。比如,人口预测、就业趋势预测等,都必须运用科学的统计分析方法。总之,定量分析能使调查研究所得到的结论更具客观性,更具说服力。正因为定量分析方法有其明显的优点,因此它在社会调查中越来越受到人们的重视并被广泛运用。

但是,定量分析方法也有其局限性。首先,这种方法不能提供调查研究所必需的概念系统。概念系统是我们认识和把握事物的不可缺少的工具,而这种工具只有靠定性分析方法才能提供。比如,什么叫行政村、家庭、专业户等等。其次,这种方法不能对调查对象及其特性加以科学的分类。分类问题要靠定性分析方法才能解决。如影响居民收入的因素,有受教育程度、资历、性别、职业、职务等等,而这种分类问题定量方法本身是解决不了的。再次,这种方法不能解决调查研究的方向问题。在调查研究中,与研究对象有关的数据资料是非常多的,哪些资料应该收集,哪些资料应该舍弃,这个问题定量方法本身并不能解决。因此,在调查研究的整个过程中,我们应该将定性分析与定量分析有机地结合起来,充分发挥这两者的长处,以提高调查研究的科学性。

第二节　社会调查的基本程序

社会调查过程,按时间的推移和任务的不同,大体可以分为四个阶段:准备阶段、调查阶段、研究阶段、总结阶段。

一、准 备 阶 段

准备阶段是整个社会调查的起始阶段,准备工作的好坏直接影响整个调查的效果,因此,社会调查必须认真做好准备工作。

准备阶段的主要任务是:确定调查任务,设计调查方案,组织调查队伍。

确定调查任务包括选择调查课题,进行初步探索和提出研究假设等项工作。调查者必须依据丰富的知识和科学的创造力,从社会实践的需要出发,勾画出一个恰当的课题,并通过对这一课题的理论分析,明确调查对象与调查内容,提出研究假设,同时对选定的调查课题的科学价值、社会价值及可行性作出初步的分析论证。

设计调查方案包括三方面的内容:(1)调查指标的设计。主要是根据调查课题分解出反映调查对象的类别、规模、水平、速度等特性的项目,构成调查指标体系,并明确其内在涵义、时空界限和计算方法,为调查提纲、调查表和问卷表的制定奠定基础。(2)调查总体方案的设计。主要是明确调查目标、调查对象、调查方法、时间安排,确定调查的组织形式,以及调查研究经费的筹措和物质准备。(3)对调查方案进行可行性研究。主要是研究调查方案是否切实可行,即对调查方案与客观实际是否一致,能否达到预期的效果,在实施过程中是否具有可操作性等进行认真细致的分析研究。

组织调查队伍,主要包括调查人员的选择与培训,建立调查人员的管理机构,制定调查纪律和调查注意事项,筹备供调查人员使用的各种物资等。

准备阶段是整个社会调查的基础阶段。正确确定调查任务是搞好社会调查的前提;调查方案的科学设计,是社会调查获得成功的关键环节;认真组建调查队伍是调查任务顺利完成的基本保证。实践证明,像人口普查、商业调查、工业普查和农业普查等大型社会调查,往往需要一二年甚至更长的时间进行准备,远远多于实施现场调查所花的时间。而有些社会调查之所以走了弯路、出了偏差,经事后检讨,发现其重要原因之一就是没有认真做好调查前的准备工作。因此,为了避免盲目性和人力、物力、财力、时间的浪费,为了使调查成果更具有科学性和目的性,社会调查的领导者和组织者必须认真做好社会调查的准备工作。

二、调 查 阶 段

调查阶段是社会调查方案的执行阶段,其主要任务是根据调查方案中确定的调查方法,以及调查设计的具体要求,进入调查现场搜集各方面的资料。

进入调查现场,与调查对象直接接触,是获取第一手资料的重要途径。调查者进入调查现场一般采取两种方式:一种是通过被调查者的上级领导介绍,另一种是通过自我介绍或熟人朋友介绍。无论采取哪一种方式,都必须真诚、客观地向被调查者说明调查的目的、内容和方法等,以取得对方的支持与协助。

调查者进入调查现场调查可以采取多种方法收集资料。比较常用的有文献资料收集法、访谈法、观察法、问卷法等。无论采取哪一种方法,都要做好记录,做到勤问、勤看、勤记,利用一切机会发现问题产生和发展的脉络。既要做好口头资料的收集,还要做好文字资料的收集。同时要及时集中、整理调查资料,做到边收集资料边进行资料审核工作,以便随时发现问题,及时进行资料的补充调查和修正工作。

为了组织众多的调查人员按照统一的要求顺利完成收集材料的任务,必须加强调查阶段的组织管理。一是要加强调查队伍的内部指导工作,使调查人员尽快打开调查工作的局面,尤其是要加强调查人员搜集资料的实践训练。二是要注意总结和交流调查工作的经验,及时发现和解决调查工作中出现的新情况、新问题,促进调查工作的平衡发展。三是要搞好外部的协调工作,即努力争取被调查单位的支持与帮助,合理地安排调查工作的任务和进程。同时,也要认真搞好与被调查者的密切联系,争取他们的充分理解与合作。实践证明,做好内外部的协调工作,是保证调查阶段工作顺利进行的必要条件。

三、研 究 阶 段

在实地调查结束之后,就需要对新收集的资料进行整理和分析,此时调查就进入了研究阶段。其主要任务是:鉴别整理资料,进行统计分析和开展理论研究。

资料的鉴别整理分为两个部分:一是资料的鉴别,即将调查阶段搜集到的资料进行全面审核,分清真、伪,消除假、错、缺、冗,以保持资料的真实、准确和完整。二是资料的整理,即将鉴别后的资料进行汇总和加工,使之系统化和条理化,并以集中、简明的方式反映调查对象的总体情况。

资料的统计分析,就是运用统计学的原理和方法,对所获得的调查资料进行数量关系的研究分析,从中揭示调查对象的发展规模、水平及其与其他事物之间的内在联系。通过统计分析,可以证明或推翻假设,为理论研究提供切实可行的数据资料,以说明调查对象的发展趋势。为了提高统计分析的精度和效度,要尽可能利用电子计算机来处理各种数据。

对资料展开理论研究,就是运用逻辑思维方法以及与社会调查相关的各学科的科学理论与方法,对经过鉴别整理后的事实材料和统计分析后的数据,进行科学思维加工,揭示调查对象的内在本质,说明调查对象的前因后果,预测调查对象的发展趋势,作出调查者自身对调查对象的理论说明,并在此基础上有针对性地提出对实际工作的具体建议。

研究阶段是社会调查的深化、提高阶段,是从感性认识向理性认识飞跃的阶段,整个社会调查是否最终出成果,在很大程度上取决于研究阶段。因此,社会调查的领导者和组织者,要花更多的时间和更大的精力,抓好这一阶段的工作。

四、总 结 阶 段

总结阶段的主要任务是:撰写调查报告、总结调查工作和评估调查结果。

调查报告是整个社会调查研究成果的集中体现。调查报告要侧重说明调查结果或研究结论,并对调查过程、调查方法、调查成果等进行系统的叙述和说明,同时提出政策性的建议和解决存在问题的方式方法,从而尽可能使调查报告在理论研究或实际工作中发挥应有的社会作用。

总结调查工作,是对整个社会调查研究过程的回顾与总结,包括整个社会调查工作的总结和每个参与者的个人总结。总结的目的是既要积累成功的经验,又要吸取失败的教训,为今后进行类似的社会调查研究提供必要的经验教训。

评估调查研究成果,主要包括学术成果评估和社会成果评估。从学术成果评估来看,主要是对社会调查所提供的事实和数据资料、理论观点和说明,以及所使用的调查研究方法,作出客观的评价。从社会成果评估来看,主要是对社会调查结论的采用率、转引率和对实际工作的指导作用,作出实事求是的估计。对社会调查成果的评估,必须以实践为基础,在实践中应用调查结论和检验调查结论。

总结阶段是社会调查的最后阶段,认真做好总结工作,对提高调查研究的能力和水平、深化对社会的认识,以及对制定解决社会问题的方针、政策和措施,都具有十分重要的意义。

社会调查的上述四个阶段,是互相关联、相互交错在一起的,它们共同构成社会调查的完整过程,去掉其中任何一个阶段,调查工作都将无法进行。社会调查的这个过程可简要地图示如下:

基本概念:

社会调查的方法论　定性分析　定量分析

思考与练习:

1. 社会调查的方法体系包括哪些内容?

2. 社会调查应遵循哪些方法论原则?

3. 如何理解"实事求是是一切社会调查工作者必须坚持的首要的、最基本的原则"这句话?

4. 社会调查可以分为哪几个阶段? 各个阶段的主要任务是什么?

第三章　社会调查的设计与组织

社会调查的设计与组织主要包括选择调查课题,建立研究假设,对研究课题中所涉及的主要概念作出可操作的明确界定,设计调查的总体方案等项工作。

第一节　选择调查课题

一、选择调查课题的重要意义

调查课题是社会调查研究所要反映或解释的某一特定的社会现象或社会问题。进行社会调查,首先要解决调查什么的问题。在广袤的社会生活中,可供研究的课题很多,涉及社会现象的各个方面。但是,由于受到主客观诸多因素的限制,我们不可能漫无边际地开展调查而只能从社会实践的需要出发,从社会现象的很多方面选择其中的一个或数个方面,从众多课题中选择一个或数个课题进行调查研究。

选择调查课题在整个社会调查研究的过程中,有着十分重要的意义,对此可以从三个方面来理解:

第一,选择调查课题可以明确研究方向。科学的社会调查研究同日常生活中人们对社会的了解有着质的差别。日常生活中人们对社会的了解是零碎的和不系统的,往往止于对社会现象的感触和感悟。而且它感触什么体验什么,是随着生活的展现自然而然地进行的。科学的社会调查研究,则是要通过对社会现象的考察,揭示社会运行的规律,指出社会问题的症结,并提出改变社会的方案。因此,它考察什么研究什么,必须具有明确的目的性和方向性。实践证明,课题选择得好,事半功倍,可以迅速取得研究成果,反之,会使研究工作受到影响,甚至半途而废,造成人力、物力、财力和时间的巨大浪费。

第二,社会调查课题的选择,决定着调查研究的价值。社会调查研究的价值,在于对科学的进步和社会的发展有所贡献。爱因斯坦指出:"提出一个问题往往比解决一个问题更重要,因为解决一个问题也许仅是一个数学上的或实验上的技能而已。而提出新的问题、新的可能性,从新的角度去看旧的问题,都需要有创造性的想象力,而且标志着科学的真正进步。"①爱因斯坦的这一论断,对于调查研究也是完全适用的。选择调查课题,不仅是社会调查研究目的的集中体现,而且是调查研究者的指导思想、观察能力和学识水平的具体反映。许多优秀的科学家之所以取得成功,对社会作出较大的贡献,其中一个重要的原因就在于抓准了调查研究的课题。如社会学家迪尔凯姆关于"自杀"的研究;贝克尔关于"给异常状态贴标签"的研究;马廷纳·霍尔关于"妇女惧怕成功"的研究;布莱洛克关于"居间少数民族"的研究;费孝通关于"农村经济"和"小城镇建设"的研究等等。这些社会调查成功的典型都说明课题选择对于整个社会调查来说是关键的一步。

第三,调查课题的选择决定着社会调查的方案设计,制约着社会调查的全部过程。这是因为选择的调查课题不同,调查的内容、方法、对象和范围也就不同,调查人员的选择、调查队伍的组织、调查工作的安排也就不同。例如,农村妇女生育率和农民居住情况这两个课题,设计的调查方案就很不相同,进行调查的方法和研究的过程也有很大差别。前者只能以农村 15—49 岁的育龄妇女为调查对象,主要调查育龄妇女年平均人数和年出生人数等指标,只宜于选派妇女作调查人员,只适合于采用访谈法或辅之以文献法,调查时间以年初调查前一年的情况为宜。后者则不同,它以农民住房为调查对象,主要调查住房的间数、面积、建筑结构等指标。它不仅可采取访谈法,更应采取观察法,对于调查人员和调查时间的安排比较灵活。这说明,调查课题的选择制约着

① A·爱因斯坦、L·英费尔德:《物理学的进化》,上海科学技术出版社 1962 年版,第 66 页。

调查研究的具体过程。

总之,选择调查课题是社会调查最重要的决策,它对整个社会调查研究工作的成败具有决定性的意义。

二、调查课题的类型

社会调查研究必须从社会需要出发。社会需要是多种多样的,因此,社会调查的研究课题也是多种多样的。归纳起来,社会调查研究的课题可分为以下几类。

1. 理论研究课题和应用研究课题

这是根据社会调查研究的目的来区分的。理论研究课题是指为检验和发展某些理论或假设而从事的社会调查研究课题。这种研究的成果也许将来会被实际应用,但其研究的主要目的不是为了解决当时的社会问题,而是以揭示某种社会现象的本质及其发展规律为主要目的。例如,有人根据独生子女日益成为家庭"旋转中心"和"小皇帝"、"小太阳"的现象,推测独生子女从家庭走向社会后,适应社会生活的能力比非独生子女要差。理由是独生子女性格孤僻、不合群、自我中心、不关心他人、缺乏自我管理的能力、独立生活能力差。而他们的这些品质,是与适应现代社会的要求相悖的。有人则作出相反的推测,认为独生子女从家庭走向社会后,适应社会生活的能力将比非独生子女更强,原因在于他们无论在身心发育上,还是在智能培育上,都比非独生子女有着更为优越的条件。以上这两种推测都是作为一个理论假设而提出来的,因为它们研究的不是某一时期某一地区的独生子女问题,而是独生子女适应社会生活能力的一般情况,属于理论研究。

应用研究课题是为了认识与解决当前的社会问题而提出的研究课题。它的目的是为了满足社会实际应用的需要。在社会现实中,一些新变化新现象的出现,需要得到陈述、澄清;一些迫切需要解决的问题,需要通过研究其原因,进而制订可行的对策,等等,这都属于应用研究课题的范围。应用研究课题与理论研究课题的研究目标是不同的。应用研究注重实用性,主要目的是解决社会实践中紧迫的社会问题。我国的社会学应用课题主要有两类:一类是一般性的应用课题。它研究一些较长时间内普遍存在的社会问题。如人口问题、婚姻问题、生态平衡问题、社会管理问题等等。另一类是特殊的应用问题,即在一定的时期或在某种特定的情况下存在的问题。如计划生育问题、城市化问题、社会保障制度的改革问题、人口流动问题、国有企业部分下岗职工再就业问题等等。

理论研究课题与应用研究课题尽管在性质上有所不同,但是在实际研究工作中又是相互渗透和相互关联的。我们可以发现,无论是理论性还是应用性的课题,有关的研究结果都往往能既有助于社会实际问题的解决,又可以在理论上作出贡献。例如,人口学家同政府机构签订合同,调查研究如何控制生育率问题,其调查研究结果既可以供政府机构在制定人口政策时参考,也有助于人口理论的发展。

2. 描述性研究课题和解释性研究课题

根据对社会现象的研究深度和认识要求的不同,又可以将调查课题区分为描述性研究课题和解释性研究课题。

描述性研究课题,是指那些为弄清发生了什么事而提出的调查研究课题。提出它的意图在于探明和详细描述社会已发生的现象,它所要回答的问题是什么事和什么情况已经或正在出现,或回答发生了的现象"是什么"的问题,而不是企图说明"什么会发生"或"为什么会发生"的问题。当社会出现某些新的现象或问题时,为了弄清这些现象或问题,便需要作这样的研究。在这种课题的研究中,研究者必须大量收集关于它们的各种情报和信息,以便能够充分地回答调查研究中需要解答的问题并作出详细的描述。例如人口普查就是描述性研究的范例。人口普查的目标是对人口的各种特征作出准确的描述。又如选举期间的民意测验,目的在于对选民的投票倾向进行描述。市场调查的目的则是对购买或将要购买某种产品的消费倾向进行描述等等。

解释性研究课题,是在对特定的社会现象作出描述的基础上,进一步对现象产生的原因和过程作出解释或说明的研究课题。它所要回答的是"为什么"和"怎么样"的问题。解释性课题的研究较描述性课题的研究能进一步深化人们对社会现象的了解。例如，上面所举例子中，研究选举人的投票倾向是描述性研究；而研究为什么有些人准备投甲候选人的票，另一些人准备投乙候选人的票，则属于解释性课题的研究。

在解释性研究课题中还可以进一步延伸出预测性研究课题。预测性课题是在说明社会现象的现状及其因果联系的基础上，进一步推测社会现象发展趋势的课题，它主要回答"将怎样"、"应怎样"的问题。像"未来10年小学生生源变化趋势预测"、"中国职工状况的分析与预测"就是预测性的课题。

除了上述两种分类外，还可以从其他角度对调查课题进行分类。例如，按照调查课题的内容区分，可分为经济、政治、思想文化、社会生活等方面的课题；按照调查课题的来源区分，可分为委托、招标、自选类课题。

上述调查课题的分类只具有相对的意义。在实际的调查研究中，不少调查课题常常是理论性研究与应用性研究，描述性研究与解释性研究兼而有之，只是其侧重点不同而已。

三、课题的选择原则和形成途径

1. 正确选择课题的基本原则

正确选择调查课题应遵循以下几条基本原则：

第一，需要性原则。

即根据社会发展的客观需要选择调查课题。"调查就是解决问题。"离开了解决社会问题的客观需要，就不可能正确选择课题。当然，对社会需要应作全面的理解，有党和国家制定方针、政策、法律、条例的需要，有解决人民群众疾苦的需要，有实际工作的需要，有理论研究的需要等等。当前，应善于发现那些在社会实践中对国计民生、社会主义现代化建设有重大影响的课题，或者是社会科学领域亟待攻关的项目，这样的课题才具有现实意义和社会价值。例如，国有企业改革中所遇到的困难与问题，私营企业的发展状况，社会阶级阶层结构的变化,人们的社会心理与价值观念的变化,学校招生制度的改革,医疗制度的改革,以及农民负担问题,乡镇企业的发展问题,农村基层政权的建设问题,农村的社会保障和社会服务体系的改革问题,农村的教育问题等等,都是现阶段具有重要社会价值的调查研究课题。

第二,创造性原则。

创造性是科学研究的灵魂,也是选择调查课题所要遵循的一条重要原则。所谓创造性,就是要按照新颖、独特和先进的要求选择调查课题。如果选择的调查课题只是简单重复别人早已调查清楚了的问题,那就从根本上失去了进行社会调查的意义。在这里,对创造性原则应作广义的理解,即要看到在创造性的课题中,有的是别人从未做过的首创性课题,有的是外国、外地做过调查而本国、本地尚未调查过的移植性课题,有的是从新角度、新侧面去研究老问题的扩展性课题等等。总之,调查研究要注重发现新情况,研究新问题,提出新见解。李瑞环同志曾经指出,要搞好调查研究,必须坚持实践第一的观点,必须发扬"敢闯天下先"的精神,敢碰五个方面的问题。一是敢碰书本上说过的,二是敢碰文件上规定的,三是敢碰已有的经验,四是敢碰领导人说的,五是敢碰多数人公认的。

发现新问题,提出新见解有较大的难度,但正是这种新探索,往往具有更大的科学价值。

第三,可行性原则。

我们在选择课题时,还要考虑到主客观条件的许可。客观条件主要是指调查所需的人力、物力、财力、时间等因素。任何社会调查,都需要人去完成,无论是小型的调查还是较大规模的调查,总是需要配备一定数量的调查人员。如果人员不足,特别是人员素质达不到要求,对于课题的选择会有很大的制约作用。同时,课题的选择也必须考虑调查所必需的物质条件,如所能提供的资料、量度工具及录音机、照相机、录像机等辅助器械等等。另外,开展社会调查,还需要一定的经费。如调查人员的工资和津贴、差旅费、住宿费、办公费、调查材料复制费、调查表格的印刷费等诸如此类的调查费用。

调查课题的选择还要受到时间因素的制约。时间因素对选题的影响主要有两个方面。一方面是要考虑调查对象的时间因素。有的课题时效性很强,如物价问题;有的课题在选择调查时间时要考虑不能妨碍被调查者的正常活动。如对农民的调查,不能在农忙季节进行。另一方面是调查者能够进行调查的时间与课题研究所需要的时间必须相适应。如计划在一个月内进行调查的工作量与计划一年进行调查的工作量是截然不同的,因此选题的大小也不相同。时间短,选题要小一些;时间长,选题可大一些。若时间很短而选题过大,就会使调查工作难以深入,不能达到预期的效果。

选题时要考虑的主观因素,主要是指调查者本人的知识结构、能力等因素。做好社会调查研究,需要广泛涉猎有关知识,调查者的学识能力是提高调查水平、完成研究课题的基础。因此,调查人员的学识能力是否与课题的难易程度相适应,是选题时必须考虑的一个重要因素。

选择课题应考虑的因素很多,除了上面分析的主客观因素外,还必须考虑所要收集的资料的难易程度,考虑课题是否与党和政府的重大方针政策相冲突,能否得到调查对象所在组织的支持等等因素。与选择课题有关的因素考虑得越细致周到,调查研究就越切实可行。

2. 课题形成的途径

一般说来,调查研究人员根据自己已有的理论知识以及对日常生活的观察与思考,会初步形成自己的调查研究课题。但为确保课题的可行性和课题的质量,使调查者对课题研究的方向真正做到心中有数,还必须经过其他一些途径来形成课题。这也叫探索性研究。

课题形成的途径主要有:

(1)查阅文献资料。即了解前人或他人对有关研究课题的调查研究成果和研究过程。通过查阅文献资料,可以了解到:围绕某一课题,前人或他人已经研究过哪些问题,研究到什么程度,有哪些领域还没有人研究或研究得不够,有哪些领域出现了与已有研究不同的新情况、新变化,等等。弄清了这些情况,可以避免重复劳动或无效劳动,可以保证课题的新意或深度,可以明确调查课题的起点和重点。

（2）向有关专家咨询。即向有关领域的专家询问、请教。某一研究领域的专家一般对该领域有专门的研究，对该领域的研究现状也比较了解，故向他们请教会得到十分有益的启迪，特别在课题的研究价值、可行性以及重点、难点等方面。

（3）从现实社会中来。现实社会是一个复杂而庞大的系统。在这个庞大而变化着的社会里，社会现象丰富多彩，社会关系盘根错节，它无疑为我们认识社会、改造社会提供了取之不尽、用之不竭的研究课题。例如，费孝通教授从农民致富渠道不畅通的弊病中发现了必须重视小城镇建设的课题。他说："由于落实了正确的政策，农村的农业副业和工业都出现了新的发展。可是我们发现农村的富裕不那么稳固。如农民的养兔事业，就随着海外兔毛市场的涨落而波动，一时间家家户户都养起了长毛兔，没过多久又纷纷杀兔吃肉。看来农村地区没有一个相当稳定的经济中心，农民的命运就只能操在别人手中，这就提出了小城镇建设的问题，由此可见，社会调查的题目，从根本上说是来自社会实践的发展。"[①]

第二节　建立研究假设

一、假设的特点与作用

调查研究课题的确定与研究假设的形成密切相关，调查研究课题的确定过程，也是研究假设的形成过程。研究假设也叫理论假设，它是指根据已有的事实材料和科学原理，对未知事实及其规律提出的一种不完备的、尚待验证的设想与推测。例如，某研究者选定"城乡犯罪比较研究"这一课题，其中关于犯罪率，可能的情形有：

（1）城市犯罪率 = 农村犯罪率；

（2）城市犯罪率 < 农村犯罪率；

（3）城市犯罪率 > 农村犯罪率。

---

① 费孝通：《社会调查自白》，知识出版社1985年版，第9页。

研究者通过查阅有关犯罪问题的各种资料,请教有关的专家,以及研究者自己所积累的经验与知识,最后选定"城市犯罪率高于农村犯罪率"作为研究假设。

在科学研究中,一项假设的提出必须符合以下几个条件:

第一,在某个领域中所提出来的假设,不应与该领域已证实为正确的理论相违背。

第二,假设不能与已知的和验证过的事实发生矛盾。在已知的事实中,如果假设同其中的一个事实不符,那么这个假设就应该被抛弃或修改,如"女青年的理想子女数目与她们的受教育程度无关"就是一个与已知事实明显有矛盾的假设,因而不能成为一个科学假设。

第三,假设必须具有一定的想象力。不能与已知的事实和科学理论相矛盾,这只是假设必须具备的基本要求。如果假设只是重复已被验证的事实或科学理论,那么这样的研究就会失去意义。科学研究的生命力就在于有所创见,调查研究也不例外,假设是否具有一定的想象力是调查研究能否有所创新的重要前提。

第四,假设必须是可验证的。即它能够用事实材料来证明其正确或错误。假设中所涉及的都只能是社会事实,而不能是人们的意愿、价值判断或信念,因为人们无法用事实来证明其真伪。如"到未来社会家庭必然会消亡"这一命题反映的是某些人的一种信念,它无法用事实来验证,因而不能成为假设。再如,"人们每年应参加一次义务献血"这一命题只是一种意见的陈述,不能用事实证明其正确或错误,因而也不能成为假设。但如果说"有2%以上的北京市居民每年都参加一次义务献血",则因为这一命题是可以验证的,故而可以成为假设。

建立研究假设在社会调查过程中具有重要的作用。

假设是设计调查方案的指南。任何调查方案的设计,特别是调查指标的设计,在客观上都是以一定的研究假设为指南的。例如,研究小城镇的兴衰,有的人假设人口的增减是衡量小城镇兴衰的唯一标志。从这样的假设出发,他在设计调查方案时,就会只设计一些有关人口的调查指标。也有的人认为,衡量小城镇的兴衰,不仅要看人口的增减,还要看经济发展状况。这时,他所设计的调查方案就不仅会包括一些关于人口的调查指标,而且会设计一些关于经济发展状况的调查指标。若还有的人假设,除人口和经济状况外,城镇的基础设施和生态环境等也是衡量小城镇兴衰的重要标志。那么,他所设计的调查方案,就会再增加一些关于基础设施、生态环境方面的调查指标。由于调查指标不同,整个调查方案——包括调查的对象、范围、方法和过程等,也就会有很大的差别。由此可见,人们在设计调查指标、调查方案时,不管你自觉不自觉、承认不承认,在客观上总是要受到一定的研究假设的引导和制约。

假设是搜集材料的向导。人们在搜集材料的过程中——无论是直接感知社会现象,还是间接查阅各种文献,假设都具有明显的导向作用。以调查中的观察为例,人们的观察总是在研究假设的引导下有选择地进行,而不是对外部事物进行纯客观的扫描。因此,在实地观察同一事物时,人们的研究假设不同,观察的侧重点就会有所不同,观察所获得的感性材料就会有较大的差异。比如,同样是观察农产品集贸市场的状况,由于研究假设不同,有的人可能重点观察上市农产品的品种和结构,有的人可能重点观察参加集市人员的数量及其构成,有的人可能重点观察农产品的价格和成交规模,有的人可能重点观察集贸市场的建筑和管理等等。可见,研究假设的不同,会使人们在同一调查对象上得到不同的感性材料。同样,在文献调查、访问调查的过程中,假设也会对搜集材料的工作产生巨大的向导作用。

假设是探索客观真理的桥梁。恩格斯指出:"只要自然科学在思维着,它的发展形式就是假设。"[1]科学真理的发现,实际上是一个不断提出假设,又不断证实假设的过程,人们通过调查掌握的客观事实,是检验假设的最重要的依据。在检验过程中,原有的假设可能被证实,可能被证伪,在更多的情况下是被修改、被补充、被完善。随着调查的逐步深入,原有的假设被不断地修改、补充和完善,人们的认识也就越来越接近实际,直到最后发现真理或进一步发展真理。这说明,在探索客

---

① 《马克思恩格斯选集》第3卷,第561页。

观真理的道路上,假设是一种不可缺少的工具或桥梁。检验假设、修改假设、完善假设的过程,实质上就是发现真理和发展真理的过程。

总之,假设在设计调查方案、搜集调查资料、探索客观真理的过程中,都具有十分重要的作用。

应当指出,并非所有的调查研究都必须预先设立研究假设。研究假设主要适用于以探寻现象间的因果关系为目的的解释性研究课题。对于以摸清情况和描述事实为目的的调查,一般不一定要预先提出研究假设,如全国人口普查、全国农业普查等。这类普查,只要有了调查的明确目的以及根据目的而设计的调查项目,即可进行实地调查。

二、假设的类型与表达方式

假设作为对某种社会现象的推测性说明,它总是通过两个或者两个以上的概念之间的关系来表达的,其类型主要有:

(1) 一元假设(x)。指某一个社会事实的单义判断。如,大部分独生子女受到家长的娇惯。

(2) 二元假设($x \rightarrow y$)。指某一社会事实与另一社会事实之间关系的判断。如"城市人口密度越高,城市中的犯罪率也就会越高","生活水平的提高与生育率的下降有密切关系"。

(3) 多元假设($x \rightarrow z \rightarrow y$)。指某一社会事实与另外两个或更多的社会事实之间关系判断。如,缺乏社会整合性(x)会导致精神沮丧(z),而精神沮丧的人会有行为偏差(y)。又如,青少年犯罪原因(x),主要有家庭教育不当(y_1),社区环境不良(y_2),结交了不良伙伴(y_3)等等。

假设的表达方式,既可用简明的文字语言表达,也可用数学语言、图表来表达。通常的方式有:

(1) 函数式。"y 是 x 的函数",即 y 与 x 成正向(或反向)变化关系。如:个人的理想子女数目会随着其教育程度的提高而递减。

(2) 条件式。"如果有 x,则有 y"。如:不良家庭的子女具有较高的犯罪率。

（3）差异式。"如果 x 不同,则 y 不同"。如:不同职业的人,其时间的分配结构亦不同。

形成假设的方法主要有:

（1）归纳推理法。即将局部的观察结果和事实材料经过归纳,形成具有普遍意义的假设。这是形成假设的最主要的方法。如:根据自己在生活中的观察以及从报刊等新闻媒介上得到的信息,对于"影响人们生育意愿的因素"这一研究课题就可以形成诸如文化水平越高,生育意愿越低;传统观念越浓厚,生育意愿越高等等假设。

（2）逻辑推理法。即根据以往的理论或事物发展的必然规律对事物的发展变化趋势作出某种推测的方法。如:独生子女家庭的普遍化会导致若干年后小学生源的不足;社会风气不好必然导致青少年犯罪率上升,等等。

（3）类比推理法。即面对陌生的社会现象,拿所熟悉的事物、过程、规律与之类比,形成假设。比如,在社会主义市场经济条件下,可以借鉴资本主义国家已经发生或正在发生的一些现象、规律来对我国相应的现象、规律作出假设。如:过度城市化会导致犯罪率的上升;随着工业化的发展,人口会逐渐向城市集中,等等。

第三节　概念的操作化

一、概念操作化的意义

研究课题或假设都会涉及到一些概念。有些概念是比较明确而具体的,如性别、家庭规模、文化程度等,这些概念在社会调查的实际操作过程中不会发生困难。但有些概念就比较抽象,难把握,如事业心、责任感、工业化、亲属关系淡化、社会地位、劳动态度、父母亲管教方式等,这些概念在社会调查的实际操作过程中会由于各人理解和解释的不同而产生歧见,从而给调查研究带来困难。因此,对研究假设中所涉及的概念须作出明确的解释,这样才能在调查过程中进行具体操作。所谓概念的操作化,是指对调查研究中使用的抽象概念给予明确的定义,并确定其边界和测量指标的一种设计工作。它涉及到两类概念的操作化问题。一类是有关调查对象的概念的操作化,另一类(也是主要的一类)是有关调查内容的概念的操作化。

概念操作化的意义在于:

(1) 能够进一步明确调查对象和调查范围。如在有关家庭问题的调查研究中,对"家庭"这一概念所涉及的范围就必须作出明确而具体的解释:集体户(如住在高校集体宿舍里的青年教师夫妇,没有独立的户口)算不算家庭? 单身户(有独立的户口)算不算家庭? 只有对这些界限作出明确的规定,调查的对象及其范围才能确定下来。

(2) 它能使不同的研究者对同一个研究内容有统一而明确的理解,可以避免人们对概念的不同理解或在检验研究结果时发生误解。例如,对于"月收入"这一概念,有的人将它理解为国家或单位发的工资,有的人将它理解为包括工资、津贴、奖金在内的所有收入。由于理解和解释的不同,在有关月收入情况的调查中就会出现不同的调查结果。

(3) 能使我们对研究对象的具体观察和测量成为可能。如:

命题1　个人理想子女的数目会随其教育程度的提高而下降。——无须操作化。

命题2　随着工业化的发展,亲属关系会趋向淡化。——理论假设,须进一步操作化。

　　　　　　↓　　　　　　　　　　↓

　　　　工业产值在总产值中所占比重　亲属间来往次数——经操作化设计,具体测量成为可能。

在命题2中,"工业化"和"亲属关系淡化"这两个概念是比较抽象的,在实际的社会调查中不便于操作。但对这两个概念作出了具体的解释以后,就可以进行实际的操作了。

二、概念操作化的方法

概念的操作化,是通过对概念下操作定义而实现的。对概念的定义有两种,一种是抽象定义,一种是操作定义。抽象定义是对某类事物或现象共同本质的概括。如"工业化"的抽象定义是"现代工业在国民经济中所占地位逐步提高的过程";"三好学生"的抽象定义是"德智体全面发展的学生"等等。在社会调查中,抽象定义的作用在于揭示事物的内涵,概括事物的共同本质,并把它与其他对象区别开来。但是,抽象定义没有解决在调查过程中如何实际操作的问题。因此,对比较抽象的概念还必须作出明确的操作定义。

所谓操作定义,是指用可感知、可量度的事物对抽象概念作出的界定或说明,也即用更具体而明确的变量和指标来反映抽象概念。例如对于"工业化"这一概念的操作定义可以是:工业产值在国民生产总值中所占比重逐步提高的过程。

再如三好学生的操作定义可以是:没有任何违法违纪事件;各科学习成绩均在 80 分以上,体育成绩在 75 分以上的可以被评为三好学生。

可以看出,抽象定义和操作定义都是对同一类事物或现象所下的定义,只是定义的内容、方法和着重点有所不同。抽象定义是用较为抽象的概念来下定义,操作定义则是用具体的测量指标来下定义;抽象定义所使用的是逻辑的方法(即高度概括的方法),操作定义所使用的则是经验的方法(即可直接感知或量度的方法);抽象定义着重于揭示某类事物的内涵和本质,操作定义则着重于界定某类事物的外延。这两种定义有着密切的联系,抽象定义决定着操作定义的本质内容,操作定义则是抽象定义在调查过程中的进一步具体化。

设计操作定义,一般可采用以下两种方法:

一是用确定具体事物边界的方法来设计操作定义。例如,在城市居民生活状况调查中,对职工的"月收入"这一概念所涉及的范围,不同的人可能有不同的理解,这就需要对这一概念的外延下一个明确的、可操作的定义,如把"月收入"定义为包括工资、津贴、奖金在内的月平均收入。又如,在农民生活状况调查中,我们可以将农民分为"贫困户"、"温饱户"、"小康户"和"富裕户",并用"每人年平均纯收入"这一客观存在的具体事物给这四类农户设计操作定义,如规定每人年平均纯收入 500 元以下的为"贫困户",500—2000 元的为"温饱户",2000—10000 元的为"小康户",10000 元以上的为"富裕户"。又如,"劳动年龄人口"可用男 16—60 岁和女 16—55 岁的人口作操作定义。

二是用使概念的内涵进一步具体化和明确化的方法来设计操作定义。这里涉及到概念的维度这一概念。所谓概念的维度,是指概念所涵盖的内容的若干不同方面。正确理解与把握概念的维度,对于研究内容的明晰性和可操作性,对于指标设计的合理性与周全性有着重要的意义。例如,在对企业职工劳动态度的调查研究中,"劳动态度"这一概念是个比较抽象和笼统的概念,我们可以询问被调查对象对企业职工劳动态度积极与否的评价,但这样的评价是比较笼统和模糊的,不符合科学研究的要求。对这类问题,我们就需要将还比较抽象的概念进一步具体化和明确化,也即可用与劳动态度这一概念密切相关的、可直接感知和度量的客观事实来反映劳动态度这一概念。例如,我们可以用劳动的数量和质量来对劳动态度下操作定义,还可以用出勤率、参加义务劳动的次数和时数、技术革新的件数、提合理化建议的次数和采用率等社会事实来下操作定义。这里,劳动的数量、质量、出勤率等指标所反映的都是劳动态度这一概念的不同方面或维度。同样,对于"纪律性"这样的概念,也可用出勤率,迟到早退的次数和时数,旷工旷课的次数和时数,违反纪律事件的次数和后果等可感知的社会事实来下操作定义。对于具有两个及两个以上层级的复杂指标来说,正确把握概念或指标的维度具有更为重要的意义(见本书第 61 页"指标的层级")。

三、变　量

概念的操作化过程主要是指将抽象概念转化为变量和指标的过程。因此,变量和指标的设计是社会调查设计阶段不可缺少的重要环节。

变量原本是数学中的一个概念,是指其取值是可变的量,如一天中的气温、湿度等等。由于社会现象的不确定性和变动性,在社会调查研究中就引进了这一十分有用的工具。在社会调查研究中的所谓变量,是指可直接或间接地具体观察和测量的、其取值是可变的经验概念。如:性别、年龄、职业、收入水平、教育水平、社会地位、劳动态度等等。在社会调查研究中,研究的对象是群体,而不是个体,因而变量也是一个关于群体属性而不是关于个体属性的概念。比如,年龄作为一个变量,指的是某一特定人群的年龄差异,而不是指某一个人的特定年龄或他的年龄随着时间推移的变化情况。

变量是概念,但概念不一定是变量。识别变量的主要依据是:它有按一定标准的不同取值。如:房子是一个代表具体事物的概念,但它仍然是一个比较抽象的集合概念,不能按一个确定的标准加以测定,故它不是变量,而房子的楼型、楼层则是变量。同样,家庭不是变量,但家庭的类型、规模是变量;人口不是变量,但人的性别、年龄是变量;社会不是变量,但社会地位、社会阶层结构是变量,等等。

变量有反映客观存在的事物的变量,如性别、年龄、教育水平、家庭规模等等,也有反映观念性事物的变量,如某一特定人群对某一事物的满意度、态度倾向(赞成与否、同意与否)等。对人们的观念或态度变量的测量是社会调查研究的重要内容。

在社会调查研究中,可依据不同的标准,将变量分为多种类别。

根据一组互有关联的变量之间的因果关系来区分,可以把变量分为自变量和因变量两类。引起其他变量产生变化的变量称为自变量,它通常用大写英文字母 X 来表示。随着其他变量的变化而变化的变量称为因变量,它通常用大写英文字母 Y 来表示。自变量与因变量的区分并不是固定不变的,某个变量相对于某一组变量它也许是自变量,但相对于另一组变量来说,它可能就成了因变量。例如,在导致青少年犯罪的诸多原因中,夫妻争吵的次数是自变量,子女的犯罪与否是因变量;而在夫妻争吵次数与丈夫(或妻子)的受教育程度这两个变量之间,夫妻争吵次数又成了因变量。

根据变量取值的分布状态来区分,可以将变量分为离散变量和连续变量两类。离散变量是指其取值只有有限的类别的变量。如性别,只能分为男、女两类,文化程度可分为小学、初中、高中、中专、大专、大学本科、硕士、博士等8类,等等。离散变量的各个取值,并不反映量的差异,而是反映质的不同。连续变量是指其取值可以是某一区间内的任何一个值的变量,如收入、年龄、学习成绩、工业产值等等。它们的取值均有一组不同的数值所组成,反映了客观事物之间的量的差异。

根据所使用的社会测量尺度的不同,又可以将变量分为定类变量、定序变量、定距变量、定比变量四种类型。关于这一知识我们将在后面作进一步的介绍。

在社会调查研究中,我们所观察和分析的事物或现象都是可以而且必须用变量来表示的。我们考察和研究社会现象之间的关系也就是考察与研究变量之间的关系。这是社会调查研究,或称经验研究的重要特征,丧失了这一特征,经验研究就无法进行。

四、指　标

如前所述,指标是概念操作化过程中所要用到的必不可少的工具,也是社会调查中收集资料的重要依据。因而指标的设计是调查研究设计阶段一项必不可少的重要工作。

1. 指标的涵义

指标是指用来反映社会现象的类别、状态、规模、水平等特性的项目及测量标准,是变量在经验层次上的具体体现。它由两部分构成,其一是指标名称,它反映指标的内容和所属范围;其二是指标的不同取值,具体说明指标的测量方法及标准,一个完整的指标就是这两部分内容的统一。如:性别用男、女来测定;年龄用 20 岁以下,20—30 岁,30—40 岁,40—50 岁,50—60 岁,60 岁以上来测定;性别比用 $\dfrac{\text{某一特定范围内的男子数}}{\text{同一范围内的女子数}} \times 100$(每 100 名女性所对应的男性数)来测定等等。由于指标是变量在经验层次上的一种体现,它也有若干不同的取值,因而它同样具有变量的特征。

2. 单一指标与指标群

指标是在进一步说明和测定变量时所使用的工具。在变量中,有许多变量的含义及其取值范围已比较明确，人们对它们的理解一般不会产生歧义。比如：性别，通常只会被分为男性或女性；年龄，通常被分为 20 岁以下，20—30 岁等不同的年龄段；家庭规模，通常是指家庭的人口数；文化程度，通常会被分为小学以下、小学、初中、高中、大专、大学本科、硕士、博士等若干不同的层次，等等。这些变量都具有单一的测量指标，或者说这些变量本身就具备了指标的特征。设计这类单一指标的基本要求是：(1) 对一些内涵及外延尚不十分明确、可能产生歧见的变量或指标，要作进一步的明确界定。比如，对职工的月工资收入这一变量，人们的理解可能各有不同，这就需要作进一步界定，如津贴、奖金是否包含在月工资收入这一概念的范围内？(2) 对指标值有一个变动范围的标准的设计，要根据研究的目的来确定其变动范围。比如，不同的年龄段可以设计成 20 岁以下，20—30 岁……60 岁以上。但如果某项调查研究的目的是要了解老年人的生活状况，那么 60 岁以上的老年人的年龄段应该再作细分，比如分成 60—70 岁，70—80 岁，80 岁以上等等。

在变量中，还有一些变量仍比较抽象和笼统，没有单一的测量指标，必须要借助于多个指标或指标群来反映或测定这些变量。这里的所谓指标群，是指反映和测定某一变量的一组相关指标。比如，女性的社会地位这一变量，就是一个比较抽象和笼统的概念。我们当然可以通过问卷，询问被调查者对女性社会地位的高低有什么样的基本看法，但科学研究一般不满足于这种笼统的模糊的评价，而是要通过客观资料来揭示出女性社会地位的状况，并通过比较揭示出其社会地位的高低及其变化。因此，女性社会地位这一变量，我们必须借助于多个指标来加以测定。这些指标包括：女性的平均受教育年限，女性的平均月收入水平，女性在各级人大代表中所占的比例，女性在科级及科级以上领导干部中所占的比例，女性在专业技术人员中所占的比例等等。又比如，劳动态度、大学生在校表现、社区生活环境质量、居民生活消费结构等概念虽然都是可以凭经验具体观察和测量的变量，但这些变量都还比较抽象和笼统，没有单一的测量指标，因此它们都必须借助于多个指标或指标群来反映或测定该变量。

对这一类要借助于多个指标或指标群来反映或测定特定社会事实的指标的设计,有两点基本要求:(1)所设计的指标要与特定的研究主题(变量)密切相关。比如,要考察与反映大学生在校表现情况,大学生的各科考试成绩、受奖励或惩罚的次数等就是与考察主题相关的、因而是有用的指标。而学生的家庭所在地、学生家长的职业等就是与考察主题无关的、因而是无用的指标。(2)凡是与研究主题有关的指标要尽可能设计周全。比如,反映社区生活环境质量的指标就应当包括:人口密度,人均拥有绿地面积,交通设施情况,通讯设施情况,教育设施情况,文化娱乐设施情况,医疗设施情况,商业网点数等等,缺少了其中任何一项,这一指标体系就是不完整的。

3. 指标的层级

由于指标群往往比较复杂,在具体设计时只用一个层次的指标有时是不够的,因此,有时还需要用两个甚至两个以上层次(层级)的指标来说明问题。比如,上述反映社区生活环境质量的指标中,交通设施、通讯设施、教育设施、文化娱乐设施、医疗设施等都是一级指标,在它们下面还有更具体的二级指标。比如,在教育设施这个一级指标下面,可以有社区拥有的幼儿园数、小学数、中学数、学龄儿童入学率等二级指标。

在这样的二级指标体系中,一级指标反映的是变量的若干不同方面或维度。它的正确理解与把握对于指标设计的周全性意义重大。比如,反映女性社会地位,一级指标(维度)包括:女性的政治地位、经济地位、法律地位、教育地位、家庭地位等。如果不通过一级指标(维度)来把握女性社会地位的几个大的方面,设计具体指标时很有可能发生遗漏。

4. 指标的权重

单一指标的指标值一般都是确定的,如性别被分为男性与女性,家庭结构通常被分为核心家庭、主干家庭、联合家庭等,这些指标值在反映性别、家庭结构这些变量时,其作用没有大小之分。但是,在要借助于多个指标或指标群来反映或测定特定变量的情况下,这若干个指标对于说明或测量变量的作用的大小即权重可能是不同的,见表3-1。

表3-1是国家社会科学基金项目作为立项依据的同行评价表,共设了四个指标,即选题、内容、预期价值和研究基础。在设计者看来,这四个指标在评价中所起的作用或所占的权重是不同的。其中研究内容这一指标最重要,权重也最大,为3.5,其次为选题的意义,为2.5,再次为预期价值和研究基础,分别为2。从这一例子可以看出,在多项指标中分别设置不同权重的主要意义在于,它能使指标更科学合理地反映和测量特定的研究对象和研究内容。

表3-1 国家社会科学基金项目同行评议意见表

评估指标	权重	指标说明	专家评分			
选题	2.5	对本课题国内外研究前沿状况的了解是否全面、把握是否准确;选题是否具有前沿性或开拓性。	10分、9分	8分、7分	6分、5分	4分、3分
内容	3.5	课题论证的思路是否清晰,视角是否新颖,研究方法是否科学;思想理论观点创新程度如何,或应用对策研究的针对性、现实性是否较强。	10分、9分	8分、7分	6分、5分	4分、3分
预期价值	2	基础研究主要考察理论创新程度或对学科建设的作用;应用研究主要考察对经济社会发展的实际价值及可行性。	10分、9分	8分、7分	6分、5分	4分、3分
研究基础、	2	前期相关研究成果是否丰富,社会评价如何;参考文献是否具有权威性、代表性和前沿性。	10分、9分	8分、7分	6分、5分	4分、3分
综合评价		对课题设计论证及申请书的总体印象和综合评价。	A级	B级	C级	D级

第四节 调查总体方案的设计

调查总体方案是整个社会调查工作的行动纲领,是保证社会调查顺利进行的重要前提。因此,设计调查总体方案是整个社会调查设计工作的重要一环。

一、调查总体方案的内容

调查总体方案一般应包括以下内容:

第一,确定调查目标。调查目标包括研究成果的目标(要解决什么问题)、成果形式的目标(调查的成果用什么形式来反映)和社会作用的目标(调查究竟要起到什么样的社会作用)。调查目标明确,一方面可以使参加调查的人员统一认识、协同工作,另一方面又可使被调查者能够自觉主动地与调查者密切配合。

第二,选择调查单位。即社会调查的对象是谁,在什么地区进行,调查的范围有多大。调查单位的选择要做到三个有利于,即有利于达到调查的目的;有利于实地调查工作的进行;有利于节约人力、物力、财力和时间。

第三,选择调查方法。调查研究的方法很多,但最主要的是资料搜集的方法和研究资料的方法。调查方法应适应调查课题的客观需要,但同一调查课题往往可以采取不同的调查方法,同一调查方法往往也可以适用于不同的调查课题。因此,如何选择最有效的调查方法,就成为调查总体方案设计中的一个重要内容。

第四,调查工具的使用。调查方法确定之后,还要确定搜集资料和研究资料的工具。调查工具包括两大类:一类是器具性的,如录像机、摄像机、照相机、录音机、计算机、交通工具等。另一类是文书性的,如访问提纲、问卷表、统计表、卡片等。

第五,调查人员的组织。除个人单独进行的调查外,任何社会调查都存在着调查人员的选择和组织问题。包括课题负责人的确定,分组及分组负责人的确定,调查人员的选择、培训和管理等。

第六,调查经费的筹措。没有经费是很难进行调查的,因此,调查经费如何进行筹措和使用,是调查总体方案中的一个十分重要的问题。

第七,调查时间的安排。不同的调查课题有不同的最佳调查时间。例如农村调查要避开农忙时间;企业调查要避开年终结算的时间;人口调查要在人口流动最少的时间进行等等。

第八,其他有关工作的安排。包括利用报纸杂志、广播电视、互联网等各种媒体,对调查工作的重要性和必要性进行宣传,以引起人们对调查工作的注意等等。

二、制定调查总体方案的原则

要使调查总体方案做到科学实用,必须遵循以下基本原则:

一是可行性原则。即调查方案要从实际出发,根据自身的能力选择适当的调查课题,确定调查的范围和地点。例如,在校大学生的调查,可选择与大学生有关的校内外调查课题,从内容、对象和时间上都比较切实可行。又如政府部门组织的、由专门学者参与的调查,可选择社会生活中群众普遍关心的重大课题。因为这种大型的调查一方面在人力、物力上有政府的大力支持,另一方面也能够在学术探讨和现实对策上有所突破。

二是完整性原则。即调查的总体方案设计要尽量做到面面俱到,对调查过程中可能出现的问题要有所预料,并能事先提出预防的措施和解决问题的办法。调查过程中的点滴疏忽,都会给实际调查带来困难,并会影响调查结论的正确性。

三是时效性原则。即调查总体方案的设计必须充分考虑时间因素,尤其是一些应用性很强的调查课题,更要注重其时效性。例如,市场需求变化调查、近期物价变动调查、本学年毕业生供需状况调查等都是时效性很强的调查,如果调查不注重时效,成为"马后炮"式的调查,就失去了调查的本来意义。

四是经济性原则。即调查总体方案的设计必须努力做到节约人力、物力、财力和时间，力争用最少的人力、物力和财力的投入，取得最大的效果。

五是留有余地的原则。任何调查方案都是一种事前的设想和安排，它与客观现实之间总会存在或大或小的距离。在实际调查过程中，又常常会遇到一些意想不到的新情况、新问题。因此，在设计调查方案时，一定要留有余地，保持一定的弹性。只有这种具有一定弹性空间的调查方案，才是科学实用的调查方案。

三、调查方案的可行性研究

对调查总体方案的可行性研究，其基本的方法有三种：

第一，逻辑分析方法。即用逻辑学的方法来检验调查设计的可行性。例如，调查某地区居民的学历结构，而设计的调查指标却是"文盲"和"半文盲"，这样调查出来的数据是不能说明问题的。因为"学历"与"文盲"、"半文盲"是不同的概念，它们的内涵和外延有很大的差别。这样的设计违背了逻辑学上的同一律，因而对于调查所要说明的问题是无效的。

第二，经验判断法。即用以往的实践经验来判断调查设计的可行性。例如，根据以往的经验，在调查地点的设计上，当人力财力不足时，选点不宜过远；在调查时间的设计上，如果已近年底，不宜到工矿企业调查；在调查工具的设计上，如果物质手段不够，就不宜设计用计算机来处理资料。总之，请有经验的人对调查方案的可行性进行研究和判断，这是使调查能够取得预期效果的一个有效方法。

第三，试验调查法。即通过小规模的实地调查来检验调查设计的可行性，并根据试验调查的结果来修改和完善原设计的方案。试验调查主要是检验调查目标的设计是否恰当，调查指标的设计是否正确，调查人员的能力是否适应，调查工作的安排是否合理，等等。

这里必须指出的是，逻辑分析法和经验判断法虽然简便、易行，但还不能最终说明调查设计的可行性，只有试验调查才是对调查设计进行可行性研究的最基本、最重要的方法。

基本概念：

调查课题　描述性研究课题　解释性研究课题　研究假设　概念的操作化　概念的维度　变量　指标　指标群

思考与练习：

1. 课题的选择需要遵循哪些基本原则？
2. 课题的形成途径有哪些？
3. 假设在调查研究中有什么作用？
4. 概念操作化的意义何在？
5. 变量具有哪些种类？
6. 设计单一指标和指标群的基本要求分别是什么？
7. 请为下列概念设计测量指标：

女性地位，社区生活环境质量，大学生在校表现，居民的法律意识

第四章 社会测量

在社会调查的过程中,必然会涉及到对被调查的社会现象进行测量的问题。对社会现象的测量科学与否,会直接影响到社会调查最终成果的质量,因此,在调查实施前的设计阶段,就应充分考虑这一问题。

第一节 社会测量的概念与特征

一、什么是社会测量

社会测量是指依据一定的规则,将研究对象所具有的属性和特征用一组符号或数字表示出来的一种方法。这种方法在社会调查研究中的意义在于:它能使调查研究的实际操作成为可能;它为调查研究中的定量分析提供了必要条件;它有助于提高社会调查研究的客观性和精确性。

社会测量有四个基本要素:

第一,测量客体。即测量的对象,它是现实社会中所存在的事物或现象。测量的客体可以是个人,也可以是家庭、组织等社会群体。

第二,测量内容。社会测量的内容主要是客体的属性和特征,例如测量的客体是个人,那么测量的内容常常是个人的年龄、性别、态度、职业、收入、社会地位、家庭状况等。如果测量的客体是社会,那么测量的内容常常就是人均收入、城市化水平、社会的福利状况、犯罪率等。这些属性和特征有些是外显的,如性别、职业、行动等;有些是内隐的,如价值观、态度等。需要注意的是,测量内容所侧重的不是孤立的客体的属性和特征,而是在客体的属性和特征之间寻找它们所具有的普遍联系,从而使我们在这些不同的客体的属性和特征中间进行比较,发现它们的关系及其变化规律。如我们要测量农民的生活水平,可以把农户分成贫困户、温饱户、小康户、富裕户等,在对它们的相互比较中,发现和测定农村的基本生活状况。

第三,测量规则。即在测量过程中,对具体的测量内容和测量行为进行规范的操作规则。比如"年初人口数加年末人口数乘以$\frac{1}{2}$就是该年的平均人口数",这句话所陈述的就是测量年平均人口数的规则。要测量人们的收入状况,那么"工资单上所发的金额加上每月所发的奖金数额"就是一种测量规则。

测量人们对某一事物的态度的规则,常常是用某些数字符号来代表各种不同的态度。如用1代表"非常满意";用2代表"比较满意";用3代表"无所谓";用4代表"不太满意";用5代表"非常不满意",等等。这些测量规则的制定与运用必须正确,即所使用的符号或数字应正确地代表所要反映的事物,事物本身与符号、数字之间的关系越是一致,所得的结果就越符合期望。

第四,测量工具。是指由反映测量客体的属性和特征的各种符号和数字所构成的测量指标。一些测量指标纯粹由文字符号构成。如性别用"男""女"这两个概念来表示;文化程度用小学、初中、高中等概念来表示。另一些测量指标主要用数字符号来表示。如月工资收入,可以用1000元以下,1000—2000元,2000—3000元,3000元以上等数字符号来表示。还有一些反映人们的不同态度的测量指标,虽然也常用数字来表示,但这些数字仅是一种抽象的代表符号,并无实际的数学意义。由于社会现象的复杂性,对社会现象的测量单靠某个测量指标是远远不够的,还需有一系列相关的指标。这就要借助于测量表来科学地安排这些指标,调查表、问卷表、量表等都是这种测量表的具体形式,是社会调查中所使用的十分有用的测量工具。

二、社会测量的特点

最早研究测量问题并广泛应用于实验研究的是自然科学。今天,测量在自然科学中的应用和发展已达到非常专门化、精确化的程度。自然科学的测量方法,事实证明也是完全可以运用于社会科学领域的。因为社会事实一经产生,就超越个人意志而成为客观的存在;社会现象在表面上看是孤立的、个别的,但它仍然具有一定的规律性。社会现象与自然现象的这种一致性,使社会科学对社会现象的测量成为可能。当然,相对于自然科学中的测量,社会测量有着自己的特殊性。

社会测量的特殊性首先表现为其标准化和精确化程度较低。由于社会生活纷繁复杂,人的行为表现各种各样,并且处于一种不断的变化之中,要测定社会现象、人类行为远不如测量山高、体重那么容易。事实上,社会现象之间的关系,大多不是简单的因果关系,而是表现为相关关系。社会规律也不是确定性的规律,而只是一种或然性或倾向性的规律。所以,社会测量既不可能找到像自然科学那样的基本规律,也不可能形成彼此联系、相互支持的精确的测量系统。

其次,社会测量受人为因素的影响较大。在社会测量中,人们一方面作为测量的客体,另一方面又作为测量行为的承担者,即测量的主体,这使得社会测量与自然科学的测量相比有一种重要的差别,即人为因素的影响较大。社会测量的成功与否,在很大程度上依赖于测量者的认识水平、价值取向和测量经验,不同的测量者对测量结果的解释也不尽相同。

尽管如此,社会测量对于调查研究来说仍然有着重要的价值和意义。马克思说过:"一门科学只有在成功地运用数学时,才算达到了真正完善的地步。"[①]只有对社会现象的量的数据进行有效的测量和科学的分析,才有可能对复杂多样的社会现象进行深入的研究,发现其本质及其规律性。可以这么说,进行有效的社会测量和科学的数量分析,是使社会调查走向真正科学的完备形态的标志。没有测量,就没有对社会现象的定量分析,就没有现代意义上的社会调查研究。

① 保尔·拉法格:《忆马克思》。《回忆马克思恩格斯》,人民出版社 1957 年版,第 77 页。

第二节 社会测量的层次

对社会现象的测量不是一个主观任意的过程,它必须依据某种能够客观地反映测量客体的特征和属性的标准才能进行。由于社会现象的复杂性和多样性,用来测量社会现象的方法也有多种类型和不同层次。比较常用的测量方法有定类测量、定序测量、定距测量、定比测量等四种不同的层次或类型。

一、定 类 测 量

定类测量,又称定名测量。它是对测量对象的属性或特征的类别加以鉴别的一种测量方法。事实上就是将调查的事物加以分类。如下列几组变量:

$$
性别\begin{cases}男\\女\end{cases} \qquad 人种\begin{cases}黄种\\白种\\黑种\end{cases} \qquad 婚姻\begin{cases}未婚\\已婚\\离婚\\丧偶\end{cases}
$$

这里的"男"、"女"是性别的变值;"黄种"、"白种"和"黑种"是人种的变值;"未婚"、"已婚"、"离婚"和"丧偶"是婚姻的变值。这些变值之间只有类别的划分,而没有大小、高低、优劣的差别。因此不能说男和女谁高谁低谁优谁劣;对于人种,也不能划分优劣;至于婚姻的各种不同状况,既是每个人的自由选择,也是一种客观事实,都应当予以理解和尊重。所谓性别歧视、种族歧视和婚姻歧视这些社会现象,都是由于对本来属于定类的变量作了不适当的定序处理。

通常,我们对研究对象进行定类测量时必须遵循如下原则:第一,由于定类测量实际上是分类系统,所以它必须有两个以上的变量值。第二,这些变量必须相互排斥,也就是说,同一个变量值只能代表性质或特性相同的事物,只能符合一种类型。如对性别进行分类时,被测定者非男即女,不可能同属两类。第三,测定的对象都有一个合适的类型,不能没有归属。

定类测量是社会测量中最简单、最基本的测量类型,测量水平和层次最低。它既不能类比大小,又不能按顺序排列。适用于定类测量层次的统计方法有比例、百分比、X^2 检验和列联相关系数等。

二、定 序 测 量

定序测量,又称等级和顺序测量。它是指对测量对象的属性和特征的类别进行鉴别并能比较类别大小的一种测量方法。这种方法能把测定对象的特征和属性按高低、强弱、大小、多少的程度排列成序。这种排列顺序并不是人们的主观愿望和随心所欲,而是由测定对象本身固有的特征所决定的。如果我们将定序测量和定类测量加以比较的话,那么我们可以看出,定序测量与定类测量相同的地方是被测定的对象都是相互排斥的,同时又都包罗无遗。但是,定序测量与定类测量也有明显的不同。定序测量不仅能鉴别类别,而且能指明类别的大小、强弱程度,而这在定类测量中无法实现。因此,在测量的精确度上,定序测量比定类测量要高一个层次。但是,由于定序测量所测定的各个类别之间没有确切的度量单位,不能进行代数运算,故尚不能确定各个类别间大小、高低或优劣的具体数值。如下列几组变量:

$$
\text{家庭规模}\begin{cases}大\\中\\小\end{cases}\quad
\text{生活水平}\begin{cases}贫困\\温饱\\小康\\富裕\end{cases}\quad
\text{文化程度}\begin{cases}文盲\\小学\\初中\\高中\\大学\end{cases}
$$

这些变量值之间的大小、高低、优劣的差别是显而易见的。但究竟大多少小多少,高多少低多少,好多少差多少,其具体数值则是难以确定的。比如不能说"小学 - 文盲 = 初中 - 小学","富裕 - 小康 = 温饱 - 贫困","大 - 中 = 中 - 小"。正因为定序测量无法进行代数运算,因此,适合于定序测量的统计方法主要有中位数、四分位差、等级相关和非参数检验等。

三、定 距 测 量

定距测量,是一种能够测定事物的属性和特征的差别程度的测量方法。它除了能够确定变值的类别以及变值之间的顺序外,还能进一步计算各变值之间相差的实际数值。定距测量的数学特点是能够进行加减运算,但不能进行乘除运算。如下列几组变量:

$$
智商
\begin{cases}
0\ 分 \\
\vdots \\
40\ 分 \\
\vdots \\
80\ 分 \\
\vdots \\
120\ 分
\end{cases}
\qquad
温度
\begin{cases}
0℃ \\
\vdots \\
20℃ \\
\vdots \\
30℃ \\
\vdots \\
40℃
\end{cases}
$$

显然,这些变值之间相差的距离是可以测定的。如80分比40分要高40分;40℃比30℃要高10℃。但是,我们也要注意到,不能说智商为80分的人比智商为40分的人的智力要高一倍;智商为0分,并不意味着某人就绝对的愚蠢。同样,温度为0℃也不意味着没有温度。可见,定距测量中的"零"并不是绝对的"无",而是以某种人为的标准而定的标志值。适用于定距测量的统计方法有算术平均值、方差、积差相关、复相关、参数检验等。

四、定 比 测 量

定比测量又称为比率或比例测量,是一种能够测定事物间比例、倍数关系的测量方法。符合定距测量基本要求的大部分变量,也都符合定比测量的基本要求。这种测量方法除了具有前面三种测量方法的所有特征外,还能对变量值进行乘除法的运算,因而是四种测量类型中测量层次最高的一种类型。为了使这种测量具有实际意义,定比测量要求有一个绝对的、固定的而非任意规定的零点。有没有这个绝对零点存在,是定比测量与定距测量的重要区别。如以下的几组变量:

$$年龄\begin{cases}0\ 岁\\\vdots\\5\ 岁\\\vdots\\20\ 岁\\\vdots\\60\ 岁\end{cases} \quad 身高\begin{cases}0\ 米\\\vdots\\1.2\ 米\\\vdots\\1.6\ 米\\\vdots\\1.8\ 米\end{cases} \quad 工资\begin{cases}0\ 元\\\vdots\\500\ 元\\\vdots\\1000\ 元\\\vdots\\2000\ 元\end{cases}$$

年龄、身高和工资都有绝对的零点。这里的"零"都表示真实的"无"，因而可以对其进行乘除的数学运算。如20岁是5岁的4倍;1.8米是1.2米的1.5倍;80元是40元的2倍,等等。由于定比测量不仅可以进行加减运算,而且可以进行乘除运算,这就使得各种统计方法均可得到使用。

定类测量、定序测量、定距测量、定比测量,是社会测量中最常见的四种类型。它们之间存在着不可分割的联系。第一,从定类—定序—定距—定比测量,层次依次上升,趋向复杂,测量水平也不断提高。第二,每一较高层次的测量类型,都是以较低层次测量类型为基础的。所以,每一高层次的测量,都包含着低层次测量类型的全部特征。

为了清楚地了解这四级测量层次的区别和内在联系,我们可以通过表4-1把它们显示出来:

表4-1　四级测量层次的特征、功能和适用的统计分析方法表

名称	特　点	基本功能	数学特征		适用统计方法
定类测量	分类符号	分类、描述	=	≠	百分比,X^2检验,列联相关系数
定序尺度	1.分类符号 2.等第顺序	1.分类 2.可按顺序排列	=　>	≠　<	中位数,四分位差,等级相关,非参数检验
定距测量	1.同上 2.同上 3.差值大小	1.同上 2.同上 3.差值的确定与比较	=　> >　 +	≠　 　 -	算术平均值 方差 积差相关 复相关 参数检验

名称	特　点	基本功能	数学特征	适用统计方法
定比 测量	1. 同上 2. 同上 3. 同上 4. 有绝对 零点	1. 同上 2. 同上 3. 同上 4. 比值的确定与 比较	= ≠ > < + − × ÷	算术平均值 方差 积差相关 复相关 参数检验 几何平均值

　　需要指出的是,对于同一个变量,可以根据研究者的实际需要对其作不同层次的测量。如对生活水平可对其作贫和富的定类测量,也可作贫困、温饱、小康、富裕的定序测量,还可作月生活费分别为 500 元、600 元、700 元、800 元的定距和定比测量。一般说来,测量的层次越高,获得的信息也越多,测量也越精确。因此,在社会调查研究中对变量的测量应"就高不就低",即尽量作较高层次的测量。当然,由于社会调查研究的实际可能和需要,像年龄、身高、体重、工资这些可作定比测量的变量,一般都作为定距变量处理。同样,根据调查研究的实际需要,定距变量可作为定序变量乃至定类变量处理,定序变量也可作为定类变量处理。

第三节　量　　表

一、量表的概念

　　量表是在经验层次上对社会事实进行主观评价的具有结构强度顺序的测量工具。

　　量表和指标都是测量工具,都在经验层次上反映和再现变量,但两者又有区别。首先,量表反映的是一种主观评价,主要用于态度的测量,而指标既可以是主观性的也可以是客观性的。许多指标如离婚率、犯罪率、教育程度、性别比等都不包含主观判断的成分;其次,量表所列指标的指标值一定要用按一定强度顺序排列的分值来表示。量表是衡量变量的综合指标。比如一份测量人们对计划生育政策的态度的量表由多个相关的问题组成,每个问题都称作一项内容,每一项内容都可以看作是经验变量的一个指标或一个指示标志,而一个量表就可由若干个指标构成。所以,量表是一个指标群,是对变量的复合测量。但量表又不仅仅是指标群。指标群往往是通过若干相关的指标来测量某个变量的。如测量宗教信仰程度,用是否参加某个宗教组织,是否熟悉宗教教义,是否阅读宗教书籍,一定期间内上教堂的次数,一定期间内参加宗教活动的次数这些指标来测量,这些指标构成一个指标群,用来反映被调查者的宗教信仰程度。其中的每一个回答可以用分值来表示也可以不用分值表示。但用量表测量宗教信仰程度,其中的每一个回答都一定要赋予一个分值,并用总的累积分值来表示被调查者的态度强度。如表4-2就形成一个量表,其中"会"被赋予分值1,"不会"被赋予分值0,并用每个人回答的累积分值来表示他宗教信仰的程度。

表4-2 请表明您对下列有关宗教问题的态度

	会	不会
你会阅读宗教书籍吗?	1	0
你会坚持做礼拜吗?	1	0
你会向别人宣传教义吗?	1	0
你会说服别人信仰宗教吗?	1	0
你会捐资给宗教机构吗?	1	0
你会希望自己成为一个教职人员吗?	1	0

量表的测量就是通过赋予变量的不同反应模式相应的分值,使不同选项反映变量变异程度的强弱。这一点也是量表与一般问卷的主要区别所在。

量表的主要作用在于能通过间接的、定量的方式衡量那些难以直接观测和客观度量的人们的主观态度,特别是测量态度和观念的不同程度和差异。

二、量表的类型

量表在社会调查研究中的应用越来越广泛,人们在长期的实践过程中也总结出了一些制作量表的方法,形成一些具有典型意义的量表类型。

1. 总加量表

总加量表又称里克特量表,是 1932 年由里克特提出并使用的。总加量表是最为简单、同时也是使用最为广泛的量表。其主要目的是用来测量人们对某一事物的看法和态度,主要形式是询问答卷者对某一陈述的判断,并以不同的等级顺序选择答案,如"非常同意"、"同意"、"不同意"、"非常不同意"等。如表 4 - 3 就是总加量表的一个例子。

表 4 - 3　请表明您对下列问题的态度

	同意	不同意
1. 随地吐痰是一种个人的不良行为。	1	0
2. 随地吐痰影响中国人的形象。	1	0
3. 随地吐痰是一种严重的恶习,导致疾病的传播和流行。	1	0
4. 随地吐痰这种不良行为完全是能够改变的。	1	0
5. 随地吐痰者应该受到公众的谴责。	1	0
6. 随地吐痰者应受到严厉的处罚。	1	0

总加量表按可供选择的答案的数量的不同,可以分为两项选择式和多项选择式两种形式。两项选择式只设同意、不同意,或是、不是两项可供选择的答案,如表 4 - 3 所示。多项选择式通常设非常同意、同意、说不上、不同意、非常不同意五个等级供选择,如表 4 - 4 所示。多项选择式量表由于答案类型的增多,人们在态度上的差别就能更清楚地反映出来。因此这种量表比两项选择式量表要用得更多一些。

按陈述所代表的态度倾向的不同,总加量表又可以分为完全正向式和正向与负向混合式两种形式。表 4 - 3 中的陈述都是谴责随地吐痰行为的陈述,故是完全正向式的表达形式。表 4 - 4 中的陈述中,"人们应当劝导和说服亲友和邻居节制生育"是对节制生育制度抱肯定态度的一种正向式陈述,而"控制生育是违反天意的,应当顺其自然地生育"是对节制生育制度抱否定态度的一种负向式陈述。这种混合

70

式量表的正向式陈述与负向式陈述之间由于能起到互相印证和检验的作用,故而能更准确地反映人们的态度倾向,因此这种量表就比完全由正向式陈述构成的量表用得更普遍。

设计总加量表的具体步骤是:

(1)确定主题,并以赞成或反对的方式写出若干与主题相关的看法或陈述。

如测量人们对节制生育的态度,提出如下问题(见表4-4)。

表4-4　人们对节制生育的态度量表

	非常 同意	同意	说 不上	不 同意	非常 不同意
1. 人们应当劝导和说服亲友和邻居节 制生育。	5	4	3	2	1
2. 人们应当按国家的需要来考虑生育 问题。	5	4	3	2	1
3. 控制生育是违反天意的,应当顺其 自然地生育。	1	2	3	4	5
4. 宣传节制生育完全没有必要。	1	2	3	4	5
5. 有了一个孩子后,就应当采取可靠 的节育方法。	5	4	3	2	1
6. 节制生育应当用强制手段来实行。	5	4	3	2	1
7. 不节制生育会给家庭带来沉重的 负担。	5	4	3	2	1
8. 节制生育完全是个人的事,别人无 权干涉。	1	2	3	4	5

(2)对每一个问题均有"非常同意"、"同意"、"说不上"、"不同意"、"非常不同意"五种回答,每个回答均要记分。在总加量表中,一般都会有正向问题和负向问题,如果正向问题如"人们应当劝导和说服亲友和邻居节制生育"记为5、4、3、2、1分,那么负向问题如"控制生育是违反天意的,应当顺其自然地生育"就记作1、2、3、4、5分。

(3)试调查。从调查对象中抽出一部分样本进行试测,以便发现量表设计中有什么问题,是否会引起误解,更重要的是检查每道题的分辨力。具体方法是计算出每一个人的全部答案的总分,计算得分最高的25%和得分最低的25%的试测者在每一个问题上的平均分,两者相减所得的差为辨别力评分,辨别力评分高的问题保留,辨别力评分低的问题删掉。如上例,对一个社区中20人进行试测,若得分最高的25%的5人在第一题的得分分别是5、4、4、5、5分,得分最低的25%的5人第一题的得分分别是2、2、1、1、1,那么,得分最高的5人在第一题的均分为$(5+4+4+5+5)/5=4.6$,而得分最低的5人在第一题的均分为$(2+2+1+1+1)/5=1.4$,两者相减$4.6-1.4=3.2$即为第一题的分辨力系数。分辨力系数越小,就说明这一题的分辨力越低,分辨力低的题目应该删除。

(4)经过筛选,选择一组辨别力高的问题组成量表。

(5)选择调查对象,发送量表让被调查者填写。

(6)计算每一个被调查者在所有问题上答案的总分数,这个分数就是每个人关于这一社会现象的态度和看法。

总加量表可以测量每个被调查者的社会意向,即个人的总的态度倾向,也可以测量全体被调查者关于某一问题的平均倾向,这时只要把全体被调查者所得分数加总,再除以被调查人数,就测出全体被调查者关于某一问题的平均倾向。

总加量表的最明显的优点是设计容易;其次它的适用范围比其他量表要广,可以用它来测量一些其他量表不能测量的某些多维度的复杂概念;再次,总加量表的五种回答形式使回答者能够很方便地标出自己的位置。

总加量表的最主要缺点是相同的态度得分者有可能具有十分不同的态度形态。因为总加量表是以各项目总加得分代表一个人的赞成程度,它可大致上区分个体间谁的态度高谁的态度低,但无法进一步描述他们的态度结构差异。

2. 语义差异量表

语义差异量表又叫语义分化量表,最初由美国心理学家 C. 奥斯古德等人在他们的研究中使用,20 世纪 50 年代后发展起来。在社会学、社会心理学和心理学研究中,语义差异量表被广泛用于文化的比较研究,个人及群体间差异的比较研究,以及人们对周围环境或事物的态度、看法的研究等等。语义差异量表以形容词的正反意义为基础,标准的语义差异量表包含一系列形容词和它们的反义词,在每一个形容词和反义词之间有约7—11个区间,我们对观念、事物或人的感觉可以通过我们所选择的两个相反形容词之间的区间反映出来。如表4-5、表4-6都是语义差异量表的例子:

表4-5　你对婚姻的感觉如何?

坏的	1 2 3 4 5 6 7	好的
安静的	7 6 5 4 3 2 1	吵闹的
现代的	7 6 5 4 3 2 1	传统的
温暖的	7 6 5 4 3 2 1	寒冷的
简单的	7 6 5 4 3 2 1	复杂的
深刻的	7 6 5 4 3 2 1	浅薄的

表4-6　你对同事们的印象和评价如何?

	非常	十分	有点儿	说不上	有点儿	十分	非常	
合作								不合作
愉快								不愉快
吵架								情投意合
自私								不自私
爱挑衅								和蔼可亲
精力充沛								无能为力
效率高								效率低
聪明								笨拙
苛刻								宽容

在使用语义差异量表时,要特别注意尽可能全面地包括概念、事物或人的各个层面。同时,以表4-6为例,合作、愉快、精力充沛、效率高、聪明等是正指标,可从左到右以7—1记分;吵架、自私、爱挑衅、苛刻等是负指标,可从左到右以1—7记分。这样,同较高分值对应的是正指标,同较低分值对应的是负指标。测量结果出来后,有两种处理方

法:一是单个加总记分,把每个被调查者所有回答的分值加起来,计总分,这是每个被调查者个人的感觉和评价得分;二是求整体平均数,即将所有被调查者总分加起来除以人数,得算术平均数,这个算术平均数就是群体平均的感觉和评价。

语义差异量表有一个缺陷,即询问比较模糊,程度上的差异很难把握,且在形成一个总的印象与评价过程中,个人也会把经验等因素掺入进来。但尽管有缺点,这种测量方法仍然是有效的,因为求所有被调查者回答的平均数,能够中和一些偏见与极端的看法,作为平均倾向,可以对各种群体进行比较与评价。

3. 鲍格达斯社会距离量表

鲍格达斯社会距离量表产生于 20 世纪 20 年代,主要用来测量人们相互间交往的程度、相互关系的程度或对某一群体所持的态度及所保持的距离。例如,要测量人们对外国人的容纳程度,可以用下面的表4－7测量。

表 4－7　人们对外国人的态度量表

	愿意	不愿意
1. 居住在同一个国家		
2. 一起旅游		
3. 点头之交		
4. 成为同事		
5. 成为邻居		
6. 成为好朋友		
7. 结婚		

上表7个指标之间有一个顺序结构,如果我们愿意与一个不同种族的人结婚,我们当然也愿意与他成为朋友、邻居和同事。即使我们不愿意与一个不同种族的人结婚,但如果我们愿意与他成为朋友,当然可以和他成为邻居、同事。按此逻辑推理下去,鲍格达斯社会距离量表的每一个指标都是建筑在前一个指标之上的。它的优点在于极大地浓缩了数据。鲍格达斯社会距离量表的原则也可以用到其他概念的测量上

去,是一个很经济实用的指标。

4．累积量表

累积量表又叫古德曼量表,主要测量人们的态度倾向等级。与上述量表不同,它不是一种现成可使用的量表,而是需先依据数据构筑标度,再建立量表。它的最主要特征是量表中后一等级积累了前一等级的强度,受访者只要支持某个较强的变量指标,就一定会支持较弱的指标。如:我们都知道乘除法较加减法难,掌握乘除法的人也应相应地掌握加减法,而根号计算又比乘除法难,掌握根号的人应会乘除法和加减法。因此在加减法、乘除法和根号之间实际上存在着一种强度结构。现在,我们假设不清楚加减法、乘除法与根号之间是否存在着这样一种强度结构,而试图用累积量表的方法来检验能否构筑这样一个量表。

由于累积量表的构筑是采集数据在先,因此,我们选了100名6—12岁的儿童,分别测试他们对加减法、乘除法与根号计算的能力。下面是这100名儿童的测试结果。

回答组合	加减法	乘除法	根号计算	人数
1	不会	不会	不会	12
2	会	不会	不会	26
3	会	会	不会	32
4	会	会	会	25
5	不会	会	会	0
6	不会	不会	会	0
7	不会	会	不会	5
8	会	不会	会	0

从回答中可以看出,在8种可能的组合中,绝大多数的回答属于1、2、3、4四种模式。而这四种模式又排成一种顺序结构,第一种模式是三种能力全无;第二种模式是会最容易的加减法,但不会乘除法与根号计算;第三种模式是会最容易的加减法和比较容易的乘除法;第四种模式是三种全会。由于这四种模式表达了加减法、乘除法、根号计算的顺序关系,我们把它们称为具有可标度性的模式。属于5、6、7、8四种模式的回答只有5个,其中5名儿童会乘除法,但不会加减法与根号计

算,这不符合实际情况。由于后四种模式都不符合加减法、乘除法与根号计算的顺序关系,我们把它们称为不具有可标度性的模式。如果具有可标度性的模式为正确的模式,那么这些不具有可标度性的模式就是错误的模式。

根据具有可标度性模式的人数与总人数之比,我们可以计算出累积量表的一致性系数。一致性系数又称再现系数,表示在所有回答中保持一致性的程度,或者说所有回答中以相同形式再现出来的程度。显然,在所有回答中,去掉反常回答的百分比,就是保持一致性的回答的百分比。

$$一致性系数 = 1 - \frac{错误回答数}{回答总数}$$

上例中,在 100 名儿童中有 5 名选择了错误的模式,错误回答数为 5。100 个人回答 3 个问题,回答总数为 300。因此,一致性系数 $= 1 - \frac{5}{300} = 1 - 0.02 = 0.98$。一般说,一致性系数必须达到 0.90 或 0.95 以上,累积量表的构筑才能算是成功的。

累积量表的设计步骤如下:

1. 就某一调查主题提出若干测量项目,即根据测量的特征选择若干问题。

2. 每个项目的答案均为"是"、"不是"或"同意"、"不同意"。

3. 让部分被调查者进行填答,收集数据,去掉那些不能很好区分是赞成的回答还是不赞成的回答的陈述。如要了解人们对堕胎的态度,可先抽样调查人们在各种不同情况下支持女性堕胎的百分比,以 1996 年美国全国社会调查的一个样本为例①,如表 4 - 8。

4. 按调查数据排列这些陈述的内在结构,算出一致性系数。在上述三种情况下的支持率差别表现了受访者对各项目支持的不同程度。如果他支持未婚女性堕胎,那么他也应支持因强奸而怀孕的堕胎,当然

---

① [美]艾尔·巴比:《社会研究方法》,华夏出版社 2000 年版。

表4-8　支持女性堕胎的百分比

女性的健康受到严重威胁	92%
因强奸而怀孕	86%
未婚怀孕	48%

他也会支持女性生命受到严重威胁时的堕胎。这样构成了初步的等级结构之后,再利用收集到的数据进行如表4-9的排列。

表4-9　支持堕胎的量表分析

健康受到严重威胁	因强奸而怀孕	未婚怀孕	样本数
+	+	+	612
+	+	-	448
+	-	-	92
-	-	-	79
			总计:1231
-	+	-	15
+	-	+	5
-	-	+	2
-	+	+	5
			总计:27

"+"表示支持女性的堕胎权利,"-"表示反对女性的堕胎权利。

该表的后四个回答类型显示的是违反项目等级结构的回答模式,即他们接受较难作决定的项目而拒绝较易作决定的项目。根据分析,算出一致性系数,即一致性系数 $= 1 - \dfrac{27}{1258 \times 3} = 1 - \dfrac{27}{3774} = 0.99$。显然,一致性系数符合要求,我们能够划定测量的等级结构。

5. 划定了测量项目的等级结构后,把这些陈述按等级排列,给每个测量项目均使用相同的回答等级,并计分(如"完全同意"计5分、"同意"计4分、"不知道"计3分、"不同意"计2分、"完全不同意"计1分),制成量表。

6. 根据全体被调查者的回答,计算每一个测量项目等级的总得分和各测量项目的得分平均值,并按平均值的高低将项目排列起来。得分平均值高的测量项目是被调查者的主要态度倾向。

如前所述,总加量表有个缺陷,即许多人对于量表的回答各不相同,但它们所得总分却可能是相同的。这样,它就无法进一步描述被测量者的态度结构差异。而累积量表自身结构中存在着某种由强变弱或由弱变强的逻辑关系,它的每一个量表总分都只有一种特定的回答组合与之对应。但累积量表也有弱点,它是由一组具有单维性质的问题组成的,这种单维性往往只是某一部分人的态度模式。一组特定的陈述可能在某一群体中表现出单维模式,却不一定在其他群体中也表现出这样的单维模式。此外,由于累积量表要求严格按单一维度设计问题,故设计起来十分困难。所以,在现实的研究中,累积量表不如总加量表应用广泛。

第四节 社会测量的信度和效度

社会测量的信度和效度是我们对测量的质量进行评估的两个指标。

一、社会测量的信度

社会测量的信度是指运用相同的测量手段重复测量同一对象时所得结果的前后一致程度。

例如我们用同一份问卷测量一个小团体的凝聚力程度,如果前后测量几次的结果相同,就可以说明它的信度高,相反地,如果紧连着几次测出的结果都不同,就说明它的信度低。这就如同我们用同一台磅秤去称某一物体的重量,如果称了几次都得到相同的结果,则可以说这台磅秤的信度很高;如果几次测量的结果都不相同,则可以说它的信度很低,或者说这台磅秤是不可信的。

测量的信度通常以相关系数来表示。在实际的应用中,信度指标主要有下面几种类型。

(1) 复查信度。所谓复查信度,是指对同一群对象,在不同的时间点采用同一种测量工具先后测量两次,根据两次测量的结果计算出相关系数,这一相关系数就叫做复查信度。比如:调查某地农村社区居民参加养老保险的意愿,结果愿意参加的人占 30.8%,一周之后进行复查,结果愿意参加的人占 31.1%,两次调查结果相差 0.3%,这就是某地农村愿意参加养老保险人数的复查信度。两次的调查结果接近,说明调查结果是稳定的,所采用的方法是可信的,调查信度是高的。

(2) 复本信度。所谓复本信度,是指将一套测量工具设计成两个(或两个以上)等价的复本,用这两个复本同时对同一研究对象进行测量,然后计算出其所得两个结果之间的相关系数,此相关系数即为复本信度。比如学校考试时出的 A、B 卷,就是这种复本的一个近似的例子。在进行这两类调查时,必须设计两份在内容、难度、长度、排列等方面都相类似的问卷。这两套问卷是等价的,故称为复本。然后用两套问卷先后对同一个对象进行调查,并根据调查对象对两套问卷的相应问题所作出的回答,进行分析比较,找出相关系数,就可以得出所调查问题的信度。

(3) 折半信度。复本信度、复查信度的共同特点都是必须经过两次调查才能检验其信度,在调查只实施一次的情况下,通常采用折半法来估计测量的信度。即将调查的所有问题按性质、难度编好单双数,在单数题目的回答结果与双数题目的回答结果之间求相关,这一相关系数就叫做折半信度。这里必须注意的是,由于问卷是按折半拟出的,因而问卷题目只是原来的一半。由于长度减少会降低信度,因此,必须根据以下的公式加以校正放大:$r = \dfrac{2r_n}{1 + r_n}$。其中 r 是修正后的信度,r_n 是折半求得的相关系数。比如,应用折半法求得录用人员时进行考试的成绩和录取后工作能力的相关系数为 0.7,代入上述公式 $r = \dfrac{2 \times 0.7}{1 + 0.7} = 0.82$,这里求出的 0.82 就是根据公式放大的相关系数。一般说来,社会调查的信度高达 0.8 以上,才能认为调查是较为可靠的。

社会调查的可靠与可信是科学的社会调查的最基本要求。但是在实际的社会调查过程中,由于所使用的调查方法不当或其他种种因素的干扰,社会调查的信度会受到影响。影响社会调查信度的因素主要有:(1)抽样调查所依据的样本容量太小。(2)抽样方法不当(或典型的选择不当),造成较大的抽样误差。如仅在某个大城市的几所重点中学中抽取部分样本进行调查,就据此来说明当前我国中学生的思想状况。(3)所使用的测量工具不当或不全面。如在反映职工生活水平时,仅用名义工资的变动情况这一个指标,而不考虑通货膨胀等因素给职工生活所带来的影响。

二、社会测量的效度

社会测量的效度,是指测量工具能够准确、真实地测量事物属性的程度。或者说,是指所用的指标能够如实反映某一概念真实含义的程度。它有两层含义:(1)测量指标与所要测量的变量之间的相关与吻合程度;(2)测量的结果是否接近该变量的真实值。如果二者均一致与接近,则该计量的效度较高。例如,测验学生某科学习成绩,如果所出考试题目不能真实地反映出学生的学习情况,或者测验结果远远低于或高于学生现实水平,那么,这种测验就是无效的,是不能准确地反映学生学习情况的。

效度是个多层面的概念,可以从三个角度去看,因此也就可以把效度分为三种类型。

(1)表面效度。也称内容效度或逻辑效度,指的是测量内容与测量目标之间的适合性和相符性。例如,有人使用"领导是否由群众推选产生","群众能否随时随地找领导提意见或要求"来测量民主这个变量,显然这两个测量具有一定的表面效度。而如果用"群众是否随时随地向领导提意见和要求"作为"劳动积极性"这个变量的测量项目,则表面效度就不高;如果用"领导是否由群众推选产生"作为"劳动积极性"的测量项目,则没有表面效度。

(2)标准效度。也称效标效度或标准关联效度。是指以某次测量的结果为标准,来评价与之相关的另一次测量的有效性。例如,评价汽车驾校笔试成绩的效度,要看考生毕业后的实际驾车技术(如事故发生率),如果这两个测量之间的相关性较高(比如,考生在驾校的笔试成绩较高,其毕业后的驾车技术也较好),说明该汽车驾校的笔试成绩是有效的,反之,就说明该驾校的笔试成绩的有效性值得怀疑。这里,考生的实际驾车技术就是评价其笔试成绩效度的标准。又如,调查人们对中小学课间加餐的态度,一种测量方式是运用直接访谈法,询问被调查者是否赞成中小学课间加餐。为了验证这次调查的有效程度,可以再使用另一种测量方法,即给这些被调查者一份反对给中小学生课间加餐的呼吁书,看其是否愿意在上面签字,如果前后两次测量的一致性程度高,说明第一次直接访谈得到的结果是有效度的。可见,作为参照标准的那次测量(即效标)是影响标准效度客观性和有效性的一个最重要的因素,因此,效标的选择至关重要。一个好的效标必须至少具有较高的表面效度,它才能作为评价另一个测量是否有效的标准。

(3)建构效度。所谓建构效度是指我们根据某种理论假设所设计的测量工具进行测量的结果与该理论假设的吻合程度,如果该测量结果与理论假设相吻合,那么该测量就具有较高的建构效度。建构效度的基础是"变量之间的逻辑关系"[①],它常常在理论研究中使用,通过对理论假设的验证来证明某种测量工具的有效性。比如,我们为了探讨婚姻满意度与其他变量之间的关系,建构了一个理论假设:婚姻满意度与婚姻忠诚度有关,即婚姻满意度较高的人其婚姻忠诚度也较高。如果我们用"你有没有欺骗对方的情形"作为婚姻忠诚度的一个测量指标,而且测量的结果与理论假设一致,即婚姻忠诚度与婚姻满意之间具有较强的逻辑联系,则婚姻忠诚度这一测量指标就有较高的建构效度。但是,如果研究显示,对婚姻满意的和对婚姻不满意的夫妻都有欺骗对方的情形,那么,用婚姻忠诚度这一指标来测量婚姻满意度的建构效度就有待商榷了。

---

① [美]艾尔·巴比:《社会研究方法基础》(第八版),华夏出版社 2002 年版,第 107 页。

三、信度与效度的关系

信度与效度是既相互联系又相互区别的。效度要以信度为基础，有效的测量必须是可信的测量，不可信的测量必定是无效的。例如，我们用同一份问卷测量一个小团体的凝聚力程度，如果接连测量几次的结果都不相同，测量无法保持大致的一致，那么用这份问卷测量的结果就是不可信任的。因为没有信度，也就谈不上测量结果是否有效用的问题。只有当测量的结果基本保持一致时，即具有一定的信度时，才谈得上进一步考察其效度的问题。

但是，信度高只是测量所要达到的必要条件，还不是其充分条件。一个信度高的调查并不等于效度也高。信度只解释资料的真实可靠性，并不能解释这项资料与研究对象是否相关以及相关的程度多大。例如，我们用一份问卷测量一个小团体的凝聚力程度，如果前后测量几次的结果相同，就说明它的信度高。但是，如果这份问卷中所设计的问题都是与测量该小团体凝聚力程度不相干的问题，那么，即使测量的信度再高，其测量结果也不会有用。

所以，一个优良的测量指标必须同时具有信度和效度，是信度和效度的有机统一，只有这样，才能保证调查来的材料是可靠和有用的。

基本概念：

社会测量　定类测量　定序测量　定距测量　定比测量　量表
信度　复查信度　复本信度　折半信度　效度　表面效度　标准效度
建构效度

思考与练习：

1. 社会测量有什么特点？它包含哪些基本要素？

2. 社会测量有哪几种层次？它们各有什么特点？

3. 对人们的婚姻状况、职业、学历、受教育年限、学术水平、年均收入的测量属于哪一个层次的测量？

4. 试设计一份测量人们对独身现象的态度的总加量表。

5. 应如何把握社会测量的信度与效度之间的关系？

6. 试举一个实例,说明社会调查中正确把握社会测量的信度与效度的重要性与必要性。

第五章 社会调查的基本类型

社会调查的目的在于全面地、及时地、准确地认识客观事物,揭示事物发展变化的内在规律性。由于调查研究的具体目的不同,所涉及的调查范围和调查对象以及所用的具体调查方法也不同,因而就有了不同的调查类型。社会调查常有的基本类型是:普查、抽样调查、典型调查和个案调查。

第一节 普 查

一、普查的涵义与特点

普查是指为了掌握被研究对象的总体状况,对全体被研究对象逐个进行调查的一种调查方式。普查又称全面调查,但并不是所有全面调查都可以称为普查。普查一般是范围较广、规模较大的全面调查,如在全国、全省、全市(县)范围内,或在一个全国性行业范围内进行的调查。例如,全国人口普查、土地资源普查等。但如果只是在一个工厂、一条街道、一个村庄范围内进行的全面调查,就不能称为普查。工厂、街道、村庄只能被看作是典型调查中的一个典型,或抽样调查中的一个样本。

普查有以下特点:

(1) 调查范围广、调查对象多。普查所涉及的范围往往遍及全国或全省、全市(县),被调查的对象,往往涉及每一个特定的单位或社会成员。

(2) 工作量大,代价高。由于普查的范围广、对象多,使得组织工作比较复杂,工作量很大。调查中需要投入大量的人力,代价也高。如第三次全国人口普查,从 1979 年底成立国务院人口普查领导小组开始,到 1985 年 11 月正式结束,历时约六年。投入了 518 万普查员,109 万普查指导员,13 万编码员,5000 多名电子计算机工作人员,并得到 1000 多万基层干部、群众的配合。普查共花费人民币 4 亿元,包括联合国资助 1560 万美元。

(3) 时间性强。普查属于时点性调查。普查所取得的资料,一般是某种社会现象在一定时点上的总量和结构状况的资料。所以,调查时间要求高度一致。例如,我国第三次人口普查规定人口登记的标准时间为 1982 年 7 月 1 日 0 时,全国各地也是在同时开展调查工作,以取得我国在这一时点上的人口总数和人口状态的各种资料。

(4) 调查的资料全面,但调查的内容和项目比较简单。普查是对一个较大范围内的所有单位的调查,获得的资料非常全面。同其他形式的调查相比较,普查所搜集的资料最完整、误差最小。但是,也正由于普查涉及面广,对象多,调查的内容和项目就不能太多太复杂。例如,我国人口普查项目一般只涉及被调查者的最一般、最基本的情况。我国的人口普查大多分为两类:一类是按人填报的,分别是:姓名、与户主关系、性别、年龄、民族、文化程度、在业人口的行业、在业人口的职业、不在业人口的状况、婚姻状况、妇女生育的子女数和现在存活的子女数、现年育龄妇女生育状况。另一类按户填报的有:户的类别(家庭户或集体户)、本户住址编号、本户人数、本户现年出生人数、本户现年死亡人数、有常住户口但已外出一年以上人数等等。从人口普查所确定的项目中可以看到,普查项目必须限制,项目太多工作量就会加大,再加上时间紧,误差就会加大。另外,普查项目只能限于对调查对象的最一般最基本情况的描述。

二、普查的意义与应用范围

普查对于社会的进步和发展有着十分重要的意义。如国家在制定政策和经济社会发展规划时,首先要对本国的国情有一个详细的了解,这就需要借助普查方式。普查的意义主要在于:

（1）通过普查可以取得有关国情的最基本的数字资料。例如，我国解放后于1953年、1964年、1982年、1990年、2000年进行了五次人口普查，取得了五个不同时期的人口总数、性别比例、年龄构成、出生率、生育率、死亡率、家庭户规模、在业人口的行业和职业构成等重要资料，使党和政府以及社会各界掌握了我国人口发展状况这一最基本的国情资料。

（2）通过普查可以取得为制定经济和社会发展计划以及某一方面的政策所需要的专门性资料。例如，我国于50年代和1986年分别进行了两次全国工业普查，1983年进行过一次土地资源普查。普查现已发展到工业、商业、土地、库存、人口等各方面，这些普查工作为我国在治理经济环境、全面深化改革、建立社会主义市场经济新秩序的决策中提供了重要的统计资料。

普查的特点决定了它的应用范围比较狭窄。它主要应用于较大范围的对社会基本情况的调查了解。由于普查是一项庞大的调查工程，故一般只能由政府牵头抓，才可顺利进行。

三、普查的方法与程序

1. 普查的具体方法

普查的具体实施可以有不同的方法，通常采用的有以下两种：

（1）逐级普查。这种普查方法就是组织专门的普查机构，逐级布置调查任务，下达统一的调查表格和要求，调查活动采取统一计划、统一时间、统一行动的方式，由专门的普查员对调查范围内的各单位全面地、有针对性地进行调查登记，然后逐级上报。这种方法所需时间较长。例如我国人口普查就是采用这种方式。

（2）快速普查。快速普查是由组织领导普查工作的最高机关直接把普查任务布置到基层单位。各基层单位根据已有资料调查统计，把结果直接报送组织普查工作的最高领导机关，进行汇总。整个过程常常越过一切中介部门，布置任务和报送资料主要采用电传等通讯工具，使资料传递时间大大缩短。这种方法速度快，但要求普查内容简单，易于电传。例如,1956 年上半年进行的全国钢材快速普查,1982 年全国共产党员人数普查就是采用这种方法。

2. 普查的程序

普查的程序包括普查从开始到结束必须做的几项主要工作。它主要包括:准备、调查登记、汇总整理、总结公布。

(1) 准备工作。准备工作主要有:a. 制定和颁布普查方案。如确定普查对象和单位、普查项目和普查时间等。其中最重要的是确定普查项目。普查项目的设置取决于调查的目的,同时应根据需要与可能相结合的原则进行设置。普查项目设置好以后,将其进行分类,附加说明和计算方法等。b. 设置各级普查领导机构,配备和训练普查人员。这是使普查工作得以顺利进行和完成的组织保证。c. 物质条件的准备工作。包括印制普查文件、设计和印制普查表格、配备电子计算机等各种工具。d. 确定普查试点,修订普查方案、工作细则。e. 进行宣传动员。组织各级普查领导机构和普查工作人员,通过广播、电视等各种宣传媒介,向人民群众宣传普查的意义、作用和方法。同时,要注意消除群众的顾虑,以取得广大人民群众的积极配合,从而保证普查的顺利进行。

(2) 调查登记。这是普查中最关键最重要的一项工作,它直接关系到普查的成败和效果。具体做法是:a. 普查登记。可由被调查者到登记站登记,或由调查员上门访问登记。b. 复查核实。对于登记中可识别的差错,由调查员根据专门编制的检查细则分组复查。发现错误后,应再次进行检查。对于不可识别性差错(例如,实际拥有的耕地数100 亩,只填了 50 亩),就要采用群众议查的办法来发现。c. 普查质量的抽样检查。复查结束后,要在每个普查区随机抽取一定比例的调查对象作为样本,进行核查。d. 手工汇总主要数字。如人口普查中的总人口、性别、民族、文化程度等。e. 编码。把普查表上所列项目按编码规定注上数字代码,为计算机汇总作准备。f. 将普查表集中到普查资料库。

由于这一阶段的工作是整个普查的基础,因此必须严格防止和减少误差,以保证普查质量。

（3）汇总整理并总结公布。根据系统工程理论进行总体设计,规定统一的工作流程和工作进度,制定统一的质量控制标准,统一研究电子计算机数据处理程序系统。以此对普查登记取得的资料进行整理分析,得出结论,然后公布。

四、普查的原则

（1）要有严密的组织和高质量的普查人员队伍。普查需要有一个强有力的普查机构以指导普查工作的开展。这个机构应自上而下呈金字塔形。由各级政府设立普查机构,由政府负责人担任领导,负责普查的组织实施。这样才能保证普查机构的权威性。各级普查领导机构的成员,要包括计划、统计、财政、民政、劳动、卫生和宣传教育等部门的负责人,而各级普查机构中的办事机构——普查办公室,则相应主要由这些部门的业务人员组成,并聘请专家、学者担任顾问。这样,就使普查不仅仅是统计部门的任务,而且成为各个有关部门的共同任务。在政府普查机构的统一领导下,相互配合,密切协作,形成一个严密的组织工作系统,以足够的力量完成普查中的各项任务。

一次成功的普查工作,除了依靠普查机关的工作人员外,还需要及时抽调和训练大批普查工作人员。普查工作人员的数量应根据普查工作的性质和任务来确定。在普查前对普查工作人员要进行必要的训练,帮助普查工作人员了解普查的目的和要求,普查项目的内容和规定,掌握登记统计的基本技能等。训练结束经过考试合格者才能参加普查工作。

（2）要有严格的时间要求。普查中要规定普查的标准时间。所谓标准时间,是指普查人员对调查对象进行登记时所依据的统一时点。这样就能使得在整个普查的空间范围内所调查的现象都表现为某一特定时点上的状态,由此保证普查资料的准确性。由于事物总是处在运动变化之中,我们所调查的现象经常会有变动。如人口现象就有不断发生的出生和死亡、结婚或离婚、迁入或迁出的变动。所以,为了取得准确的人口数,必须规定一个标准的统一时点,以避免普查中出现重复或遗漏。人口普查标准时间一般都选择在人口变动最少的时间,尽量避免人口流动较大的节假日和农忙季节。普查的标准时间确定之后,全国就必须在这个标准时间内调查登记。例如,我国第三次人口普查的标准时点是1982年7月1日零时,全国都必须按这个时间来统计人数,否则就会造成混乱。普查的时间要求还体现在,全国各地同时进行的调查要在尽可能短的期限内完成。最为理想的是全国在同一天时间内调查登记完毕。但实际上,因为需要投入的普查工作人员人数多,耗资大,组织工作艰巨,因此,大都规定在几天内完成普查登记工作。

（3）调查项目和指标必须集中统一。一次普查,只限于了解社会某一方面的基本情况,项目不能多。项目越多,调查难度越大,反而影响对最主要事实的了解。但是,项目亦不能随意减少,否则最基本的情况也无从掌握。因而要统一规定调查项目和指标,不能随意增减。对于项目和指标的理解,不能各行其是。如,对年龄的理解,存在两种情况,有的按虚岁来计算,有的按实岁来计算。对此,必须有统一的规定和说明。

（4）尽可能按一定的周期进行。为使资料有连续性、可比性,普查应定期举行,以利于对比分析,提高普查资料的利用率与价值。例如,各国的人口普查,都是周期性进行的。英国、美国人口普查的周期是10年,德国、法国人口普查的周期是5年。联合国建议在逢"0"或接近"0"的年份进行人口普查,也是为了便于进行国际性的人口资料汇总与对比分析。

五、普查实例:我国第五次全国人口普查

我国第五次全国人口普查是严格按照国际通行的人口普查规范进行的,它的特点是:(1)全面性,即对全国所有人口逐一进行调查;(2)一致性,即对一个特定时点的人口状态按统一规定的项目进行调查;(3)系统性,即对调查资料按统一的方法和要求进行系统整理,并加以公布;(4)普查与抽样调查有机结合,用抽样方法检验普查的质量,并用抽样方法提前汇总部分普查资料。

这次普查共分三个阶段。

第一阶段(准备阶段),从1998年年初至2000年10月。在这一阶段,国务院和省、自治区、直辖市人民政府,设区的市、自治州人民政府和地区行政公署,县、自治县、不设区的市和市辖区人民政府,设置人口普查领导小组及其办公室;乡、镇和街道办事处,设置人口普查办公室;村民委员会和居民委员会设置人口普查小组,分别负责人口普查的领导、组织和具体实施。人口普查所需经费,在保证高质量完成普查任务和厉行节约的原则下,由中央财政和地方财政共同负担,以地方财政为主。各级人民政府的人口普查领导机构,对人口普查数据质量负责,督促人口普查办事机构对各阶段工作进行质量控制和验收。这使我国人口普查工作从一开始就置于各级政府机构的领导之下。在这一阶段,制定和颁布了一系列规范化的文件,如《人口普查工作进度图》、《人口普查登记和复查工作细则》、《人口普查编码工作细则》、《普查员和普查指导员选调及训练细则》等等,保证了人口普查工作有条不紊地进行。

人口普查登记以前,在各级人口普查机构统一领导下,公安机关按照《中华人民共和国户口登记条例》及国家有关户口管理的其他规定,进行户口整顿,有关资料提交乡、镇、街道人口普查办公室。普查员和普查指导员由县、市人民政府负责选调配备,从各级党政机关、企事业单位、村民委员会或者居民委员会干部、教师和大中专学生以及离退休人员中选调,也有临时从社会招聘。农村地区以中小学教师为主体。原则上每个调查小区配备一名普查员,每个普查区配备一名普查指导员。全国共训练了600多万名普查员和普查指导员。普查员、普查指导员对调查小区的人口状况进行摸底工作,明确普查登记的职责范围、绘制调查小区地图,各个调查小区的地理界限在地域上不交叉、不重叠、不遗漏。结合户口整顿,预先明确各调查小区内门牌号码,编制调查小区各户户主姓名底册,供普查员在普查登记时使用。

第二阶段(登记阶段),从2000年11月1日至2000年11月15日。这是普查最关键、最重要的一个阶段。首先,从2000年11月1日—10日,全国600多万普查员和普查指导员,深入到每家每户,采用入户查点询问、当场填报的方式进行,开展现场登记。各地在10月30日、31日两天提前清查登记。提前清查登记的对象,主要是那些露宿在山边、路边、街头、立交桥下、涵洞、车站、码头以及居住在废弃建筑物内的流动人口。在普查登记期间发现未登记的流动人口,就地补漏登记。复查工作在2000年11月15日以前完成。复查工作完成后,全国抽取

0.15‰的人口进行事后质量抽查。事后质量抽查由国务院人口普查办公室统一组织进行,质量抽查工作在 2000 年 11 月 30 日以前完成。

人口普查引入新技术,确保普查信息的准确性、科学性、权威性,已成为第五次人口普查最大的特点。此次普查采用了国际上通用的长短表相结合的登记方法,即在人口普查中设计两种普查表,一种普查项目较少,由所有的人填报,这种表称作短表,也叫做普查表;一种普查项目较多,由一部分人填报,这种表称作长表,也可以称为抽样调查表。这次人口普查,按国家规定的抽样方法,抽选出 10% 的户填报长表;其他90% 的户填报短表。填报短表、长表的户一经被抽中,不能随意调换或增减,否则将影响长表资料的代表性,使人口普查的准确性出现偏差。

第三阶段(汇总阶段)。人口普查资料的汇总工作,按照事先制定的汇总表进行。汇总方式分为快速汇总和电子计算机汇总两种。快速汇总是指在普查员登记复查结束后,采用手工方式,立即对几个主要数字进行提前汇总。全部人口普查资料由人口普查机构负责进行电子计算机数据处理。汇总程序由国务院人口普查办公室统一下发。

汇总阶段,要进行人口普查资料的编码,这是计算机处理人口普查资料的前提。要根据普查的项目和要反映的信息制定编码的方案和规则,以便对收集的信息进行标准分类处理。此次人口普查,对县级及其以上区域的地址代码,采用了国家标准;乡级及其以下区域的地址代码,专门制定了编码规则。人口普查表经复查后,由编码员在编码指导员的指导下,按照统一规定的标准,集中在县级进行编码。编码工作于2001 年 4 月 30 日以前完成。编码资料经全面复核、验收合格后,方可交付录入。

第五次全国人口普查告别手工数据录入时代,首次采用高速度的光电录入系统,采用目前最先进的手写数字录入技术,做到扫描与录入完全同步。人口普查员通过入户调查,将相关信息填写在调查表上,光电录入机通过高速扫描仪将表中的数据读入计算机中。把普查表上的编码信息利用光学字符识别的方式转换成计算机能够直接处理的数字信息。数据录入完成后,经过数据编辑和净化,就可以进行汇总和制表。这套由 421 台扫描仪和软件组成的系统,用半年时间处理完约 4.1亿张调查表,误码率小于 0.069% 。这套系统的采用大大降低了工作强度,减少了统计误差,提高了工作效率,有力地保证了人口普查的质量。

国家统计局和国务院人口普查办公室将快速汇总数据于 2001 年 1月 31 日以前发布公报,公布人口普查的几项主要数字。对人口普查进行的质量抽查,主要数据 2001 年 1 月底前公布。各省、自治区、直辖市人口普查领导小组办公室于2001年9月30日以前将全部汇总结果报送国务院人口普查办公室。国务院人口普查办公室于2001年12月31日以前完成全国人口普查汇总工作,公布汇总资料。数据公布的方式有如下几种:(1)发表公报。以快速汇总的方式对主要的几个项目进行汇总,通过报纸、电视和广播,向全社会公布人口普查的主要结果。(2)出版发行人口普查汇总资料。(3)向用户提供磁盘和光盘。(4)建立数据库,随时向用户提供资料。(5)建立人口地理信息系统。

第二节 抽 样 调 查

一、抽样调查的涵义与特点

抽样调查是指从全体被研究对象中,按照一定的方法抽取一部分对象作为代表进行调查分析,以此推论全体被研究对象状况的一种调查方式。广义的抽样调查包括随机抽样与非随机抽样。狭义的抽样调查仅指随机抽样。我们采用广义的抽样调查概念,但着重介绍随机抽样。

抽样调查中被研究对象的全部单位总和,称总体或母体。总体可分为两种:有限总体和无限总体。如果我们要研究某一城市居民生活状况,虽然居民比较多,但总是有限的,这种总体我们称之为有限总体。而火车、汽车、轮船站的客流量,很难有一个确切数量,即使观察若干个单位时间,其数量也很可能各不相同,因而这样的总体是无限总体。

从总体所包含的全部单位中,抽取出来进行调查的部分单位的集合叫样本。例如,我们从某高校4000名大学生中抽取200名进行专业思想状况的调查,这200名学生就是样本。

抽样调查要从全部单位中抽取部分单位加以调查分析,以取得统计数据。但这不是抽样调查工作的最终目的,根据调查所得的样本统计值估计和推断被调查现象的总体参数值,才是调查工作的最终目的。所谓样本统计值,是指样本中所有单位的某种特征的综合数量表现。最常用的样本统计值有样本平均数(用 $\bar{x}$ 表示)、样本标准差(用 S 表示)等。样本统计值是不确定的,即对同一个总体来说,不同样本所得的统计值往往是有差别的;同时,样本统计值是可以通过计算得到的。所谓总体参数值,是指总体中所有单位的某种特征的综合数量表现。最常见的总体参数值是总体某一特征(变量)的平均数(用 μ 表示)、总体标准差(用 σ 表示)。如某市下岗职工的平均年龄、全国家庭的平均人口数等等。总体参数值是确定的、唯一的、而且通常是未知的。在有关态度问题的调查中(如调查对象对某一政策的满意度、对某一观点的认同度等),样本资料的统计结果通常只能得到一个大致的频数(或比例)分布(而不是精确的样本平均数),并以这一统计结果作为推断或估计总体某一特征的依据。

抽样调查具有以下几个方面的特点:

(1) 它以足够数量的调查单位组成的"样本"来代表和说明总体。这一特点使它既区别于普查,也区别于典型调查。抽样调查既不需要对全体调查对象展开调查,也不是用个别单位来代表总体。它是通过数目有限、能够代表总体的样本的调查,对总体的状况作出推断。抽样调查所依据的是概率论原理,即在总体中被抽作样本的个别单位虽然各有差异,但当抽取的样本单位数足够多时,个别单位之间的差别会趋向于互相抵销,因而"样本"的平均数接近总体平均数,以部分可以说明总体。在自然界和人类社会中,存在着许多这样的统计规律性。例如,对一个孕妇来说,生男生女具有很大的偶然性,有的妇女一连生了几胎都是女孩,也有的一连生了几胎都是男孩。个别看来,会觉得生男孩多,或者生女孩多。但是,根据世界各国的统计资料,就长期的大量的观察结果来说,男女的出生比例,总是大体接近于二分之一(经验系数是男 51.5%,女 48.5%),即大体上各占一半。

(2) 按随机原则抽取调查单位。这是抽样调查最主要的特点。所谓随机原则即同等可能性原则,是指在抽取调查对象进行调查时,完全排除人们主观意义上的选择,全体被研究对象中,每一个对象被抽取的机会是均等的。例如,所有个体单位总共为 100 个,须使每个单位都同样有 1% 被抽中的机会。严格遵守抽样的随机原则,才能使得样本对总体具有必要的和充分的代表性,不致出现倾向性误差。

（3）以样本推断总体的误差可以事先计算并加以控制。抽样误差是指用样本统计值推算总体参数时存在的偏差。任何调查研究都不可避免地会出现误差，抽样调查也是如此，它的准确性是相对而言的。但是，它的抽样误差可以事先计算出来，并可以通过调整样本数和组织形式来控制误差大小，因而在推及总体时，也就可以知道总体数据是在怎样的一个精确度范围之内，从而使调查研究的准确程度比较有把握。这是其他调查所做不到的。

（4）节省人力、物力和时间。通常，抽样调查的单位在总体中所占的比重，最大不超过三分之一，而在一些大的总体中，有时只有百分之几甚至千分之几。调查单位少，使调查收集和综合样本资料工作量小，提供资料快，结论具有时效性。例如，面对市场物价波动，可以适时进行抽样调查，帮助有关部门及早制定对策，以稳定市场，促进社会经济的协调发展。总之，抽样调查比起普查，需要的调查人员少，费用低，可以大大节省人力、物力、财力和时间。

二、抽样调查的应用

由于抽样调查具有上述特点，因此，它被公认为是非全面调查方法中用来推断现象总体的最完善、最有科学根据的方法，在现代社会调查中被广泛应用。诸如工农业产品产量调查；城乡居民家庭收支和购买力调查；物价和市场调查；劳动就业调查；资源利用调查；环境污染调查；公众饮水、住宅、健康和社会福利调查；闲暇时间活动调查；各种普查后的复查；民意测验调查，等等。

概括起来，抽样调查主要适用于以下几种情况：

（1）总体范围较大，调查对象较多。因为只有在总体单位数量相当大、抽取的样本单位足够多时，大数定律才发生作用。大数定律也称大数法则，是指在大量观察或多次试验的情况下，随机现象的偶然离差趋向于互相抵消，总体呈现出稳定的统计规律性。这样，只有在总体单位数目多的情况下，抽取样本，样本平均数才接近总体平均数。比如，对全国城乡居民生活水平的调查，因范围广、人口多，一般都不使用全面调查的方法,而使用抽样调查法来进行调查分析。

(2) 实际工作中,不可能进行全面调查,而又需要了解其全面情况的调查。有的产品质量检查对产品具有破坏性或损耗性,如对炸弹的爆炸能力、灭火器的合格率、灯泡和电子管的寿命、轮胎的行程、药品的成份等等进行检验,就不能把所有的产品都拿来进行检验。因为被抽取单位经过调查检验后,会失去单位的原有形态或原有功能。这样,只能采用抽样调查的方法,而且抽样的单位数以尽可能少为好。还有,大气或海洋污染情况的调查,由于它们的单位数到底有多少无从掌握,只能分布一些网点进行观测,亦即作抽样调查。

(3) 虽可以但不必要进行全面调查的事物。许多社会现象的单位数是有限的,它给进行全面调查提供了必要条件。但是,进行全面调查,常常需要花费大量的人力、物力和财力资源。即使有足够的资源,所取得的资料是否值得花这样大的力量,也必须加以权衡。事实上,大量的社会现象是不必要采用全面调查的,而且采用全面调查效果也并不一定就好。如果采用抽样调查,不仅可以减少人力、物力、财力的消耗,而且由于调查工作量小,可以将具有较高水平的工作人员集中安排,这样会取得事半功倍的良好效果。例如,对城乡居民收支情况的调查,虽可以按地区、家庭、个人进行逐个登记,但这样工作量太大,花费太多,而且由于在许多地区、家庭、个人之间有着相似之处,只需要抽取其中一部分调查,就可以推算总体,不必要进行全面调查。又如,市场购买力调查,居民消费倾向调查,人口流动调查,农作物产量、病虫害的调查等等,通过抽样调查都可以取得接近实际的全面资料。

(4) 对普查统计资料的质量进行检验、修正。由于普查的范围广、对象多,以及调查过程中种种因素的干扰,故普查结果难免有误差。普查的误差,在总体单位数目较多的情况下,难以确知,通常只能用抽样调查来测定。世界上所有国家在人口普查、工业普查、农业普查之后,都要对调查结果进行抽样分析。例如,人口普查后,一般要抽取5—10%的居民户进行抽样调查,以确定普查误差。我国1982年第三次人口普查,就是在普查登记和复查工作完成后,由省、市、自治区各级人口普查机构,采用分级抽样的方法,抽取了 972 个生产队和居民小组作为样本,由普查人员在抽中的生产队、居民小组所辖的范围内,逐户做了重新登记调查。抽查后再与原先普查登记的数字进行核对,找出差别,并再次核查,由此确定了这次普查的误差。

在许多情况下,还可以把抽样调查与普查方法结合起来使用。例如,日、美等许多国家每十年进行一次人口普查,五年进行一次工业普查和农业普查。在其余年份,则通过抽样调查取得人口和工农业生产的实际情况。我国每十年进行一次人口普查,其余年份进行 1% 的人口抽样调查,从而使我们能够获得完整的人口变动资料。

抽样调查也有它的局限性:首先,它毕竟是一种非全面调查方法,只能提供说明整个总体情况的统计资料,而不能提供说明各级情况的资料。其次,在某些情况下,比如总体单位数不多,或所需资料简单,行政渠道的统计机构健全而有效,则全面调查也可能比抽样调查容易组织。例如,要调查一个地区工农业总产值、利润等情况,可通过该地区各级统计局进行汇总统计,这样来展开全面调查,要比组织抽样调查更容易一些。

三、抽样调查的一般步骤

抽样调查是由点及面的调查方法,为了保证达到以样本推断总体的目的,对于程序要求非常严格。

(1)界定总体。即根据研究课题要求,把所调查的对象的范围确定下来,从而确定抽取样本的对象和依据样本作出推断的范围。例如,1988 年全国千分之一生育率调查对总体定义如下:

1988 年 7 月 1 日零时全国(除西藏、台湾外)29 个省、市、自治区所有 15—67 岁的妇女。

一般说来,界定总体不至于发生问题。例如,从一批冰箱产品中抽样来检验冰箱的性能时,总体易于界定。但在实际调查中,也会出现一些难以界定的情况。诸如在家庭调查中,单身户是否可以算为家庭等等。因而,在进行抽样时,就必须事先作出一些规定。正常的情况应该是调查员在现场能毫不犹豫地确定一个可疑的情况是否属于调查的总体。

要从中抽取样本的总体(称作被抽样总体)必须与要得到信息的总体(称作目标总体)完全一致。有时,为了实用与方便,被抽样总体在范围上比目标总体受到较多的限制。在这种情况下,如果要把这些结论运用到目标总体,就必须以其他来源的信息为补充。

例如,要了解中学生作业负担,到几所重点学校抽样调查,得到的结论只能说明重点学校,不能说明该地区所有学校的情况。因为重点学校与非重点学校在学生学习负担方面有差别。而要了解非重点学校学生的学习负担,就必须在非重点学校中作抽样调查,并以此为补充来说明整个中学生作业负担的情况。

(2) 选择适当的抽样方法。抽样方法可分为两大类:随机抽样法和非随机抽样法。调查者可根据研究目的和要求,结合要研究的总体的具体情况,选取不同的抽样方法。

(3) 确定抽样单位,编制抽样框。抽样单位,就是总体中的每一个最基本抽样对象。如在人口生育的调查中,每个抽样单位应是一个人。在一个总体中,各个抽样单位必须互不重叠并且能合成总体。也就是说,总体中的每个个体属于而且只属于一个单位。有时候,单位是非常明显的。例如,在育龄妇女总体中,单位就是一个个育龄妇女。有时,单位是要进行选择的。例如,进行群众生活水平抽样时,单位可以是个人,也可以是家庭。这种情况下,应在调查前对抽样单位加以确定。

一个完整的抽样单位一览表叫做抽样框。一般地说,样本是从抽样框架中抽取出来的。要得到一个良好的抽样框是不容易的。通常抽样框是不完全的,或有一部分是模糊不清、难以辨认的,或含有未知的重复部分。例如,就人口调查而言,制定完全准确的抽样单位一览表是不可能的,每天都有人出生和死亡;还有,人们可能更换住址,或提供错误的地址和电话号码。特别是作较大规模的调查(对一个城市的调查),因调查包含易变的总体(如移民),建立充分良好的抽样框是比较困难的,并且在时间和金钱上的花费都很大。较好的解决办法是列出家庭或住所的地址,以此作为抽样框架,从中抽取样本。因住所是比较稳定的,这样不会发生遗漏等问题。

(4) 确定样本的大小。样本大小是指样本中含有单位的多少。确定抽取多少样本,是一个非常重要的问题。抽样数目过多,就会多花人力、物力、财力,造成浪费;抽样数目过少,又会使调查结果发生较大的误差,不能保证样本对总体的代表性,也就不能对总体作出正确的推论。

确定样本大小需考虑的因素主要有:(1)调查总体的规模大小。一般来说,调查总体的规模越大,所需样本数量就越多。(2)调查总体内部的差异程度。总体内各单位的差异程度较大的,样本数量应多一些;反之,样本数量就可少一些。(3)对调查结果的可信度与精确度的要求。要想使调查结果有较高的可信度(把握程度)和较小的偏差度,样本数量应多一些;反之,则可少些。

根据统计学的要求,样本数量一般不能少于30(也有人认为不能少于50)。由于社会调查大多涉及的范围较广,总体中各方面的情况较复杂,故社会调查中抽取样本的数目一般比统计学的要求还要多一些。

在理论上,抽样数目是可以用公式进行计算的。[①] 如:在重复抽样(指从总体中随机抽取一个单位之后,又把它放回总体之中,再从总体中抽取单位的方法)的条件下,简单随机抽样所需样本的计算公式为:

$$n = \frac{Z^2 \sigma^2}{\Delta^2}$$

其中:

Z 为某一信度(如95%)所对应的临界值(如1.96)(见本书附表2),

σ 为总体标准差,

Δ 为误差范围。

信度系数和误差范围通常由调查者自己确定,总体标准差可以利用该总体过去的资料、其他类似总体的资料、或者试验性调查的资料来估计。

---

① 参见于真、许德琦主编:《调查研究知识手册》,工人出版社1987年版。

例1:在一个拥有 10 万职工的城市进行职工收入状况调查。经小规模试验性调查,得知职工平均月收入为 1000 元,标准差为 250 元。现要求可信度为 95%,允许误差为 2%,问在全市范围内用简单随机抽样方法,应当调查多少名职工?

解:根据正态分布概率表(见本书附表 2),信度 95%(也即 0.05)所对应的 Z 值为 1.96。另外,已知 $\sigma = 250$ 元,$\Delta = 1000 \times 2\% = 20$(元),

在重复抽样中:

$$n = \frac{Z^2 \sigma^2}{\Delta^2} = \left(\frac{1.96 \times 250}{20}\right)^2 = 600$$

即,在简单随机重复抽样中,需要抽取 600 人进行调查。

由于在抽样调查之前,总体平均数和标准差通常是未知的,故利用上述公式计算抽样数目往往并非切实可行。在实际的抽样过程中,样本数目一般是根据统计学家的研究成果大致上确定的。如,在一个较大范围内(如一个城市)抽取 600 个样本,就能使统计结果达到 95% 的信度和不超过 4% 的偏差度(见表 5 - 1),一般说来,这样也就可以了。

表 5 - 1 较大范围内的抽样选择方案

Δ 偏差度%	信度	
	95%	99%
± 1	9604	16589
± 2	3401	4147
± 3	1067	1849
± 4	600	1037
± 5	384	663
± 6	267	461
± 7	196	339

样本数目并不一定要与总体所包含的数目成比例。在一定的范围内,样本数的多少对统计结果会有显著的影响。但当样本数大到一定程度时,再增加其数量,对统计结果的影响就不大了。例如,只要严格按随机原则抽样,在一个城市中抽取 1000 个职工来推断全市职工的平

均收入与抽取 10000 个职工作出推断的准确程度和可靠程度是相差不大的。总之,在确保样本数能足够代表总体的前提下,应以选择较小样本容量为宜。

(5) 收集、整理和分析样本资料。这一步的任务是集中所有样本的实际资料,尽量减少和避免登记性误差。获取到样本资料后,应着手进行审查、整理、分析,通过电子计算机进行编码整理,运用数理统计手段来分析样本资料,进而推断总体,找出样本对于总体的代表性、准确性程度,找出抽样误差,得出调查结果。

四、抽样调查的基本方法

依照抽样调查的理论依据和特点,可将抽样调查的基本方法分为两大类:随机抽样和非随机抽样。随机抽样又叫概率抽样,它是一种按照概率原理来抽取样本、总体中的每一个单位都具有同等被抽中的可能性的抽样方法。随机抽样的方式主要有简单随机抽样、类型抽样、等距抽样和多段抽样。非随机抽样又叫非概率抽样,它是根据研究者个人的方便,以人的主观经验、设想来有选择地抽取样本并进行调查的。非随机抽样的方式主要有判断抽样、偶遇抽样和定额抽样。

1. 随机抽样

(1) 简单随机抽样,又称纯随机抽样,是随机抽样的最基本也是最常见的类型。它是按随机的原则,直接从含有 N 个单位的总体中,抽出 n 个单位作为样本的一种抽样方法。即抽样时不需对调查总体进行任何分组或排列,任其自然,或者拌和均匀,从中任意抽取预定的单位个数作为样本。这种抽样方法最严格地遵从了使每个单位有同等被抽中机会的随机原则。通常所见的抽签、摇奖等等形式,都属于这种抽样法。

简单随机抽样的具体做法可以分为抽签法和随机号码法两种。

抽签法是将总体中每个单位的名称或号码,逐个填写在卡片或签条上,将卡片或签条放在一容器中,打乱次序,进行搅拌,然后从中任意抽出所需数目的调查单位。抽签法又可以分为有回置抽签和非回置抽签两类。为保证总体单位数的同一和样本抽中的同等可能性,一般使用有回置的抽样方法(也称重复抽样)。对于重复抽取的样本则可舍去。

随机号码法是将总体所有单位进行编码,一个单位一个号码,然后利用随机数字表,挑出所需的调查单位。

使用随机数字表时,可以根据总体单位的数目来确定使用几位随机号码,从表中任何一栏的任何一行开始,向任何一个方向摘取数字,凡符合总体单位编号的,即为抽中的单位,直到抽满所需样本数为止。例如,从某省 500 个村子中,随机抽 20 个村进行调查,村子的编号是1—500。这样,可以确定使用三位数。假定从第 2 栏第 7 行开始(见本书附录Ⅱ),自上而下摘取号码,所得三位数依次是 421,016,211,608,180,623……凡数字小于 500 的,符合要求,即为抽中的单位。凡数字大于 500 的,不符合要求,不要。此外,重复的数字也应舍去。这样抽取的号码即为 421,016,211,180,424,362……269。

简单随机抽样法最符合抽样的随机原则,且简便易行。但这种方法要求在总体单位数目不大、总体单位之间差异程度较小的情况下才能使用。否则,所抽样本可能缺乏代表性,抽样误差较大。另外,如果在大范围内使用这种方法抽取样本,样本分布有可能很分散,这就会给实际的调查工作带来困难。例如,从全国家庭中以单纯随机法抽出来的样本家庭,地址非常分散,有时一个调查员只能调查一个家庭,调查费用很大,调查人员的挑选、训练等也有种种不便。由于存在上述局限性,简单随机抽样法一般不单独使用。

(2) 类型抽样,又称分层抽样或分类抽样。它是把调查总体按一定的标准分为若干类型,然后从每一类中按照相同或不同的比例随机抽取样本的一种抽样方法。例如,对企业进行调查时,将企业划分为煤炭、石油、电力、冶金、化工、机械等部门;农产量调查,按地形条件不同,将调查单位分为平原、丘陵、山区几种类型。然后,在每一个部门、每一种类型中随机抽取若干企业、若干地块进行调查。分类的基本原则,一是要使每一类型内部的差异尽量缩小,而各类型之间的差异尽量增大。二是要有清楚的界限,在划分时不致发生混淆或遗漏。

分类的具体做法又可以分为分类定比抽样和分类异比抽样两类。

a. 分类定比抽样,是指按各类型在总体中所占的比例而在各类型内随机抽取样本。例如,某市老年人、中年人和青年人共计 19200 人,其中老年人占 10%,中年人占 40%,青年人占 50%。要了解三个不同年龄层次的人对改革的看法,分层抽样所用的样本比例应与上述比例相符,由此推论总体的特征才有意义。根据各类型的抽样比例,即可求得需要抽取的各类型的样本单位数:如要抽取 500 人进行调查,老年人的样本数目应为 $500 \times 10\% = 50$,中年人的样本数为 $500 \times 40\% = 200$,青年人的样本数为 $500 \times 50\% = 250$,即在全市要抽的 500 个人中,老年人应抽 50 人,中年人应抽 200 人,青年人应抽 250 人。

b. 分类异比抽样,是指当某个类型所包含的个案数在总体中所占比例太小,为了使该类型的特征能在样本中得到足够的反映,需要适当加大该类型在样本中所占的比例。例如,上例中若需充分了解老年人的态度,就可放宽抽样比例至 20%。

类型抽样通过划分类型把总体中标志值比较接近的单位归为一种类型,一方面,它使各类型中的单位之间共同性增大,差异程度缩小;另一方面,它使样本在各类型内的分布比较均匀,而且保证各组都有中选的机会。在此基础上进行随机抽样,就可提高样本的代表性,具有较好的抽样效果。因此,在总体构成复杂、内部各单位差异较大、单位数目较多的情况下,最适宜采用类型抽样法。另外,类型抽样的分类往往按行政区划成一定的组织形式进行。例如,农业产量抽样按地区分类,产值调查按国民经济部门分类,产品质量抽样按各类型号分类,这就给抽样组织的工作带来许多便利。所以类型抽样在实际工作中得到了广泛的应用。

(3) 等距抽样,又称机械抽样或系统抽样。它是把总体中的全部调查单位按某一标志排列起来,按固定顺序和间隔抽取样本。例如,要在 2000 名大学生中抽 100 名大学生进行学习方法的调查,可将这些学生依次编码,用全部学生人数除以调查的学生人数,计算出抽样间距为 20。抽样的起点可从第一组 20 个人中用简单随机抽样法确定。然后每隔 20 个人抽一个人。如第一组中抽中的编码是 4,则要抽的 100 个人的编号依次是第 24,44,64……,直到抽满 100 个人为止。

用作总体各单位顺序排列的标志,可以是无关标志也可以是有关标志。所谓无关标志,是指排列的标志与单位变量数值的大小无关、性质不同。如调查城市居民户的收入或消费情况,可沿着街道门牌号码等距抽取居民户;进行工业产品质量检查,可每间隔一定生产时间抽取少量产品进行质量检查;人口普查中的抽样检查,包括生育率、性别比例的抽样调查等,均可按登记册上的习惯次序编号排队进行等距抽样。在按无关标志排队的条件下,各调查单位的位次排定,并不等于各单位的调查标志值也按同一次序排定。所以,这种等距抽样实质上相同于简单随机抽样,只是抽样形式不同而已,完全符合随机原则。所谓有关标志是指排列的标志与单位变量数值的大小有密切关系或共同性质。如,职工或农民收入调查,以本年人均收入为调查变量,就以往年人均收入作为排队的标志,抽取调查户。农产量调查,以本年平均亩产为调查变量,就以往年已知平均亩产作为排队的标志抽样调查。由此可见,按有关标志排队实质上是运用类型抽样的一些特点,有利于提高样本的代表性。如果在调查前取得与调查项目有关标志的全面资料,用以作为排队抽样的依据,可以提高样本单位的代表性。在我国国民经济各部门,都建立了全面统计制度,为抽样调查的分类、排队提供了有利条件。因而按有关标志排队等距抽样其应用也很广泛。

等距抽样也有一定的局限性:一是调查总体的单位不能太多。因为使用这种方法时,要有一个按某一标志排列的完整的花名册,这在总体单位数太大时难于实施。二是当调查总体按照某种标志排列后,其抽样间隔如果接近个案类别的间隔时,可能会形成周期性偏差。如统计某条街道公共汽车客流量,每隔几小时抽样,其间隔恰好与上下班时间相重合,这就要影响样本的代表性。之所以会出现上述情况,是因为等距抽样比起简单随机抽样“自由度”小,一旦确定了抽样起点,一个样本就只有一个可能,不可能有其他的选择。因此,采用等距抽样法,应避免抽样间隔和研究对象本身的节奏相重合,以减少系统性或周期性偏差。

(4)整群抽样。前面介绍的几种抽样方法,都是以总体单位作为抽样单位。在实践中,总体单位数目往往很大,而各单位在时间和空间上的分布又很分散,给抽样带来很大困难。为了便于组织调查,有时可以利用现成的集体,随机地一群一群地抽取集体单位,加以研究,由此推断总体的情况。这种从总体中随机抽取一些小的群体,由所抽出的小群体内的所有单位构成调查样本的抽样方法叫整群随机抽样,简称整群抽样。例如,在进行城市居民投资意向调查时,可以以一个企业的车间、一个机关的处室、一个学校的系科做为抽样单位。采用简单随机、分类或等距方式抽选群,抽到哪一群,就对哪一群的所有职工进行调查。

由于调查的对象相对集中在一个群体中,所以调查起来方便,节省人力物力。例如,要在某市范围内调查在校大学生的思想状况,可从若干学校中抽取若干班级作调查,这比调查分散在全市各高校中同样数量的学生,要节省大量的时间与费用。整群抽样的缺点则在于样本分布过于集中,这样会降低其代表性。例如,调查城市职工工资情况,抽到某合资企业和某政府机关两个群。由于在每一个群的内部,职工工资往往比较接近,差异较小,而两个群之间的工资相差则可能很大。这种情况下,群的代表性对总体来讲就相对差一些,抽样误差也就较大。要克服这个缺点,只有缩小群间差异程度、扩大群内差异程度。因为在群内差异大、群间差异小的情况下,抽样误差是不会太大的。例如,调查某县计划生育情况,由于村与村之间的情况可能比较接近,即群间差异小,而每个村内人口生育情况却往往不相同,即群内差异较大。这时采用整群抽样就具有较高的代表性。这种情况下,整群抽样不仅组织方便,而且结果较准确,是较好的抽样方法。

(5) 多阶段抽样,又称多级抽样。上述简单随机抽样、类型抽样、等距抽样等均属不分阶段的直接抽样法。即从被调查事物的总体中直接抽出所需要的全部调查单位。它们主要适用于调查规模较小、调查对象较集中的情况。而在调查对象数目庞大、分布很广的情况下,很难直接抽取调查单位,常常需采用多阶段抽样的方法,即按抽样单位的隶属关系或层次关系,把抽取样本单位的过程分为两个或两个以上阶段进行的抽样方法。具体做法是:先从总体中随机抽取若干大群(组),再从这几个大群(组)内抽取几个小群(组),这样一步步抽下来,直至抽到最基本的抽样单位为止。如要在某县抽取若干居民户进行调查，可按县—乡—村—居民户的顺序，分三个阶段抽样。第一阶段，从全县所有的乡中抽出若干个乡。第二阶段，从已抽出的乡中抽出若干个村。第三阶段，从已抽出的村中抽出若干个居民户。每一阶段都必须严格按随机原则抽取样本。这里总共有三个抽选阶段，就叫做三阶段抽样。其中前两个阶段是过渡性的，只有第三个阶段才能抽到调查单位。

这种抽样方法的主要优点：一是抽样前不需要总体各单位的完整名单，各阶段的名单数较小，故抽样工作较简便易行，适用于较大范围的、样本数较多的抽样调查。二是使用这种方法抽出的样本相对集中，便于调查的组织和调查工作的展开，节省人力、物力、财力和时间。三是采用多阶段抽样，可以使抽样方法更加灵活和多样化。在抽样调查的各个阶段可以根据具体情况分别采用各种抽样方式。例如，可以在上面抽大单位时用类型抽样或等距抽样，下面抽小单位时用简单随机抽样。其中任何一种方式，都可以用于任何一个阶段。各个阶段的抽样数目和比例，也可根据实际情况来决定。但有一点需要注意，即要在类别和个体之间保持平衡或合适的比例。尽管如此，多阶段抽样法也有其不足之处。由于每个阶段都有产生误差的可能，经多阶段抽样得到的样本，出现误差的可能性也相应增大。

2. 非随机抽样

非随机抽样，又称非概率抽样，它是指根据研究者个人的方便或以个人的主观经验、设想有选择地抽取样本的方法。非随机抽样的方法主要有四种。

（1）判断抽样，又称目的抽样，即由调查者根据研究的目标和主观判断选取样本的方法。由于判断抽样是凭抽样者根据自己的判断来确定样本，故它不可能计算抽样误差。换言之，在这种抽样中，凡总体中的具有代表性的单位都可作为样本，个别单位被抽取的概率是无法确定的，其抽样结果的精确度也无法判断。所以，这种判断抽样的准确程度取决于调查者的理论修养和实际经验、调查者对调查对象的了解程度以及调查者的判断能力。如果调查者具备相应的能力，则判断抽样可望有代表性,因而有利用价值;反之,样本可能会出现各种偏差。

（2）偶遇抽样,又称任意抽样,即指调查者根据方便原则,任意抽选样本的方法。调查者可在车站附近、戏院门口、办公大楼前、街道上等公共场所访问群众,取得资料。应用这种方法,研究者所遇到的每一个分子都有可能成为样本。但它与随机抽样有一个根本的差别,即偶遇抽样不能保证总体中的每一个成员都具有同等的被抽中的概率。偶遇抽样可以由同一个人在不同地点使用,也可以由不同的人在同一地点使用。这种方法简便灵活,同时也使被调查对象感到亲切,有参与感,可以作为一种较好的民意测验方法。它的缺点是样本的代表性差,有较大的偶然性。

（3）滚雪球抽样。这种方法是找出少数个体,通过这些个体了解更多的个体。就像滚雪球一样,了解的个体越来越多,越来越接近于总体,便可以在不清楚总体的情况下了解总体。例如,美国社会学家 E·古德于 1967 年春夏,为了研究吸毒的社会环境,先访问了二十几个大麻吸食者;访问每个人之后,请被访问者再提供其他几个吸毒者,最后共访问了204 个吸毒者。在使用这种方法时,有一个前提,即总体分子之间应具有一定的联系。如果个体之间缺乏联系,那就缺乏滚雪球的依据。

（4）定额抽样（又称配额抽样）。指事先规定一定的样本容量,并规定一些与研究内容有关的标准,然后把样本容量数按不同标准加以分配,最后由调查者从符合标准的调查单位中随意地抽取样本单位进行调查。例如,某单位工作人员的学历分布如下:硕士生占职工总人数的 10%,本科生占 20%,大专生占 30%,中专及高中生占 40%。如果要对这个单位不同学历的人员的工作业绩进行定额抽样调查,当样本总数为 100 人时,样本分配如下:硕士生 10 人,本科生 20 人,大专生 30人,中专及高中生 40 人。依此,调查者可根据方便与可能,按上述四类人员的样本数额展开调查。

定额抽样可能以一个标准配额,也可能以几个标准配额。例如,前例四类人员中,男性均占 70%左右,女性均占 30%左右,假定样本容量为 100,其配额抽样数目公式为:

各种情况配额数目 = 样本容量 × 学历比例 × 性别比例

则:男性硕士生需调查数目 = 100 × 10% × 70% = 7(人)

女性硕士生需调查数目 = 100 × 10% × 30% = 3(人)

其余依次类推。

定额抽样简便易行,快速灵活,在民意测验、市场调查等方面经常使用。由于这种方法在抽样前将总体各单位作了分类,故其样本的代表性比简单的判断抽样要大一些。但定额抽样并不遵循随机的原则,主要凭调查人员的主观能力,故其结论用来推算总体指标的代表性不强。

总之,非随机抽样简单易行,并能通过样本大致了解总体的某些特征,见效快,通常在时间较紧、人力和物力不足的情况下采用。有时调查者无法确定总体或对调查总体并无了解,也需要用非随机抽样法对总体作出最一般的了解和接触,以进行探索性研究。由于非随机抽样的科学性较差,对总体的代表性较低,其抽样误差的控制和估算也很困难,故以非随机抽样调查的结果推断总体须十分谨慎。

五、抽样调查实例:全国城市职工家计调查抽样方法[①]

家计调查又称居民家庭收支调查。1980 年国家统计局通过多阶段、多种方式抽样的结合,在全国范围内随机抽取 44 个城市的 8 万多户职工家庭,进行家庭生活调查。其抽样方法是将总体各单位按其属性特征分为若干类型,然后在各类型中用等距抽样方法抽选样本单位。具体步骤是:

第一阶段,在全国范围内抽选调查城市。

(1)分层。把全国城市分为大、中、小三种类型(非农业人口在 100 万以上的为大城市,50—100 万的为中等城市,50 万以下的为小城市);然后将三种类型的各个城市分别按六个大区(东北、华北、西北、中南、西南、华东)归类;这样一共得到 18 个层。

(2)等距抽调查点。将全国城市按 18 个分层排列起来。在各层

---

① 参见《我国恢复和重建城市职工家庭生活调查文件汇编》,中国统计出版社 1981 年版。

中，又把各城市按职工年平均工资水平由高到低排队，并把各城市的职工人数累积起来，进行等距抽样。以第一层的中心点为第一个调查点，每隔100万职工定一点，每个点所在城市就是选中的调查城市。（见表5－2）

表5－2　全国城市分类、等距抽样表

大区名称	城市名称	全市职工年平均工资（元）	全部职工人数（万人）	职工人数累积（万人）	选中记号	说　明
西南	A	620	43	43		以第一层的中心点为第一个调查点，抽选第一个城市B，以后每隔100万职工抽选一个城市，依次抽选城市D、G、I、K、M、P、R、U、W、Y。
	B	580	23	66	（50）	
西北	C	870	37	103		
	D	760	58	161	（150）	
中南	E	640	42	203		
	F	630	27	230		
	G	560	46	276	（250）	
华东	H	620	36	312		
	I	615	54	366	（350）	
	J	610	37	403		
	K	605	57	460	（450）	
	L	590	37	497		
	M	580	70	567	（550）	
	N	570	36	603		
华北	O	710	32	635		
	P	670	46	681	（650）	
	Q	660	41	722		
	R	650	47	769	（750）	
	S	610	49	818		
东北	T	780	23	841		
	U	760	35	876	（850）	
	V	710	50	926		
	W	700	32	958	（950）	
	X	690	56	1014		
	Y	670	38	1052	（1050）	
	Z	640	48	1100		

第二阶段,在被抽中的城市(群)里抽取职工家庭(样本单位)。

第一步,抽选调查单位。首先根据城市规模的大小确定应抽选的职工人数,然后把应抽选的职工人数按所有制和国民经济部门的职工人数比例分配,再确定每个调查单位的调查人数,计算出应抽选的调查单位数和抽选距离;最后将各单位按职工年平均工资水平由高到低排队,等距抽选调查单位。

例如,某市有职工 70 万人,其中全民所有制单位职工 56 万人,按 5‰计算,应调查 2800 人;集体所有制单位职工 14 万人,应调查 700 人。各部门应抽选的职工人数,详见表 5 - 3。

表 5 - 3   中选城市调查单位抽样表

部　　　门	职工人数 (万人)	应调查职工人数 (人)
全市总计	70.0	3500
全民所有制	56.0	2800
其中:1. 工业	23.2	1160
2. 基本建设	5.0	250
3. 农林水利气象	6.4	320
4. 交通邮电	3.4	170
5. 商业饮食服务物资	7.1 ⎫	385
6. 城市公用事业	0.6 ⎭	
7. 科技文教卫生	6.7	335
8. 金融	0.3 ⎫	180
9. 机关团体	3.3 ⎭	
集体所有制	14.0	700
其中:1. 工业	9.2	460
2. 建筑业	1.2	60
3. 运输业	1.2	60
4. 商业饮食服务	1.3	65
5. 文教卫生	0.8 ⎫	55
6. 其他	0.3 ⎭	

按所有制和国民经济部门把应调查的职工人数分配好以后,接着在各部门内抽选调查单位。例如,全民所有制工业部门,应调查的职工人数是 1160 人,假定每个调查单位的调查人数为 50 人,则

$$应抽选的调查单位数 = \frac{工业部门应调查人数}{每个调查单位调查人数} = \frac{1160}{50} \approx 23$$

$$抽选距离 = \frac{工业部门职工总人数}{应抽选的调查单位数} = \frac{23.2}{23} \approx 1（万人／个）$$

将工业部门内各企业按职工年平均工资水平由高到低排队,等距离抽选调查单位。在抽选距离的中心点抽选第1个调查单位,然后每隔1万人抽一个调查单位,直到抽满23个调查单位为止。

第二步,抽选职工户。在抽中的单位中按人员分类排队,如在工厂里按管理人员、工程技术人员、工人分层排列。每层中再按职工本人的年平均工资水平由高到低排队。再按抽样单位分到的数额决定抽样间隔进行等距抽样,抽到的那位职工,他的家庭就作为调查户。

第三节 典 型 调 查

一、典型调查的涵义与特点

典型调查法是指在对调查对象进行初步分析的基础上,选取若干具有代表性的对象作典型,对其进行周密系统的调查,以认识调查对象的总体情况。这种方法,也就是毛泽东所说的"解剖麻雀"的方法。

典型调查法是一种认识世界的科学方法。它以辩证唯物主义认识论关于从个别到一般的原理为理论依据,通过对有代表性的个别典型单位的了解,推及对同类事物和现象的认识,这符合我们认识客观事物从个别到一般的认识规律。马克思曾以英国为典型,揭示了资本主义社会的一般规律。他在《资本论》初版序言中说:"我要在本书研究的,是资本主义生产方式以及和它相适应的生产关系和交换关系。到现在为止,这种生产方式的典型地点是英国。因此,我在理论阐述上主要用英国作为例证。"[①]以毛泽东为主要代表的中国共产党人在中国民主革命时期,多次运用典型调查法对中国社会的状况作了深入细致的调查研究,为正确制定各种方针政策奠定了基础。

---

① 《马克思恩格斯全集》第23卷,第8页。

典型调查具有以下几方面的特点：

（1）典型调查法是一种定性调查。它是通过对个别事物的性质、状态的调查和分析，来认识它所代表的同类事物和现象的一种方法。因为每一个事物都有普遍性的一面，其中必然存在有代表性的典型。只要抓住这个典型，作周密的调查研究，弄清它的本质、产生和变化发展的规律，就大体上可以看出同类事物的本质和变化发展的规律。由于典型调查的调查单位被抽取的概率一般无法确定，总体各单位的平均差异也没有精确的测定，因而选样误差无法计算。因此，典型调查的结果，可以大体上估计总体，但不能严格推断总体。

（2）典型调查是根据调查者的主观判断，选择少数具有代表性的单位进行的调查。调查单位的代表性如何，取决于调查者在选择调查单位之前对于总体情况的了解程度。对总体情况的了解程度大，则从总体中选取的各种典型的代表性就高。反之，典型的代表性就低。从这点看，典型调查的质量主要取决于调查者的思想水平和判断能力。

（3）典型调查是一种面对面的直接调查。它主要依靠调查者深入基层进行长时间的调查，对调查对象直接接触与剖析，对现象的内部机制和变化过程往往了解得比较清楚，资料比较全面、系统。所以它能比普查和抽样调查更为深入、细致。

（4）典型调查方便、灵活，节省人力、物力。由于典型调查只对总体中的少数单位进行调查，调查的单位少，可以节省人力、物力。另外，典型调查在内容、时间及调查的方法等方面都有较大的灵活性。内容上可以随时发现问题，解决问题；时间上可以自由掌握；方法上除使用蹲点调查法以外，还有开座谈会、访问、观察等等具体的途径和方法可供选择，所以典型调查具有简便灵活的特点。

正因为典型调查有其一定的科学依据，又具有方便灵活等特点，故典型调查在今天仍然是一种重要的社会调查类型。由于在我国定量分析的技术还未被普遍掌握，因此，典型调查在社会研究中仍然具有不可忽视的现实意义。

二、典型调查应注意的几个问题

（1）必须准确选择典型。这是典型调查成败的关键。所谓典型，即指有代表性的个别事物。要选好典型，必须在对事物和现象作通盘了解的基础上，综合分析，对比研究，从事物的总体上和相互联系中分析有关现象及其发展趋势，选出具有一定代表性的典型。此外，选取典型要根据调查的不同目的。典型大致分一般典型和突出典型。突出典型又包括先进典型和后进典型。当我们的研究目的是探讨事物发展的一般规律或了解一般情况时，应选取能反映同类事物一般水平的单位为典型；当我们的研究目的是总结推广先进经验，就应选取一些先进单位、先进人物作典型；当研究目的是为了帮助后进单位总结教训时，就应选取那些后进单位为典型。经过调查分析其落后原因，提出建议，帮助、促进后进单位赶上先进单位。另外，选典型可以是个体的或整群的，或者是在典型群中选择更典型的单位，使调查具有典型意义。如果能在同类事物中选择几个发展水平不同的点作典型，可能更有利于客观地反映事物发展的水平。在选择典型时，要注意反对两种错误做法，一是对调查对象的总体情况既不作了解又不作任何分析，就随便抽取一个或几个单位作为"典型"；二是凭调查者的主观好恶挑选典型，或者先有结论，再去找"合适"的典型，把典型调查变成论证自己观点的主观主义的方法。

（2）必须将定性分析与定量分析结合起来。进行典型调查时，单纯依靠定性分析，其认识往往不完整、不准确。因而在调查过程中，要尽量收集各种数据资料，从量上对调查对象的各个方面进行分析，以提高分析的科学性和准确性。定性分析与定量分析相结合已成为典型调查法发展的一种趋势，而现代科技的发展又使这种结合成为可能。

（3）要有深入实际、不怕艰苦、脚踏实地的调查作风。选准典型后，就要把典型作为调查点，作长时期的调查。这需要深入基层第一线，到工厂、到农村、到部队，到工人、农民、战士中间去，与他们同吃同住同劳动（同训练），要能吃苦耐劳。调查时要扎扎实实，不能浮光掠影。只有这样,才能直接掌握第一手资料,并使调查内容系统、详尽、周密。

(4)要注意典型调查结论的适用范围。典型总是受空间和时间的局限的。在一定范围内的典型,一般只能适用于这一范围。也就是说,每个典型都有其代表范围,一种典型只能代表一类,其调查结论只能用以说明它所能代表的特定总体。盲目地夸大典型的代表意义,就会犯以偏概全的错误。

三、典型调查的步骤

(1)对调查总体进行面上的初步研究。根据调查的任务,通过查找资料、听取汇报和观察等手段,对被研究的事物进行粗略的分析,为下一步选择典型作准备。

(2)选择有代表性的典型。要正确地选择典型,一般应在前一阶段科学分析的基础上,根据调查目的,将被研究对象进行科学的分类,然后分别选取典型进行调查。至于选择多少典型单位,要根据被研究对象的具体情况。一般地说,在总体各单位发展较平衡的情况下,选取一个或几个有代表性的典型单位即可。而当总体单位较多,各单位发展不平衡,彼此差异较大时,需将总体按研究问题的有关标志进行分类,将其划分为若干个类型组,再从各类型组中找出有代表性的单位作为典型进行调查。这样,可以减少类型组中各单位的差异,提高典型的代表性程度。

(3)深入调查,详细占有第一手资料,典型调查实施前,必须根据调查目的设计详尽的调查提纲或调查表。在调查的实施过程中主要采用观察、访问、开座谈会等具体方法进行深入、全面、细致的调查,以充分掌握第一手资料。调查过程中,应当注意收集一切可以收集到的与调查目的有关的数字资料,以备分析之用。

(4)细致加工资料,适当作出推论。典型调查所获取的资料往往十分丰富,然而又十分庞杂。这就需要对收集到的资料进行细致的整理和加工,去粗取精,去伪存真。然后进行由表及里、由浅入深的分析工作。调查得出的结论一般只能大致地推论典型所能代表的同类事物

113

和现象。

典型调查能够全面而细致地了解事物的状况,揭示事物的本质,且简便易行,故不失为一种比较好的调查方法。它的局限性主要是典型的选择易受主观因素的干扰,且典型所具有的代表性如何,无法确定。

四、典型调查实例:县属镇中的"农民工"
——江苏省吴江县的调查①

第一步:提出课题,进行面上的初步研究。

(1)明确调查对象。即江苏省吴江县大量存在着户口在农村,人却常年在附近县属镇上做工的"农民工."实际上,他们多数长期在一个企业工作,早已不是临时工。

(2)提出课题。即越来越多的农民工进入县属镇,是不是经济、社会发展中的一种必然趋势? 与建设具有中国特色的社会主义有什么关系?

(3)进行面上的初步研究。即从分析吴江县经济发展形势入手,研究"农民工"的客观需要:全县七个县属镇经济的快速发展需增加劳力,而镇上劳动力不能满足生产需要,农村又存在大量剩余劳力在寻找出路。这样,新出现的大量"农民工"显然是适应了当地经济、社会发展的客观需要。

第二步:选择典型进行多侧面的分析。

在对全县情况进行粗略分析的基础上,进一步以七个县属镇之一的震泽镇为典型作系统的剖析。震泽在历史上长期起着县西南片商品集散地的作用,现在更发展成一个以工业为主的工商业市场。推动发展的一个重要因素就是该镇大量吸收了农民工。农民工占职工总数的20.4%,超过全县15%的比例。虽然受到有关的劳动管理制度的限制,镇上仍以各种名义从农村招收农民工。经过几年的发展,农民工已成为县镇经济生活中一支重要力量。当然,农民工由于不是正式工,也遇到许多问题。诸如,同工不同酬、不能参加业余学习和技术培训等等。

第三步,得出结论,提出建议。

通过典型分析,回答调查第一步提出的问题,即究竟应该怎样看待农民工? 结论是,(1)农民工有利于城镇建设。(2)农民工收入的增

① 转引自《社会学通讯》,1984 年第 1 期。

加,农村建设资金的积累,农民工从镇上带回的技术和信息,有助于改变农村的落后面貌。(3)农民工的出现有利于国家宏观经济建设,农民工不吃商品粮,大大减轻了国家粮食和财政补贴的压力。(4)农民工的劳动形式和生活方式对促进城乡融合、建设具有中国特色的社会主义具有深远意义。

最后提出建议:应该肯定农民工这种劳动形式,并逐步纳入国家计划轨道。希望有关劳动部门和企业管理部门共同研究,解决农民工遇到的种种问题,并作出具体规定。

第四节 个 案 调 查

一、个案调查的涵义与特点

所谓个案调查,是指对某个特定的社会单位作深入细致的调查研究的一种调查方法。任何一种社会现象,如一个人、一个家庭、一个团体、一个事件、一个社区,都可以当作个案来进行详尽的研究。

个案调查的特点主要体现在:第一,对特定对象的调查研究比典型调查更为具体、深入、细致。这一特点主要表现在纵向上,即要对调查对象作历史的研究,进行较详细的过程分析,以弄清其来龙去脉,具体而深入地把握个案的全貌。一般还要求作追踪调查,以掌握其发展变化的情况和规律。例如,对一个人进行个案调查,就要多方面收集有关这个人的资料,如个人的经历,物质、精神生活状况,心理特征,个人习惯,爱好,各成长阶段的表现,家庭环境甚至遗传因素等。第二,个案调查的目的主要不是用来说明它所能代表的同类事物,而是为了了解和认识个案本身的问题。个案调查可以以个案为文本,建立起一个对个案材料具有解释力的分析框架。它能为后继的研究提供一些有启发性的思路和方向。个案研究一般不存在是否要考虑它有没有代表性的问题;个案调查所得出的结论一般也不能用来推论有关总体。只有通过各个个案的综合研究,才能从中推导出总体性结论。个案调查这一特点使它既区别于抽样调查,也区别于典型调查。第三,个案调查法的特点还表现在调查时间、活动安排上有一定弹性,研究者可采取的方法也比较多样,有观察、访问、文献法等形式,便于灵活掌握。

二、个案调查的价值与应用

个案调查的价值主要体现在以下几个方面。

(1)它可以积累广泛而深入的个案资料,以再现关于个案的完整的、真实可靠的面貌。

(2)它可以为调查者获得第一手的直观资料,让调查者走出思想理论的框架,从活生生的社会生活中获得体验,获得灵感。直观而深入的个案调查中,每一件事的前因后果,都能构成调查者凭借自己个人灵感进行全面想象和深入挖掘的充分条件。

(3)它可以通过对个别事物和现象的深入了解与分析,有针对性地提出解决问题的方案。个案调查的价值不在于个案本身的典型性,而在于这个个案本身是否可以建立起其外在形貌与内在结构之间的因果联系,从而有针对性地提出解决问题的方案。

总之,个案调查首先关注个案本身的内在解释力,然后再考虑其典型性。它以个案调查的材料为基础进行思考,并以此思考为基础来建构起具有个案材料解释力度的理论框架,然后将此理论框架予以扩展,就有可能通过许多个案调查形成一些具有类的理论特征的分析框架。

由于个案调查所具有的上述价值,这种方法在社会调查研究中应用比较广泛。尤其适用于以下情况:

(1)广泛应用于社会、经济活动的调查中,尤其应用于各种社会经济现象的探索性研究中。常见的有城市建设个案、农村社区个案、企业个案、学校个案,等等。通过对在社会经济活动中起各种不同作用的社会团体的个案调查,掌握其内在规律和发展趋向,促其更好地发挥自己的作用,提高社会经济活动效益。

(2)应用于同社会福利工作有关的专门机关和部门。诸如,社会福利与救济机关、精神病院、劳教机关、企事业单位的管理部门。常见的有:老年个案、青少年个案、妇女个案、伤残人员个案、医疗个案,等等。由此,可以认识各类人员的生活、心理特征和社会需要等问题,以利于有关部门有的放矢地开展工作。例如,老年个案,通过调查老年人的生活、工作和学习情况,老年人的生理、心理特点,习惯和爱好,健康状况,生活规律,饮食起居状况等,可以使有关机构根据老年人的生理、心理特点,合理安排老年人的工作和生活,使其能发挥特有的作用,以欢度晚年。

（3）应用于对社会生活中的各种社会问题进行专门性的调查研究,以把握有关问题的性质、作用、现状和发展趋向等,消除社会变革进程中的障碍,促进社会协调发展。例如,对给人们正常社会生活造成障碍,或对人们的社会生活产生较大影响的离婚、交通事故、犯罪、吸毒、自杀等生活中形形色色的问题进行专门性研究,由此提出综合治理的方案和措施,为人们的正常社会生活创造一个良好的环境。比如,对离婚问题的调查,通过了解当事人婚恋的经历、家庭生活的变故、生理状况、个人心理素质、文化修养、所处环境等等要素,分析其相互关系,找寻出导致离婚的主要社会原因,以利于有关社会机构采取措施,妥善加以解决,维护社会的安定。

三、个案调查的步骤

个案调查一般可分为确定个案、与研究对象建立良好的信任关系、收集资料、分析和研究几个阶段。

（1）确定个案。即根据调查的课题与目的以及调查者的条件选择个案。在选择个案时,要注意研究者对个案的熟悉程度问题。一些人认为对个案越熟悉,做研究越方便,越有利于接近和分析所研究的对象;另一些人则认为,选择研究者熟悉的个案,研究者将会在克服自己对现实所具有的特定看法方面遇到难以克服的困难。两种意见都有一定的道理。如果相互熟悉,研究中,借助比较丰富的背景知识,在对有关问题进行分析时会比较容易理解对方。不过,由于熟悉,被研究者为了面子可能不愿意向研究者暴露真实情况。而且,从熟人变成了研究者,对方难以一下子适应这种角色转换,研究关系较难恰当掌握,也很难保证研究的规范性和有效性。因此,比较理想的是彼此不认识,这样容易进入研究状态,被研究者也尽可以放心地向一位"陌生人"暴露。即使具有相同背景,也必须抽身出来,保持一定的心理距离和空间距离,把熟悉的东西当作陌生的,远离自己熟悉的生活方式,重新审视被调查者所说的每句话,为获得灵感和创造力提供一个足够的空间。如果不保持足够的"陌生感",腾出一片分析空间,则无法进行思考,也就无法进行真正意义上的研究了。

(2) 与研究对象建立良好的信任关系。个案调查不仅受到调查者个人因素的影响,而且在很大程度上受到调查者与被调查者之间关系的影响。在个案调查中,研究的问题和方法都是根据调查者与被调查者关系演变而来。具体的研究过程,实际上是调查者与被调查者之间关系的建立、改善和维持的过程。因此,当个案确定后,要尽快取得被研究者的信任,尽快与他们建立良好的信任关系。当然,这种信任关系的取得,需要一定的时间,也需要一定的机会,这体现为一个过程,有时需要不折不挠的努力。

个案调查不是在真空中进行的,而是由有情感的人在真实的生活世界中进行的一种交流。研究者在做研究时,不可能总像一个局外人,简单地收集资料。要适时地与被研究者进行各种互动,比如提供各种技术服务。此外,互动中不妨适当来点信息对称,被研究者愿意提供他们自己的情况,他们也应该从研究者身上获得一些体会。研究者应亮出自己的"名片"——自己的经历和体会,以激励对方,增进互动关系。

(3) 收集资料。尽可能全面地收集有关个案的各种资料。个案收集的资料包括自传、回忆录、著作、日记、信函、报刊、会议记录、档案、地方志等等。除此之外,一切有关该个案的零星的事项,只要能用来说明被调查者的个性特征和行为方式的都要收集。收集资料时,要求深入、细致,掌握尽可能多的历史资料。要使所得到的资料能证明所调查的问题,并且可以相互印证。个案调查并不着眼于对事物和现象的描述,而是着眼于事物及现象之间的因果联系。

个案调查中如何产生问题,应根据实地情境,根据大致的研究计划在调查者和被调查者之间进行互动。由最初的问题所引发的答案可以形成其后的问题,在这种情况下,只涉及事先构思好的问题是无效的。而调查材料真实不真实,一方面要看被研究者愿不愿意说真话,另一方面要看被研究者能不能说真话。这其中的一个重要依据就是看研究者向被研究者所提的问题是否恰当,所选的问题是在被研究者的认知范围内的经验性问题,还是被研究者所不能面对的学术性问题。实际上,再好的社会调查充其量也仅仅能获得回答的真实,与客观的真实还是有差距的。

(4)分析和研究,为解决实际问题或建构理论作准备。取得调查资料后,必须对资料进行整理和分析,这与典型调查所使用的方法基本相同。所不同的是个案调查并不着眼于对事物和现象的描述,而是着眼于事物及现象之间的因果联系。对此展开的分析和研究,可以为实际问题的诊治作准备,或者为进一步的理论建构打基础。

研究中,应该注意到调查者与被调查者经常处在不同的文化环境中,由于受教育水平、个人生活经验、职业以及所在社区的文化等等的影响,虽然研究材料直接来自被调查者,但是研究者对这些材料的解读却可能非常不同。如果研究者用一种外在的标准和思维方式看待被研究者的行为及他们对自己行为的解释。那么,研究材料在研究者眼里很可能是不合逻辑的,甚至会错误地解读被研究者的意思。一个词汇可依它被使用的亚文化群而有不同的意义,许多词汇所含意义只能依具体情境而定。如果研究者的文化与被研究者的文化不同,而研究者对这种差异程度又没有足够认识的话,用自己的语言来解读被研究者的文化,就很难理解文化的内在逻辑性,双方的互动关系就可能出现障碍。因此,个案分析中,研究者要离开生活在其中的"自己的"文化,要在被调查者的立场上研究问题,用第三者的眼光来观察和分析,确保被研究者与研究者的理解的一致性。

总之,个案研究可以获得第一手的直观资料,可以帮助研究者从现实社会中获取思想灵感,可以根据调查结果有针对性地提出解决问题的方案。通过个案研究本身的内在解释力,可以伸展个案的典型性,以个案研究的材料为基础来建构具有个案材料解释力度的理论框架,超越既有理论。但个案调查也有局限性,个案的特征可能是同类事物共有的,也可能是个案特有的。因此从个案研究中得出的结论不能直接代表同类事物的全体。虽然个案研究有一些局限,但它仍不失为一种科学有效的研究方法。

四、个案调查实例:城市地方社会保险的一体化建设
——广东省佛山市个案研究①

第一步:确立个案。1983年10月,国家劳动部在郑州召开的"全国保险福利工作会议"上,提出了"开展全民所有制单位退休费用实行社会统筹"的工作要求,标志着中国社会保障制度从单位劳动保险向社会保险改变的开始。在经济体制改革的推动下,到1993年底,全国各市、县都在不同程度上实行了养老、失业、工伤、医疗和女工生育保险的社会统筹。其中退休费用社会统筹的覆盖面,国有企业已达95.2%,城镇集体企业和其他类型企业分别达76.2%和64.3%。地方社会保险体系开始形成。

地方社会保险体系的形成过程,一般是从各个部门的改革开始,进而在发展的过程中寻求统一,直至出现由一个机构对全部职工开展所有项目的社会保险的一体化格局。在未来的改革方案中,寻求保险体系的统一性是一个基本的取向,但这个目标是否合理,可行性如何,佛山市的经验在一定程度上有助于回答这些问题。

第二步,收集资料。佛山市从1984年起进行社会保障管理体制改革,先后在全民所有制企业劳动合同制工人、固定职工及机关、事业单位职工中建立退休社会统筹制度。与此同时,人民保险公司则开展了一些集体企业的退休统筹。这一阶段的社会保险业务分属于劳动、财政、人事、人民保险公司等部门管理,政策不统一,缺乏长远的、综合的规划,资金分散,致使社会保险发展慢,保险种类不全,社会化程度不高。针对这种情况,从1990年初开始,佛山市政府设置了直属于市政府领导的社会保险事业局,全面负责社会保险工作的管理和规划,大大加快了社会保险的改革和发展。到1993年末,全市参加社会保险一体化的机关、企业、事业单位已达1267个,职工达到191986人,保险覆盖面达九成以上。

目前,佛山市社会保险事业局仍在进一步强化一体化体制,其措施

---

① 转引自《社会学研究》,1996年第1期。

包括:(1)巩固临时工保险费统筹;(2)扩大覆盖面;(3)健全医疗保险;(4)提高管理方面的社会化程度。

第三步:分析个案,发现问题,提出建议。佛山市地方社会保险一体化改革中隐含着许多问题,在未来的发展中可能会逐渐暴露出来,甚至可能从根本上威胁到一体化制度。问题之一是:由一个机构进行社会保险业务,可以简化手续,节约管理费用,提高效率。但佛山的一体化体制是在社会保险发育尚不成熟的阶段出现的。随着社会保险的发展,首先会受到失业保险业务的挑战。现行按工资总额1%筹集失业保险,只能支付不到2%的失业人口,因此,失业基金将来肯定无法平衡。加之,失业保险包括避免和减少失业,这一职能很难从劳动部门分离出来。随着失业保险从简单的救济发展到再就业的安置,失业保险越加会靠向劳动部门,这会又一次引起两个部门之间关系的大调整。其次,一体化制度还会受到来自医疗保险的挑战。医疗保险费用的控制,在很大程度上取决于医疗机构,一体化制度将卫生部门排斥在外,会产生很大的矛盾。还有,人民保险公司已开办了许多医疗保险业务,如果将这些业务转到保险局,利益冲突很大。问题之二,地方一体化体系与行业统筹需要协调。有很多行业的企业有其特殊性,例如大型煤矿,其职工人数往往在当地占很大比重,由地方承担其风险的能力是有限的。在没有全国性保险体系之前,行业性的统筹特别活跃,目前全国有11个行业进行了统筹。针对这种情况,可以有意识地扩大地方性保险,防止行业性保险的扩展,特别要限制一些效益较好、风险不大的行业统筹,因为参与的行业越多,行业与地方的关系就越复杂,日后在省级甚至在全国范围内迈向统一的社会保险的障碍就越多。

基本概念:

普查 抽样调查 典型调查 个案调查 总体 样本 总体参数值 样本统计值 抽样框 随机抽样 简单随机抽样 类型抽样 等距抽样 整群抽样 多阶段抽样 非随机抽样 判断抽样 偶遇抽样 定额抽样

思考与练习:

1. 普查的特点是什么?进行普查有哪些基本要求?

2. 随机抽样有哪些主要类型?试举例说明之。

3. 确定必要的抽样数目要受哪些因素的影响？

4. 典型调查必须遵循哪些原则？

5. 试比较个案调查与抽样调查、典型调查的异同，并举几个适合不同调查方式的例子。

第六章 访 谈 法

在社会调查中要获得真实、可靠、详尽的资料,就必须正确地使用收集资料的方法。当代社会调查所使用的收集资料的方法很多,主要有访谈法、问卷法、观察法和文献法等。其中访谈法是直接感知社会实际情况的一种最基本的方法。

第一节 访谈法的特点与种类

一、访谈法的特点

访谈法,也称访问法。是指调查员通过有计划地与被调查对象进行口头交谈,以了解有关社会实际情况的一种方法。在社会调查中,访谈法具有自身的优点。

第一,可以进行双向沟通。在访谈过程中,调查员与被调查对象一般是通过面对面的交谈来收集社会信息。交谈有两种基本形式,一种是由调查员提问,被调查者根据要求回答;另一种是调查员与被调查者围绕专题进行讨论。在访谈过程中,被调查对象对不理解的问题能够提出询问,要求解释,调查员亦可及时发现误差而得以纠正。在整个访谈过程中,访问者与被访问者相互影响、相互作用,信息在二者之间达到了双向沟通。

第二,控制性强。由于访谈是面对面的交谈,调查员可以适当地控制访谈环境,努力掌握访谈过程的主动权。例如,调查员可以将访谈环境标准化,即确保访谈在私下里进行,以排除其他因素的干扰;也可以根据访谈对象的具体情况,灵活地安排访谈的时间和内容;还可以控制提问次序和谈话节奏;当访谈对象对问题不理解或误解时,调查员可及时引导和解释;当访谈对象的回答不准确时,调查员可当面追问或当场纠正等。通过控制,可以确保调查顺利地按照预定的计划进行。

第三,适用性广。一般说来,只要没有语言表达障碍,任何人都可以作为被访对象。访谈法适用于一切有正常思维能力和口头表达能力的被访人员,包括文盲、半文盲和没有视觉的盲人,在这方面它大大优于问卷调查。因为问卷调查的方式常常会受到被访人员的文化水平的限制,对方若是一个文盲,又没有他人代填问卷,调查就无法进行。

第四,成功率高。通过访谈,所提问题一般都能得到回答,即使被访人对某些问题拒绝回答,也可以大致了解他对此问题的态度。而问卷调查中有些问题或是被调查对象遗漏了,或是由于难以回答而空着,甚至有的人会由于对问卷调查感到麻烦而放弃,从而降低了问卷的回收率。

访谈法在其应用过程中既有其优点,也有其局限性。它的局限性表现在:

第一,受调查员影响较大。由于访问者与被访者是面对面的交谈,所以访问者的性别、年龄、气质、服饰、外貌以及口音等都会对被访者产生一定的影响,从而导致被访者对问题的回答容易"失真"。特别是在陌生人之间进行交谈,被访者容易产生种种猜疑,产生不信任感,在这种情况下往往难以得到完全真实的资料。另外,有时因调查员误解了调查对象的回答或在记录时造成笔误等,也会造成调查结果出现偏误。

第二,匿名性差。访谈调查在匿名性上不如问卷调查。在不具姓名的问卷回答中,调查对象没有精神压力,可以畅所欲言,但在面对面的访谈调查中,就没有这种匿名效果。调查对象在回答问题时往往顾虑较多,尤其对于一些敏感性问题,往往加以回避,或者作不真实回答,这些都会对访谈结果产生不利影响。

第三,调查成本大。由于是面对面的交谈,所以必须找到调查对象,而调查对象有可能分散在一个较大的区域内,用于寻找和路上的时间往往超过谈话时间。调查中数访不遇或对方不愿接待是常有的事,因而一个调查员有时一天只能访问一个或几个对象,这就使得访问调查往往需要同时出动许多调查员,再加上组织、管理等一系列事情,这就使费用不可避免地增加。因此,访谈调查与问卷调查相比,需要调查者付出更多的时间、人力和物力。其中,经费的支出和时间的损耗,是最突出的困难。

二、访谈法的种类

根据不同的标准可以把访谈法划分为不同的种类。

1. 标准化访谈和非标准化访谈

标准化访谈亦称结构性访谈,是指按照统一设计的、有一定结构的调查表或问卷表所进行的访谈。这种访谈的特点是访谈的内容已在调查表中做了精密的安排,有一定的内在结构,调查员依据设计好的调查表,逐项向调查对象询问,并将调查对象的回答填入调查表中。在访谈中,要求调查员选择访问对象的标准和方法、提出的问题、提问的方式和顺序以及对被访者回答的记录方式等都保持相同。由于调查表是由调查员逐项提问、当场填写,回答率和回收率都较高,比较容易统计汇总,便于对不同对象的回答进行对比分析,因此,我们也可以将它视为面访式的问卷调查。但是,这种访谈形式比较呆板,调查员难以临场发挥,被调查者的回答也缺乏弹性,难以灵活地反映复杂多变的社会现象,难以对问题作深入的探讨。这种调查形式适宜在调查者对被调查者一般特点已有一定了解的情况下使用。

在标准化访谈中,调查表或问卷表是访问者的主要工具。访问员必须使用事先编制好的调查表,严格按照调查表上问题的顺序提问,自己不能随意对问题作出解释,如果作解释,则要对解释的内容作出统一规定。访问者事先制作的调查表有其内在的结构。主要内容包括:(1)导语。这是调查员的自我介绍与访谈目的、内容等方面的总说明,是争取被接纳、允许进门的一段话。调查员必须根据开始接触被调查者时的情境,适当灵活地加以叙述。(2)表头。这是调查表的开头部分,用于了解被调查者的基本情况,包括年龄、性别、学历、职业、政治面貌、家庭成员构成、收支状况等,这是不可缺少的基础调查项目。(3)

正题。即需要调查研究的主要问题。问题的设计可以采用开放式的,也可以是封闭式的。前者是调查员提出问题后,不为受访者提供具体答案,而由受访者自由地回答。后者就是在提出问题的同时,还给出若干个答案,让受访者选择适当的答案予以回答。(4)结束语。访谈结束时,访问员应对受访者的合作表示谢意,这样,不仅可以消除访谈的紧张状态,而且能给受访者留下一个良好的印象,以利于今后的再次访问。(5)附记。这是由调查者与复核者在调查后填写的内容,包括被调查者地址或工作单位、访问时间、访问意见、复查意见等。

非标准化访谈亦称非结构性访谈。与标准化访谈相反,它事先不制定统一的调查表或问卷,而是按照一个粗线条的提纲或一个题目,由访问者与被访问者在这个范围内进行交谈。这种访谈法的主要特点是富有弹性,它能够比较灵活地变换提问的顺序和方式,对于调查对象不理解或理解不正确的地方可以加以说明、解释;能够深入交谈而不受预先规定的约束,使调查对象能自由地回答问题;调查员对于回答中出现的重要线索可以适当地离开提纲加以追问。因而这种访谈法,有利于形成一种轻松和谐的谈话气氛,有利于充分地发挥访问者与访问对象的主动性、创造性,有利于拓宽和加深对有关问题的研究。但这种方法对访问者的要求较高,要求调查员能够控制环境,把握谈话的方向和进度,施展较高的谈话技巧。由于这种访谈提问的内容和方式比较灵活,调查的面比较广泛,因此,访谈结果难以进行定量分析。同时,与结构性访谈相比,非结构性访谈比较费时,使调查规模受到较大的限制。

2. 个别访谈和集体访谈

个别访谈是对单个调查对象的访谈。这种访谈基本上只限于访谈人与被访人之间的信息传递,双方的交谈不会受到访谈外的第三者的直接影响。访问者只要控制好谈话环境,就能较好地打开被访人的言路,特别是对于那种无结构的访谈最为有利。

集体访谈就是调查者邀请若干被调查者,通过集体座谈的方式搜集有关资料的方法,也就是我们通常讲的开座谈会。这是社会调查常用的一种方法。毛泽东说:"开调查会,是最简单易行又最忠实可靠的方法,我用这个方法得了很大的益处,这是比较什么大学还要高明的学校。"①集体访谈实质上是个别访谈的一种扩展形式,如同个别访谈一样,它们都是以被调查者作为调查对象,进行直接的口头调查。所不同的是集体访谈不是对单个调查对象的访谈,而是同时对若干个被调查者的访谈。因此,集体访谈过程,不仅要受到调查者与被调查者之间社会互动的影响,而且要受到若干个被调查者之间社会互动的影响。

要使座谈会成功,就要求访问者有更熟练的访谈技巧及组织会议的能力。访问者事先必须明确会议的主题,准备好调查提纲,还应事先把调查的目的和内容等通知给与会者,让到会的人了解开会的意义和内容,使他们事先有所准备。如果调查者自己对调查内容心中无数,全靠会议上临时提问、临时考虑,就很难取得较好的调查效果。参加座谈会的人员应该有所选择。一般的原则是:参加人员要有代表性,要确实了解情况。为了使与会者增加共识、减少疑虑,可采取对不同类型的人分别开会的办法进行调查。参加的人数多少,则应根据问题涉及的范围、调查员的工作能力以及能参加者的情况等多种因素加以确定,一般地说,人数不宜过多,以5—7人为宜。这是因为,每次座谈会的时间有限,人数过多就难以使每个与会者有充分发言的机会,有时甚至会出现"开陪会"的现象;反之,人数太少,又难以收到集思广益的效果。开调查会,事先应选好场所和时间。会议的地点应当比较适当、方便,应该有一个较安静的环境。会议的时间应该比较充裕,使每个与会者都能充分发表自己的意见。调查会最好开成讨论式的,提出的问题要通俗易懂,要注意把大家的讨论引导到调查主题上来。

在座谈会上,要避免让某些权威人士的发言左右其他人员的发言,要让各种不同的意见都能得到充分的表述。座谈会结束后,要认真分析总结,哪些问题已经解决,哪些问题还不太清楚,又出现了哪些新问题,都需要加以分类归纳,然后提出下一次座谈会的提纲。对有些在会

---

① 《毛泽东选集》第三卷,人民出版社1991年版,第790页。

上不便提问或不易作深入了解的问题,会后还可以个别访谈作补充。

由于集体访谈是对若干个被调查者的调查,因此它所获得的资料更为广泛,而且由于与会者互相启发和补充,使获得的资料更完整准确。此外,这种调查方法省时、省力、省钱,能较快地获得有关社会信息。但开调查会也容易产生一种"团体压力",使个人顺从多数人的意见而不敢表示异见,因此,对于某些敏感性问题,不适于采用这种方法。

3. 直接访谈和间接访谈

直接访谈就是访问者与被访问者之间进行面对面的交谈。在访谈过程中,又可采用"走出去"与"请进来"两种方式。"走出去"就是访问者深入到被访问者中进行实地访问;"请进来"就是请被调查者到调查者事先安排的场所进行交谈。这两种方法各有利弊。但多数情况下,访问员是采用"走出去"的方法进行实地访问。

间接访谈是访问者借助于某种工具对被访问者的访问。例如,电话调查是面对面访谈法的延伸。由于电话在居民家庭中的普及率高,社会调查研究者就能采用电话访问这种形式。相对于直接访问而言,电话访问有其自身的优点:一是时间快。由于电话访谈不需要像面谈那样占用路途往返时间,使每次访谈只需很少的时间,从而可以用较短的时间完成一个调查研究项目。尤其是当社会上发生一些重大突发事件时,采用电话访谈可以迅速获得信息,很快公布调查结果。二是节省人力。电话访谈可以减少访员,使少数有经验的访员完成访谈任务,提高访谈质量。三是费用低。短途电话调查,花钱很少。即使是长途电话访谈,其费用也低于派员访谈。四是保密性强。电话访问具有匿名性,从而能使被访者的回答比面访更少顾忌,能使被访者在敏感性问题上提供真实想法。但是,与面谈相比,电话访谈只能询问一些较简单的问题。访问环境也难以控制,如果被访人感到厌倦,随时会挂断电话,访问员因此可能难以完成访谈。对于没有电话者也无法使用这种方法。同时,这种方法还会遇到被访者的选取和代表性方面的困难。在我国,随着城乡电话事业的发展,电话访谈将有很广阔的发展前景。

第二节 访谈的程序与技巧

一、访谈前的准备

由于访谈是一种社会交往过程,调查者只有在社会互动中与被调查者建立起相互信任、相互理解的关系,才能使被调查者愿意积极提供资料。被调查者都是有思想、有情感、有心理活动的个性化的人,他们一般不会主动向"陌生人"提供资料,这就需要调查者认真地做好访谈前的准备工作,与被调查者建立起良好的关系。

第一,要选择适当的访谈方法,掌握与调查内容有关的知识。访谈准备工作的第一步是根据研究目的选择适当的访问方法。如果研究的目的是验证某种假设或要获得多数人的某种反应,一般选择标准化访谈,并必须设计好统一的调查表或问卷;若是探索性研究,一般选择非标准化访谈,同时必须有一份详细的访谈提纲,提纲内容主要包括谈话目的、谈话步骤、谈话对象、问题设计等,并且要将访谈提纲具体化为一系列访谈问题。例如,马克思、恩格斯在进行工人阶级状况调查时, 就拟定了这样一份调查大纲。

"关于各国工人阶级状况的统计调查大纲:

a. 生产部门的名称;

b. 该生产部门从业工人的年龄和性别;

c. 该生产部门从业工人的人数;

d. 工资:(a)学徒工资,(b)计日工资或计件工资,中间人所付的工资额,平均周工资,平均年工资;

e. (a)工厂中工作日的长短,(b)如有小企业和家庭生产,则调查其中的工作日长短,(c)友工和日工;

f. 吃饭的时间和对工人的态度;

g. 对工场和劳动条件的评定:房屋拥挤、通风不良、光线不足、采用瓦斯照明、清洁条件,等等;

h. 工种;

i. 劳动对身体的影响；

j. 道德状况，教育；

k. 生产情况：是季节性的生产还是全年内开工比较均衡，是否经常发生很大的波动，是否遭到国外的竞争，它主要是为国内市场服务还是为国外市场服务，等等。"①

为了使访谈能深入地进行，访问员在拟定访谈提纲的同时，必须充分了解所要访谈的内容与有关知识。采用讨论或访谈方法，需要访问员与被访人互相提供信息，实行双向沟通。即使采用一问一答式访谈方法，访问员也需要在提问与记录答案的过程中，插入一些交流性的话题。有时被访问者也会主动地与访问者交流有关调查内容的种种问题，如果访问者知识丰富，双方就能作深入的交谈，被访问者回答问题的积极性也会越来越高。

第二，要尽可能了解被访者的有关情况，并将调查主题事先通知调查对象。在访谈开始前，访问员对被访者的情况应有初步的了解。要对被访者的性别、年龄、职业、文化水平、专长、经历、性格、兴趣、习惯、爱好等，特别是当前的思想情况和精神状态等作尽可能多的了解。与此同时，在准备工作中还要对被访人所处的社区特性有所了解。例如，在城市公寓里作家庭访问，一般不会对左邻右舍产生多大的影响，而在农村地区作家庭访问，就会在当地产生较大的社会影响，从而会反过来影响到调查效果。访问员若事先不了解这些特点，不仅会给访问工作造成困难，而且还会引起不必要的误解。总之，充分地了解被访问者的基本情况，对于正确地准备访谈问题、选择恰当的访谈方法和灵活地运用访谈技巧等都具有重要的意义。为了访谈的成功，访问员还应尽可能事先将调查目的和主题等通知调查对象，可以通过受访者单位领导、居委会、村干部等，也可以运用通信方式与调查对象取得联系，以求得调查对象的支持。

第三，要选好访谈的具体时间、地点和场合。为了访谈的顺利进

---

① 《马克思恩格斯全集》第16卷，人民出版社1965年版，第215页。

行,为了提高访谈调查的质量和效率,必须正确地选择访谈的时间、地点和场合。一般地说,访谈的最佳时间是被访者工作、劳动、家务不太繁忙,而且心情比较舒畅的时候。例如,在乡村访问农民,不宜在农忙、欲出工的情况下进行;在城市访问在职职工家庭,不宜在清晨、中午、深夜或家务繁忙的时候,而宜在傍晚、星期天下午等时间。这些都要求访问者对被访者事先要有充分的了解。访谈地点和场合的选择,要以有利于被访者准确回答问题和畅所欲言为原则。一般说来,有关个人或家庭方面的问题则以在家里访谈为宜,有关工作方面的问题,以在工作地点访谈为宜,这样有利于取得较融洽的访谈气氛,也有利于被访者寻找或核查准确回答问题的有关背景材料。但是,如果被访者不愿意在家里或工作地点接待访问者,那么,也可选择其他适当的场所进行访谈。

二、进入访谈现场

访谈是人与人之间社会互动的一种形式,对于彼此陌生的人来讲,一开始的接触是相当困难的,有道是"万事开头难"。入户调查,首先碰到的就是如何进门的问题。在调查实践中,一般是请一位与调查对象熟悉的人带路或陪同,带路人可以是基层组织的干部,也可以是调查对象的同学、朋友等。经由熟悉调查对象人的引见,可以明显增加被访者对访问者的信任感。

访问员在进门后遇到的第一个问题就是如何称呼的问题。一般说来,称呼恰当,就为接近被访者开了一个好头,称呼搞错了,就会闹笑话,甚至引起对方的反感,影响访问的正常进行。称呼要随乡入俗,亲切自然。要做到这一点,访问员必须随时注意了解当地的风俗习惯。称呼要恰如其分,既不可对人不恭,亦不可不适当地奉承。有的人口气很大,开口一个"喂",闭口一个"伙计";有的人又喜欢奉承别人,动不动就称"老领导"、"老革命"、"老前辈"等,想以此换取对方的好感,结果适得其反,难免引起对方的厌恶和反感。此外,还要注意称呼习俗的变化。例如,对一般人的称呼,过去习惯称"同志",80年代习惯称"师傅"，现在，许多开放地区却喜欢称"先生"和"小姐"，这就要求调查员恰当而又灵活地使用各种称呼。

访问员与被访者接触后，必须采取各种有效的方法与被访者接近。一般说来，接近被访者有几种可供选择的方式。一是正面接近。即开门见山，先作自我介绍(或由陪同人介绍)，直接说明调查的目的、意义和内容，请求被调查者的支持与合作。这种方式虽显得有些简单、生硬，但却可节省时间、提高效率。因此，在对方没有什么顾虑的情况下，一般可采用这种方式。二是求同接近。即寻找与被访者的共同点，激发被访者的热情与兴趣。例如，同乡、同学、同行、共同的经历、共同的爱好等，都可以成为最初交谈的话题。在一时难以找到共同点的情况下，则可从对方最熟悉的事情、最关心的社会问题、或当时当地最吸引人的新闻谈起。例如，与农村老大妈谈她养的鸡鸭，与年轻媳妇谈她抚育的孩子，与公司经理谈他开发的产品，与企业职工谈工厂的效益，与知识分子谈职称改革，与青年工人谈体育比赛或影视节目等都是很好的话题。三是友好接近。即从关怀帮助被访者入手，以联络感情、建立信任。例如，对方家中有病人，就谈如何治病、买药和调养；对方遇到了挫折和不幸，就应表示同情，进行安慰和开导；对方在工作、生产上发生了困难，就帮助出主意、想办法、提建议等等。如果条件允许，还可以采取一些具体行动来帮助对方解决实际困难，这就更有利于建立信任和感情。四是自然接近。即在某种共同活动的过程中接近对方。例如，在与被访问者一起工作、学习、娱乐等活动中与对方攀谈，逐步了解对方，待建立起初步感情之后再说明来意，进行正式访谈。这种接近方式可以说是来访者有心，被访者无意，它有利于消除对方紧张戒备的心理，有利于在对方不知不觉中了解到许多情况。当然，在公开说明来意之前，一般是很难进行深入系统的访谈的。五是隐蔽接近。即以某种伪装的身份、伪装的目的接近对方，并在对方没有觉察的情况下调查了解情况。如微服出访等就是这种方式。一般来说，只有在特殊情况下针对特殊对象，才采用这种方式接近被访问者。如果滥用隐蔽接近方式，就有可能引起不良的后果。总之，在进入访谈现场的过程中，访问者无论采取何种方式接近被访问者,都应以朋友或同志的姿态与对方建立起融洽的关系,然后再进入正题。一般说来,访问者进入访谈现场,面对素不相识的被访者,首先要表明来意,消除疑虑,以求得被访者的理解和支持,这是成功地进行访谈的首要前提。

三、谈话与记录技术

1. 谈话技术

谈话技术是指调查员在进行访谈过程中为克服交谈障碍和获得真实资料所采取的一些方法。谈话技术首先是提问的技术,提问成功与否是访问能否顺利进行的一个关键。访谈过程中提出的问题可分为实质性问题和功能性问题两大类。所谓实质性问题,是指为了掌握访谈调查所要了解的实际内容而提出的问题。它又可以分为以下几类。一是客观事实类的问题,如姓名、性别、年龄、产量、产值、利润等。二是行为和行为趋向类的问题,如:"你去过北京吗?""假如有这样一个地方,工资待遇高,生活水平好,晋升机遇多,但物价波动大,竞争很激烈,你是否愿意到那里工作?"三是主观态度类的问题,如"你怎样看待当前国内的经济形势?""你赞成住宅商品化吗?""你最喜欢的电视节目是什么?"四是建议性的问题,如"你对职工养老保险制度改革有何看法或建议"等等。

所谓功能性问题,是指在访谈过程中,为了达到消除拘束感,创造有利的访谈气氛,或从一个谈话内容转到另一个内容等目的,所提出的能对被访问者起到某种作用的问题。它也可以分为几类。一是接触性问题。访问员可以先谈谈调查对象比较熟悉的问题,比如他的住房、家庭、工作等,提出这些问题的目的,与解决问题本身无关,而是为了与被访者接触。二是试探性问题。如"你今天有紧要任务吗?""你在单位分工抓什么工作?"提出这些问题的目的是为了试探一下访问时间和对象的选择是否恰当,以便确定访谈是否进行和如何进行。三是过渡性问题。如访谈内容从生产转向销售问题时,可以先提这样的问题,"你们单位生产情况很好,销售状况是否也很顺利呢?"如从工作问题转向家庭生活,则可问"你的工作非常繁忙,回到家里大概可以轻松一下了吧!"有了这类过渡性问题,访谈过程就会显得比较连贯和自然。四是检验性问题。如关于家庭生活水平的调查,可以先问家庭收入再问支出,也可以先问支出再问收入,这样,可以起到相互检验的作用。在访谈过程中灵活地运用各种功能性问题,有利于促进访谈的顺利进行。提问的方式多种多样,可以开门见山、直来直去;也可以投石问路、先作试探;或顺水推舟、逐波前进;或逆水行舟、溯源而上;或顺藤摸瓜、步步发展;或借题发挥、跳跃前进;或竹笋剥皮、层层深入;或枯井打水、一竿到底;或耐心开导、循循善诱;……访问员应根据被访人的具体情况、问题本身的性质和特点以及与被访人之间的关系等多种因素,选择最恰当的提问方式,使访谈过程在平等、友好的气氛中进行。

在提问过程中,访问员还要发挥以下技巧:

第一,问题要明确、具体。如采用标准化访谈,就必须使用统一的调查表或问卷,并对每个调查对象提出同样的问题。如采用非标准化访谈,则要求调查提纲中的每个问题具体、明确,问题不要太长,要尽量避免使用一些不确切的词或深奥的专业术语,同时还应注意某些词在不同地区的不同含义。

第二,要有礼貌地耐心听。调查员要以平等的亲切的态度对待不同类型的调查对象,当被访人在回答问题时,必须有礼貌地耐心听,做到边问、边听、边记。如果被访问者在回答问题,访问者却在一旁剪指甲、看报纸,做一些无谓的小动作,或者心不在焉,哈欠连天,睡意绵绵,那么,被访问者就不可能认真地谈下去。访问者要不时地使用"嗯"、"对"、"听懂了"、"很有意思"等语言信息或者用点头、目光和手势等非语言信息鼓励对方继续谈下去。如果被访者谈得很起劲,但访问者却毫无反应,或者摆出一副不屑一顾的态度,甚至无礼地打断对方谈话,那么被访者就丧失了交谈的积极性。当被访人谈到成绩时,应为他高兴,当他叙述到不幸的事情时应表示同情,以加强情感交流。在访谈过程中,即使碰到个别无礼的调查对象,访问员也要保持克制的态度,友好而又耐心地进行交谈。

第三,不要给调查对象以任何暗示。调查员对所提出的问题要始终保持客观、公正的立场。对调查对象不理解或理解错了的问题,调查员可以适当作些解释,但不要给调查对象以任何暗示。在访谈中,有些调查对象往往注意调查员在某一特定问题上的意见,会从调查员的谈话中寻找暗示,以迎合与取悦调查员,这就会造成调查资料的"失真"。另外,对于在交谈中存在的一些有不同看法或有争议的问题,访问者应保持客观、中立的态度,而不应有倾向性或诱导性的任何表示。对于被访者的回答,无论正确与否,都不宜作肯定或否定的评价,更不应去迎合或企图说服对方,而只能作一些中性的反应。如表示:"你的想法我已了解了","请你继续说下去"等,以鼓励对方把内心话说出来。

第四,注意访谈中的非语言交流。在人际交往中,语言是重要的交流手段。但除语言外,语气、眼神、表情、手势等都能表达某种含义。在访问过程中,调查员要仔细地分析和利用有关的非语言交流手段。说话语气要委婉,切忌审问式地提问。既可以通过自己的行为来表达一定的思想和感情,也可以通过观察对方的某些动作和姿态捕捉其思想和感情信息。例如,连连点头,表示"赞成"、"同意";匆匆记录表明讲话的内容非常重要;东张西望说明注意力已经转移;频频看钟表,说明希望加快速度,尽快结束谈话等。在访谈中通过这些细小的行为、动作、姿态来传达或捕捉信息,往往能起到语言所不能起的作用。此外,从人的外表、周围的环境等都能获得一些非语言信息。

2. 记录技术

访问的目的就是获得资料。在访谈调查中,资料是由访问员记录而来的,做好记录需要一些特殊的技巧。有效地使用记录工具则是记录技术的主要方面,它可为研究提供具体详细的资料。访问记录的内容不仅包括调查对象的谈话,还应包括调查对象的非语言交流及谈话的时间、地点、环境等。到自己不太熟悉的环境和群体中去访问调查,要注意及时捕捉资料信息,尤其对于一些现场发生的、转瞬即逝的情况,要及时作好笔记或录音录像。

在一般访谈中,调查员通常采用笔记的方法进行记录。笔记的方法主要有三种：一是速记，即用速记法（用缩略语和符号来作记录）把对方的回答全部记录下来，然后再进行翻译和整理；二是详记，即用文字当场作详细记录，这样事后无需翻译，任何人都可看懂记录；三是简记，即只记录一些认为有必要记的内容或要点。这三种方法各有利弊，访问员应根据具体情况，选择适当的笔记方法。

在访谈过程中，可以安排专人做记录，但通常调查员都应亲自记笔记。它有两点好处：其一，有利于调查员边听边积极地思考问题，及时作出必要的引导，以便将谈话的问题引向深入，对不清楚的问题也便于在后面再问。其二，表示对被访者谈话的尊重与重视，能在无形中起到鼓励被访者发表自己意见的作用。调查员亲自记笔记的作用在调查会上尤为明显。为了不影响谈话进程和调查员的注意力，调查员应主要记要点和疑点，而不能埋头作详细记录。

有时，为了使访问员专注于谈话，以及为了获得完整的谈话资料，在征得调查对象同意的前提下，调查员可使用录音的方法，边谈话边录音既可使资料完整、具体，避免笔记中的误差，还可以节省时间。但如果被访问者不喜欢其谈话被录音，调查员则不能勉强，否则，就会影响被访者的情绪，使谈话难以进行下去。

在访谈中，调查员除了采用当场记录方式外，还可采用事后补记的办法。这种方法主要在个别访问时采用。在个别访问时，可能会遇到被访者不希望记录，或调查员记录会使谈话显得拘谨等情况。如遇这种情况，可不必当场记录，而采用事后补记的方法。

在记录过程中，特别要注意实事求是，不要以自己的主观想象去代替对方的思路，要尽量记录原话，少作概括性的记录，以免掺入主观成分。

四、引导与追问技术

在访谈过程中，不仅要提问，而且需要引导与追问。引导的目的是为了帮助被访者正确地理解和回答已经提出的问题；追问则是为了使访问者能真实、具体、准确、完整地了解或理解被访者所回答的问题。

引导和追问实质上是对提问的引申和补充,是访谈过程中不可缺少的环节和手段。

1. 引导

一般说来,当被访问者没有听清所提的问题,或对问题理解不正确,答非所问、文不对题的时候;当被访问者存在思想顾虑,避而不谈或一带而过的时候;当被访问者一时语塞,对所提问题想不起来的时候;当被访问者漫无边际、离题太远的时候;……总之,当交谈中遇到障碍不能顺利进行下去或偏离原定计划时,就应及时加以引导。

要根据具体情况,采用适当的引导方法。如果是被访者没有听清所提问题,就应用对方听得懂的语言将问题再次复述一遍。例如,"我想你可能没有听清楚我刚才提出的问题,我再说一遍……。"如果是被访者对问题的理解不正确,则应根据统一的标准,对问题作出具体解释或说明。如果是被访者思想上有顾虑,就应摸清根源何在,然后采取对症下药的方法消除顾虑。例如,"你反映的这个问题,我们绝对保密,请你放心地讲。"如果是被访者一时遗忘了某些具体情况,就应从不同角度、不同方面帮助对方进行回忆。如果是被访者的回答离题太远,就应寻找适当时机,采取适当方式,有礼貌地把话题引向正题。例如,"你刚才谈了很多有关这方面的问题, 很好, 现在请你再谈谈另外一个问题。"如果遇到一些调查对象不善于交谈, 调查员要耐心细致地加以引导, 并让对方有充分思考的余地。总之, 引导的目的就是为了排除访谈中的各种干扰和障碍, 使访谈过程得以按原定计划顺利地进行下去。

2. 追问

在访谈中,追问也是一种不可缺少的手段。通常在遇到下列情况的时候需要追问。当被访者的回答前后矛盾,不能自圆其说的时候;当被访者的回答残缺不齐、不够完整的时候;当被访者的回答含混不清、模棱两可的时候;当被访者的回答过于笼统、很不准确的时候;当调查员对一些关键问题的回答没有听清楚的时候,都应适当地加以追问。

追问的方式主要有:(1)直接追问与迂回追问。直接追问即直截了当地请被访者对未回答或回答不具体、不完整的问题再作补充回答。迂回追问即通过询问其他相关联的问题或换一个角度询问来获得未回答或未答完的问题的答案。(2)当场追问与集中追问。对于一些简单的问题(如调查者对某个具体数字没有听清楚),可在对方回答问题时立即进行追问。对于一些比较重要、复杂的问题,则应记下来,或在记录本上打上标记,留待访谈告一段落后集中追问。

不管采用哪一种追问方式,都要尊重对方,做到适时适度,应以不伤害调查对象的感情为原则,以免影响整个访谈进程。

五、结 束 访 谈

做好访谈的结束工作是访谈活动的最后一环。为了使访谈活动做到善始善终,访问员应注意以下几个问题:第一,掌握访谈活动的时间。访谈时间不宜过长,一般以一两个小时为宜,以不妨碍被访者的正常工作和生活秩序为原则。如被访者要上班了,要下地了,要吃饭了等等,就应及时结束访谈活动。第二,关注访谈活动的气氛。有时调查对象仍有谈话兴趣,并要求转换到其他话题时,调查者乘机插话,就可能圆满结束。有时被访者感到厌烦,情绪变坏;或是有要紧的事需要处理;或是家中来了客人需要接待;或是当男主人与你交谈时,女主人却在一旁打狗、赶鸡、骂小孩;……良好的交谈气氛一经破坏,就应马上结束访谈活动。有时双方都感到非常疲乏和厌倦,谈话难以进行下去了,这时为使材料完整,最好问调查对象:"我们还有什么地方没有谈到"或"你还愿意谈些什么"之类的问题以结束调查。第三,真诚地感谢对方。访谈结束时,要真诚地感谢被访者对调查工作的支持与合作,表示从对方学到了许多书本上学不到的知识,并充分肯定通过访谈建立和加深了友谊。另外,如果这次访谈确未完成调查任务,那么就需要约定再次访问的时间和地点,最好还能简要说明再次访问的主要内容,以便对方作好思想和材料准备。

每次访谈结束后,要对资料进行初步整理,以便搞清这次访问是否已把问题的答案全部弄清楚了,是否有必要重访一次。有时调查员以为访谈时已经搞清楚了的问题,在整理资料中会出现一些模糊的地方,或发现有的问题被遗漏了。这时,调查员切不可自作主张任意确定一个答案,而是需要重新访问一次,以保证资料的正确性和完整性。

从进入访谈现场开始,经过提问、引导和追问,到访谈的结束,这就是一次访谈活动的大致过程。访谈过程的每一个阶段或环节,都有许多技巧问题。访问员在访谈时应熟练地掌握各种访谈技巧,以最合适,最有效的方式,取得被访人的信任与合作,从而获得真实可靠的第一手资料。

基本概念:

访谈法　标准化访谈　非标准化访谈　直接访谈　间接访谈

思考与练习:

1. 访谈法有哪些特点和种类?

2. 如何做好访谈前的准备工作?

3. 在提问过程中,访问员应发挥哪些技巧?

4. 引导和追问的方法有哪些?

5. 结束访谈应注意哪些问题?

第七章 问 卷 法

问卷调查是社会调查中应用最广泛的方法之一。在西方国家,这种方法最先应用于民意测验,后来在社会调查的各个领域得到了广泛的应用。改革开放以来,问卷调查法在我国也得到了迅速发展,在社会调查中发挥了越来越重要的作用。本章主要介绍问卷调查的特点和种类,问卷的结构和设计,问卷的发放与回收等内容。

第一节 问卷法的特点和种类

一、问卷法的特点

问卷调查法是指调查者通过统一设计的问卷来向被调查者了解情况、征询意见的一种资料收集方法。问卷是指由一系列相关问题所组成的、在社会调查中用来收集资料的一种工具。问卷调查法与访问法、观察法相比较,有其自身的优点,也存在着不足。

1. 问卷调查法的优点

首先,问卷调查可以突破空间的限制,在大范围内对众多的调查对象同时进行调查。由于问卷调查是运用统一设计的问卷向被调查者进行调查,因此,可以通过邮寄把问卷分发到全市、全省、甚至全国各地,进行相关问题的调查。问卷法的这一优点是任何直接调查方法所不可比拟的。例如,1996 年《文汇报》开展的关于上海市机动自行车能否在市区行驶的问卷调查,虽然主要调查的是上海市区的问题,但是,由于《文汇报》在全国发行,因而引起了全国老百姓的重视,许多大中城市的居民都积极主动地参加了问卷调查。

第二,问卷调查有利于对调查资料进行定量分析和研究。由于问卷调查大多是使用封闭型回答方式进行调查,因此,在资料的搜集整理过程中,可以对答案进行编码,并输入计算机,以进行定量处理和分析。在社会调查中,如果运用电子计算机作为统计分析的工具,那么,问卷调查法就是一种切实可行的大容量、高效率的定量调查方法。

第三,问卷调查可以避免主观偏见的干扰。由于在问卷调查中,每个被调查者都是在大体相同的时间得到问卷,以大体相同的方式回答问卷,而且问卷在问题的先后次序、问题的表达、答案的类型等方面都是完全相同的,因此,无论是在哪方面,被调查者所受到的影响都是一样的。这样就能很好地避免由于人为的原因而造成的各种偏差,减少主观因素对调查结果的真实性所产生的不利影响。

第四,问卷调查具有很好的匿名性。在社会调查中,调查人员常常会遇到一些难以同陌生人面对面谈论的问题,比如,个人隐私、伦理道德、政治态度、社会禁忌等敏感性问题。对于这些问题,如果使用问卷调查,就能获得较好的解决。由于在问卷调查过程中,调查者与被调查者不直接见面,回答的问卷不要求署名,填写问卷的地点由被调查者自己选择,可保证无其他人在场,这就有利于回答那些不宜当面询问的敏感问题。

第五,问卷调查可以节约人力、财力和时间。由于问卷调查是用一份问卷代替派人专访,可以在很短的时间内同时调查很多人,因此,问卷调查具有很高的效率,这对调查双方的人力和时间都是极大的节省。并且,由于既不需要对大量调查员进行培训,又不需要派遣调查员分赴各地,因此,与访问法相比较,问卷调查法不仅调查面广,而且可以节约许多费用。

2. 问卷调查法的弱点

问卷调查法除了具有上述优点外,也还存在一些不足之处,其具体表现在如下几方面:

第一,问卷调查法只能获得有限的书面信息。由于问卷的设计是统一的,调查的问题和问题的答案是固定的,没有伸缩的余地,故而对那些问卷设计中没有涉及的新事物、新情况、新问题就很难展开调查。

因此,问卷调查法只适应于那些相对稳定的课题,对哪些复杂多变的问题就必须结合其他调查方法才能进行深入的探索和研究。

第二,问卷调查法不适合于文化程度普遍较低的群体。由于问卷调查使用的是书面问卷,这在客观上要求被调查者首先要能看懂问卷,能理解问题的含义,懂得填写问卷的方法,因此,在问卷调查中,要求被调查者必须具有一定的文化程度,而现实生活中,并不是所有的人都能达到这样的文化程度的。

第三,问卷的回收率和有效率比较低。在问卷调查中,问卷的回收率和有效率必须保证有一定的比率,不然的话,会影响到调查资料的代表性和真实性。但是,由于在问卷填写过程中,被调查者有时会出现对该项调查的兴趣不大,不愿意合作,或者因精力、能力的限制而无法完成问卷。这一切情况都会影响问卷的回收率和有效率,进而影响问卷调查的质量。

由于问卷调查法有上述的优点和不足,因此,它有自身所适用的范围。从被调查对象所在的地域看,在城市中比在农村中适用,在大城市比在小城市适用;从被调查对象的职业看,在专业技术人员、公务员中比在商业人员和工人中适用。

问卷虽然是社会调查中十分有用的资料收集方法,但并不是万能的方法。在调查研究工作中,应该根据不同的调查目的和调查对象,采用不同的调查方法,以期获得最佳的调查效果。

二、问卷调查法的基本类型

由于不同调查者的调查目的、调查内容、调查方式各不相同,所以他们使用的调查问卷也存在差异。按照问卷调查是否要由被调查者自己填答来区分,可以将问卷调查分为代填问卷和自填问卷两类。代填问卷是调查者按照统一设计的问卷向被调查者当面提出问题,然后再由调查者根据被调查者的口头回答来填写问卷。代填问卷实际上是一种结构式访问,又称访问问卷,在"访问法"一章中已着重介绍,这里侧重介绍自填问卷。自填问卷一般是通过报刊发行、邮局传递或派人送发等方式将问卷交到被调查者手中,并由被调查者自行填写,然后再返回调查者手里。自填问卷分为报刊问卷、邮寄问卷和送发问卷三种。

报刊问卷。这是将问卷刊登在报刊上,然后随报刊的发行而传递到读者的手中,并号召报刊的读者对报刊的问卷作出书面回答,然后按规定的时间将问卷的答案通过邮局寄回报刊编辑部。报刊问卷的调查对象为读者,其传递渠道稳定,调查分布面广,匿名性强,问卷填写质量高,同时又较省时省力省钱,是一种比较经济实用的问卷调查法。但是,报刊问卷也存在着调查对象的代表性差、回复率低、调查范围难以控制等缺点。

邮寄问卷。这是调查者通过邮局向被选定的调查对象寄发问卷,并要求被调查者按照规定的要求和时间填写问卷,然后再通过邮局将问卷寄给调查者。邮寄问卷调查的优点是:调查对象明确、代表性强、回答问题的质量高、节省时间等。邮寄问卷的缺点是:回复率低、难于控制回答过程、费用比较高等。

送发问卷。这是调查者本人或派专人将问卷送给被选定的调查对象,待被调查者填答完后,再由调查者本人或派专人收回问卷。这种方法一般适用于集体的有组织的问卷调查。比如"大学生学习状况"的调查,就可以请大学的学生处派专人发送和收回问卷。送发问卷调查的优点是:回复率高、费用节省、时间快、可以对疑点进行解释,也能了解到现场的状况并进行分析。送发问卷的缺点是:调查对象过于集中,调查范围比较狭窄,回答的质量较低。

下面将各种类型的问卷的特点简要概括如下:

	自填问卷			代填问卷
	报刊问卷	邮寄问卷	送发问卷	访问问卷
调查范围	较　广	较　广	较　窄	较　窄
调查对象	难以控制和选择,代表性差	有一定控制和选择,但回复问卷的代表性难以估计	可控制和选择,但过于集中	可控制和选择

	自填问卷			代填问卷
	报刊问卷	邮寄问卷	送发问卷	访问问卷
影响回答的因素	无法了解、控制和判断	难以了解、控制和判断	有一定的了解、控制和判断	便于了解、控制和判断
回复率	很　　低	较　　低	较　　高	高
回答质量	较　　高	较　　高	较　　低	不稳定
投入人力	较　　少	较　　少	较　　少	较　　多
费　　用	较　　低	较　　高	较　　低	高
时　　间	较　　长	较　　长	较　　短	长

（资料来源:水延凯等编著:《社会调查教程》,第206页。）

第二节　问卷设计的原则与步骤

一、问卷的结构

无论是自填问卷还是代填问卷,其结构大致包括这样几部分:封面信、指导语、问题、答案、编码等。下面对上述几部分作简要的介绍。

1. 封面信

封面信是一封给被调查者的短信,主要是向被调查者介绍和说明调查者的身份、调查的内容、调查的目的和意义等等。主要作用在于消除被调查者的顾虑,赢得对方的信任,争取合作。因为对于每一个被调查者来说,调查单位和调查人员都是陌生的,如果没有一定的自我介绍,就很难取得被调查者的支持与合作。因此,要让被调查者接受调查,并认真地填写问卷,封面信的质量是关键环节之一。

封面信一般印在问卷表的封面或封二,长短以二三百字为宜。其内容包括以下几个方面:

首先,要介绍调查的主办单位和调查人员的身份。比如"我们是上海市委政策研究室的工作人员,为了……"。调查的主办单位和调查人员的身份也可以通过落款来说明,比如落款为:上海市委政策研究室《企业文化建设调查组》。但是,落款不能只写"企业文化建设调查组",必须写清单位、组织,最好还能附上单位的地址、电话号码、邮政编码、联系人姓名等,这样,既可以使被调查者知道你们是哪个单位的,是些什么人,消除被调查者的疑虑,又能够体现调查的正式性。

其次,要简要说明调查的内容和目的。调查内容的说明不能过于详细,也不能含糊其词或避而不谈。通常的做法是用一句话简明地指出其内容的范围。比如"我们正在进行企业文化建设方面的调查"。对于调查的目的,要有明确的说明,避免含糊、笼统,并且叙述要得当,比如:"……为了探讨企业文化建设给企业的生产经营带来的利与弊,我们开展了这项关于企业文化建设的调查。"一般来讲,一旦被调查者明确了调查目的,同时也感到此项调查有价值,他就会积极配合,认真地完成问卷调查。

再次,要说明调查对象的选取方法和对调查结果保密的措施。无论哪一种调查,被调查者,都或多或少地存在一定的戒心。为了消除这种戒心,争取被调查者的合作,要明确说明调查对象的选取方法和保密的措施。比如:"我们根据科学的方法选取了一部分职工作为全市职工的代表,您是其中的一位。本调查以不记名方式进行,并且,根据国家的统计法,我们将对统计资料保密。所有个人资料均以统计方式出现。"

最后,在信的结尾处,一定要真诚地感谢被调查者的合作与帮助,并署上主办单位的名称及调查日期。

下面是一份实际调查问卷的封面信。

中国企业文化建设状况调查问卷

亲爱的同志:

您好! 我们这次在全国十个城市五十个企业进行的"中国企业文化建设状况调查",是国家"九五"规划中社会科学重点科研项目之一。

这次调查的目的,是要切实了解我国企业文化建设方面的真实状况,并据以科学的分析研究,为党和政府制定企业文化建设的有关政策,提供科学的依据和合理化建议。

填写本表是不记名的,希望您在填表时不要有任何顾虑,怎么做的,怎么想的,就怎么填。同时,希望您按照表中的说明在□内酌情打√的标记,或在_____内填写。

谢谢您真诚的合作!

中华全国总工会

中国企业文化建设调查组

1996 年 11 月

2. 指导语

指导语是指用来指导被调查者填写问卷的一组说明,也称"填表说明",其作用是对填表的方法、要求、注意事项等作一个总的说明。指导语的语言要简明易懂,使回答者懂得如何填写。举例如下:

填 表 说 明

① 请在符合您的情况和想法的问题答案号码上划上"√"号。

② 问卷每页右边的数码及短横线是供计算机用的,您不必填写。

③ 如果所列问题答案项不适合您的情况,请在问题下的空白处填写您的具体情况。

④ 填写问卷时,请不要与他人商量。

除了以上说明外,对那些特殊的问题或比较复杂的问题还必须分别进行专门的说明,以帮助被调查者准确清楚地填答问卷。例如:"可选择多个答案","请按重要顺序排列"、"家庭成员包括所有在同一个地方居住生活的亲属",等等。

上述封面信和指导语也可以合在一起写,统称为问卷的"前言"部分。

3. 问题和答案

问题和答案是问卷的主体,关于这一部分内容,将在本章的第三节作专门的介绍。

4. 编码及其他资料

在一些大型的统计调查中,为了将调查者的回答转换成数字,以便录入计算机进行处理和定量分析,往往需要对回答结果进行编码。所谓编码,是指给每一个问题及其答案编上数码,目的在于方便地把问题和答案交由计算机处理。编码的工作既可在问卷设计时就编好,即预编码;也可在问卷收回后再进行编码,即后编码。对那些问题比较灵活、开放式问题较多的问卷,一般采用后编码,相反则采用预编码。编码一般放在每一页的最右边。关于编码的具体内容,我们也将在"调查资料的整理"一章中详细论述。

二、问卷设计的基本原则

设计出一份科学的问卷,是搞好问卷调查的关键,因此,在问卷设计中必须遵循如下基本原则:

1. 简明性原则

调查问卷是要让被调查者看的,因此,在问卷设计中,要注意问卷的简明性,使被调查者能在较短的时间内一目了然地了解和理解问卷中所提出的问题并较容易地作出回答。如果问题数目多、难度高、繁杂、填写时间长,这样就不能保证调查的顺利进行,也不能保证资料的质量。因此,在设计问卷时,必须把简明性作为一条重要的原则,尽量为被调查者提供一份简明扼要的问卷,减少回答问题时所带来的麻烦。

2. 适应性原则

问卷的设计要能够适应被调查者在心理上和思想上的要求。一般来说,问卷中涉及敏感性问题时,被调查者容易产生种种顾虑,担心如实填写会给自己带来不利的影响,会损害自己的切身利益。因此,问卷的设计要避免给调查者造成心理上和思想上的压力,尽量设计出适应被调查者心理和思想要求的问卷。

3. 目的性原则

对于任何一项问卷设计工作来说,调查的目的都是其灵魂,因为它决定着问卷的内容和形式。如果调查的目的只是为了了解被调查对象的一般状况,那么,问卷设计就应该主要围绕着被调查对象各方面的基本事实而进行。如果调查目的不只是一般的描述,而是要作出解释和说明,那么,问卷设计就要紧紧围绕着研究假设和变量来进行,问卷中必须问什么,不必问什么都将受到研究假设的制约。

4. 针对性原则

由于被调查对象自身的能力、条件各不相同,在调查过程中往往会遇到诸如看不懂问卷等问题。因此,在问卷设计中必须根据不同的调查对象,设计出符合不同对象的问卷,并针对被调查对象可能出现的答题障碍,给予必要的提示。总之,要设身处地为被调查对象考虑各种困难,避免被调查对象因问卷造成的困难而放弃应答,以保证调查问卷的回收率,保证调查的质量。

三、问卷设计的主要步骤

一份好的问卷,要经过多次反复才能够形成。在正常情况下,问卷设计要经过如下几个步骤:

1. 摸底探索阶段

所谓摸底探索,是指调查问卷设计之前,要先熟悉、了解被调查对象的基本情况,以便对问卷设计中遇到的各种问题的提法和可能的回答有一个初步的考虑。摸底探索工作的常见方式是进行初步的非结构式访问,即问卷设计者围绕着所要研究的问题,亲自与各类对象进行自然式交谈,从中熟悉和了解他们对某一问题的看法。经过初访,就能够根据实际情况恰当地设计出有关问题的各种答案,从而避免在设计问卷时出现含糊不清的问题和不符合实际情况的答案。摸底访问是设计问卷之前必须进行的一项重要工作,它既是进行问卷设计的基础,又是整个调查研究工作从研究设计阶段向资料收集阶段的必经环节。

2. 设计问卷的初稿

经过摸底探索工作,对所要调查的各种问题及其可能的答案有了初步印象,就可以动手设计问卷初稿了。设计问卷一般采用如下两种具体方法。

第一种方法:卡片法。卡片设计的具体操作过程是:首先根据摸底探索工作所得到的印象和认识,把每一个问题和答案写在一张卡片上,一题一卡(不能一卡多题或一题多卡)。其次根据卡片上问题的主题内容,将卡片分成若干类,即把询问同类事物的问题的卡片放在一起。

其三是在每一类卡片中,按询问的先后顺序将卡片进行前后排序。其四是根据整张问卷的逻辑结构排出各类卡片的前后顺序,使卡片联成一个整体。其五是根据被调查者填写问卷是否方便,反复检查问题前后顺序及连贯性,对不当之处逐一调整和补充。最后把调整好的问题卡片依次写到纸上,形成问卷初稿。

第二种方法:框图法。框图设计法的具体操作过程是:首先是根据研究假设和所需资料的内容,在纸上画出整个问卷的各个部分及前后顺序的框图。其次是具体地写出每一个部分中的问题及答案,并安排好这些问题相互间的顺序。其三是根据回答者阅读和填写问卷是否方便等方面,对所有问题进行检查、调整和补充。最后将调整的结果整理成文,形成问卷初稿。

卡片法与框图法的差别在于:前者是从具体问题开始,然后到部分、整体;后者是从总体结构开始,然后到部分、到具体问题。这两种方法各有自身的优缺点,为了避免二者的缺点,可以将两种方法结合起来使用。

3. 问卷的试用与修改

任何调查问卷的设计都不可能一次成功,往往要经过多次反复修改。问卷初稿设计出来之后,必须经过试用和修改这两个环节,才能用于正式调查。

问卷初稿的试用有两种方法:

第一种方法:客观检验法。其具体操作过程是:将问卷初稿打印若干份(一般在30—100份左右),然后在正式调查的总体中抽取一个小样本,用这些问卷初稿对他们进行调查。最后认真检查和分析调查的结果,从中发现问题和缺陷并进行修改。检查和分析的内容包括:回收率,有效回收率,填答的内容和方式是否错误,填答是否完整等。如果回收率低于60%,说明问卷的设计中有较大的问题;如果填答内容的错误多,答非所问,就要仔细检查问题的用语是否准确、清晰,含义是否明确具体;如果填答方式错误较多,要检查问题形式是否过于复杂或指导语不明确等;如果是问卷中某几个问题普遍未做回答,要仔细检查分析原因,然后加以改进。

第二种方法:主观评价法。其具体操作过程是:将设计好的问卷初稿抄写或复印若干份(3—10 份),分别送给该研究领域的专家、研究人员以及典型的被调查者,请他们阅读和分析问卷初稿,并根据他们的经验和认识对问卷进行评论,指出存在的问题和改进的意见。

上述两种方法,各有其适应范围,一般来说,小型调查大多采用主观评价法,大型调查大多采用客观检验法,有的调查则两种方法一起采用。

第三节 问题及答案的设计

问题和答案是整张问卷的核心部分,科学地设计问题和答案,是获得可靠调查资料的重要环节。

一、问题形式的设计

在调查问卷中,问题的形式可分为开放式问题与封闭式问题两种。所谓开放式问题,是指对问题的回答不提供任何具体的答案,而由被调查者自由填写的问题。例如:

　　您认为导致中小学产生应试教育倾向的主要原因是什么?
　　答:＿＿＿＿＿＿＿＿＿＿＿＿＿＿＿＿＿＿＿＿＿＿
　　您对我国农村村民委员会的直接选举有何看法?
　　答:＿＿＿＿＿＿＿＿＿＿＿＿＿＿＿＿＿＿＿＿＿＿

开放式问题的最大优点是:(1)灵活性大,适应性强,特别适合于回答那些潜在的答案类型很多、或者答案比较复杂、或者尚未弄清各种可能性答案的问题;(2)有利于被调查者充分发挥自身的主动性和创造性,自由地表达自己的意见。其缺点是:(1)回答过程中所提供资料的标准化程度低,难以进行整理与分析;(2)容易出现不准确的、甚至答非所问的无价值的信息;(3)回答开放性的问题,要求被调查者有较高的文化素养,较强的文字表达能力,而且要花费较多的填写时间,这就有可能降低问卷的回收率和有效率。

所谓封闭式问题,是指将问题的答案全部列出,然后由被调查者从中选取一种或几种答案的问题。封闭式问题有如下几种方式:

(1) 两项式(又称是否式)。即只有两种答案的回答方式:

例1　您的性别?(请在适用的(　　)里打✓)
男(　　)
女(　　)

例2　您是否结婚? 是____;否____。
您是否重视体育运动? 是____;否____。

(2) 多项式。即可供选择的答案在两个以上,被调查者或只选填其中一个,或可以选填其中几个答案。

例3　您的职业:(请在合适答案后的横线上打✓)
工人____;农民____;军人____;教师____;
医务人员____;公务员____;科学研究人员____;
企业管理人员____;私营企业主____;个体经营者____;
其他____。

(3) 顺序填写式或等级式。即列出多种答案,被调查者填写答案时要求列出先后顺序或不同等级。

例4　您在当前生产经营中常遇到哪些困难?
(请按困难程度给下列问题编号,困难最大的为1,最小的为8)
□资金不足;　　　□缺乏技术;
□生产成本太高;　□机柴油供应不足;
□剩余劳力无出路;□买难卖难;
□各种摊派过多;　□信息闭塞。

例5　请您根据下列问题的严重性程度打分,最严重的打6分,次严重的打5分,依次类推,最不严重的打1分:
1　人口_____;　2　农业_____;
3　腐败_____;　4　教育_____;
5　环保_____;　6　物价_____。

(4) 矩阵式或表格式。即将同一类型的若干个问题集中在一起,共用一组答案,从而构成一个系列的表达方式。

例6　您对本公司在下列问题上的看法如何?
(请在适用的方格内打✓)

	非常满意	满意	无所谓	不满意	非常不满意
① 娱乐设施	□	□	□	□	□
② 福利条件	□	□	□	□	□
③ 职工教育	□	□	□	□	□
④ 工资待遇	□	□	□	□	□

例7　您觉得下列现象在你们学校是否严重?

（请在每一行适当的格中打✓）

	严重	比较严重	不太严重	不严重	不知道
① 迟到					
② 早退					
③ 作弊					
④ 旷课					

（5）后续性回答,也称相倚问题。这是指为了防止出现一个问题仅与一小部分回答者有关,而大部分都回答"不知道"或"不适于本人"的情况而做的设计。其格式如下:

例8　您有孩子吗?

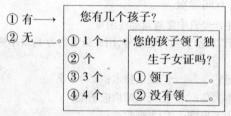

例9　您有孩子吗?

　┌①有_____
　│②无_____
　│
　└┬a. 有几个孩子_____。
　 └b. 有几个孩子与您生活在一起_____。

以上介绍的5种均属于封闭式问题,其优点是:第一,回答是按标准答案进行的,答案容易编码,容易进行定量分析;第二,回答问题比较省时间,容易取得被调查者的配合。其缺点是:缺乏弹性,容易造成强迫性回答;有可能造成那些不知如何回答或具有模糊认识的人乱填答案。

二、问题设计的要求

（1）问卷的问题必须围绕假设进行设计。一份科学的问卷，设置问题的数量应不多也不少，恰好满足检验假设的要求。要做到这一点，设计者对问卷的设计应当有一个总体框架，对每一个问题所起的作用应十分清楚，对理论假设需要哪些指标来测量，也应十分明确。初次搞问卷设计的人，随意设题的现象比较普遍，即想到什么问题就列什么问题，很少考虑所列问题对检验理论假设、回答研究项目有多大作用，其结果必然导致一些问题浪费，而另一些需要提出的问题却没能列出。

（2）问题应具体、明确，不能提抽象的、笼统的问题。如："社会对大学生社会实践活动的评价如何？"由于社会这一概念太抽象、笼统，因此，对这一问题就很难回答。又如："您对所在单位近年来情况的感觉是：(1)几乎没有变化；(2)变化不大；(3)变化较大；(4)变化很大。"在这一问题中，没有说明是单位的什么情况，是生产情况，还是职工收入情况或是其他什么情况。表达得不明确，对这一问题就很难回答。

（3）要避免提复合性问题。在一个问题中，不能同时提问两件或两件以上的事情。如："您喜欢看电影、电视、报纸吗？"对这个问题，如果被调查者只对其中一项感兴趣，对另两项不感兴趣，这个问题就很难回答。又如，"您父母的职业____"，这也是一个不好填答的复合性问题。

（4）问题必须适合被调查者的特点，尽量做到通俗易懂。要根据不同的对象，使用他们熟悉的大众化语言，不要使用被调查者陌生的概念。例如，某单位设计了一份关于我国农民基本状况的调查问卷，当问卷拿到南方农村调查时，发现所提的某些问题与当地的实际情况不相符。例如，对"自有大车的数量"一项，许多南方农民就不懂大车的含义；对"贸易货栈"一问，南方农民也很生疏，他们熟悉的是集贸市场这一说法。另外，问题中也不要使用深奥的、过于专业化的术语。如"你家今年的经济效益如何？""你家有几位劳动力年龄人口？"等等。

（5）提问要避免带有倾向性和诱导性。在问句设计中，所提问题应持中立的立场,尽量避免对回答者产生暗示和诱导作用。例如有这样两个问句:"绝大多数人认为××领导工作抓得好。你认为如何?""医生认为多吃糖对身体没有好处,你是否同意?"这两个问句都带有一定的倾向性,应改为:"一部分人认为××领导工作抓得好;另一部分人认为××领导工作抓得不好。你认为如何?""有的人认为多吃糖对身体没有好处,而另一些人认为多吃糖对身体有好处。你认为如何?"

(6)不要直接提具敏感性或威胁性的问题。在调查过程中,敏感性的问题包括涉及个人利害关系的问题,个人隐私问题,各地的风俗习惯、社会禁忌等问题。例如:"您家有多少存款?""您离过婚吗?""您信仰何种宗教?"等等。由于问题具有敏感性,出现虚假回答和拒绝回答的比率就比较高,因此,问卷的设计者或者要避免问此类问题,或者要想办法降低问题的敏感性。敏感性问题的处理一般采用如下几种办法:一是使问题适度模糊;二是转移对象;三是采用假定法。例如:"您家的存款在:①1万元以下____;②1万—10万元之间____;③10万元以上____。""对婚姻关系中的第三者,有些人认为不道德,有些人认为无所谓,您同意哪种看法?""如果政府不再对人口生育加以限制,你希望能有几个孩子?"等等。

三、问题的数目和顺序

一份调查问卷,到底应包含多少个问题,问卷的长短如何确定,没有统一的标准。一般来说,问卷的长短与问题的多少要根据研究的目的、研究的内容,样本的性质,分析的方法,拥有的人力、财力、时间等多种因素而定。根据大多数研究人员的实践经验,一份问卷中所包含的问题数目,应限制在20分钟以内能顺利完成为宜。问卷太长,容易引起被调查者心理上的厌烦情绪,影响填答的质量或回收率。

在问卷设计中,如何安排好问题之间的相互次序,不仅会影响到问卷填答质量,还可能影响到问卷的回收率。问卷中各种问题的先后顺序,一般应按照如下原则安排:

（1）先较易回答的问题,后较难回答的问题;先事实方面的问题,后观念、态度方面的问题;先闭合式问题,后开放式问题。

（2）同类性质的问题应排列在一起,以利于被调查者的思考。

（3）可以互相检验的问题必须分隔开,不能连在一起,否则就起不到互相检验和互相印证的作用。

四、答案的设计

问卷中答案的设计须遵循如下几项基本要求:

（1）答案的设计应符合实际情况。如关于当前我国企事业单位职工的工资收入状况,如果将答案设计成:①300元以下;②300—400元;③400—500元;④500元以上。那么回答就可能都集中在第四项上。这种调查结果就没有分析的价值了。

（2）答案的设计要具有穷尽性和互斥性。所谓穷尽性,是指答案包括了所有可能的情况,不能有遗漏。例如:您的性别(请选一项打√)①男____;②女____。而下面这一问题的答案就不是穷尽的,"您喜欢看哪一类电影(请选一项打√)①故事片____;②爱情片____;③武打片____;④儿童片____。"这里所列出的4种答案并不是电影的全部种类,如果有的被调查者对上述4种类型的电影都不爱看,而惟独爱看科教片,那么就无法在这4种答案中填答了。解决这类问题的办法是在该问题所有答案的最后列出一项"其他",这样,回答者就可以将问卷中未尽的项目填上。

所谓互斥性是指答案相互之间不能相互重叠或相互包含。即对于每个被调查者来说,最多只能有一个答案适合他的情况。假如一个被调查者对某一问题的回答,可同时选择两个或更多的答案,那么这一问题的答案就不具有互斥性。例如下列问题的答案就不具有互斥性。"您的职业是什么?(请在合适的答案号码上打√)①工人____;②农民____;③干部____;④商业人员____;⑤医生____;⑥售货员____;⑦教师____;⑧农民工____;⑨个体户____;⑩其他____。"在这些答案中,"农民"与"农民工","商业人员"与"售货员"都不具有互斥性,而是互相包含的关系,因而填答起来就会发生困难。

（3）答案只能按一个标准分类。例如,将问题"你们(父母)对子女的要求"的答案设计成:①要求严格;②要求不严格;③要求一致;④要求不一致;⑤没有什么要求。这里,答案的分类就涉及到要求严格不严格,一致不一致,有没有要求这三个分类标准,被调查者回答起来就相当困难。

（4）程度式答案应按一定顺序排列,前后须对称。许多涉及到调查对象态度的答案是具有程度上的意义的,这类程度式答案应按一定顺序排列,而且前后应对称。如"很愿意;比较愿意;说不清;不太愿意;很不愿意""很满意;比较满意;无所谓;不太满意;很不满意"等等。如果将答案设计成:"很愿意;比较愿意;很不愿意"或者"很满意;很不满意;不太满意;比较满意;无所谓"等等,就会由于答案不周全或者答案次序凌乱而造成填答困难或产生填答偏差。

第四节　问卷的发放与回收

一、问卷发放时应注意的问题

问卷调查的质量不仅取决于问卷的设计,也取决于问卷从发放到回收的各个环节上的工作。

前面已经介绍过,问卷发放的途径主要有:通过报刊发行,邮寄,送发,个别访问等。其中,通过报刊发行和送发问卷是我国目前问卷调查中使用最为普遍的两种形式(访问问卷我们已在访问调查一章中专门介绍)。

问卷发放时必须关注两个问题:一是要有利于提高问卷的填答质量,二是要有利于提高问卷的回收率。

为了达到这两个要求,通过报刊发行的问卷调查,可以采用一些奖励的办法来刺激广大读者填答问卷和回复问卷的兴趣和积极性,如抽奖、赠送礼品、赠阅报刊等等。运用这些方法时要注意奖励的面要大一些,要让配合调查的多数读者都能得到一点回报。

送发问卷可以由调查者本人亲自到现场发放问卷,也可以委托组织或他人发放问卷,两者各有优缺点。发放问卷最好是利用被调查对象集中的机会,这样效率比较高。但调查者到被调查单位去,一般很难正巧遇到这种机会,所以,如果能委托对方的组织出面或与自己关系密切的人出面发放问卷就会比较方便;但是如果调查者能亲自到场发放,则能亲自作解释,这对于提高问卷的填写质量和回收率是有好处的。因此,只要调查者有时间,应尽可能亲自到场发放问卷并指导问卷的填写,如果要委托他人发放,则一定要委托负责任的组织或个人,决不能草率从事。另外,不管是调查者本人到场发放问卷还是委托他人发放,都必须征得有关组织的同意,取得他们的支持与配合,这是送发问卷调查能否取得成功的一个重要条件。

二、如何提高问卷的有效性和回收率

问卷回收时要抓好两个环节,即问卷填写情况的当场检查(这里主要指送发问卷的情况)和注意提高问卷回收率。

在送发问卷的情况下,问卷回收时须当场粗略地检查填写的质量,主要检查是否有空填、漏填和明显的错误,以便能及时纠正,保证问卷有较高的有效性。如果问卷收回去后再发现问题就已经来不及了。无效问卷一多,就会影响调查质量。这项工作最好由调查者本人亲自在场指导,或者必须向委托人提出明确的要求。

问卷的回收率是影响问卷调查质量的一个关键问题,所谓回收率是指问卷的回收数量与发放的全部问卷数量的比率。回收率很低会严重影响调查的结果。根据有关专家研究测定,成功的送发问卷的回收率应达到70%以上,而50%的回收率是送发问卷调查的最低要求,如果回收率达不到50%,那么该问卷调查就已失败,调查就应中止。

影响问卷回收率的因素主要有:(1)调查的组织工作的严密程度和调查者的负责精神;(2)调查课题的吸引力;(3)问卷填写的难易程度;(4)对问卷回收的可控制程度。根据统计,报刊投递问卷的回收率约为10—20%;邮寄问卷的回收率约为30—60%;送发问卷的回收率约为 80—90％；访问问卷的回收率可达 100％。

从影响问卷回收率的上述因素可以看出，要想提高问卷的回收率，必须做到：调查的组织工作要十分严密，调查人员都要有认真负责的精神；调查课题与被调查者的兴趣或利益密切相关，对调查者有吸引力；问卷不长，问题简单，填答容易；使用送发或个别访问的调查方式。一般来说，只要做到了上述这四条，就能达到较高的回收率。

基本概念：

问卷　问卷调查法　开放式问题　封闭式问题　有效问卷　问卷回收率

思考与练习：

1. 什么是问卷调查？它有哪些优缺点？
2. 问卷调查有哪几种类型？它们各有什么特点？
3. 简要说明问卷的结构。
4. 问题和答案的设计各有哪些基本要求？
5. 问卷的发放与回收工作应注意哪些环节？
6. 进行设计问卷的训练。

第八章　观察法和文献法

观察法和文献法是社会调查中两种常用的收集资料的方法。观察法是直接调查的方法,而文献法是间接调查的方法。本章主要就这两种社会调查方法的特点及具体实施方法作一介绍。

第一节　观　察　法

一、观察法的特点

这里所说的观察法又称实地观察法,是指调查者带有明确目的,凭借自己的感觉器官及其辅助工具,直接从社会生活的现场收集资料的调查研究方法。

恩格斯于 1842 年 11 月至 1844 年 8 月在了解英国工人阶级的生活状况时就运用了观察法。他的《英国工人阶级状况》有一个醒目的副标题:"根据亲身观察和可靠材料"。这说明,这篇著名的调查报告是实地观察和文献调查相结合的产物。

观察法具有如下几个特点:

(1) 它是一种自觉的、有目的的观察活动。观察法的自觉性和目的性,使它有别于我们在日常生活中对社会现象所进行的观察。

(2) 它是一种在自然状态下的现场调查。观察者对被观察对象的活动不加干预,对于影响被观察对象的各种社会因素也不加干预。这一特点使得观察法既区别于文献调查,又区别于实验室的观察。

(3) 调查的手段主要靠人的眼睛、耳朵等感觉器官以及它们的延伸物,如照相机、摄影机、录音机等仪器。这一特点使它区别于访问法、问卷法等收集资料的方法。

（4）观察法观察到的主要是被调查对象的外显行为。被调查对象的态度、观念等主观意识方面的资料无法通过观察法收集到。这一点也区别于访问法和问卷法。

实地观察法的上述特点决定了这种方法既有它的优点也有它的局限性。

它的优点主要体现在：第一，它能获得具体、生动的感性认识和真实可靠的第一手资料。所谓"百闻不如一见"就是说的这个意思。第二，它适用于对那些不能够、不需要或不愿意进行语言交流的社会现象进行调查。如对集群行为的调查研究。第三，这种方法简便易行。一般毋须设计复杂的调查表，调查时间可长可短，只要调查员到达现场就行。正因为观察法具有上述优点，所以它不仅应用得十分广泛，而且成了其他社会调查方法的基础。

但是观察法也有它的一些局限性，这主要表现在：第一，不能进行大样本观察。这种方法只适用于对一个或少数几个典型单位进行观察，故观察所得资料只能进行定性分析，而不能进行定量分析。第二，有时空条件的限制。就空间范围来说，观察法只能进行微观的、局部的调查，不可能对大范围的社会现象进行观察。就调查的时间条件来说，对于突发事件和偶然事件，观察者往往很难预料，所以就很难做到有目的有准备的调查。此外，由于观察者所观察的都是一定时点上的社会现象，都带有一定的特殊性和偶然性，这就给调查结果的验证带来了困难。第三，这种方法难以收集到调查对象的主观意识方面的资料。第四，这种方法受调查者主观因素的影响较大。因为这种方法主要靠观察者的单方面的活动，所以，对社会现象观察得是否正确，在很大程度上取决于观察者个人的素质。正因为观察法有上述局限性，所以这种方法一般应该与其他社会调查方法结合起来，才能收到良好的效果。

二、观察法的类型

从不同的角度，可以将观察法分成不同的类型。

根据是否借助于观察工具，可以将观察法分为直接观察与间接观察两类。直接观察是凭借观察者自身的眼睛、耳朵等感觉器官直接感知外界事物的方法。间接观察是观察者要借助照相机、摄影机等工具进行观察活动的方法。

根据观察内容是否有预定的、标准化的观察项目和要求，可以将观察法分为结构性观察和无结构性观察两类。结构性观察是指根据统一设计的观察记录表或记录卡所进行的观察活动。它有明确的目的和计划，严格而详细的观察项目。例如，1950 年 *R. F.* 贝尔斯对群体互动所做的研究就是通过有结构的观察进行的。无结构观察是指观察者并不预先规定标准化的观察项目和要求，仅根据研究的目的和任务灵活进行的观察。它适用于探索性研究和有深度的专题研究。例如美国人类学家摩尔根对易洛魁人生活状况的研究，社会学家威廉·怀特对街头流浪者生活状况的研究，都是使用了这种观察方法。

根据观察者是否参与被观察对象的活动，可以将观察法分为参与观察法和非参与观察法两类。这是观察法中常用的一种分类方法。参与观察是指观察者加入被观察群体中去，在与被观察对象的共同活动中进行观察的一种方法。这种方法常用于对社区或群体的典型调查和个案研究，是社会学与人类学研究中常用的一种方法。例如，英国社会人类学家 *B. K.* 马林诺夫斯基曾用参与观察方法在澳大利亚的特罗布里恩德群岛对土著居民进行过历时两年的研究。美国社会学家奥斯波安在取得有关当局的同意之后，以一个犯人的身份进入监狱，与犯人们一起生活，以观察犯人们真实的待遇和生活状况。后来他写了《在监狱内》一书。上面提到过的威廉·怀特，为了观察穷街陋巷中的下层人民的生活，曾参与了一个有 13 名青年组成的小群体的活动，后来根据参与观察写成了《街角社会》一书。

参与观察法的主要优点是：它可以缩短或消除观察者和被观察者之间的心理距离，便于深入了解被观察对象内部的真实情况。但这种方法也有其局限性，主要是：观察者容易受到被观察者的影响，其观察结论易带主观感情的成分。

要使参与观察真正取得成效，观察者必须做到：第一，要有不怕艰难困苦的自我牺牲精神,真正深入到被观察者的生活环境中去。第二,要熟悉并适应被观察者的生活方式、语言和风俗习惯,真正参与被观察群体的共同活动,取得被观察者的信任。第三,要始终保持观察者的客观立场,不为被观察者的利益与情感所左右。要在不引起被观察者注意的情况下作好详细的、准确的记录。

非参与观察是指调查员以旁观者身份对调查对象所进行的观察。调查员无须参与被观察者的活动,只须在距离被观察者很近的地方观察,对被观察者及其活动不表露任何兴趣,只听、只看,并适当作些记录。这种方法通常在观察者无法进入被观察者内部或无须介入被观察对象的活动时采用,在社会调查中都会在不同程度上采用这种方法。

实例:12 小时与 137 辆小车①

许多读者告诉记者:每逢山西省委党校开学、结业、星期六和星期日下午,那里的小汽车像流水一样,一辆接一辆。这个传闻是否真实?为此,记者作了现场调查。

1981 年 9 月 5 日,是省委党校第二期轮训班开学的日子。这一天,记者早晨 8 点来到党校门前,一直守候到晚上 8 点。在这 12 小时内,就有各种小车(大部分是上海牌)137 辆进入党校大院。在这些车辆中,来自忻县地区的 4 辆,雁北地区的 3 辆,大同市 3 辆,晋中地区 11辆,吕梁地区 4 辆,运城地区 3 辆,临汾地区 5 辆,长治市 1 辆,晋东南地区 3 辆(其中一辆是大轿车),合计 37 辆;其余 100 辆来自太原市和省直各单位,而太原市和省直各单位实际报到的学员正好是 100 名。雁北地区和运城地区的大部分学员都是乘火车来的,晋东南地区大多数学员是乘大轿车来的。据党校工作人员说,这三个地区历次开学和结业都是这样。太原市和省直属机关来车多了点,大概是因为这些学员要自带行李吧?

党校一位工作人员说:"有些人今天是坐车来报到的,明天早上才将行李送来。车跑一趟能办的事,为什么要跑两趟呢?"记者在第二天早晨 6 点半再次来到党校门前,果然,一个半钟头的工夫,又有 41 辆小车来党校送学员。

10 月 10 日(星期六)下午 4 点,记者第三次来到省委党校门前。

---

① 转摘自 1982 年 1 月 30 日《人民日报》。

不到 20 分钟工夫,门口就停了 15 辆小车;两个钟头内,小车过了 63 辆,绝大部分来自太原市和省直机关。

　　星期日下午,我们第 4 次来到党校门前。数来数去,还有 60 辆小车来党校送学员。其中有几辆面包车,一辆车上坐六七个人。只看到三位乘电车到校的学员。……

　　非参与观察法的主要优点是,观察者不易受被观察者的影响,观察结果比较客观、公允。这种方法的主要局限性是,对现象的观察易带有表面性和偶然性,不易深入。特别是当这种观察活动类似于"走马观花"时,这一局限性就更为突出。如果说在自然状态下的"走马观花"(所谓"微服私访")还能看到一些真实情况的话,那么事先通知的、有准备的"走马观花"则往往只能看到一些表面的甚至是虚假的情况。所以,避免非参与观察法的局限性的关键在于:一要保持在自然状态下进行观察。观察者的观察活动不能影响和干扰被观察者的正常活动;二要有观察的持续时间,要对观察对象作较长时间的深入观察。只要做到这两点,即使是旁观者身份,也能看到一些真实情况。

三、观察的基本原则

　　进行观察,一般来说,应遵循以下一些基本原则:

　　第一,客观性原则。观察的客观性,是进行观察的首要的最基本的原则。在社会生活中,观察者与被观察者总有这样或那样的联系,观察者对社会现实的感知也总会受到这种种联系的影响。一般来说,观察者同被观察的人或事物的联系越密切,情感因素对观察过程的影响就越大。同时,观察者的知识与经验,也会影响观察过程。观察法的客观性不在于一概排除观察者个人的情感、知识与经验等因素,而在于坚持科学标准,实事求是,不因个人偏见或个人狭隘的经验而歪曲、掩饰或编造社会事实。

　　第二,全面性原则。观察的全面性,是观察的客观性原则的内在要求。任何客观事物都有多方面的属性,多方面的联系,多方面的表现形式,要正确认识客观事物,必须从不同侧面、不同角度、不同层次进行全面的观察,才能了解客观事物的全貌,从而正确认识事物。

第三,深入性原则。在观察中,要坚持观察的客观性和全面性,就必须进行深入、细致的观察,这是因为,社会生活本身纷繁复杂、千变万化,许多社会现象不是一下子能观察清楚的;特别是有些人往往会自觉不自觉地用一些片面的、偶然的、甚至虚假的现象来应付、蒙骗观察者。如果观察者仅仅满足于沿着大路走马观花,仅仅停留在表面现象浮光掠影,那么,就有可能受骗上当,就有可能作出片面的、甚至错误的观察结论。

第四,持久性原则。实地观察往往是一种十分单调、枯燥的工作,要进行客观、全面、深入的观察,就必须坚持观察的持久性。对于许多复杂的社会现象来说,要得到正确的调查结论,更需要坚持长达数日、数月、数年、甚至更长时间的观察。

第五,观察必须遵守法律和道德原则。在观察过程中,一定要遵守宪法和其他法律的有关规定,决不可在没有得到许可的情况下,私闯调查对象的住宅,偷看他们的私人信件,或干出其他违法的事情来。此外,还应该遵守一般的道德规范,决不可在违背被观察者意愿的情况下观察属于私生活范围内的活动。

四、观察过程中的记录技术

观察活动是通过人的感觉器官将外界事物的信息传递到人的大脑的过程。如果在观察过程中,我们光凭人的感觉器官和大脑的印象,而不借助于其他手段,那么所观察到的信息日后就有可能失真甚至完全消失。俗话说:"好记性不及烂笔头",这一道理在观察活动中同样适用。因此,在观察过程中认真做好记录,也是不可缺少的一个环节。

观察记录可以有两种方式,一种是当场记录,一种是事后追记。当场记录是最常用的一种记录方式。

当场记录时最常用的方法是手工记录。手工记录的主要工具是根据调查目的事先设计的观察记录表或记录卡(见表8-1,表8-2)。

设计记录卡的基本要求是:(1)要详细注明观察的时间、地点,这是表明原始观察记录的重要凭证。(2)观察内容应具体、详细,应尽量将观察内容数量化,这样可使观察结果更具说服力。(3)观察员必须签名,以明确责任,并备查。

当场记录除了手工记录外,还可以运用现代化的技术手段,如照相、摄像等等。电视台曾多次报道过运用摄像技术记录下来的电视新闻,如公共汽车站台的挤车现象,列车上的互相帮助,违章汽车的车牌

表 8-1

观察卡片:　　　　　　　　编号:＿＿＿＿＿＿＿＿＿＿＿

被观察单位:＿＿＿＿＿＿＿　讨论会主题:＿＿＿＿＿＿＿＿

观察地点:＿＿＿＿＿＿＿＿　日期:＿＿＿＿　时间:＿＿＿＿＿

观 察 内 容

	项　目	人　数	备　注
会议人数	会 议 开 始 时	20	
	迟　　　　到	正	最迟的迟到 30 分钟
	中 途 退 场	正	最早的早退 35 分钟
	会 议 结 束 时	15	
会议情况	发　　　　言	正正下	
	参 与 讨 论	正	
	看 无 关 的 书 刊	正下	
	打　瞌　睡	丁	
	闲　　　谈	正	
	做 其 他 事 情	正	
主要观感	1. 会议纪律较差,迟到人多,早退人也多。 2. 发言比较踊跃,但参与讨论的人较少。 3. 某些与会者对会议不关心。		

观察员:

表 8 - 2

观察卡片：　　　　　　　　编号：_____

被观察单位：_____　单位人数：_____

观察地点：_____　　观察日期：_____

观察时间：_____

观察内容

观察项目	观察结果	备　　注
准时上班		
迟到 1—10 分钟		
迟到 10—20 分钟		
迟到 30 分钟以上		
早退 30 分钟以上		
早退 20—30 分钟		
早退 10—20 分钟		
早退 1—10 分钟		
准时下班		
病假		
事假		

观察员：

号码,等等。由于这种手段更能真实地再现发生过的事实,因此正越来越广泛地被运用到观察活动中去。但是这些技术手段通常适合于记者和某些特殊部门使用,普通的社会调查研究人员在使用这些手段时要十分慎重。

在有些场合,当场记录可能不太适宜,如所观察的内容属敏感问题,被观察者对当场记录会有疑虑;不具备当场记录的手段(如遇上突发事件,手头没有做记录的工具)等,在这种情况下,就需要事后追记。事后追记一定要及时,并且一定要记有把握的东西。这种方法仅是一种补救措施,其真实性和说服力都不如当场记录,但追记比不追记毕竟要好,在有些特殊场合,只能使用这种方法。

五、观察误差及减少观察误差的方法

"耳听为虚,眼见为实",这句俗语在生活经验的范围内大致是正确的。但从严格的科学意义上讲,任何观察都会有一定的误差。而观察误差的大小会对调查结果产生很大影响。所以,有必要探讨一下产生观察误差的原因以及减少观察误差的方法。

造成观察误差的原因在观察主体和观察客体两方面都有。

在观察者方面,产生观察误差的原因主要有:

(1) 观察者的态度倾向。对社会现象或社会问题,观察者都会有其自己的看法和态度倾向。这种态度倾向在观察过程中必然会起作用,从而对观察结果产生影响。观察者从自己的立场观点出发来筛选事实,这是造成观察结果片面性的常见原因。

(2) 观察者的事业心、责任心和工作作风。观察者缺乏事业心和责任心,对调查工作应付了事,观察不深入、不细致等等,都会导致重要信息的遗漏,造成观察结果的片面性。

(3) 观察者的知识与经验。与观察内容有关的知识及观察经验丰富的人,能掌握观察的时机,能在不影响观察对象的自然状态下观察到真实的情况,能透过表面现象看到一些微妙的实质性的东西,能透过伪装的假象看到事物的本来面目。反之,缺乏观察经验的人,就容易被表面的或伪装的现象所蒙蔽,从而看不到事物的真相。

此外,观察者的生理、心理因素也会对观察结果产生一定的影响。比如,当观察者的心情不好时,容易看到事物的阴暗面。

在观察对象方面,导致产生观察误差的原因主要有:

(1) 由观察活动所引起的被观察者的反应性心理和行为。对于被观察者来说,观察者毕竟是个局外人,即使在参与观察中,至少在进入被观察群体的一开始他还是个局外人。局外人的存在会在一定程度上影响到被观察者的心理和行为,从而影响到他们行为的真实性。这种情况特别在被观察者感到存在威胁,从而有某种戒备心理时,最为突出。

（2）人为的假象。这也是造成观察误差的一个重要原因。如事先通知的卫生检查、已有准备的高校食堂工作互查等等,所看到的情况与平时的真实情况就可能有一定的距离。

（3）事物的客观本质没有充分暴露,这也是造成观察误差的一个原因。一些新生事物在其本质没有得到充分暴露之前,人们可能会对它们产生一些片面的认识和看法。如在经济特区建设初期,人们就容易看到其发展中的某些负面因素,从而对经济特区产生错误的看法。

由于以上种种原因,在观察过程中观察误差的存在是难免的,但是我们可以通过一些有效方法尽量减少观察误差。减少观察误差的途径和方法主要有:

（1）提高观察人员的思想素质、知识水平和观察能力。这是提高观察质量、避免观察误差的根本途径。观察人员必须具备负责和求实的精神;必须具备全面的辩证的观察事物的能力;必须具备与观察内容有关的专门知识;必须加强观察能力的培养和训练;必须不断积累观察经验。

（2）尽可能避免观察活动对被观察者的影响。保持被观察对象的自然状态是观察真实情况的重要条件,反之,自然状态的被破坏是产生观察误差的重要原因之一。因此,观察者要想方设法使自己的观察不影响或少影响被观察对象的活动。必要时可采取隐蔽观察、伪装观察和突然进入观察现场(事先不通知,对象无准备)等办法,以减少观察活动对观察现场的影响。但是,在有些场合,这些方法的使用要十分慎重。如到农村去调查,不适当地运用这些方法不但不现实,而且还会带来一些不必要的误会。

（3）观察活动务必深入。深入是观察活动成功的关键所在,唯有深入,才能看清对象的全貌和真相。如果说,人为的假象能蒙骗那些热衷于搞花架子的"走马观花"者的话,那么只要调查者多待上一段时间,调查工作更深入一些,必然会看到一些真相,因为假象终究是不会持久的。因此,不管是参与观察法还是非参与观察法,深入观察是可以避免观察误差的最有效的途径。"深入"既包括观察时间的持续与持久性，也包括多点观察、重复观察等形式。

总之，只要观察者有较好的素质、深入的作风、科学的方法，观察误差就可以大大减小。

第二节 文 献 法

一、文献法的特点

文献法是指根据一定的调查目的而进行的搜集和分析书面或声像资料的方法。文献是人们专门建立起来储存与传递信息的载体，是人们从事各种社会活动的记录。它包括了用文字、图像、符号、声频、视频等手段记录人类知识的各种物质形态。文献有三个基本要素：一是有一定的信息；二是要有一定的物质载体；三是要有一定的记录手段。社会文献资料之所以为调查研究所必需，是因为任何文献都是一定社会现象的记载。它反映了该社会某一时期的社会特点和风貌，虽然有时是间接的反映，但是这也对我们研究社会的现实问题提供了有价值的参考。为了全面地研究现实，就要了解与现实有关的已有的各种资料。因此，文献法是社会调查中必不可少的一环，而各种社会研究报告本身也作为文献提供给未来的研究者。

相对于其他的收集资料的方法，文献法有一些比较突出的特点：

第一，间接性。即文献研究处理的资料是间接性的第二手资料。使用文献法的研究者可以超越时空条件的限制，研究那些不可能亲自接近的研究对象。例如，我们现在要想研究唐代佛教对社会生活的影响，只有通过查阅大量史籍才能具体进行描述与分析。还有许多研究历史上社会现象的实例。例如，1968年美国社会学家兰兹等人想研究工业革命前美国的婚姻家庭。这个时期的人都不存在了，因而对美国独立前13个州的杂志的分析，几乎是唯一可能的资料来源。使用文献法，可在相当大的程度上打破时间、空间的限制，研究大量他人实地观察所涉及到的社会现象。

第二,稳定性。文献法不直接接触研究对象,不会产生研究的"干扰效应"。文献始终是一种稳定的存在物,不会因研究者的主观偏见而改变,也不会因研究者不同而改变。这就为研究者客观地分析一定的社会历史现象提供了条件。

第三,效率高,花费少。文献法是获取知识的捷径。它可以用很少的人力、经费、时间,获得比其他调查方法更多的信息。文献一般集中存放在档案馆、图书馆、研究中心等地方,随时可以去查阅、去摘录,花费主要是车费、复印费和转录费等。

但是,文献法也有它的局限性,主要体现在:(1)不完全性。文献对于社会调查研究来说,总是一种不完全的资料,因为文献的各个作者并不都按照同一个主题与要求记录社会现象。往往出现这样的情况:研究者需要的材料太简单,不需要的材料却很详细;有时,任何文献都没有特定内容的专门记载。(2)文献调查所获得的信息与客观真实情况之间,总会存在着一定的距离。这是因为,任何文献都是一定时代、一定社会条件下的产物;都是一定的人撰写的。因此,任何文献的内容,都有一定时代、一定社会条件的局限性,都受到撰写者个人素质的制约。因此,文献资料并不都是可靠的。

文献资料的上述特点,使得文献调查法有广泛的应用价值。文献调查的作用主要体现在:(1)它能作为社会调查的先导。文献资料能帮助调查者确定研究课题、研究重点和建立研究假设。(2)它能为比较研究和动态研究提供必要的依据。(3)它还能为社会现象的研究提供现实的依据。有的学者认为文献研究只能作为调查研究的先导,而不能作为现实问题研究的依据,这种看法欠妥。文献资料可以为社会现象的研究提供现实的依据。如,根据报纸上、杂志上刊登的大量经济犯罪案件,可以对改革开放条件下,经济犯罪的某些规律作深入的探讨;根据"征婚启示",可以对当代青年的择偶心理有一定的了解,等等。

当然,由于文献调查法的局限性,在社会调查中仅仅依靠文献调查是不够的,它常常要与其他调查方法结合起来,才能取得更好的效果。

二、文献资料的种类

文献调查依据的是文献资料。文献资料的种类繁多,常用的分类方法有以下几种。

根据文献的加工程度,可将文献资料分为原始资料和次级资料两大类。原始资料是指未经加工的或者仅在描述性水平上整理加工的资料,它主要有:实验记录,会议记录,谈话记录,观察记录,个人日记、笔记、信件、档案、统计报表,以及作者本人直接根据所见所闻而撰写的材料等等。次级资料是指研究者根据一定的研究目的系统整理过的资料。如文摘、综述、述评、动态、年鉴、辞典、百科全书等。其资料来源或者是来自于原始资料,或者是来自于他人的研究成果。有的资料几经转引,常常已经是第二手、第三手资料了。

由于原始资料常常难以找到,因此在文献调查中往往依赖次级资料,这虽然比较方便,也可以加快研究速度,但是有些次级资料由于几经转手,其可靠性程度已比较差。因此,在充分利用次级资料的同时,还应当重视原始资料的收集与利用,如果必要,还应通过实地调查来收集原始资料。

按照文献资料的形式,可以将文献资料分为文字文献、数字文献、图像文献和有声文献四类。

文字文献是指用文字记录的文献资料。它是最广泛的文献形式。它包括:出版物,如报纸、杂志、书籍等;档案,如会议记录、备忘录、大事记等案卷;个人文献,如日记、笔记、信件、自传、供词等。

数字文献,或称统计文献,是指用数据、表格等形式记载的资料。包括:统计报表、统计年鉴等。这一类文献资料在文献调查中正在发挥越来越重要的作用。

图像文献,即用图像形式反映一定社会现象的文献。包括电影、电视、录像、照片、图片等。这一类文献形象直观,在新闻调查、案件调查等特殊的社会调查中具有重要作用。

有声文献,即用声音反映一定社会现象的文献。包括唱片、录音磁带、光盘等。

随着电子技术的迅速发展,上述各种文献形式都可以"电子出版物"的形式出版。"电子出版物"是将文字、图像、声音、动画等信息数字化以后存储于光盘上,借助于计算机(或其他设备)以及专用软件来阅读的"出版物"。

清华大学光盘国家工程研究中心于 1995 年研制成功"《中国学术期刊(光盘版)》全文检索管理系统"并出版了《中国学术期刊(光盘版)》。这种集成化的电子印刷版,每张光盘可容纳 300—500 种学术期刊的全文,可以显示并输出与期刊印刷版一致的版式。这一电子出版物的问世,极大地增加了出版物的信息容量,提高了文献检索的效率和文献的利用率。它将成为文献调查的越来越重要的途径。

三、文献资料的收集方法

1. 文献资料收集的具体步骤

要收集文献,必先查找文献。查找文献资料的主要操作方法有两种:一种是检索工具查找法。即利用已有的检索工具查找文献资料的方法。文献检索工具可分为两大类:一是手工检索工具;二是计算机检索工具,手工检索工具,按著录的形式,可分为目录、索引和文摘等。利用检索工具查找文献,可以采用顺查法,也可采用倒查法。顺查法,即由远到近,逐年逐月按顺序查找;倒查法,即由近而远,回溯而上,一边查找一边筛选。一般说,围绕特定专题查阅一定时期内的相关文献,宜用顺查法,即由远而近;查找最新的文献资料,宜用倒查法,即由近及远。但无论顺查还是倒查,都必须注意调查课题的时间性。如要调查我国私营企业主的情况,就要查找 80 年代中期以后的文献;而要调查企业股份制改革的情况,就应查找 90 年代以后的文献,而不必回溯到更远的年代。

随着信息技术的迅速发展,计算机检索已经成为一种新型的文献检索工具。计算机检索由于搜索范围不受限制,可以随时查阅所需的文献,而且速度快,正在逐步取代传统的手工检索工具方式。许多大型的综合性图书馆都建立起计算机文献检索系统,并提供信息服务。研究者可以通过计算机网络检索信息或通过下载、拷贝或打印等方式保存文献。尤为引人关注的是,互联网开始成为最重要的信息来源。互联网上的原始电子信息比其他任何形式存在的信息都更多,并且容易进入,查询速度快,数据容量大,并且还可通过利用搜索引擎(如:www.google.com、www.baidu.com 等)进行文献资料查找。

另一种查找文献的方法,是参考文献查找法,也叫追溯查找法。即利用著作者本人在文章、专著的末尾所开列的参考文献目录,或者是文章、专著中所提到的文献名目,追踪查找有关文献资料的方法。具体做法是,从已经掌握的文献资料开始,根据文献中所开列的参考文献和所提到的文献名目,直接去查找较早一些的文献;再利用较早文献中所开列的参考文献和提到的文献名目,去查找更早一些的文献。如此一步一步地向前追溯,直到查找出比较完整的文献资料为止。

在文献调查过程中,人们往往将检索工具查找法和参考文献查找法结合起来,交替使用。或者是先采用检索工具查找法,查出有关的文献资料,然后再根据文献中所开列或提到的参考文献名目,去查找更早一些的文献,或者是先采用参考文献查找法,查找出更早一些的文献,然后再采用检索工具查找法,去扩大查找文献的线索,如此交替使用两种查找文献的方法,直到查出自己所需要的全部文献为止。

2. 收集文献资料时应注意的几个问题

(1)应紧密围绕研究课题收集文献资料。文献资料浩如烟海,如果不紧紧围绕研究课题收集资料,就可能会白白浪费许多宝贵的时间而收效甚微。因此,文献资料不能漫无目的地收集。在研究课题尚未最后确定的探索性研究过程中,可以比较宽地涉猎一些文献资料;研究课题一经确定以后,就应紧紧围绕研究课题收集文献资料,以提高收集工作的效率。

(2)应尽量注意收集原始文献资料。由于次级资料比较容易得到,一些调查研究人员往往会满足于收集和引用次级资料。这种只图方便而不顾资料的可靠性的做法是文献资料的收集和引用过程中的一大弊病。一般来说,原始文献资料要比次级资料可靠,它可以成为分析研究的重要依据和比较研究、动态研究的重要资料来源,故文献调查中应当尽量注意查找到文献资料的最初出处,以提高文献资料的权威性和可靠性。

(3) 应重视文献资料的鉴别与筛选。对收集到的文献资料不能拿来就用,还必须对它的真伪、可靠性以及对说明研究主题的有效性进行鉴别。一般可通过对同类、同年代文献的相互比较,对文献作出鉴别,在鉴别的基础上再对资料进行取舍。

(4) 应及时做好资料的摘录和电子文档的保存工作。在查阅文献资料时,凡查到与研究课题有关的、有用的资料时都应及时予以摘录和保存。如果发现有用的资料而不及时摘录和保存,以后再想要这一资料时,查找起来往往非常困难。根据资料的重要程度,摘录可有简有繁,有粗有细。重要的资料可全文复印、原文抄录或建立电子文件夹专题保存;比较重要的资料,可用摘录卡片或笔记本进行摘录,摘录可侧重文献的主要内容、主要观点、主要材料、主要数据等;一时拿不准是否有用的资料可抄录下资料的出处,以便日后需要时查找。不管何种摘录方式,摘录和保存时都必须附有原文出处,其作用一是备查,二是将来引用时可注明出处。

基本概念:

观察法　参与观察法　非参与观察法　文献法　原始资料　次级资料

思考与练习:

1. 观察法具有哪些特点和种类?

2. 参与观察法和非参与观察法各有什么特点? 在调查过程中各要注意哪些问题?

3. 观察误差产生的原因是什么? 如何减少观察误差?

4. 文献法有哪些特点和种类?

5. 收集文献资料时应注意哪些问题?

第九章 调查资料的整理方法

通过社会调查实施阶段所获得的原始资料,还只是粗糙的、表面的和零碎的东西,需要经过整理加工,才能进而进行分析研究并得出科学的结论。因此,调查资料的整理工作是调查过程中的一个必不可少的环节。

第一节 资料整理的意义和一般步骤

一、资料整理的意义

所谓资料整理,是指运用科学的方法,将调查所得的原始资料按调查目的进行审核、汇总与初步加工,使之系统化和条理化,并以集中、简明的方式反映调查对象总体情况的过程。

在整个调查研究过程中,资料的整理具有重要的意义和作用。

首先,它是对调查资料的全面检查。在搜集资料的过程中,难免会出现虚假、差错、短缺、余冗等现象,因此, 只有对资料进行科学的整理与审核, 检漏补缺, 去假存真, 去粗取精, 才能保证资料的真实、准确和完整, 从而保证整个调查研究工作的质量。

其次,它是进一步分析研究资料的基础。对资料的分析研究必须借助于完备的、系统的资料,借助于经过加工整理的反映调查对象总体特征的资料。只有对搜集来的分散的、零碎的资料进行加工整理,使之系统化、条理化,在此基础上,对资料的分析研究才成为可能。因此,资料的整理是资料分析研究工作的前提和基础,是研究阶段的第一步工作。

再次,它是保存资料的客观要求。社会调查的原始资料,既是作出调查结论的客观依据,又对今后研究同类现象具有重要的参考价值。只有对资料进行整理后才能使保存的原始资料具有真实性和可靠性,才能使原始资料具有长期保存和利用的价值。

二、资料整理的原则

整理资料必须采取科学的方法,具体说应当遵循以下几条原则:

(1) 真实性。真实性是资料整理必须遵循的最基本的原则。由于种种复杂的原因,搜集来的资料中难免夹杂着某些虚假的东西,整理过程中必须认真鉴别,去假存真。如果经过整理的资料中还存有某些虚假的东西,那么据此就可能得出错误的结论,严重影响调查的质量。

(2) 准确性。即描述事实要准确,特别是数据要准确。如果经整理后的事实材料仍然含糊不清、模棱两可,数据资料仍然笼笼统统、互相矛盾,那么就不可能据此得出科学的结论,也会大大影响调查结论的说服力。

(3) 完整性。即反映某一社会现象的资料必须尽可能全面,以便如实地反映该现象的全貌。如果资料残缺不全,就有可能犯以偏概全的错误,导致得出错误的结论。

(4) 统一性。即对各个调查指标要有统一的理解和解释,对调查指标的计算方法和计算单位也要统一,否则就无法进行统计,也无法进行比较研究。

(5) 简明性。即整理所得的资料要系统化、条理化,并尽可能以简单、明确、集中的形式反映出来,以便于对资料进行分析研究。

总之,整理资料应力求做到真实、准确、完整、统一和简明,只有这样,才能为进一步的分析研究打下良好的基础,才能得出科学的调查结论。

三、资料整理的一般步骤

整理资料的工作是由若干环节组成的,其一般步骤如下:

(1) 资料的审核。这是整理资料的第一步。为了保证资料的质量,首先必须对原始资料进行严格的审核。认真审查资料的真实性、准确性和完整性,发现问题,及时解决。

(2) 资料的编码。如果所收集的资料要输入计算机处理,则必须对原始资料进行编码,并将码值集中登录到资料登录卡片上,以备输入计算机用。

(3) 资料的分组。根据社会调查的目的和任务,按照分析研究的需要,确定资料分组的标志,对收集的原始资料进行分组整理和统计,为资料的分析研究作准备。

(4) 资料的汇总。即对搜集到的数据资料进行汇总计算,从而将分散的资料以集中的形式显示出来。汇总可以是全部数据资料的汇总,也可以是在资料分组基础上的汇总;可以用手工汇总,也可以用计算机汇总。使用哪一种汇总方法与技术,要视调查的目的和具体的条件而定。

(5) 制作统计表和统计图。资料汇总的结果,可以通过编制统计表和统计图以集中、简明、直观的形式显示出来。统计表和统计图是资料整理的表现形式,也是对资料进行统计分析的极为有用的工具。

上述各个步骤在资料整理过程中是有机地联系在一起的,都有其重要的作用。上述的各个步骤之间的顺序并不是绝对的。例如,资料的汇总可以是对未分组的全部数据资料的汇总,也可以是在资料分组基础上的汇总。在使用电子计算机处理资料时,资料的分组与汇总是同时完成的。

第二节　资料的审核与汇总

一、资料审核的一般要求

资料的审核是整理资料的第一步工作。由于在搜集资料的过程中难免会存在虚假、差错、短缺、余冗等问题,所以对资料的审核是十分必要的。审核的目的主要是解决原始资料的真实性和有效性问题,以保证原始资料的质量。

资料的审核必须遵循资料整理的一般要求,着重审查资料的真实性、准确性与完整性。

审查资料的真实性主要包括这样两方面的要求:第一,调查资料来源的客观性问题。资料应当是确实发生过的客观事实材料,是通过调查获得的资料,而不是调查者主观杜撰的东西。一切不是通过实地调查得来的,而是通过调查者的主观想象、猜测或臆造的东西都不能成为分析研究的基础,都必须在审核过程中舍去。第二,调查资料本身的真实性问题。由于种种复杂的原因,即使是实地调查中搜集到的资料也难免存在一些虚假的东西。调查者必须根据自己的已有知识和经验,辨别资料的真伪,把那些明显违背常理的、前后矛盾的资料舍去。

资料的准确性的审核要着重检查那些含糊不清、相互矛盾的资料。例如,问卷调查中的笔误与记忆误差,访问调查中被访对象所提供的大概数字或猜测数字等等。这些情况在调查过程中是经常会发生的,在整理时对这些资料都应当作认真审查与核实。对资料的准确性的要求是相对的,并不是所有资料都要越精确越好。例如,表示人均纯收入,以元为单位就可以了,不必精确到角与分。

资料完整性的审核主要包括这样两个方面的要求:一是调查资料总体的完整性。即检查调查过程是否都按设计的要求完成了,应该调查的项目是否都调查到了。如果是抽样调查,则应检查问卷的回收率以及有效问卷是否达到要求,等等。二是每份调查资料的完整性。主要审查每份调查表或问卷表上的所有问题是否都按要求填写了,是否有漏填或少填的情况,等等。其中若发现有严重漏填的问卷应舍去。

审核资料是一项十分严肃而细致的工作,调查者必须要有实事求是的科学态度和认真负责的工作作风才能将这件事办好。

二、资料审核的方法

资料审核的方法主要有两种,即逻辑审核与计算审核。

逻辑审核,即核查调查资料的内容是否合乎逻辑和常识,项目之间有无互相矛盾之处,与其他有关资料进行对照是否有明显出入等等。

比如,在一次关于农村养老保险问题的社会调查中,乡里的同志说,村里主要干部投保,县乡村三级要给每个干部补贴保费的80%,个人只须交20%,而几个村干部在问卷调查中却填了个人要交保费的80%或50%以上,这与乡干部提供的情况就有明显的出入。

计算审核,是针对数字资料进行的审查。要检查计算有无错误,度量单位有没有用错,前后数字之间有无相互矛盾之处,等等。例如,在一次农村调查中,某村干部在反映总体情况时说该村有总劳力776人,但在后面反映劳力的分布状况时却说,全村在乡镇企业当职工的有187人,在村办企业当职工的有200多人,其余都是种田的,有95人。后面的这一组数据与该村的劳动力总数显然有较大出入。

在资料的审核中,如发现问题,可以分别不同情况予以处理:(1)对于在调查中已发现并经过认真核实后确认的错误,可由调查者代为更正。如关于村干部养老保险费的补贴问题,经在县、乡的再三核实,确定集体是补贴了80%,即可在村干部填的问卷中代为更正。(2)对于资料中的可疑之处或明确有错误与出入的地方,应设法进行补充调查。(3)在无法进行或无须进行补充调查的情况下,应坚决剔除那些有明显错误的或没有把握的资料,以保证资料的真实性和准确性。

这里应当强调的是,为了保证审核后的资料能得到及时的补充或纠正,一般不应在所有的调查工作都结束、调查队伍离开调查现场后,再去搞资料的整理工作,而是应当在收集资料的过程中及时进行资料的审核工作。每天的调查工作结束后,对当天收集的资料都必须进行初步的整理,重点是审查资料的真实性、准确性和完整性,如发现问题就可以在第二天或者在以后适当的时候进行补充调查或重新核实。

三、资料的编码

如果整理后的资料要用电子计算机进行数据处理,则还须对资料进行编码,即将问卷或调查表中的信息转化成计算机能识别的数字符号。这项工作要借助于编码手册或编码表,编码手册或编码表记录着每个数字所代表的实际意义,就像打电报用的密码手册,调查者要根据它将调查资料变换成计算机能识别的数字符号,输入计算机进行处理,然后再根据它将计算机处理的结果转换成能阅读的资料。

大多数正规的准备用计算机进行处理的问卷调查,在问卷设计时就已经将编码表设计在问卷的右边或上方了。对这种问卷的编码,只要将被调查者在问卷中所选择的项目的代号或所填的数字填入相应的编码表栏目内即可。

例: 上海市民生活方式问题调查表 编码表

1. 您的性别: 1. __1__
   (1) 男 (✓)   (2) 女 ( )

2. 您的年龄: 2. __2__
   (1) 18—25 周岁 ( )   (2) 26—35 周岁 (✓)
   (3) 36—45 周岁 ( )   (4) 46—60 周岁 ( )
   (5) 61 周岁以上 ( )

3. 您的文化程度: 3. __6__
   (1) 小学以下 ( )   (2) 小学 ( )
   (3) 初中 ( )   (4) 高中或技校 ( )
   (5) 中专 ( )   (6) 大专 (✓)
   (7) 大学本科以上 ( )

4. 您的职业: 4. __1__
   (1) 教师   (✓)   (2) 工程师 ( )
   (3) 机关干部 ( )   (4) 研究人员 ( )
   (5) 军人   ( )   (6) 企业管理人员 ( )
   (7) 工人   ( )   (8) 个体经营者 ( )
   (9) 私营企业主 ( )   (10) 其他(请注明) ____

5. 您是否经常吃西餐: 5. __2__
   (1) 经常 ( )   (2) 偶尔 (✓)
   (3) 没吃过 ( )

6. 您是否经常喝咖啡: 6. __2__
   (1) 经常 ( )   (2) 偶尔 (✓)
   (3) 没喝过 ( )

……

如遇问卷内的某个项目是直接填写的数字,如被调查者的出生年月,则将出生年月的数字直接填入编码表内即可。

如遇无回答项目,则一般以 9,99,999 为代号,同样要记入编码表。

对于事先没有设计编码表的问卷表或调查表,若打算用电子计算机处理数据资料,则须在问卷边上或上方补上编码表,或者另外设计一张编码表,然后再按上述操作方法,将所选项目的代号填入编码表内。

对于问卷表或调查表中的少数开放式问题,则应在对所有回答进行分类的基础上,给每一类回答定一个代号,制成编码表,然后再将每一份问卷的开放式问题的回答所对应的代号填入编码表内。

为了便于将数字资料输入计算机,在给每一份问卷表编好编码以后,还须将这些数字登录到资料卡片上去。登录时只须将编码表中的代码或数字按顺序填入登录卡,每个代码或数字之间可以空一格,也可以将所有代码分成若干组,一组一组代码之间空一格(当资料较多时,这样登录不容易出错),当然也可以不空。如上例,在登录卡片的第一行登录第一份问卷上的代码,即:001126122……。001 为问卷序号。登录第二份问卷上的代码时,必须另起一行,而且每一个针对同一个问题的代码必须过录在同一纵列的格子内,绝对不能错格。(见表9-1)。

表 9-1 登 录 表

1	2	3	4	5	6	7	8	9	10	11	12	……	80
0	0	1	1	2	6	1		2	2	…	…		
0	0	2	1	1	7	4		2	2	…	…		
0	0	3	2	2	3	3		1	1	…	…		
0	0	4	2	3	6	1		1	2	…	…		
0	0	5	1	3	4	7		3	3	…	…		
⋮	⋮												
⋮	⋮												

表 9-1 中,1-3 栏填问卷表的序号,第 4 栏填性别项的代码,第 5 栏填年龄项的代码,第 6 栏填文化程度项的代码,第 7 栏填职业项的代码,第 8 栏空,第 9 项填第 5 个问题所选答案的代码,第 10 栏填第 6 个问题所选答案的代码,以此类推。一行最多可填入 80 个数字。

待所有的代码或数字都登录好以后,就可以将这些数字资料按登录卡片上的顺序输入计算机了。

资料的编码、登录与输入计算机的工作是既简单枯燥又容易出错的工作,需要特别的耐心与细致才能保证整个过程不出差错。

四、资料的汇总

资料的汇总,是指根据调查研究的目的,将资料中的各种分散的数据汇聚起来,以集中的形式反映调查单位的总体状况以及调查总体的内部数量结构的一项工作。资料的汇总是资料整理工作中的必不可少的重要环节,是分析资料前的一项基础性工作。

根据研究的不同目的,可以将资料的汇总分为总体汇总和分组汇总两类汇总方法。前者是为了了解总体情况和总体发展趋势的,后者是为了了解总体内部的结构和差异的。资料的总体汇总可以在对资料未进行分组以前进行,而资料的分组汇总则必须在对资料进行分类与分组后才能进行。

资料汇总的技术主要有两种,即手工汇总与机械汇总(即电子计算机汇总),这里主要介绍手工汇总的方法。

手工汇总主要包括:点线法、过录法、折叠法和卡片法四种方法。

(1) 点线法,也称划记法。它是以点或线等记号代表个案次数进行划记汇总的方法。常用的记号有"正"、"卌"等,类似于选举中常用的唱票方法。点线法的具体操作方法如表9-2。

表 9-2　学生考试成绩分布情况汇总

分　数　段	划　记	次　数
90 分以上	正下	8
80—90	正正正一	16
70—80	正正下	13
60—70	正正	9
60 分以下	丁	2
合　　计		48

点线法简便易行,是手工汇总中最常用的一种方法。

（2）过录法。就是把原始调查资料过录到预先设计好的过录表或汇总表上，然后加总的一种方法。其格式及填写方法如表9－3所示。

表9－3　过　录　表

个案号 ＼ 项目号	1	2	3	4	……	50
001	男	25	初中	工人		
002	女	27	大专	教师		
003	男	28	高中	机关干部		
⋮						
200						

运用过录法汇总资料能看出总体各单位的情况，便于比较；能防止遗漏，不易出错；而且过录后的原始资料便于保存。但这种方法的工作量比较大。

（3）卡片法。就是将每个个案的资料分别登录到特制的资料卡片上，然后进行汇总的方法。其格式及登录方法如表9－4所示。

表9－4　资　料　卡　片　　　　个案编号　**001**

1	2	3	4	5	6	7	8	9	10	11	12	13
男	28	高中	工人	…	…							
14	15	16	17	18	19	20	21	22	23	24	25	26
27	28	29	30	…	…							

用卡片法汇总的主要目的是将原始资料简化。它的最大优点是便于资料的分组汇总，即可以根据不同的标准（如性别）将卡片分类，然后按类汇总，其汇总结果为资料的分析研究提供了有利条件。使用这种方法还有利于保存原始资料。但这种方法的工作量很大，而且统计工作也比较麻烦，故一般在规模较大、人员较多的正规调查中才使用这种方法。

（4）折叠法。就是将若干调查表沿所要汇总的某一项目折叠起来直接进行汇总的方法。这种方法省去了过录资料的中间环节，但汇总资料的份数不能太多，而且一旦汇总中出现错误，就要从头返工。这种汇总方法主要适用于统计报表等原始数据资料的汇总，对问卷表的汇总则使用价值不大。

第三节　资料的分组

一、资料分组的意义

所谓资料分组，也称统计分组，是指根据社会调查研究的目的和要求，按照一定标志，将所研究的事物或现象区分为不同的类型或组的一种整理资料的方法。它的最基本的原则就是要把不同性质的事物区别开来，把性质相同的事物联系起来，从而使我们能够认识事物和现象的本质特征以及它们的内部结构。

资料分组不仅是资料整理阶段的一项必不可少的重要工作，而且在调查的设计阶段就必须考虑到资料的分组问题，必须根据资料分组的要求设计调查项目，从而为资料整理时的分组提供客观依据。

资料分组在调查资料的整理过程中所起的作用主要体现在：

（1）可以找出总体内部各个部分之间的差异。由于社会现象纷繁复杂，即使在一个同质总体内，也仍然存在着不同的类型。例如，在我国的公有制企业中，有全民所有制企业和集体所有制企业两大类。在集体所有制企业中又有城市的街道企业和农村的乡镇企业等不同的类型。这些不同类型的企业虽然都属于公有制的大范畴，但它们的财产所有形式，管理体制等方面都存在着较大的差异。在调查研究中，将这些不同类型的企业的资料进行分组统计和分析，就可以使我们认识这些企业的不同特点以及相互之间的差异，从而能得出较为深刻的调查结论。通过分组来认识现象总体内部各个部分之间的差异，是普遍使用的一种方法。据《国际统计年鉴 2008》所提供的统计资料，中国（2004 年）、美国（2000 年）占全国 20％ 的收入最低的家庭与 20％ 的收入最高的家庭在全部收入或消费中所占的比重如表9-5①。

表9-5　中国和美国居民收入分配差异表

	各组占全部收入或消费的比重(%)	
	收入最低的20%的家庭	收入最高的20%的家庭
中国　2004年	4.25	51.86
美国　2000年	5.44	45.82

　　经过分组统计,就显示出了这两类人在收入上的特点和巨大差异,对两国社会收入的差异状况就有了具体的认识。

　　(2)可以深入了解现象总体的内部结构。事物和现象一般都不会是单一要素构成的,而是有着复杂的内部结构。将资料按一定的研究目的分组,并计算出各组单位数占总体单位总数的比重(或各组的标志总量占总体标志总量的比重),就能反映出事物或现象内部的构成状况和发展变化的规律性。例如,对我国农民家庭生活费支出进行统计分组,就可以了解我国农村在衣、食、住、用等方面的开支及其变化情况。见表9-6②。

表9-6　中国农村居民家庭平均每人生活消费支出构成(%)

项　目	1985	1990	1995	2000	2005
食　品	57.79	58.80	58.62	49.13	45.48
衣　着	9.69	7.77	6.85	5.75	5.81
居　住	18.23	17.34	13.91	15.47	14.49
家庭设备用品及服务	5.10	5.29	5.23	4.52	4.36
医疗保健	2.42	3.25	3.24	5.24	6.58
交通通讯	1.76	1.44	2.58	5.58	9.59
文教娱乐用品及服务	3.89	5.37	7.81	11.18	11.56
其他商品及服务	1.12	0.74	1.76	3.14	2.13
合　计	100.00	100.00	100.00	100.00	100.00

①　《国际统计年鉴2008》,中国统计出版社2008年版,第215页。
②　《中国统计年鉴2002》,中国统计出版社2002年版,第346页。
　　《中国统计年鉴2007》,中国统计出版社2007年版,第371页。

从表9－6可以看出,在1985年至2005年间,我国农民家庭人均生活费支出的构成中,食品一项的支出均占有很大的比重,但是呈逐渐下降趋势。住房、生活用品和文化生活服务支出所占比重均不大,但呈逐渐上升的趋势。

（3）可以显示社会现象之间的依存关系。任何事物或现象都不是孤立存在的,而是彼此之间相互联系、相互制约、相互影响的。对调查资料进行统计分组,就可以反映出事物或现象之间的相互依存关系,找出影响某一事物或现象发生、发展的原因。表9－7是根据2001年全国人口普查资料编制的40岁以上人口死亡率分组表[①]。

表9－7　中国1999.11.1—2000.10.31 40岁以上人口死亡率分组表

年龄（岁）	死亡率（‰）
40—49	2.94
50—59	7.09
60—69	19.58
70—79	54.39
80—89	135.99
90—99	261.38
100 以上	363.98

从表9－7可见,人口的死亡率与年龄之间有着密切的关系,随着40岁以上人口的年龄的增长,死亡率也随之而上升。

总之,资料分组能深刻揭示社会总体现象内部的结构、现象之间的差异和相互关系,从而为进一步的分析研究打下良好的基础。

二、分组标志的选择

资料分组的关键问题是选择分组标志。所谓标志,是指反映事物属性或特征的名称。它有品质标志和数量标志之分。品质标志是反映

---

① 《中国统计年鉴2002》,中国统计出版社2002年版,第105页。

事物属性的标志,如调查对象的性别、文化程度、职业等。数量标志是反映事物数量特征的标志,如调查对象的年龄、工龄、收入等等。

分组标志是资料分组的依据,能否正确选择分组标志,对于分组的价值以及分组的合理性都有直接的影响。

要正确选择分组标志,必须遵循以下基本原则:

(1) 要根据调查研究的目的和任务选择分组标志。研究对象往往具有若干特征,即具有若干可作为分组依据的标志。如何从这些特征中选择作为分组依据的标志,应根据调查研究的目的和任务来加以确定。例如进行人口调查,人口具有年龄、性别、文化程度、民族、职业等特征。如果研究的目的是分析人口的年龄构成,就应以年龄这个特征作为分组的标志;如果要分析人口的职业构成,则应以职业作为分组标志,等等。又如,对某城市的家庭进行调查研究。家庭具有家庭规模、家庭结构、家庭消费水平等特征。如果要研究家庭规模,应选择家庭人口数作为分组标志;如果要研究家庭结构,则应选择家庭成员之间相互关系的性质和类型作为分组标志,等等。

(2) 要选择能够反映研究对象本质的标志。在研究对象所具有的若干特征中,有的是事物本质的特征,有的则是一般的特征。在选择分组标志时,首先要抓住最能反映事物本质特征的标志进行分组。例如,毛泽东在兴国调查中选择农村人口的阶级成分作为分组的标志,从而准确地揭示出旧中国农村的阶级关系。又如,在调查农民对养老模式的意见和态度时,必须抓住农民家庭的经济状况作为分组的标志,才能揭示出农民对养老模式的不同态度的主要原因。在将事物的本质特征作为分组标志时应当注意,社会现象是随着时间、地点、条件的变化而变化的,时过境迁,事物的特征甚至本质特征也会有所变化,因此,反映现象特征的分组标志也应相应地改变。例如,现阶段我国的社会结构与旧中国相比已发生了根本性的变化,再以阶级成分来作为对人口进行分组的主要依据显然就不合适了,而以职业来对人口进行分组就具有新的研究价值。

(3)应多角度地选择分组标志。将事物的本质特征作为分组标志是重要的,但不是唯一的。除了反映事物本质特征的标志以外,还有一些反映事物非本质特征的,但又能提供许多有价值的信息的标志。因此,多角度地选择分组标志,能使我们更加全面地认识现象总体内部的结构以及各部分之间的差别。例如,在研究在校大学生的恋爱观时,不但可以从男女生性别角度,还可以从年龄、年级、文理科、家庭背景等多种角度进行分组研究。这种广泛透视的结果,会使得调查所得到的信息更加丰富,内容更加充实,分析更为全面,更有说服力。

三、分 组 的 类 型

资料的分组有不同的类型,不同的分组类型有不同的分组方法。

根据所使用的分组标志的数量,可以将分组分为简单分组和复合分组两类。简单分组是对调查对象只按一个标志进行的分组。例如,家庭规模按家庭人口数分为核心家庭、主干家庭、联合家庭;工业企业按所有制标志分为国有企业、集体所有制企业、私营企业、三资企业等。复合分组是用两个或两个以上的标志对调查对象依次进行的分组。例如,将工业企业按所有制和规模两个标志进行分组,见表9-8。

表9-8　某市工业企业状况

分　组　标　志		企　业　数　目	比重(%)
国有独资企业	大型		
	中型		
	小型		
集体混合所有制企业	大型		
	中型		
	小型		
外商独资企业	大型		
	中型		
	小型		
私营企业	大型		
	中型		
	小型		
合　　计			

复合分组并不是分组越细越好。因为,每多分一次组,组数都将成倍地增加,而分到各组的单位数却大大减少,这将造成分析的困难。复合分组一般以 2 至 3 个标志分组较为适宜。

根据所使用的分组标志的性质的不同,资料分组又可以分为按品质标志分组和按数量标志分组两类。按品质标志分组就是按事物的性质分组。例如,按调查对象的性别、民族、职业等特征进行分组。按品质标志分组,组数的确定比较简单,只要确定了分组标志就知道了它的组数。如按性别标志分组,就可以将调查对象分成男、女两个组。

按数量标志分组就是按事物的数量特征进行分组。例如,按调查对象的年龄、工龄、收入等特征进行分组。根据总体各单位标志值变动范围的大小,按数量标志分组又可以分为两种类型,即单项式分组和组距式分组。

当数量标志值的变动范围较小,而且标志值的项数不多时,可进行单项式分组,即可直接将每个标志值列为一组。如表 9 – 9 所示①。

表 9 – 9 2000 年按家庭户类别划分的户数分布

家 庭 规 模	户数(万户)	占总户数比重(%)
一代户	7389.3	21.70
二代户	20196.4	59.32
三代户	6212.2	18.24
四代户	250.9	0.74
五代户及以上	0.3	—
合　　计	34049.1	100.00

当数量标志值的变动范围较大,标志值的项数又较多时,就可将一些邻近的标志值合并为一组,作为分组的依据,以减少组的数量。这种以标志值的一定变动范围为分组依据的方法叫做组距式分组。例如,某班 40 名学生的社会调查课考试成绩如下:

① 《中国统计年鉴 2002》,中国统计出版社 2002 年版,第 104 页。

89	88	76	99	74	60	82	60	89	97
86	93	99	77	73	98	79	59	78	63
95	70	87	84	79	82	77	67	83	79
72	84	85	56	81	94	65	65	66	92

由于上述标志值(成绩)的变动范围较大,标志值的项数又较多,故可以 10 分这个变动范围作为分组的依据,如表 9 – 10 所示。

表 9 – 10　某班 40 名学生社会调查课考试成绩统计表

成　绩(分)	学 生 人 数	百 分 比(%)
60 分以下	2	5.0
60—70	7	17.5
70—80	11	27.5
80—90	12	30.0
90—100	8	20.0
合　　计	40	100.0

组距式分组的组数的确定,应从调查研究的实际需要出发。组数太少,会失去分组的意义;组数太多,又会给统计分析带来困难。根据经验,组数一般以 5 至 8 组为宜。

组距,是指各组中最大数值与最小数值之间的差距。组距与组数有密切的关系,在标志值的变动范围一定的情况下,组距越小,组数越多;组距越大,组数就越少。在确定组距与组数的具体操作中,一般是先大体确定组距(通常采用 5、10、100 等整数作为组距),再用全部标志值中最大数值与最小数值之间的差距,即全距除以组距,就可得出组数。如果算出的组数太多或太少,再可将组距作适当调整。

在组距式分组中,各组组距有相等的,也有不相等的。在实际的调查研究中,大多数情况下是按等距分组,但也有将调查资料按不等距分组的。如国家统计局 1986 年对农民的人均纯收入按贫困、温饱、小康、富裕 4 种类型进行划分时,组距是这样规定的:200 元以下为贫困户,200—500 元为温饱户,500—1000 元为小康户,1000 元以上为富裕户。这是一种组距不相等的划分方法,这种划分法比等距划分法能更好地反映出调查对象的实际情况。

组距的两端数值为分组界限。各组的起点数值(最小数值)称为下限,终点数值(最大数值)称为上限。上限与下限的差距即为组距。

组距的表现形式有两种,一种是封闭式的,一种是开口式的。封闭式组距是指上限与下限都确定的组距,开口式组距是指只有上限或只有下限的组距,详见表 9－11。

表 9－11　某乡农民家庭人均纯收入分组表

开　口　式		封　闭　式	
年人均纯收入(元)	户　数	年人均纯收入(元)	户　数
1000 以下		500—1000	
1000—5000		1000—5000	
5000—10000		5000—10000	
10000 以上		10000—15000	
合　　计		合　　计	

如表所示,我国的社会调查或统计教科书上所用的分组界限通常都是标明界限,而不是真实界限。标明界限的低数组的上限即为高数组的下限。当某一标志值正好与这一分组界限重合时,一般都遵循"上限不在内"的原则,将其划归属于下限的那一组,如表 9－11 中,某一农民家庭的人均纯收入正好是 5000 元,就应划归 5000—10000 元这一组内。

组中值,是上限与下限之间的中点数值。其计算公式为:

封闭式组距:

$$组中值 = \frac{下限 + 上限}{2}$$

开口式组距：

$$缺下限的组中值① = 上限 - \frac{相邻组的组距}{2}$$

$$缺上限的组中值 = 下限 + \frac{相邻组的组距}{2}$$

第四节　统计表与统计图的制作

一、统计表的结构、种类及制作方法

调查所收集的资料，经过分组、汇总整理之后，可以用不同的形式加以表现，如统计表、统计图等。统计表是运用得最为广泛的一种形式，它具有简明、集中、系统、完整的特点，便于计算、阅读和分析研究。广义的统计表包括社会调查中所使用的调查表、汇总表、整理表、分析表等，我们这里介绍的主要是显示资料整理结果所用的统计表。

1. 统计表的结构

统计表的结构，一般由标题、横标目、纵标目、数字四部分组成，如表9-12所示。

表9-12　2006年全国人口的城乡构成②——标题

横标目		人口数（亿）	比重（%）
	城镇人口	5.7706	43.90
	乡村人口	7.3742	56.10
	合　计	13.1448	100.00

（右侧：纵标目、数字）

标题是统计表的名称，位于表的顶端中央。它的作用是简要说明

---

① 表9-11中缺下限的组中值的计算方法：按公式计算出的结果小于该组上限的一半，就用该组上限的一半为组中值；按公式计算出的结果大于该组上限的一半，则该结果就是组中值。表9-11中，算出的结果是-1000，小于500，则组中值是500。如果相邻组是1000—1500，算出的结果是1000-(1500-1000)/2=1000-250=750，则750就是组中值。

② 《中国统计年鉴2007》，中国统计出版社2007年版，第107页。

表中统计资料的内容,包括这些资料收集的时间和空间范围等。

横标目,又称统计表的主项,是指统计表所要说明的对象,也即分组的名称或标志值,通常写在表的左边。

纵标目,又称统计表的宾项,是指调查指标或统计指标的名称,通常写在表的最上面一格。

数字,是对资料进行统计整理的结果,是统计表的主体,一般有绝对数、相对数等。每一个数字都必须与横标目、纵标目一一对应。

此外,有些统计表根据需要还在表的下面增列注解,用以表明资料的出处及对表中的有关内容作必要的说明等。

2. 统计表的类型

相对于资料分组的不同类型,统计表按照主项的分组方法可以分为简单表、简单分组表和复合分组表三种类型。

简单表,是指主项未作任何分组的统计表。这种表通常用来反映某一个变量在不同年份的变量值。由于这些变量值不是出于同一个总体,故它们之间不能加总,如表 9-13 所示[①]。

表 9-13 我国家庭户规模变动情况表

年　份	人/户
1953	4.33
1964	4.43
1982	4.41
1990	3.96
2000	3.44
2006	3.17

简单分组表,是指主项按一个标志进行分组的统计表。由于分组后的各个变量值是出于同一个总体,故它们之间能够加总,如表 9-14

---

① 《中国统计年鉴 2002》,中国统计出版社 2002 年版,第 95 页。
《中国统计年鉴 2007》,中国统计出版社 2007 年版,第 112 页。

所示①。

表 9 - 14 2006 年城镇居民平均每人消费性支出构成

支 出 项 目	比 重(%)
食品	35.78
衣着	10.37
家庭设备用品及服务	5.73
医疗保健	7.14
交通通信	13.19
教育文化娱乐服务	13.83
居住	10.40
杂项商品与服务	3.56
合计	100.00

复合分组表,即主项按两个或两个以上标志进行层叠分组的统计表。这种表可以从不同的角度深入反映社会现象的特征,如表 9 - 15 所示。

表 9 - 15 1990 年全国部分职业分性别的在业人口

职 业 分 类	性 别	人数(万人)	比重(%)
各类专业技术人员	合计	344	100
	男	189	55
	女	155	45
国家机关、党群组织、企事业单位负责人	合计	114.6	100
	男	101.4	88.5
	女	13.2	11.5
服务性工作人员	合计	154.5	100
	男	74.7	48
	女	79.8	52

---

① 《中国统计年鉴 2007》,中国统计出版社 2007 年版,第 348 页。

此外,像表9-15这样的复合分组表还可以设计成另外一种形式,如表9-16所示。

表9-16　1990年全国部分职业分性别的在业人口

（单位:万人）

性别 职业分类	男	女	合计
各类专业技术人员	189	155	344
国家机关、企事业单位负责人	101.4	13.2	114.6
服务性工作人员	74.7	79.8	154.5
合计	365.1	248	613.1

这种主项和宾项都进行分组的统计表叫列联表,或叫交互分类表。表9-16为显示职业分类与性别两个变量间关系的列联表。如果对宾项的性别再按年龄分组,则成了显示三个变量间关系的列联表。这种列联表比仅是主项的复合分组表更为简明,而且有利于对变量间的关系进行分析,故在整理和展示资料时被广泛采用。列联表的具体设计与应用方法,我们将在后面的第十章第四节中作进一步介绍。

3. 统计表的制作

统计表的制作,应遵循科学、实用、简练、美观的原则,并注意以下几个问题:

（1）标题要简短明了,要能确切说明资料的时间、空间范围和基本内容。

（2）表的格式一般是开口式的,即表的左右两端不划竖线。表的上下两端应划粗横线,其余皆为细线。

（3）若表的栏数(即宾项)较多,为了引用与说明时方便起见,应在栏目的下面一格对各栏目加以编号。

（4）表内数字要填写整齐,对准数位。当数字为零时用"—"表示,缺项时用"……"表示。

（5）凡需说明的文字一律写入表注。表注要简明扼要。

二、统计图的种类及制作方法

统计图是用几何图形或像形图来显示社会现象数量特征的一种重要工具。它具有直观、形象、生动等特点,可以使读者一目了然,具有较大的吸引力和说服力。利用统计图来反映各种数字资料可以起到以下几种作用:(1)表明事物总体的内部结构;(2)表明统计指标在不同时间、地点以及不同条件下的对比关系;(3)反映事物发展变化的过程和趋势;(4)说明总体单位按某一标志的分布情况;(5)显示现象之间的相互依存关系。

按照统计图所起的作用和它的制作形式,可将统计图区分为不同的类型。按照统计图的作用划分,可以将统计图区分为比较图、结构图、动态图、相关图、分配图等等;按照统计图的制作形式,可以将统计图区分为条形图、圆形图、曲线图、像形图等等。

下面我们着重按照统计图的不同的制作形式,介绍几种常用的统计图的作用和制作方法。

(1)条形图。或称柱形图。它可以用来表示事物的大小、内部结构或动态变动等情况,应用范围十分广泛。

如图9-1,为横式条形图,图9-2为竖式条形图或柱形图。它们可以用来表示进度,也可以用以比较。

图9-3为复合条形图,它具有双重比较的功能。图9-4为条形结构图,它除了能显示事物内部的结构外,还具有事物间的比较功能。

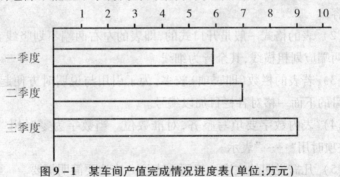

图9-1 某车间产值完成情况进度表(单位:万元)

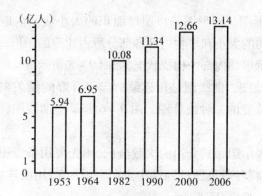

图9-2 建国以来我国人口增长情况①

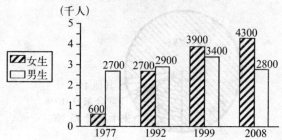

图9-3 某高校不同时期男女生比例

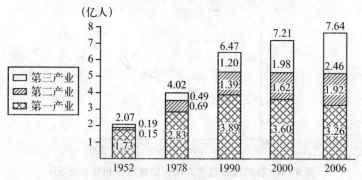

图9-4 我国第一、二、三产业劳动者人数变动情况②

① 《中国统计年鉴2002》，中国统计出版社2002年版，第95页。
《中国统计年鉴2007》，中国统计出版社2007年版，第105页。
② 《中国统计年鉴2007》，中国统计出版2007年版，第130页。

（2）圆形图。圆形图是以圆形面积的大小或圆内扇形面积的大小来表示事物的大小和事物内部各部分所占比重的图形。它的作用主要是用来显示事物内部的构成状况，如图9－5所示。

（3）曲线图。曲线图是用连续的起伏升降的线条来反映事物的动态或分布特征的一种统计图。图9－6是动态曲线图，图9－7是分配曲线图。

如果是表示组距式分组的次数分配，则先要用条形图来表示各组的次数，然后将各条形图的顶端中点（即组中值）用线连接起来，即为分配曲线图。如图9－8所示。

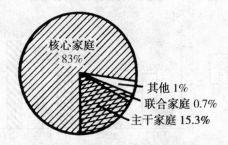

图9－5　某市一居民点各种类型家庭所占比重

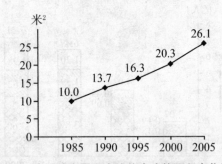

图9－6　我国城市居民人均住房建筑面积变化情况①

---

①　《中国统计年鉴2002》，中国统计出版社2002年版，第319页。
　　《中国统计年鉴2007》，中国统计出版社2007年版，第343页。

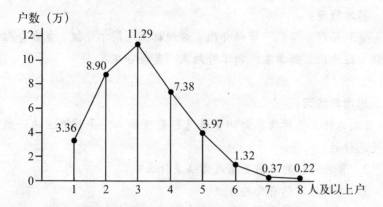

图 9 - 7　2006 年我国按家庭人口数分类的家庭户分布情况①

（说明：本图根据 2006 年全国人口变动情况抽样调查样本数据绘制，抽样比为 0.907‰）

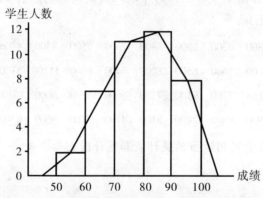

图 9 - 8　某班学生社会调查课考试成绩分布曲线图

（4）像形图。像形图是以事物本身的形象来表示统计资料的一种统计图。这种统计图一般为统计部门统计和公布国民经济主要指标时采用。其特点是形象、生动、易于理解。在反映调查研究的成果时，这种统计图用得比较少，故这里不作详细介绍。

---

① 《中国统计年鉴 2007》，中国统计出版社 2007 年版，第 121 页。

基本概念：

资料整理　编码　资料分组　分组标志　简单分组　复合分组
组距　组中值　简单表　简单分组表　复合分组表

思考与练习：

1. 为什么要对收集到的资料进行整理加工？资料整理的一般步骤是怎样的？

2. 资料审核的一般要求及方法是什么？

3. 资料的汇总有哪些方法？

4. 为什么要对资料进行分组？怎样对资料进行分组？

5. 在统计表的不同类型中，简单表与简单分组表的主要区别是什么？

6. 设对苏南某乡居民户的年收入情况所作的抽样调查得到如下资料(单位:元)：

5700	6800	6300	6800	5800	7300	7500	7300	4700	7500
8200	5100	5600	6500	8000	6400	6300	11100	5700	6500
7500	10800	7200	9100	7200	6600	8300	6000	13300	8400
6300	5900	9300	7400	5100	4700	7100	5600	6300	26400

请将上述资料用适当的统计表和统计图表示出来。

第十章 调查资料的统计分析

社会调查的基本过程就是收集资料与分析资料的过程。当我们通过各种调查方法实地收集了大量资料之后,必须借助于统计学的方法进行整理和分析,通过事物数量特征的研究进而认识事物发展的性质、内在联系及其规律性。所以,统计分析不仅是调查研究的重要手段,而且是调查研究过程中必不可少的关键环节。

第一节 统计分析概述

一、统计分析的基本特点

所谓统计,就是运用建立在数学科学基础之上的各种方法去收集、整理和分析事物量的资料的工作过程。统计作为一种认识方法,它以掌握事物总体的数量特征为目标:一是在社会现象的质和量的辩证统一中着重研究其数量方面;二是注重从整体出发,研究大量社会现象的总体数量特征。

在一个完整的社会调查活动中,统计工作包括互相关联、前后衔接的四个阶段:统计设计、统计调查、统计整理和统计分析。统计工作的各个阶段都有一些专门的方法。它们根据社会调查的目的、方法、步骤和各个调查阶段的不同要求而被应用于调查的各个阶段。统计分析作为其最后环节是在完成前三个阶段的工作之后进行的。在调查的前几个阶段,我们耗费了大量的时间、人力、物力和财力,获得大量的数据资料。这些数据资料中蕴含着丰富的有用信息,但尚未清楚呈现出来,而是隐藏在各种杂乱无章的数字之中。我们只有通过统计分析才能了解其数量特征、相互关系和可能的发展趋势。因此,能否充分利用调查获得的宝贵资料,主要取决于能否正确地进行统计分析。统计分析所能达到的深度、广度和水平,在相当大的程度上决定了整个调查研究所能达到的水平。

资料的统计分析具有以下几个基本特点:

(1) 数量性。统计分析的首要特点是对事物的数量方面进行研究。它的分析对象就是在调查过程中所获得的大量数据资料。统计分析的过程和结果都是通过数字、符号、公式和图表等数学语言表达的。统计分析的目的就是要反映这些数量的现状和发展变化过程。

(2) 工具性。统计分析只是调查研究的一种方法和工具,它本身既不是调查研究的目的,也不能代替调查研究本身。它要受调查研究的对象、目的和任务的严格制约。调查研究的具体课题决定了统计分析的具体目的和任务,决定了它所要采用的具体方法、程序和指向。

(3) 客观性。统计分析只能如实地反映纷繁复杂的数量资料中的信息,它既不能按研究者的喜好创造或增加某种信息,也不能按研究者的厌恶消除或减少某种信息,它的客观性可以使调查研究避免很多错误。

(4) 综合性。统计分析的对象是事物现象的总体数量特征。影响事物现象变化和发展的因素很多,而且它们之间又相互联系,相互影响,相互制约。统计分析可以综合地全面地系统考察所获数据资料的所有变量,所有因素,并能分清主次。

(5) 科学性。统计分析是建立在数学科学基础之上的,它所采用的方法、程序都有科学依据。统计分析的运算结果、推论估计都是相当精确的,在预测时,既能指出可能的范围,又能指出其把握的程度。

二、统计分析的内容和步骤

按照统计学的主要功能来划分,统计分析有两个方面的内容,即描述统计和推论统计。

描述统计在于对调查获得的大量数据资料进行系统的描述。在调查过程中,往往要接触大量的数据资料,我们很难直观地去感受或看出其价值及规律性。因此,研究者想认识资料究竟反映了什么,就必须通过描述统计,使之从不同方面反映出大量资料所包含的数量特征和数量关系。这就要通过次数和比率、平均数、标准差、相关系数等等计算方法对原始数据进行整理、分析,制作图表,计算集中趋势和离散程度,测定两个或两个以上的现象变量之间的关系等等。通过计算可以得出有代表性的统计值,将大量纷繁复杂的数据简化,使其中蕴含的信息清晰地呈现出来。

推论统计也叫统计推论。它是在描述统计的基础上,应用概率理论,从样本的有限资料中已经显露出来的信息去推断总体的一般情形。在社会调查中,大量的调查只能是抽样调查,只能在调查总体中选取部分样本进行研究,然后再把样本的结论推断到总体中去。所以推论统计是抽样调查中必不可少的一环。推论统计主要包括两个部分:一是从样本的统计值去推断总体的相应参数;二是进行统计假设检验。

一个完整的统计分析流程则包括以下几个基本环节或步骤:

(1)确定统计分析的目的和任务。这是进行统计分析必须首先解决的问题,否则事倍功半,甚至南辕北辙。统计分析说到底是为调查研究服务的。它是一种工具,必须根据调查研究的目的和任务来决定统计分析的对象、提纲和各阶段统计方法的选择,使整个统计分析围绕调查研究的课题而进行。

(2)统计资料整理。在具体进行统计分析之前必须对原始资料进行整理加工,使之系统化和条理化。这是统计分析必要的准备工作。包括资料的审核、汇总、分组及制作统计图表等等。

(3)确定变量类型,选用统计方法。调查中所得到的数据有不同的类型,针对这些不同的类型必须选用不同的统计方法,否则其统计出来的结果便毫无意义。例如,对定类变量就不能选用平均数的方法。因此,统计分析中必须首先弄清资料的变量类型,选用恰当的方法。

(4)计算统计值。计算统计值是统计分析中的基本任务,它是根据资料所设的变量类型,选用恰当的统计方法,按照调查研究的目的和任务,来具体计算变量资料的集中趋势、离散程度、相关系数、回归系数等等,即计算出研究所需要的、能反映全部数据总体特征的代表性统计值,使原始数据中所包含的信息显示出来。

(5)统计推论。如果是进行抽样调查,在计算出样本值以后,必须对总体特征进行系统推论,从计算出来的样本统计值推断总体相应参数,并进行统计假设检验。

这五个步骤联结在一起,就构成了调查研究中的统计分析的基本内容。如下表所示:

统计整理	单变量描述统计	单变量推论统计	多变量相关 与回归分析
原始数据审核 数据汇总 统计分组 编制图表	**频数分布** **集中趋势** 　众数 M_o 　中数 M_d 　平均数 $\bar{X}$ **离散程度** 　全距 R 　四分位差 Q 　异众比率 VR 　标准差	总体参数估计 假设检验	**相关分析** 　直线相关 　曲线相关 **回归分析** 　直线回归 　曲线回归

三、统计分析的作用和限度

在调查研究中,统计分析的作用主要表现在:(1)提供一种清晰精确的形式化语言,使调查研究人员能够进行科学的定量分析。任何事物总是具有质和量两种规定性。有了统计分析就能使我们在调查研究中对现象的量方面进行研究,特别是抽样调查研究,并使这种研究逐渐接近于自然科学的准确度。(2)有利于我们对大量的调查资料执简驭繁,方便了资料的显示、贮存和比较。(3)有利于我们认识复杂的社会现象,找出其中的内在联系及其规律性。(4)有利于我们较为准确地预测社会现象的发展变化趋势。它不仅能预测某一社会现象将要发生什么变化,而且能估计出这种预测本身有多大的可靠性。(5)经常地运用统计分析,对调查研究人员本身思维方法和调查研究态度也有很大影响,有助于调查人员避免"先入为主"的片面性,培养思想上和行动上的严密性和准确性。

统计分析在调查研究中有着十分重要的作用,但统计分析毕竟只是调查研究过程中的一个环节和一种方法,只有把它放在恰当的位置上,才能充分认识和发挥它的功能。

第一,统计分析必须与整个调查研究过程中的各个环节结合起来。在调查之前,在整个调查方案的制定过程中就要结合调查工作的各个环节进行统计设计。在调查开始的几个环节上,也必须认真地、老老实实地开展工作,才能为统计分析提供真实可靠的原始资料和科学的指标变量。也就是说,统计分析只是调查中的一个环节,它必须与整个调查研究过程相联系,才能发挥自己的作用。

第二,统计分析必须和定性分析结合起来。统计分析不可能代替定性分析。它只是一种与定性分析相互补充的定量分析手段。离开了定性研究,离开了调查的目的和任务,统计分析就只能是无味的数学游戏,成为列宁所批评的"混乱和虚伪","一种畸形的东西",一种"儿戏"。

第三,统计分析必须和严肃认真细致的调查作风与工作态度相结合。在调查统计分析中面临的是大量的数据资料,任何粗枝大叶、马虎从事都可能导致数据上和程序上的错误,从而使统计分析差之毫厘失之千里。

第四,统计分析必须与正确的调查目的相结合。所谓正确的调查目的就是要实事求是地弄清问题和事实真相,而不是单纯地替已确定的某种政策提供支持或歌功颂德。那样的话,统计分析就成了随心所欲地证明某种希望证明的东西的一种骗术了。

第二节　单变量描述统计

一、频数分布与频率分布

频数分布,是指在统计分组和汇总的基础上形成的各组次数的分布情况。它通常以频数分布表的形式表达。

频数分布表的作用主要有两个方面。一是简化功能,即它能将调查所得的庞杂的原始数据,以十分简洁的统计表的形式反映出来。二是认识功能,即通过频数分布表,我们可以清楚地了解到现象总体内部的结构、差异以及发展变化的状况。同时,它还是下一步对调查资料进行统计分析的基础。

频数分布表一般包括三个要素:组别,各组的单位数,各组在总体中所占的比重。组别也就是各组的名称或标志值。单位数又叫次数或频数,在公式中常用 f 表示。各组在总体中所占比重又叫频率,通常用百分比(%)表示,在公式中常用 p 表示,如表 10 – 1 所示①。

表 10 –1　2001 年全国城市按市辖区总人口分组表

人口数	市数(个)	比重(%)
400 万以上	8	1.2
200—400 万	17	2.6
120—200 万	141	21.3
50—100 万	279	42.1
20—50 万	180	27.2
20 万以下	37	5.6
合　　计	662	100.0

根据研究对象的特性以及特定的研究目的,这种分布表也可以是一种频率分布表。所谓频率分布,是指资料分组中,各组的频数相对于总数的比率分布情况。频数分布表中一般只列出组别和各组在总体中所占的比重,不列出各组的单位数,如前一章中的表 9 – 14 所示。

在对数字资料进行统计分析时,有时不仅需要知道分组后各组的频数分布,还要知道截至某一组的累积频数。计算累积频数有两种方法,一是从上往下累积,一是从下往上累积。当分组标志值是从小到大排列的,一般采用从上往下累积的方法;当分组标志值是从大到小排列

---

① 《中国统计年鉴 2002》,第 359 页。

表 10 - 2　2001 年全国城市按市辖区总人口分组表

人口数	市数	%	累积频数		人口数	市数	%	累积频数	
			市数	%				市数	%
20 万以下	37	5.6	37	5.6	400 万以上	8	1.2	662	100.0
20—50 万	180	27.2	217	32.8	200—400 万	17	2.6	654	98.8
50—100 万	279	42.1	496	74.9	100—200 万	141	21.3	637	96.2
100—200 万	141	21.3	637	96.2	50—100 万	279	42.1	496	74.9
200—400 万	17	2.6	654	98.8	20—50 万	180	27.2	217	32.8
400 万以上	8	1.2	662	100.0	20 万以下	37	5.6	37	5.6
合　　计	662	100.0	—	—	合　　计	662	100.0	—	—

的,则一般采用从下往上累积的方法,如表10 - 2所示[①]。

二、集中趋势

　　在社会调查中,我们总希望能找到一个典型的变量值代表全体变量,表示现象的一般水平。这种以一个代表值来反映总体各单位一般水平的方法就是集中趋势统计法。它是认识现象总体的重要途径和基本方法。

　　所谓集中趋势,就是指一组数据向某一个典型值或代表值集中的情况。通常用集中趋势统计值来反映总体在一定时间、地点条件下的一般水平。实际上,集中趋势的概念就是"代表值"概念。

　　由于集中趋势值对大量数据的共性作了科学的抽象,能够说明被研究对象在具体条件下的一般水平,所以在统计分析中有广泛的应用。集中趋势值的意义在于,第一,可以用来说明一组数据整体的共性和平均水平。例如,利用两个国家的人均国民收入来说明、比较两个国家的经济社会发展水平。第二,可以用来估计或预测某一调查总体中各具体单位的数值。例如,用平均亩产量来估计该地区每块土地的粮食产量。尽管这种估计和预测也未必准确,但比用其他数值进行预测所发

---

① 《中国统计年鉴 2002》,第 359 页。

生的错误要小得多。第三,可以用来进行两组数据间的比较,以判断一组数据与另一组数据的数值差别。这种比较既可以是时间上的纵向比较,也可以是空间上的横向比较。第四,可以用来分析不同社会现象之间的依存关系。如通过调查受教育程度不同的社会群体的人均收入水平的变动情况,可以发现人们的受教育状况与收入水平之间的依存关系。

使用集中趋势统计值,必须注意调查对象的同质性问题,即集中趋势只有在具有某一相同特征的总体中才有代表性,否则,利用集中趋势统计值不仅没有意义,甚至会出现错误。

代表集中趋势的统计值主要有平均数、中位数和众数。

1. 算术平均数($\bar{X}$)

算术平均数是一种应用最广泛的,最能代表某种社会现象在数量方面的集中趋势的代表值,由于集中趋势值是反映同一总体中各单位某一数量标志的一般水平,所以,代表一般水平的最好统计值就是把各单位标志数值相加,得到标志值总量,除以总体单位数,即总次数,使各个单位标志值之间的差异相抵消,从而反映出数量标志的一般水平,这样计算出来的统计平均值就是算术平均数。算术平均数的基本公式是:

$$算术平均数 = \frac{总体中各单位标志值之和}{总体单位总数}$$

在同质总体中,如果用 X_1, X_2,……Xn 代表构成总体的各单位的标志值,用 $\bar{X}$ 表示它的算术平均数,则:

$$\bar{X} = \frac{X_1 + X_2 + X_3 + X_4 + X_5 + \cdots + X_n}{n} = \frac{\sum X_i}{n}$$

其中,$\sum$ 为连加符号,n 为总体单位数目。

(1)简单算术平均数

简单算术平均数就是根据未经分组的原始数据资料直接利用上述公式求得的算术平均数。

例1 某市新领导班子七名成员的年龄依次是:39岁、42岁、45岁、45岁、49岁、51岁、58岁。

那么这个领导班子的平均年龄为:

208

$$\overline{X} = \frac{39 + 42 + 45 + 45 + 49 + 51 + 58}{7} = 47(岁)$$

（2）加权算术平均数

当使用统计表资料计算平均数时，要用加权算术平均数法进行计算，其计算公式为：

$$\overline{X} = \frac{X_1f_1 + X_2f_2 + X_3f_3 + \cdots + X_nf_n}{f_1 + f_2 + f_3 + \cdots + f_n} = \frac{\Sigma X_i f_i}{\Sigma f_i}$$

其中 f 为权数，即变量在总体中出现的次数。

按照数据资料形式的差异，可以把加权算术平均数的计算分为由单项分组资料求算术平均数和由组距分组资料求算术平均数两大类。

① 由单项分组资料求算术平均数

它的计算公式与一般加权算术平均数计算公式一致。

例2 某社区家庭人口数的次数分布见表10-3。

表10-3 某社区家庭人口数的次数分布

家庭人数（X）	家庭数（f）	家庭人数×家庭数（Xf）
1	24	24
2	275	550
3	430	1290
4	382	1528
5	210	1050
6	86	516
合　计	1407	4958

则家庭平均人数为：

$$\overline{X} = \frac{24 + 2 \times 275 + 3 \times 430 + 4 \times 382 + 5 \times 210 + 6 \times 86}{24 + 275 + 430 + 382 + 210 + 86} = \frac{4958}{1407}$$

$$\approx 3.5(人／家)$$

这个数值反映了该社区每户家庭的平均人口或家庭的平均规模。

② 由组距分组资料求算术平均数

在数据资料按组距式分组的情况下，求算术平均值的公式为：

$$\overline{X} = \frac{\Sigma X_{mid}f}{\Sigma f}$$

其中 X_{mid} 表示各组组中值, f 表示每组次数。

例3 某乡村小学教师月平均工资分组数据如表 10 -4。

表 10 -4 某乡村小学教师月平均工资分组表

工 资	f	X_{mid}	$X_{mid}f$
400—500 元	1	450	450
500—600 元	6	550	3300
600—700 元	3	650	1950
700—800 元	4	750	3000
总 数	14		8700

$$\bar{X} = \frac{\Sigma X_{mid}f}{\Sigma f} = \frac{8700}{14} = 621.43(元／月)$$

算术平均数严密、可靠、灵敏地反映了集中趋势的数值,而且易于理解。但是算术平均数也有它的局限性。其一,它不像众数那样一目了然,必须经过计算才能求得;其二,它易受极端值的影响。在一组数据中有少数单位的极端值(大数或小数)会影响平均值的数值。

2. 中位数(M_d)

中位数是指一组数据按大小顺序排列情况下处于中间位置上的数值。中位数既然是居中位置的一个数值,其意义就在于中位数的两边,各有一半相同个数的变量值。

中位数的求法有两种:

(1) 在原始资料情况下求中位数。首先将所有数据值按大小顺序排列起来,再求全部数据在排列上的中间位置,中间位置的对应变量数值便是中位数。求中间位置,涉及到数据个数(n)的奇偶性。如果数据的个数是奇数,则中位数便在 $\frac{n+1}{2}$ 的位置上。如果数据的个数是偶数,那么中位数的位置就处于中间两个数值之间,而没有直接对应的数值。此时一般以这两个中间数值的平均数作为中位数。

例4 某单位职工 7 人,其工龄分别为 3、5、6、8、10、13、15 年。中位数的位置在 $\frac{(7+1)}{2}=4$ 上,观察得中位数 $Md = 8$,则 8 年是这 7 位职工的工龄中位数。

如果在上述数据中减去最后一个数据,只留下其他 6 个数据,则中位数位置 $= \dfrac{n+1}{2} = \dfrac{6+1}{2} = 3.5$,即中位数在第 3 个数值与第 4 个数值之间,取处于 3 与 4 位置上的数据的平均数,作为这组数据的中位数,即 $Md = \dfrac{(6+8)}{2} = 7$,即 7 年为这 6 位职工的工龄中位数。

（2）在数据资料已经分组的情况下求中位数。这里我们同样把分组的数据资料分为单项和组距分组两种情况,两者计算方法繁简程度不同。

① 由单项分组资料求中位数。用单项分组资料计算中位数的方法与由原始资料计算中位数方法大致相同,也是先求出中间位置,然后找出对应的数值。

例 5 表 10 – 5 是某年某乡女青年结婚年龄统计资料。我们可以先找出中位数的位次,$\dfrac{59+1}{2} = 30$,即中间位置在第 30 个数值上。然后顺着累计次数找到第 30 个数据,知道这组数据的中位数就是 21 岁。它说明 21 岁是该乡女青年结婚年龄的代表值。

表 10 – 5　某乡女青年结婚年龄分布表

结婚年龄	人数（f）	累计次数（cf）
20	15	15
21	19	34
22	16	50
23	7	57
24	2	59
合　计	59	

② 由组距分组资料计算中位数。由组距分组资料计算中位数,应首先用 $(\Sigma f)/2$ 公式确定中位数所在组的位置,然后再用下限公式（也可以用上限公式）计算中位数的值。下限公式为:

$$M_d = L + \frac{\frac{\Sigma f}{2} - cf_{m-1}}{f_m} \times i$$

公式中：M_d 为中位数

L 为中位数所在组的下限值

f_m 为中位数所在组的次数

cf_{m-1} 为比中位数所在组小的各组的累计次数

Σf 为累计次数

i 为中位数所在组的组距

例6 我们以表 10 – 6 的资料为例,说明由组距分组资料计算中位数的方法

表 10 – 6 某社区下岗职工月人均收入分组统计

月人均收入分组(元)X	职工人数 f	累计数 cf
—200	5	5
200—300	15	20
300—400	6	26
400—	2	28
合　　计	28	

首先确定中位数所在组的位置,根据公式得

$$\frac{(\Sigma f)}{2} = \frac{28}{2} = 14$$

由观察可知,中位数在第 2 组内。该组下限为 200,次数为 15,组距(200—300)为 100,该组以上各组的累计次数为 5。将这些数值代入公式得

$$M_d = L + \frac{(\Sigma f)/2 - cf_{m-1}}{f_m} \times i = 200 + \frac{14 - 5}{15} \times 100 = 260(元)$$

这一结果告诉我们,该社区下岗职工月人均收入的中位数为 260 元。

中位数的意义在于它位置居中,与平均数相比,它可以消除少数极端数值对代表值的影响。

3. 众数（M_0）

众数是总体中各单位最普遍出现的标志值,即在一组数据中出现次数最多的数据。在描述某一社会现象时,有时不需要计算算术平均数和中位数,只要掌握最普遍、最常见的标志值就行了,这时就可以采用众数作为代表值。

众数可以用直接观察法和公式计算两种方法求得。在非连续性资料中,用直接观察法极为简便。在对原始数据进行简化后,编制出来的次数分布表上直接观察,其次数出现最多的数值即为众数。

例 7 表 10 - 7 某班学生期终社会调查方法课考试成绩分布

表 10 - 7 某班学生期终社会调查方法课考试成绩

成绩	优	良	中	及格	不及格
人次	8	46	22	3	1

在表 10 - 7 中,获良好成绩的人次最多(46 人),所以,"良好"应是该班学生社会调查方法课期终考试成绩的众数。

众数也可被用来反映定序变量的集中趋势情况。如我国 2000 年按家庭户类别分的户数分布情况如下(表 10 - 8)。

表 10 - 8 2000 年按家庭户类别分的户数分布表

类 别	户数(万)
一代户	7389. 3
二代户	20196. 4
三代户	6212. 2
四代户	250. 9
五代及以上	0. 3
合 计	34049. 1

表 10 - 8 清楚地显示出,二代户的户数(20196. 4 万)最多,故20196. 4 万是各种家庭户类别分布数中的众数。它说明,在我国家庭户类别中,二代户所占的比重最大,也最有代表性。

应当注意的是,计算众数是有一定条件的。只有在总体单位数较多,且有明显集中趋势的资料中才能计算众数。如果总体单位少,或总体单位虽多,但无明显集中趋势,这种资料不适宜计算众数。如果总体单位足够多,而且也有集中趋势,但最多次数的标志值不是一个而是两个或多个,这时要检查总体单位是否属于同一类型,考虑总体单位的同质性问题。此时往往要重新分组后才能找出众数。

利用众数表示同质总体中各单位数量指标的集中趋势,不仅算法简单,容易理解,而且还有它特殊的作用。这主要在于对社会调查中经常遇到的定序或定类变量来说,惟有众数才能作为其代表值。例如,世界上各色人种本是混杂居住,我们却说亚洲是黄种人,欧洲是白种人,非洲是黑种人。这虽然包含有人种发源地的意义,但是主要包含有众数代表总体的意义。此外,众数与中位数一样,作为总体的代表值还有一个作用,就是可以消除少数极端值的影响。但是,众数的局限性也是明显的。它不能用代数方法处理;在分组情况下,常常因分组不同而改变其众数数值;如果出现两个或两个以上的出现次数同为最多的数,更无法断定谁可作众数代表全部数据的一般水平。

总之,算术平均数、中位数、众数各有特点和自己的适用范围。一般说来,算术平均数由于数值稳定、数学性质强被较多采用,但它易受极端数据的影响。中位数虽克服了平均数的缺点,但它损失资料多,敏感性差。而众数虽简捷明了,但资料的应用效率比中位数更低,稳定性也较差。因此,在什么资料和何种目的下使用怎样的集中趋势值来对事物的数量作集中表现,不能强求和刻板,要由调查研究工作者灵活掌握,因题而异。关键是以最能体现实际情况为宗旨。

三、离 散 趋 势

离散趋势也叫离中趋势,是指一组数据相互之间(特别是相对于集中趋势量)的离散程度。它是与集中趋势相对应的次数分布的另一个重要特征。要想全面了解一组数据的次数分布情况,不仅需要了解其集中趋势,而且需要了解其离散趋势。

对两组数据分布来说,我们只有既了解其集中趋势,又了解其离散趋势，才能比较其分布的异同。它们有时集中趋势相同而离散趋势不同，有时离散趋势相同而集中趋势却不同，见图10-1。

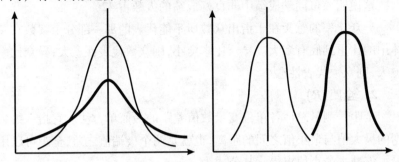

图10-1　两组数据分布比较图

例如甲乙两车间工人月平均工资都是600元。但甲车间工人最高工资为700元，最低工资为500元，而乙车间工人最高工资为1000元，最低工资为350元。显然，这两个车间工人工资分配差异较大。

对一组数据来说，离散趋势与集中趋势关系也很大。离散趋势值越大，则集中趋势值的代表性越小；反之，离散趋势值越小，集中趋势值代表性越大，所以认识离散趋势有助于对集中趋势的理解。只有既研究和了解数据分布的集中趋势，又了解其离散趋势，才能全面认识数据分布状况。

代表数据分布的离散趋势的统计值主要有异众比率全距、四分位差、标准差等等。

1. 异众比率(VR)

在用众数作为一组资料的代表值的情况下，这一众数的代表性如何，我们可以用异众比率来反映。

所谓异众比率，就是指非众数的次数与总体内全部单位数的比率。其公式为

$$VR = \frac{N - f_{mo}}{N}$$

N：总次数　　f_{mo}：众数的次数

例如在表10-7中，众数为良好，$f_{mo} = 46$，$N = 80$，则

215

$$VR = \frac{80 - 46}{80} = 0.42$$

这说明该班同学成绩中非良好成绩的人数占42%。

异众比率的意义在于指出众数所不能代表的那一部分个案数在总体中的比重到底有多大。异众比率愈小,则众数代表性愈大;异众比率愈大,则众数代表性愈小。

2. 全距(R)

全距是测量总体各单位变量数值差距的最简单方法。它指一组数据的最大值与最小值之间的距离,也就是两个极端值之差,全距可以用最大值减去最小值求得。其公式为:

$$R = X_{max} - X_{min}$$

其中:X_{max} 为最大值

X_{min} 为最小值

显然,全距越大,说明离散程度也越大;全距越小,说明离散程度越小。

由于全距的测定仅仅依靠两个极端值,故这种方法很不精确。它对于大量处于两个极端值之间的数值分布情况,以及它们在中心点周围的集中情况,都无法提供有价值的信息。

3. 四分位差(Q)

为了避免全距的弱点,可以采取四分位差的方法。所谓四分位差,是指舍去一组数据的极端数据,而采用对数据的中央部分求全距的方法来测定离散程度,也即第三个四分位数 Q_3 与第一个四分位数 Q_1 之差的一半。其计算公式为 $Q = \dfrac{Q_3 - Q_1}{2}$。具体做法是:把一组数据按大小顺序排成序列,然后分成四个数据数目相等的段落,各段落分界点上的数叫四分位数。第一个四分位数(Q_1)以下包括了25%的数据,第二个四分位数(Q_2)是中位数,第三个四分位数(Q_3)以下包括了75%的数据。然后我们舍去资料中数值最高的25%数据和数值最低的25%数据,仅就属于中间的50%数据的一半求其离中数值,就是四分位差。

下面,我们举例说明四分位差的求法。

(1) 由原始资料求四分位差

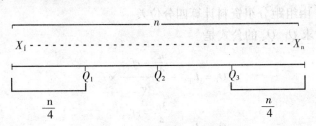

图 10-2　四分位数位置示意图

以前面的例 4 为例。先要找出 Q_1 和 Q_3 的位置。

$$Q_1 \text{ 的位置} = \frac{n+1}{4} = \frac{7+1}{4} = 2$$

$$Q_3 \text{ 的位置} = \frac{3(n+1)}{4} = \frac{3(7+1)}{4} = 6$$

然后从 7 位职工工龄序列中找到处在 Q_1 位置上的数据是 5,Q_3 位置上的数据是 13。

则四分位差 $Q = \frac{Q_3 - Q_1}{2} = \frac{13-5}{2} = 4 (\text{年})$

这说明,这 7 位职工中,有一半人的工龄在 8±4 年这个范围内,或者说这一半人工龄在 4 年至 12 年之间。

(2) 由单项分组资料求四分位差

以前面的例 5 为例。先找出 Q_1 和 Q_3 的位置。

$$Q_1 \text{ 的位置} = \frac{n}{4} = \frac{59}{4} = 15 (\text{当 } n \text{ 很大时,加 1 与不加 1 均可})$$

$$Q_3 \text{ 的位置} = \frac{3n}{4} = \frac{3 \times 59}{4} = 44$$

然后从累计频数中找出第 15 和第 44 分别落在累计频数为 34 和 50 这两组内,由此可以得出 $Q_1 = 20$,$Q_3 = 22$。

则四分位差 $Q = \frac{Q_3 - Q_1}{2} = \frac{22-20}{2} = 1 (\text{岁})$。这一计算结果说明,

如果用中位数(本题中 $M_d = 21$ 岁)来估计某年某乡结婚女青年的年龄,则有一半人的年龄在 21 ± 1 岁这个范围内,即有一半人的年龄在 20 岁至 22 岁之间。

(3) 由组距分组资料计算四分位差

此时求 Q_1、Q_3 的公式是

$$Q_1 = L_{下1} + \frac{\frac{n}{4} - cf_{下1}}{f_{Q1}} \times i$$

$$Q_3 = L_{下3} + \frac{\frac{3n}{4} - cf_{下3}}{f_{Q3}} \times i$$

其中:$L_{下1}$、$L_{下3}$ 分别为第一个四分位和第三个四分位点所在组的下限。$cf_{下1}$、$cf_{下3}$ 分别为比第一个四分位和第三个四分位点所在组小的各组的累积次数,f_{Q1}、f_{Q3} 分别为第一个四分位和第三个四分位点所在组的次数;i 为组距。

例8 以表 10 - 9 资料为例。

表 10 - 9 某乡农户年收入分组统计

年收入额(元)	农户数 f	cf
—2000	240	240
2000—3000	480	720
3000—4000	1050	1770
4000—5000	600	2370
5000—6000	270	2640
7000—8000	210	2850
9000—10000	120	2970
10000—	30	3000
合　　计	3000	

首先求 Q_1、Q_3 的位置,并找出其所在组的下限。

$$Q_1 \text{ 位置} = \frac{n}{4} = \frac{3000}{4} = 750$$

$$Q_3 \text{ 位置} = \frac{3n}{4} = \frac{3 \times 3000}{4} = 2250$$

查表 10 - 9 得知，Q_1 在 3000—4000 元组，其下限为 3000 元。Q_3 在 4000—5000 元组，其下限为 4000 元。则：

$$Q_1 = 3000 + \frac{750 - 720}{1050} \times 1000 = 3028(元)$$

$$Q_3 = 4000 + \frac{2250 - 1770}{600} \times 1000 = 4800(元)$$

$$Q = \frac{Q_3 - Q_1}{2} = \frac{4800 - 3028}{2} = 886(元)$$

这个计算结果告诉我们，如果用中位数（本题中 $M_d = 3743$ 元）来估计和预测该乡农民家庭户均年收入时，全乡一半家庭的年收入在 3743 ± 886 元这个范围内，即该乡有一半家庭的年收入在 2857 元至 4629 元之间。

四分位差弥补了全距的不足，不受极端值影响。一般当我们用中位数表示集中量时，就用四分位差表示差异量。但它未能充分利用所有数据，因而不能反映数据分布的全部差异情况，所以要慎重使用。

4. 标准差

标准差，是指一组数据中各个数值与算术平均数相减之差的平方和的算术平均数的平方根。一般而言，计算算术平均数为代表值的离散程度，最直接的方法是计算该组数据的平均差。但由于在计算平均差时，采用了绝对值，不便于代数运算，所以为了避免平均差的弱点而采用另一种能使离差之和不等于零的方法，即先将离差 $(X - \bar{X})$ 平方以取消正负号，再开方还原。这样计算离差平方的算术平均数的算术平方根，就是标准差，记为 σ（如果不开方还原，就是方差）。标准差是最重要、最常用的差异量指标。其计算公式为：

$$\sigma = \sqrt{\frac{\Sigma(X_i - \bar{X})^2}{n}}$$

其中 Xi 为各个数值，$\bar{X}$ 为算术平均数，n 为总体单位数。根据数据资料的形式不同，标准差仍分为两种计算方法：

（1）由原始资料计算标准差

根据原始资料计算标准差时，使用上面给出的公式即可。

例9 对甲乙两班各抽5名同学进行随堂测验,所得成绩如下:

甲班:68 69 70 71 72 $\overline{X} = 70$

乙班:45 62 70 78 95 $\overline{X} = 70$

两班的平均成绩都是70分,但是要判断哪班分数的差异小,平均数的代表性高,就要用计算标准差来解决这一问题。

$$\sigma_{甲} = \sqrt{\frac{\Sigma(X_i - \overline{X})^2}{n}}$$

$$= \sqrt{\frac{(68 - 70)^2 + (69 - 70)^2 + (70 - 70)^2 + (71 - 70)^2 + (72 - 70)^2}{5}}$$

$$= 1.41$$

$$\sigma_{乙} = \sqrt{\frac{(45 - 70)^2 + (62 - 70)^2 + (70 - 70)^2 + (78 - 70)^2 + (95 - 70)^2}{5}}$$

$$= 16.6$$

可见甲班同学分数差异小(1.41),则平均分70的代表性大;乙班同学分数差异大(16.6),则平均分70的代表性小。

(2)根据分组资料计算标准差

① 由单项分组资料计算标准差。计算公式为:

$$\sigma = \sqrt{\frac{\Sigma(X_i - \overline{X})^2 f}{n}}$$

我们仍使用表10-3资料(平均数为3.5人)。列表计算标准差如下:

家庭人数 X_i	家庭数 f	$X_i - \overline{X}$	$(X_i - \overline{X})^2$	$(X_i - \overline{X})^2 f$
1	24	-2.5	6.25	150
2	275	-1.5	2.25	618.75
3	430	-0.5	0.25	107.5
4	382	0.5	0.25	95.5
5	210	1.5	2.25	472.5
6	86	2.5	6.25	537.5
合　计	1407			1981.75

$$\sigma = \sqrt{\frac{\Sigma f(X_i - \overline{X})^2}{n}} = \sqrt{\frac{1981.75}{1407}} = 1.19$$

这一实际结果的意义是,这个地区的家庭人口相对于家庭平均数 3.5 人来说,其标准差是 1.19 人。

② 由组距分组资料计算标准差。

计算公式为

$$\sigma = \sqrt{\frac{\Sigma(X_{mid} - \overline{X})^2 f}{n}}$$

这里的 X_{mid} 是指各组的组中值。我们按下表资料(平均数为 278.57)来计算。

列表计算标准差:

月工资分组 (元) X	职工人数 f	组中值(元) X_{mid}	$X_{mid} - \overline{X}$	$(X_{mid} - \overline{X})^2$	$(X_{mid} - \overline{X})^2 f$
100—200	4	150	−128.57	16530.25	66121
200—300	3	250	−28.57	816.25	2448.75
300—400	6	350	71.43	5102.25	30613.5
400—500	1	450	171.43	29388.25	29388.25
合　　计	14				128571.5

$$\sigma = \sqrt{\frac{\Sigma(X_{mid} - \overline{X})^2 f}{n}} = \sqrt{\frac{128571.5}{14}} = 95.83$$

这一结果说明该单位职工工资的标准差是 95.83 元。

综上所述,异众比率全距、四分位差、标准差都是说明总体中某一数量标志的差异程度,反映了个别现象的变异性、偶然性和分散性等,而平均数代表社会现象的一般性、同质性、必然性,因此,平均数与标准差在统计学中简单明了地描述了实际生活中的一般与特殊、本质与表象。

5. 离散系数

前面所讲的离散程度都属于绝对差异量,它们可以直接比较两组数据资料的差异程度,但必须要求这两组数据的集中量数大致相同,单位相同,两组数据的总体单位相近,才可比较。在实际调查中符合这些条件的资料并不多。相对差异量数则可以不受这些条件的限制,它使我们能够对两种不同单位的数据的离散程度,或者对两个不同总体的离散程度进行比较。

离散系数是标准差与算术平均数的比值,用百分数表示。在算术平均数不为零的情况下,离散系数越大,数据的离散程度越大,集中趋势值的代表性越小;反之,数据的离散系数越小,则离散程度越小,集中趋势值的代表性越大。计算公式为

$$CV = \frac{\sigma}{X} \times 100\%$$

例10 根据抽样调查,某市 1000 户职工家庭,月人均收入为 1350.50 元,标准差为 123.85 元,人均住房面积为 18.5 平方米,标准差为 3.15 平方米。试比较收入和住房情况哪一个差异程度大?

根据公式,得

$$职工收入的离散系数 = \frac{123.85}{1350.5} \times 100\% = 9.2\%$$

$$职工住房的离散系数 = \frac{3.15}{18.5} \times 100\% = 17.0\%$$

可见职工住房的差异程度明显比收入的差异程度大。这是对两个不同计量单位的资料比较差异程度。此外还可以对不同总体的相同计量资料进行差异程度比较。

例11 某市干部平均月工资为 1550 元,标准差为 85 元;工人的平均月工资为 630 元,标准差为 60 元。从表面上看,干部工资的离散程度大于工人工资的离散程度,因为标准差大,但经过计算,可以看到实际上是工人工资的离散程度大于干部。

$$干部工资的离散系数 = \frac{85}{1550} \times 100\% = 5.48\%$$

$$工人工资的离散系数 = \frac{60}{630} \times 100\% = 9.52\%$$

可见工人工资的离散程度要高于干部工资的离散程度。

第三节　单变量推论统计

抽样调查的目的并不是为了描述样本本身的情况,而是希望通过样本来了解总体的状况和特征。推论统计就是要解决这方面的问题。所谓推论统计,简单地说,就是利用样本的统计值对总体与之对应的各种参数值进行估计。它主要包括两个方面内容:一是区间估计,一是假设检验。

一、区 间 估 计

区间估计就是在一定的标准差范围内设立一个置信区间,然后联系这个区间的可信度将样本统计值推论为总体参数值。它的实质是在一定的置信度下,用样本统计值的某个范围来"框"住总体的参数值,即以两个数值之间的间距来估计参数值。区间估计通常采取如下的表达方式:"我们有95%的把握认为,今年全市职工的月平均工资收入在680元至860元之间。"这里的680元至860元之间就是一个区间,区间(即范围)的大小反映了估计的精确度问题,而95%的把握则是一个可靠性问题,它可以作这样的解释:如果从总体中重复抽样100次,约有95次所抽样本都落在这个区间内。

区间估计范围的大小,取决于我们在估计时所要求的置信度与精确度。从置信度来说,在样本大小相同的情况下,区间愈大,置信度愈高;反之愈低。但另一方面, 就精确度来说, 区间越大, 则精确度越低; 区间越小, 则精确度越高。区间估计必须同时考虑这两个因素,在二者之间进行平衡与选择。在社会调查的统计分析中,常用的置信度为90% 、95% 、99% ,相应的误差(α)为10% 、5% 、1% 。置信度常用$1 - \alpha$来表示。置信度可以通过标准正态分布表查出它所对应的临界值即 Z 值。上述置信度的 Z 值分别是1. 65、1. 96、2. 58。置信度确定之后,就可以计算区间的大小。

下面分别介绍总体均值和总体百分比的区间估计方法。

1. 总体均值的区间估计

总体均值估计,有大样本估计($N > 30$)和小样本估计($N < 30$)之分。在社会调查中,一般都是大样本估计,所以,我们这里介绍大样本估计法:

$$\bar{X} \pm Z_{Q(1-\alpha)} \frac{S}{\sqrt{n}}$$

其中:$\bar{X}$ 是样本平均数;$Z_Q(1-\alpha)$ 是置信度所对应的 Z 值,下标 $(1-a)$ 是置信度;S 是样本的标准差;n 是样本数。

例12　调查某市职工的工资情况,随机抽取 600 名职工作为样本,得到他们的平均工资为 810 元,标准差为 187 元。求置信度为 95% 的情况下,该市职工月平均工资的置信区间是多少。

由题得知,$\bar{X} = 810$　$S = 187$　$Z_{(1-0.05)} = 1.96$　$n = 600$

代入式中得

$$810 \pm 1.96 \frac{187}{\sqrt{600}}$$

经计算得知总体置信区间为 795.04—824.96(元)。

如果我们希望提高估计的可靠性时,可以扩大置信区间,比如将置信度提高到 99%,那么上例中的置信区间是多少呢?

同样利用公式计算:

$$810 \pm Z_{(1-0.01)} \frac{187}{\sqrt{600}}$$

查 Z 值表得 $Z_{(1-0.01)} = 2.58$

故此时总体均值的置信区间为

$$810 \pm 2.58 \frac{187}{\sqrt{600}} \text{即 } 790.3—829.7 \text{(元)}。$$

可见随着可靠性的提高,所估计的区间扩大了。这样,估计的精确性也就相应地降低了。

2. 总体百分比的估计

总体百分比估计,又称为百分率估计,其区间估计程序与总体均值的区间估计程序大体相同,只是标准误差的计算有其特定的内容和形式。

其计算公式为

$$P \pm Z_{Q(1-\alpha)} \sqrt{\frac{P(1-P)}{n}}$$

其中 P 是样本中的百分比。

例13 要估计某校有多少学生准备报考研究生,随机抽取80名同学进行调查,得知有32.5%的同学准备报考研究生。现在据此对总体百分比,即全校有多大比例的同学准备报考研究生进行估计,确定置信度为95%。将此资料代入公式得

$$0.325 \pm 1.96 \sqrt{\frac{0.325(1-0.325)}{80}}$$

故总体百分比的置信区间为22.20%—42.76%。

该结果表明,该校全校学生中有22.20%—42.76%的同学准备报考研究生,这一估计的可信度是95%。

二、假 设 检 验

所谓假设检验,就是先对总体的某一参数作一假设,然后用样本的统计值去验证,以决定该假设是否为总体所接受。这里的假设不是前面所说的理论假设,而是依靠抽样调查的数据进行验证的经验层次的统计假设。

例如,假设某地区家庭的平均人数为3.5人,为了证实这一假设是否可靠,须从该地区随机抽出一组样本作调查。样本的均值有可能正好是3.5人,也可能是4人或3人等一些数值。就是说,样本调查的结果与原先的假设之间,有可能相符合,也有可能存在一定的差异。这种差异究竟是由抽样误差引起的,还是由总体的假设错误引起的?这就需要对假设进行检验。如果这种差异是由抽样误差引起的,就应该承认原先的假设;如果是由总体的假设错误引起的,就必须推翻假设。这一判断过程就是假设检验。我们将根据对总体特征的初步了解而作出的假设称为虚无假设(H_0),又称零假设或无差别假设,将根据抽样调

查资料作出的假设称为研究假设（H_1）。这两个假设是绝对对立的，即 $H_0 \neq H_1$。研究者从虚无假设开始，希望用样本数据表明虚无假设是假的，从而证明研究假设是真的。

假设检验的根据是概率论中的小概率原理，即"小概率事件在一次观察中不可能出现"的原理。所谓"小概率事件"通常指概率不超过 0.05 或 0.01 的事件，它也称之为显著性水平。

在现实观察中，如果小概率事件恰恰在一次观察中出现了，那该如何判断呢？一种判断认为该事件的概率仍然很小，只不过不巧被碰上了；另一种判断认为该事件概率未必很小，它可能根本就不是小概率事件，而是一种大概率事件。后一种判断正是代表了假设检验的基本思想。

概括起来，假设检验的步骤是：

第一步：建立虚无假设和研究假设；

第二步：根据需要，选择适当的显著性水平 α（即小概率的大小），通常有 $\alpha = 0.05$，$\alpha = 0.01$ 等，并查出临界值；

第三步：根据样本数据计算出统计值；

第四步：将临界值与统计值的绝对值进行比较，若统计值小于临界值，则接受虚无假设；若统计值大于临界值，则拒绝虚无假设。

1. 总体均值的假设检验

总体均值的假设检验方法在样本数大于 30 的情况下，都使用 Z 检验法。社会调查一般都是大样本，都可以使用此法。

例 14 某县农民去年年人均收入为 1960 元，今年抽样调查了 50 个家庭，平均年人均收入为 1980 元，标准差为 45 元。问该县今年年人均收入与上年相比是否有显著差异？

第一步：先建立虚无假设与研究假设。虚无假设是本年度年人均收入与上年度相比无显著差异，即 $H_0: \mu = 1960$，研究假设与虚无假设对立，即 $H_1: \mu \neq 1960$ 元。

第二步：选择显著性水平，显著性水平取 $\alpha = 0.05$，由于 H_1 用"$\neq$"号，所以是两端检验。在两端检验的条件下，显著性水平0.05所对应的

临界值即 Z 值为 1.96,见表 10 – 10。

表 10 – 10　E 态曲线在不同显著性水平时的 Z 值

显著性水平		0.10	0.05	0.02	0.01	0.005	0.001
Z	一端	1.29	1.65	2.06	2.33	2.58	3.09
	二端	1.65	1.96	2.33	2.58	2.81	3.30

第三步:根据样本数据计算统计值。计算公式为:

$$Z = \frac{\overline{X} - \mu}{S/\sqrt{n}} = \frac{1980 - 1960}{45/\sqrt{50}} = 3.14$$

第四步:将统计值与临界值进行比较,然后作出判断。$|Z| = 3.14 > Z_{(0.05/2)} = 1.96$,所以拒绝虚无假设,即本年度该县农民年人均收入与上年相比发生了显著变化,年人均收入有所提高。

2. 总体百分比假设检验

检验方法与总体均值检验方法相同,只是统计量的计算公式不同。

例 15　据调查,某高校学生中去年报考研究生的比例为 34%,今年随机抽取 80 名学生进行调查,有 37 名学生准备报考,问今年报考研究生的比例是否超出去年百分比。

第一步:建立假设,设 H_0: $P = 0.34$　H_1: $P > 0.34$

第二步:选择显著性水平 $\alpha = 0.05$,由于研究使用的是" > "号,有方向,所以选择一端检验。在一端检验的条件下,显著性水平 0.05 所对应的临界值即 Z 值为 1.65。

第三步:根据样本数据计算统计值。计算公式为

$$Z = \frac{P - P_0}{\sqrt{P_0(1 - P_0)/n}}$$

其中 P 为样本的百分比,P_0 为上次调查中的百分比。

代入数据得

$$Z = \frac{\frac{37}{80} - 0.34}{\sqrt{0.34 \times (1 - 0.34)/80}} = \frac{0.1225}{0.052} = 2.36$$

第四步:将统计值与临界值进行比较,然后作出判断。$|Z| = 2.36$

$> Z_{0.05} = 1.65$。所以应该拒绝虚无假设，接受研究假设。即可以认为今年学生报考研究生的比例有所上升。

本章所介绍的统计学知识都是在社会调查中最常用的知识，掌握这些知识一要靠理解，二要靠应用。如果需要系统地学习统计学知识，还要看专门的统计学著作。但有了本章所提供的知识基础，再去系统地学习社会统计学，就会方便得多。

第四节　双变量统计分析

在对数据资料进行了单变量描述统计之后，我们就要进一步对多变量之间的关系进行统计分析。这里我们着重介绍双变量之间的相关分析和回归分析。

一、变量间的关系

在现实生活中，社会现象之间的关系是复杂的，彼此相互联系、相互影响、相互依存，这种现象在统计分析中就构成了变量关系。变量关系从不同的角度分析，可以有不同的类型。从数量上看，变量关系可以分为两个变量之间的关系和两个以上的多变量之间的关系。从变量关系的性质看，可以区分为相关关系和因果关系，从变量关系的形态看，可以区分为直线关系与曲线关系。此外还有虚假相关与中介相关等等。在通常情况下，多个变量之间的关系可以分解还原成若干个双变量间的关系。因此，这里主要介绍两个变量之间的相关关系与因果关系。

1. 相关关系

（1）相关关系的概念。所谓相关关系，是指两个或更多变量之间存在的不确定的相互依存关系。相关关系具有对称性，即当其中一个变量发生变化时，另一个变量也随之发生变化；反过来也一样。比如，人们的社会地位与收入水平之间通常具有相关性，即当人们的社会地位相同时，其收入水平也大致相同，反之亦然。因此我们说这两个变量之间,存在着某种相关关系。用假设的语言表达,就是"人们的社会地位"(变量 X)与"人们的收入水平"(变量 Y)之间存在着相关关系。

相关关系用符号表示为:$X \leftrightarrow Y$

需要指出的是,这里所说的相关关系,是指在统计上相关的两变量之间在实质上也存在相互影响的关系。在科学的统计条件下,统计相关能够比较准确地反映事物之间的真实相关,但二者之间不能简单等同。也就是说,两个在统计上无关或弱相关的变量,在实际上可能的确无关,也可能有关;两个在统计上相关的变量,在实际上可能有三种情况:无关、有关、因果关系。对于统计相关而实际无关的情况被称为虚假相关。只有统计相关并且在实际上也相关的变量关系才是真正的相关关系。

(2)相关关系的方向。对于定序以上层次的变量来说,变量与变量之间的相关关系还有方向问题,可以分为正相关与负相关两个方向。如果具有相关关系的两个变量之中,一个变量的取值增加时,另一个变量的取值也随之增加,或者随着一个变量取值的减少,另一个变量的取值也随之减少,这两个变量之间的关系就是正相关关系。正相关关系中两个变量的取值变化具有同方向性。例如,当我们调查发现,人们的社会地位(变量 X)越高,他们的收入水平(变量 Y)也越高;反之,那些收入水平较低的人,他的社会地位也较低,这时我们就说,人们的社会地位与人们的收入水平之间存在着正相关关系。

在两个变量之间关系中,当一个变量的取值增加时,另一个变量的取值反而减少,这种相关关系即为负相关关系。负相关关系中,两个变量的取值变化具有反方向性。例如,我们在调查中发现,妇女受教育年限越多时,她们所希望生育的子女数目越少;而那些希望生育孩子数目越多的人,她们的受教育年限也越少。由此我们可以断定,在妇女的受教育年限与妇女期望生育的子女数目之间,存在着某种负相关关系。

(3)相关关系的强度。变量与变量之间相关关系的强度是指变量之间相关程度的强弱或大小。双变量的统计分析中的相关分析就是用统计的方法测量和比较这些变量之间的相关程度,在统计学上称为相关系数。根据变量层次的不同,有各种不同的相关系数,但这些相关系数的取值范围一般都在 -1 到 $+1$ 之间($-1 \leqslant r \leqslant 1$),或者在 0 与 1 之间($0 \leqslant r \leqslant 1$)。这里的正负号表示的是相关关系的方向,而实际的数值则表明相关关系的强弱。相关系数的值越接近 0,意味着两变量相关的程度越弱;而相关系数的值越接近于 1(或 -1),则意味着两变量相关的程度越强。

值得注意的是,对于社会现象来说,相关系数的值不可能达到 1 (或 -1),也即是说,在社会研究中不存在完全的正相关或负相关。另外,相关系数只是用来表示变量间相关程度的量的指标,它不是相关量的等单位度量,不能进行算术计算。例如,不能认为 0.50 的相关系数是 0.25 相关系数的两倍,只能说相关系数为 0.5 的两个变量之间的关系程度比相关系数为 0.25 的两个变量之间的关系程度更密切。

(4) 相关关系的类型。从变量变化的表现形式上分,可以将相关关系分为直线相关与曲线相关。所谓直线相关,指的是当变量 X 值发生变动时,变量 Y 的值也随之发生大致均等的变动。并且在直角坐标系中,每对 X、Y 的值所对应的点分布呈直线状趋势。而曲线相关则没有这样的特征。在图 10-3 中,散点图(a)、(b)、(c) 都是直线相关的例子,散点图(e)、(f) 则是曲线相关的例子,而散点图(d) 则属于 0 相关,即没有表现出相关的趋势。

2. 因果关系

(1) 因果关系的概念。因果关系是两个变量之间一种单向的、不对称的、在发生时间或逻辑顺序上有先后的一种特殊的相关关系。在这种关系中,其中一个变量变化时(取不同的值)会引起或导致另一个变量也随之发生变化(取值也不同);但反过来,当后一变量变化时,却不会引起前一变量的变化。在这种情况下,我们称变化发生在前面,并且能引起另一变量发生变化的那个变量为自变量(常用 X 表示);而称变化发生在后面并且这种变化是前面变量的变化所引起的那个变量为因变量(常用 Y 表示)。例如,吸烟可以引起肺癌,而肺癌不会导致吸烟。

因果关系用符号表示为:$X \rightarrow Y$

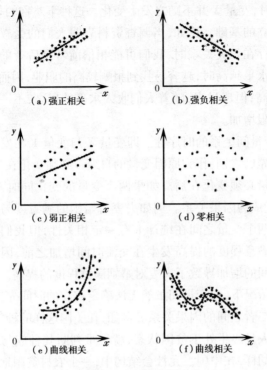

图 10-3 散点图

（2）因果关系的三个条件。因果关系是事物规律的最准确反映，社会调查的最重要任务就是要寻找事物之间的因果关系。但社会现象非常复杂，通常都是表现为相关关系，很难直接发现其因果关系。社会调查只能从各种统计相关中寻找可能存在的因果关系。相关关系与因果关系有一定的联系，但二者并不是一回事。如果变量 X 与变量 Y 之间存在因果关系，那么它们之间必定存在相关关系。但如果两个变量之间存在相关关系，它们之间未必存在因果关系。那么，如何从相关关系中找到自变量（X）和因变量（Y），从而确定它们之间的因果关系呢？关键是要抓住以下三个条件，才能判定它们之间是否存在因果关系。

第一，变量间关系的不对称性。即变量 X 与变量 Y 之间存在着不对称的相关关系：当变量 X 发生变化时，变量 Y 随之发生变化，而变量

Y 发生变化时,变量 X 并不随之发生变化。这种不对称的相关关系,是因果关系成立的基础。比如,当调查资料表明人们的受教育年限与其年收入水平存在相关关系时,我们可能相信前者是后者的原因。因为人们受教育水平越高时,越容易找到报酬较高的职业,因而其年收入水平也可能越高;但反过来,随着人们收入水平的提高,不一定会导致人们受教育年限增加。

第二,变量间关系的时序性。即变量 X 与变量 Y 在发生的时间顺序上必须有先后之别:作为原因变量的自变量必须变化在先,作为结果变量的因变量必须变化在后。如果两个变量的变化同时发生,分不出先后,则不能成为因果关系。例如夫妻对婚姻的满意度与夫妻交流时间的多少这两个变量之间在统计上有一定相关性,但我们并不能肯定夫妻对婚姻满意程度的提高发生在交流时间增加之前,因为也可能是夫妻交流时间的增加导致了夫妻对婚姻满意程度的提高。

在特殊情况下,两变量间虽然无法确定存在的时间先后顺序,但仍然可以确定二者之间的因果关系。例如,在美国这样的种族社会里,当一个人是黑人且终生处于贫困状态,就很难判断其种族与贫困之间的先后顺序。同样,在中国二元社会结构中,一个农村贫困地区的农民终生是文盲,不识字,我们也无法判断贫困与文盲孰先孰后。但对于这两种情况,我们仍然可以判断,前一例中,种族是自变量,而贫困是因变量;后一例中,出身是自变量,而文盲是因变量。此时的判断依据不是时间上的先后顺序,而是事物之间的逻辑,通常情况下,我们是通过变量的不变性与可变性来确定其相互之间的因果逻辑关系的。因为种族和出身都是先天的因素,因而是固定的、不变的、持久存在的因素,而贫困或文盲是可以变化的。在社会调查研究中,我们常常将一些固定性、持久性的变量作为自变量,如性别、年龄、民族、出身等等。当然,这里的不变性与可变性、持久性与暂时性、固定性与变动性,都是相对的,要在具体的相互关系中进行判断。

第三,变量间关系的直接性。即变量 X 与变量 Y 的关系不是源于第三个变量影响的结果,如果变量 X 与变量 Y 之间的关系是由某个第三变量同时影响的结果,则它们之间的关系就是一种虚假关系或表面关系。例如,国外有人统计发现,城市动物园里的动物数量越多,城市的犯罪率越高,似乎二者之间有某种因果关系。但进一步研究发现,二者毫无关系,它们之间的相关性是由城市规模与城市人口密度所决定的。因为城市越大,动物园的规模通常也越大,其中的动物数量也越多;同时,城市规模越大,城市人口密度越大,城市的犯罪率也越高。而城市动物园里的动物数量与城市犯罪率之间只是一种虚假相关,更不可能有因果关系。

二、双变量相关分析

1. 列联表的应用

在本书第九章的统计表中已简单介绍过列联表的有关知识。列联表也叫交互分类表,它是指两个(及两个以上)定类或定序变量在统计表的主项和宾项两个方向上都进行分组的一种统计表。它是复合分组表的另一种也是更为有用的一种表达形式。它在描述两个定类(或定序)变量间关系的资料分布、显示其内在结构,进而计算两个变量间关系强度等方面具有重要的作用,因而被广泛应用。如表 10 – 11、表 10 – 12所示。

表 10 – 11　男女职工对提前退休政策的态度(人)

	男	女	合计
赞成	84	65	149
反对	336	435	771
合计	420	500	920

表 10 – 12　各年龄段职工对提前退休政策的态度(%)

	青年	中年	老年	合计
赞成	50.9	33.5	12.2	100
反对	49.1	66.5	87.8	100
合计	100	100	100	

表 10 – 11 显示的是两个定类变量间关系的频数资料的分布情况，表 10 – 12 显示的是一个定类与一个定序变量间关系的频率资料的分布情况。

列联表的设计除了应遵循统计表设计的一些基本要求之外，还应遵循如下几个要求：

（1）表格中的线条要简洁，通常不用竖线。

（2）通常应将自变量放在表的上方，因变量放在表的左侧。如考察不同社区的犯罪类型，应将社区变量放在表的上方，而将犯罪类型放在表的左侧。考察领导类型与生产率的关系，应将领导类型放在表的上方，而将生产率放在表的左侧。表中百分比的计算一般应以自变量方向（即纵栏方向）的累积数为基数进行计算。

（3）表中的变量数及每个变量的变量值数不能太多。通常只用来描述 2 个变量间的关系。少数情况下也可以描述 3 个变量间的关系，如表 10 – 12 中，若再将各个年龄段的职工又分别按性别分组，就会形成 $2 \times 3 \times 2 = 12$ 个数据。每个变量通常只取 2 – 4 个值。如果变量数及每个变量值数太多，不但工作量大大增加，而且反而不易看出变量间的相关关系。

（4）在表内频数资料的右侧应保留一定的空间，以填写计算出的百分比。百分比通常保留一位小数，比如 50.9% 、33.5% 等。

运用列联表，可以对两个变量之间的关系作出初步的描述。

例 16：某项调查获得两个社区中犯罪者与非犯罪者的数量分布资料，如表 10 – 13 所示。问：（1）向哪个方向计算百分比更适宜？为什么？（2）计算百分比并简略总结资料。

表 10 – 13　两个社区中犯罪者与非犯罪者人数分布表（人,%）

分类		社区 1		社区 2		合计
1. 犯罪者	初犯	58	10.0	68	5.3	126
	惯犯	43	7.4	137	10.6	180
2. 非犯罪者		481	82.6	1081	84.1	1562
	合计	582	100.0	1286	100.0	1868

分析:在表 10 - 13 中,两个社区中犯罪者与非犯罪者数量的累计,既可以从横向累计,也可以从纵向累计;既可以横向累计数为基数计算比重(频率),也可以纵向累计数为基数计算比重(频率)。这两种计算方法哪个更为适宜?

我们以两个社区的初犯者数量的累计和频率的计算为例来加以说明。表中两个社区的初犯者所占的比重(频率)是以自变量社区的方向(纵向)的累计数为基数计算出来的,分别是社区 1 的 10%,社区 2 的 5.3%。这两个相对数说明,社区 1 中的初犯者占的比重要比社区 2 的大,也即社区 1 的初犯人数相对比较多(尽管社区 1 的初犯者的绝对数要少于社区 2)。但如果计算是以因变量方向的累计数为基数,则两个比重分别是社区 1 的 46%,社区 2 的 54%。这样就会得出社区 2 的初犯现象要比社区 1 严重的错误结论。之所以会导致错误,是因为这种计算方法忽略了两个社区的总人数不同这个至关重要的因素。

因此,本题的解答是:(1)本题中,社区是自变量,犯罪类型是因变量,沿自变量(即纵向)方向计算百分比更为适宜。(2)通过计算百分比可以看到:两个社区的犯罪者和非犯罪者所占的比重比较接近,社区 2 中的惯犯所占的比重要高于社区 1 的比重,而社区 1 中的初犯所占的比重要明显高于社区 2 的比重,即社区 1 的初犯问题明显要比社区 2 严重。

2. χ^2 检验

双变量相关分析的主要任务之一是要检验两个变量间是否存在相关关系。作这种相关性分析通常用 χ^2(读作卡方)检验法。下面举例介绍 χ^2 检验的方法。

例 17　某婚姻介绍所登记的 655 名女青年的职业与择友第一标准的分布情况如表 10 - 14,问女青年的职业与择友第一标准之间是否存在相关关系?

从表 10 - 14 可以看出,χ^2 检验要借助于交互分类表(列联表)进行计算,其计算公式为

$$\chi^2 = \Sigma \frac{(f_0 - f_e)^2}{f_e}$$

表 10 - 14　女青年职业与择友第一标准人数分布表

职业 择友标准	工人	知识分子	干部	行合计
学历	65	105	61	231
身高	95	82	46	223
品德	120	56	25	201
列合计	280	243	132	655

其中, f_0 为交互分类表中每一格的观察次数,

f_e 为每一个观察次数所对应的理论次数或期望次数。

为了计算 χ^2 , 必须先计算出每一格 f_0 所对应的 f_e , 其计算方法是每一个观察次数 f_0 所在的行合计数乘以列合计数, 再除以总数。本例中观察次数 65 所对应的理论次数 $= \dfrac{280 \times 231}{655} = 99$, 即工人中以学历为第一择友标准的理论人数是 99 人。

同理: 观察次数 105 所对应的理论次数 $= \dfrac{243 \times 231}{655} = 85$,

观察次数 95 所对应的理论次数 $= \dfrac{280 \times 223}{655} = 95$,

依次类推。

然后将各个观察次数与理论次数代入公式:

$$\chi^2 = \Sigma(\frac{f_0 - f_e)^2}{f_e} = \frac{(65 - 99)^2}{99} + \frac{(105 - 85)^2}{85} + \frac{(61 - 47)^2}{47}$$
$$+ \frac{(95 - 95)^2}{95} + \cdots\cdots + \frac{(25 - 40)^2}{40} = 44.47$$

然后确定自由度和显著性水平。自由度 $df = (r-1)(c-1)$ 。 r 和 c 分别为交互分类表的行数与列数。本例的自由度 $df = (3-1)(3-1) = 4$ 。显著性水平由研究者自己确定, 这里假定为 $P = 0.05$ 。由书后的 χ^2 分布表可查得, 自由度为 4, 显著性水平为 0.05, 所对应的临界值为 9.49。

然后将计算出的 χ^2 值与查得的临界值进行比较。若 χ^2 值大于或

等于临界值,则称差异显著,也即拒绝两变量不相关的假设;若 χ^2 值小于临界值,则接受两变量不相关的假设。在本例中,由于 $\chi^2 = 44.47 > 9.49$,故可以有95%的把握否定女青年的职业与择友第一标准之间不相关的假设,得出两者相关的结论。

上述 χ^2 检验法只能检验两变量之间是否相关,还不能显示两变量之间相关程度的强弱。若要显示两变量间相关程度的强弱,则要计算出相关统计量。

3. 关系强度的测量

φ 系数(φ 读作 fai)

φ 系数适用于两个二分变量的相关程度的测定。二分变量是指变量仅能取两个值,如男女性别是典型的二分变量。此外如好坏、有无、是否等都是二分变量。

两个二分变量之间的关系可以通过列联表(交互分类表)表现出来。下面是一个列联表的示意表:

	X_1	X_2	行合计
Y_1	a	b	$a+b$
Y_2	c	d	$c+d$
列合计	$a+c$	$b+d$	

φ 系数的计算公式为

$$\varphi = \frac{(ad-bc)}{\sqrt{(a+b)(c+d)(a+c)(b+d)}}$$

注意这里的 a、b、c、d 是根据交互分类表确定的格频数。

例18　我们要了解少年犯的性别与社区背景之间的关系,经过统计汇总,得出如下交互分类表:

	城市(Z_1)	农村(Z_2)	行合计(ΣZi)
男(Y_1)	150	210	360
女(Y_2)	90	30	120
列合计(ΣY_i)	240	240	480

在上表中,性别与社区是两个二分变量,适合 φ 系数,代入公式得

$$\varphi = \frac{(150 \times 30) - (90 \times 210)}{\sqrt{360 \times 120 \times 240 \times 240}} = \frac{-14400}{49883.1} = -0.29$$

说明社区背景不同,少年犯男女性别比例也不同。它们之间相关密切程度为 0.29,"−"号表示 $ad < bc$,即 $a/b < c/d$,说明该少管所城市女少年犯相对较多,农村女少年犯相对较少。

列联系数(C 系数)

如果两个变量分类尺度不是二分的,而是分成了 r 类和 s 类,则这两个变量的关系可用 $r \times s$ 列联表显示,如表 10 - 14。计算这两个变量的相关系数,就要用 C 系数。其计算公式为:

$$C = \sqrt{\frac{\chi^2}{N + \chi^2}}$$

可见,求 C 的关键是要求 χ^2(卡方)。(计算 χ^2 的方法上面已作过介绍)。

这里仍以例 16 为例,求得 $\chi^2 = 44.47$,

则
$$C = \sqrt{\frac{44.47}{655 + 44.47}} = 0.25$$

这一结果说明,女青年的职业与第一择友标准的相关程度较强(据测定,$C > 0.2$ 即为关系程度较强)。

4. 其他类型变量的相关系数的测量

等级相关(R)

等级相关是常用的相关测定方法之一,它适用于测定两个等级变量(定序变量)之间的相关关系,说明它们之间的一致性程度。其运算公式为:

$$R = 1 - \frac{6 \Sigma D i^2}{n(n^2 - 1)} = 1 - \frac{6 \Sigma (X_i - Y_i)^2}{n(n^2 - 1)}$$

式中 n 是两个等级变量的等级数目。

$D_i = X_i - Y_i$ 为每一对变量的等级差。

例 19 某市为了了解市民对市政府拟办的十件实事的态度,现请该市的部分市民和干部对十件实事作出评价,意见汇总后作出的评价

等级如表。

	A	B	C	D	E	F	G	H	I	J
干部评价等级 X_i	1	2	3	4	5	6	7	8	9	10
市民评价等级 Y_i	2	1	3	8	4	7	9	6	5	10
等级差 $(X_i - Y_i)$	-1	1	0	-4	1	-1	-2	2	4	0
$(X_i - Y_i)^2$	1	1	0	16	1	1	4	4	16	0

将表中数据代入公式得

$$R = 1 - \frac{6 \times 44}{10(10^2 - 1)} = 1 - 0.27 = 0.73$$

说明:(1)在等级相关中,R 的取值范围为 $-1 \leqslant R \leqslant 1$。

(2)$R > 0$,两列等级变量变化方向一致;

$R < 0$,两列等级变量变化方向相反。

(3)R 绝对值越大,表示两列变量等级一致性越强。

上例中,R 值为 0.73,说明干部与市民对市政府要办的十件实事的态度具有较高的一致性。

皮尔逊(pearsion)积差相关

皮尔逊积差相关适用于两个定距、定比变量 X 与 Y 直线相关程度的测量。其系数只表示 X 与 Y 之间的直线相关密切程度。

用积差法测定两个直线相关变量 X 与 Y 的相关系数公式为

$$r = \frac{\Sigma(X_i - \bar{X})(Y_i - \bar{Y})}{n\sigma_x \sigma_y}$$

其中　$\bar{X}$ 为 X 变量数列的算术平均数

$\bar{Y}$ 为 Y 变量数列的算术平均数

σ_x 为 X 变量数列标准差

σ_y 为 Y 变量数列标准差

n 为 x 与 y 总次数

因为

$$\sigma_x = \sqrt{\frac{\Sigma(X_i - \bar{X})^2}{n}}$$

$$\sigma_y = \sqrt{\frac{\Sigma(Y_i - \bar{Y})^2}{n}}$$

所以上式可转化为：

$$r = \frac{\Sigma(X_i - \bar{X})(Y_i - \bar{Y})}{\sqrt{\Sigma(X_i - \bar{X})^2 \Sigma(Y_i - \bar{Y})^2}}$$

注意：（1）$-1 \leqslant r \leqslant 1$

（2）$r > 0$ 表明 x 与 y 变量变化方向一致

$r < 0$ 表明 x 与 y 变量变化方向相反

（3）$r = 0$ 表明 x 与 y 变量完全无关

如果变量 x 与 y 数据构成组距数列，则求 r 公式改为：

$$r = \frac{\Sigma(X_{\text{mid}} - \bar{X})(Y_{\text{mid}} - \bar{Y})}{\sqrt{\Sigma(X_{\text{mid}} - \bar{X})^2 \Sigma(Y_{\text{mid}} - \bar{Y})^2}}$$

其中 X_{mid} 与 Y_{mid} 为组距数列的各组组中值。

例20 丈夫受教育年限（x）与夫妇争吵次数（y）很有相关性，调查资料汇总得表如下：

教育年限（X）	争吵次数（Y）	X_{mid}	Y_{mid}	$X_{\text{mid}} - \bar{X}$	$Y_{\text{mid}} - \bar{Y}$
20—18	1—3	19	2	9	−3
17—15	2—4	16	3	6	−2
14—12	3—5	13	4	3	−1
11—9	4—6	10	5	0	0
8—6	4—6	7	5	−3	0
5—3	6—8	4	7	−6	2
2—0	8—10	1	9	−9	4

注：$\bar{X} = 10$　$\bar{Y} = 5$

代入公式得

$$r = \frac{-90}{93} = -0.97$$

这一结果表示上述资料中，丈夫受教育年限与夫妇间争吵次数的相关程度为 0.97，相关的方向相反，即受教育年限越多，争吵次数越少。

在已知变量 $\bar{X}$、$\bar{Y}$ 的情况下，运用上述公式计算积差系数是比较方便的。但如果预先不知道 $\bar{X}$、$\bar{Y}$，要先求 $\bar{X}$、$\bar{Y}$，就比较麻烦，可将公式变

240

形为直接用原始资料数据计算 r 系数公式：

$$r = \frac{n\Sigma XY - (\Sigma X)(\Sigma Y)}{\sqrt{[n\Sigma X^2 - (\Sigma X)^2][n\Sigma Y^2 - (\Sigma Y)^2]}}$$

例21 某次调查得到10名女青年受教育年限与理想子女数目的资料如表：

女青年	教育年限(X)	理想子女数(Y)	XY	X^2	Y^2
A	2	5	10	4	25
B	3	4	12	9	16
C	5	4	20	25	16
D	6	3	18	36	9
E	7	2	14	49	4
F	8	2	16	64	4
G	9	1	9	81	1
H	10	1	10	100	1
I	12	1	12	144	1
J	16	0	0	256	0
合计Σ	78	23	121	768	77

将上述资料数据代入公式得

$$r = \frac{10 \times 121 - 78 \times 23}{\sqrt{(10 \times 768 - 78^2)(10 \times 77 - 23^2)}} = -0.94$$

这个结果说明,10名女青年的受教育年限与理想子女数之间的相关系数为 -0.94,属于高度负相关,即受教育年限越多,理想子女数越少。

从上例可以看到,当变量值较小时,用直接计算法较为简便。当变量值较大时,应用此公式涉及数据较大,因而比较麻烦,此时还是采用前面公式较好。

上面我们介绍了几种常用的双变量相关分析及相关系数的计算方法。使用时要注意它们的适用范围。相关关系不是因果关系,相关系数仅说明变量间的相关程度。在建立相关关系时,还应当依据有关的科学理论,通过观察或实验,在对现象进行定性分析的基础上才能确定,并且还要通过理论上、实践上的检验,只有这样,才能得出有科学意义的结论。

三、回 归 分 析

相关分析的目的在于了解两个变量之间的关系强度,它并不涉及两变量之间有无因果关系。回归分析是在确定两变量之间存在相关关系之后,根据研究的目的,把两个变量之间的变动关系,加以模型化,即建立回归方程,来近似地表达变量间的平均变化关系,以便依据回归方程对未知情况进行估计和预测。回归分析由于增加了因果性,又具有预测的功能,因此它比相关分析更进了一步,作用也更大了。

回归分析的中心问题是建立回归方程,而建立回归方程的基础是最小二乘法。根据社会调查的目的要求,这里结合前面例20女青年受教育年限与理想子女数一例介绍一元线性回归方程的建立过程与方法。

首先,必须依据理论分析来确定自变量与因变量。在本例中,我们确定受教育年限为自变量(X),理想子女数为因变量(Y)。

其次,要以自变量为 X 轴,以因变量为 Y 轴,根据资料作散点图,以判断 X、Y 两变量之间是否存在线性相关。从散点图上可以看出,两

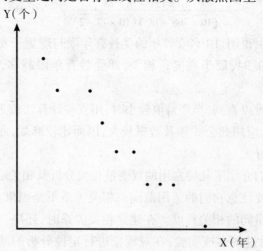

变量之间存在线性相关关系。

在上图中，我们可以作出许多条直线，但每条直线都不会正好与所有点相连，因而都存在着误差。回归计算的目的就是要找到一条最佳的直线，使它与各点的误差之和为最小。这条最佳回归线可以运用数学上最小二乘法计算得到，其标准方程为

$$Y = a + bX$$

在上述回归方程中，a 是回归直线在 Y 轴上的截距，b 是回归直线的斜率，称为回归系数。a 和 b 确定了，回归直线也就确定了。估计这些系数可有不同方法，使用最多的是最小平方法。用这个方法求出的回归线就是原始资料的最适线（最优拟合线）。其标准方程是

$$\Sigma Y = na + b\Sigma X$$

$$\Sigma XY = a\Sigma X + b\Sigma X^2$$

由方程组可以解出

$$b = \frac{n\Sigma XY - (\Sigma X)(\Sigma Y)}{n\Sigma X^2 - (\Sigma X)^2} \quad \text{或} \quad b = \frac{\Sigma(X - \bar{X})(Y - \bar{Y})}{\Sigma(X - \bar{X})^2}$$

$$a = \frac{\Sigma Y - b\Sigma X}{n} \quad \text{或} \quad a = \bar{Y} - b\bar{X}$$

现在我们将上例中的数据代入方程式

$$b = \frac{n\Sigma XY - (\Sigma X)(\Sigma Y)}{n\Sigma X^2 - (\Sigma X)^2} = \frac{10 \times 121 - 78 \times 23}{10 \times 768 - 78^2} = -0.37$$

$$a = \frac{\Sigma Y - b\Sigma X}{n} = \frac{23 - (-0.37) \times 78}{10} = 5.18$$

由 a、b 的数值可以写出回归方程式为

$$Y = 5.18 - 0.37X$$

根据这个回归方程式可以对受教育年限不同的女青年的理想子女数进行预测：X 每增加 1 年，Y 相应地少 0.37 人。

如果 $X = 3$，则 $Y = 4.1$

如果 $X = 5$，则 $Y = 3.33$

如果 $X = 12$，则 $Y = 0.74$

显然，预测值与实际值有一定的误差，造成误差的原因在于影响生育意愿的原因不仅是文化程度这一项，还有许多其他因素也在起作用。

但这些因素的影响在这个方程式中都被省略了,所以必然出现误差。但从理论上说,以这个方程式来进行预测,误差又是最小的。

回归分析和相关分析有着密切的联系。它们是同一个问题的两个不同方面。相关分析是研究两个变量之间是否存在相关关系并寻找合适的数值来反映相关关系的紧密程度;回归分析则是在确定了两现象间的相关关系之后,根据一现象的变化去预测另一现象的变化,因而具有推估预测的功能。从方向上来说,相关分析是双向的,而回归分析则是单向的。但是相关分析与回归分析又有密切的联系。两个变量相关程度越高,即相关系数的值越大时,越容易从其中一个变量较为准确地预测另一个变量。当相关系数的值越小时,越难以根据一个变量预测另一个变量,仅能粗略地预测其趋势;当相关系数为 1 时,就可以准确无误地根据一个变量预测另一个变量,当相关系数为 0 时,就完全不能进行回归分析。

基本概念:

频数分布　频率分布　集中趋势　平均数　中位数　众数　离散趋势　全距　异众比率　四分位差　标准差　离散系数　区间估计假设检验　研究假设　虚无假设　相关关系　因果关系列联表　回归分析

思考与练习:

1. 简述判定变量之间存在因果关系的三个条件。

2. 设某调查收集到被调查对象平均每天观看电视的时间如下(单位:小时)

2.5　2.3　2.5　1.0　0.5　0.5　1.5　2.1　1.8　3.4

3.5　2.2　1.0　4.0　3.1　2.5　2.2　2.0　5.0　4.5

1.6　2.2　3.0　3.5　4.2　0.5　1.2　2.7　2.7　2.0

3.3　3.0　3.5　2.1　2.0　1.5　2.6　2.5　3.0　3.5

请计算频数分布和累积频数分布,并画出相应统计表。

244

3. 分别求出下列四组数据的平均数与标准差、中位数与四分位差、众数与异众比率。

A：1 3 5 6 7 7 8

B：1 3 4 6 7 8 8 9 9 9

C：2 2 4 5 6 6 6 9 12 15

D：1 3 4 5 5 5 6 7 8 8 8 8 10 25

4. 市场上鲜鱼每斤价格在早上 6 点钟为 10 元，8 点钟为 7 元，10 点钟为 5 元，现有两种购买方法：(1)分别在 6 点、8 点、10 点各买一斤鱼；(2)分别在 6 点、8 点、10 点各买 10 元钱的鱼。问这两种购买方法每斤平均价格各为多少？

5. 设有 100 人身高分组资料如下表，试求(1)四分位差；(2)标准差。

身高分组(cm)	人　数
154—158	4
158—162	6
162—166	10
166—170	16
170—174	23
174—178	18
178—182	13
182—186	7
186—190	3

6. 从某市居民家庭中随机抽取 400 个家庭，调查得这 400 个家庭的平均人口为 3.8 人，标准差为 1 人，试估计这一年该市家庭的平均人口数。

7. 从某乡随机抽取 100 个家庭，调查得其中每 16 个家庭中至少有一个学龄儿童辍学在家，试估计该乡有学龄儿童辍学在家的家庭占多大比例？

8. 考核青年工人的业务水平，出了 150 道题，答对 100 道算合格，抽取81名青工进行考核,结果平均答对96道题,标准差为16.5,问:答对100题为合格的标准能成立吗?($\alpha = 0.05$)。

9. 某社会心理学家研究工业生产效率与群体领导类型之间的关系,得到如下资料(单位:个企业):

生产率	群体领导类型			合计
	民主	自由	专断	
高	52	26	33	111
中	21	22	55	98
低	14	20	25	59
合计	87	68	113	268

试问:(1) 向哪个方向计算百分比更适宜?为什么?

(2) 计算百分比并简略总结资料。

第十一章 SPSS 的 应 用

SPSS 是世界著名的统计分析软件之一,在 SPSS11.0 以前的版本中,它的英文全称是"Statistical Package for the Social Sciences",即"社会科学统计软件包"。但是,随着 SPSS 产品功能的增强和扩展,它的解决方案已广泛应用于市场研究、电讯、卫生保健、银行、财务金融、保险、制造业、零售等领域。为此,SPSS 公司决定,从 SPSS11.0 开始,将 SPSS 的英文全称更改为"Statistical Product and Service Solutions",意为"统计产品与服务解决方案"。

1968 年,斯坦福大学三位学生创建了 SPSS,同年诞生第一个用于大型机的统计软件,1975 年在芝加哥成立 SPSS 总部。1984 年推出用于个人电脑的 SPSS/PC + ,1992 年推出 Windows 版本,同时开始全球化发展。目前的最新版本是 SPSS Statistics 17.0,而且是一个多国语言版本。令人高兴的是,这个版本也包括了简体中文版,因此,它可以在英中文版本之间进行完美切换。不过,这次的简体中文版还有一些缺陷,如专业名词翻译的不规范,以及一些翻译上的错误。考虑到大多数用户拥有的 SPSS 版本型号和功能(模块)的完备性,本章以 SPSS Statistics 17.0 英文版为主,兼顾其中文版来介绍它有关的使用方法。由于 SPSS 的模块结构比较固定,我们介绍的 SPSS Statistics 17.0 使用方法,也比较好地适用于它以前的 SPSS 12.0 到 SPSS 16.0 版本。

SPSS Statistics 17.0 版共有十多个模块组成,主要模块包括 SPSS Statistics Base(基本模块)、Advanced Statistics(同级统计模块)、Regression(回归模块)、Custom Tables(表格模块)、Forecasting(原 Trends 趋势分析模块)、Categories(分类模块)、Conjoint(联合分析)、Exact Tests(精确检验)、Missing Value(缺失值分析)、Neural Networks(神经网络),

Complex Samples（复杂抽样模块）、Decision Trees（决策树）、Data Preparation（数据准备）。

SPSS Statistics 17.0 共有 11 个菜单，分别是：File（文件）、Edit（编辑）、View（界面）、Data（数据）、Transform（转置）、Analyze（分析）、Graphs（图）、Utilities（实用程序）、Add-ons（附加内容）、Window（视窗）和 Help（帮助）。本章所涉及的内容是 SPSS Statistics 17.0（以下简称为 SPSS）的基本应用，有关 SPSS 的更详细介绍，请参看有关专业性书籍。

本章引用的数据，除特别注明外，其他都是作者实际调查的部分问卷数据。个别变量的数据，根据需要进行了调整。调查对象为上海部分大专院校的大学生。主要调查内容和封闭型题目的选项代码如下：性别（1→男，2→女）；出生年、月、日（具体数据）；身高（cm）；体重（kg）；血型（A、AB、B、O）；血型代码（1→A、2→AB、3→B、4→0）；教育背景（1→重点大学本科、2→普通大学本科、3→大专、4→中专/职校）；学科（1→文史、2→理工、3→其他）。本数据命名为'学生调查'数据，其在 SPSS 中的文件名为"student. sav"。

第一节 变 量 的 定 义

变理的定义就是把收集到的信息，按照 SPSS 的规则，转化为 SPSS 能识别的格式。是 SPSS 进行数据录入和统计分析的前提。

打开 SPSS，单击左下方的 Variable View 标签，切换到变量视图（变量定义的界面），如图 11.1 所示（以 student. sav 为例）。变量视图中各个栏目的意义及功能如下：

（1）Name 栏：用于设定变量名，SPSS 早期版本中变量名长度应在 8 位英文字母（或四个汉字）以内。虽然键入中文也可以，但是我们建议最好使用英文。因为在进行数据格式转换时，不同的软件可能遇到兼容的问题。在 SPSS 近期的几个版本中，变量名长度进行了很大的扩展，其对中文的兼容性也大大提高。

（2）Type 栏：选择该框时右侧会出现如…的按钮，单击它会弹出

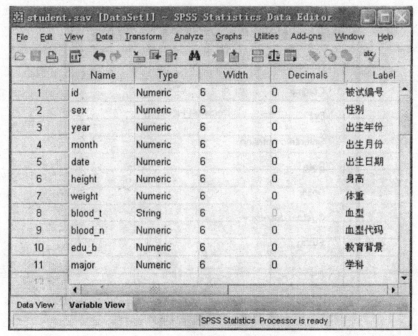

图 11.1　student. sav 的变量视图

变量类型对话框如图 11.2 所示。它用于设置变量类型,相应的可以在右侧更改变量运算宽度等格式,一般按默认的数值型即可。

（3）Width 栏:设置变量运算宽度,如数值型默认为 8 位,根据需要可更改。本例设置为 6。

（4）Decimals 栏:设置小数位,默认为 2 位,即数值型变量默认情况下为 5 位整数、1 位小数点位和 2 位小数。若让系统默认小数位为 0,则可以进行系统设置。方法是:Edit→Options→Data→Display Format for New Numeric Variables,把 Decimal Places 右边的数字改变为 0,单击'确定'按钮即可。

（5）Label 栏:用于定义变量名标签,该标签会在结果中输出,它通常是问卷中封闭型问题的题目。对于不习惯英文阅读的读者,在这里使用中文阅读输出的结果将是非常方便的。

（6）Values 栏:用于定义变量值标签,就是定义问卷中封闭型问

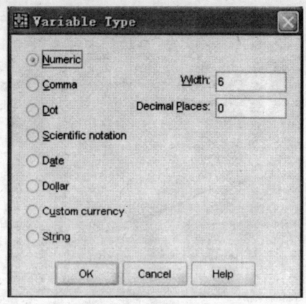

图 11.2　变量类型对话框

题的选项及其共代码。以变量 sex 为例,单击 Value 框右半部分出现省略号,再单击它系统弹出变量值标答对话框,如图 11.3 所示。它的最上部的 Value 文本框为变量值(选项的代码)输入框,其下边的 Label 文本框为变量值标签(选项)输入框。分别输入"1"和"男",此时下方的 Add 按钮变黑,单击它,该变量值标签就会被加入下方的标签框内。同量定义变量值"2"为"女",最后按 OK,变量值标签就设置完成。在数据录入后做各种分析,结果中就有相应的标签出现。(社会调查中多项选择题的定义和分析参看七和八)

(7) Missing 栏:用于定义变量缺失值。SPSS 中数值的默认缺失值用"."表示,如果所用数据缺失值还有其他表示方法,则用该框来定义缺失值。单击 missing 框右侧出现省略号,再单击省略号就会弹出缺失值对话框如图 11.4 所示。界面上有一列三个单选钮,默认值为最上方的"无缺失值";第二项为"不连续缺失值",最多可以定义 3 个值;最后一项为"缺失值范围加可选的一个缺失值"。注意字符型变量的缺

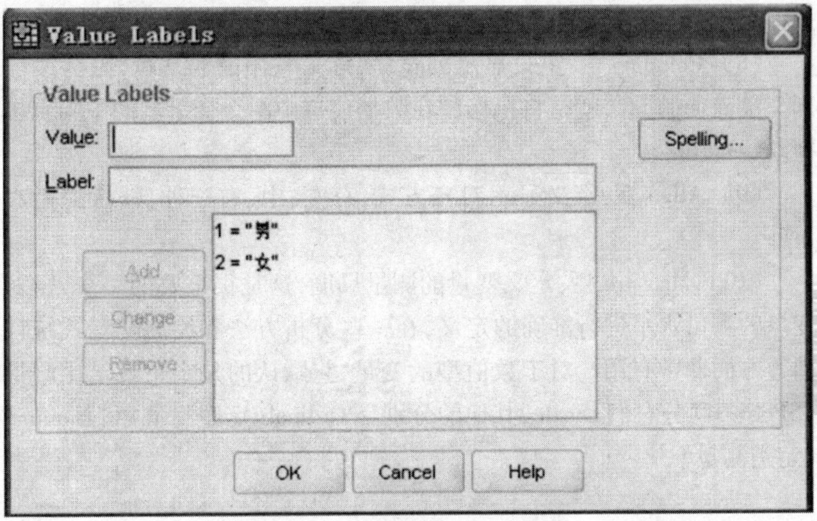

图 11.3　变量值标签对话框

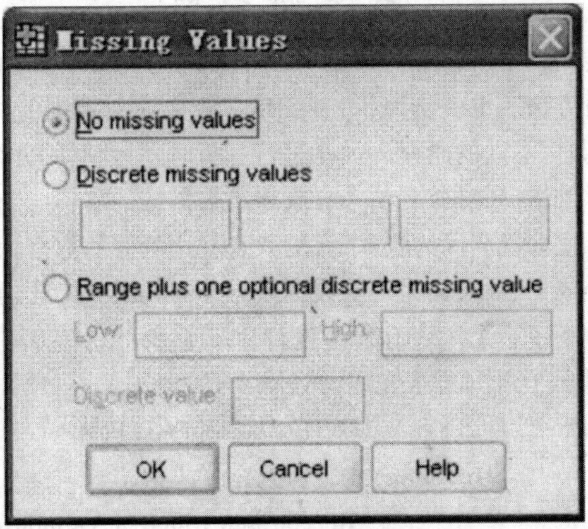

图 11.4　缺失值对话框

失值必须定义,因为此时 SPSS 把". "看成一个字符,而不把它看成缺失值。

(8) Columns 栏:定义显示列宽,实际上它用的非常少,因为改变列宽最简便的方法就是将鼠标放在数据窗口中两个变量名的中间直接拖动。

(9) Align 栏:定义显示对齐方式,有左、中、右三种,默认的是右对齐。

(10) Measure 栏:定义变量的测量尺度,这是很重要的一步,它对变量的测量水平进行准确的定义,在一些分析方法和绘制交互式统计图等方面非常有用。对于数值型的变量,它默认的是定距或定比测量(SPSS 不区分它们)Scale,其他的分别是 Ordinal(定序测量)和 Nominal(定类测量)。

第二节 数据的变换

一、重新编码

在社会调查中所收集的数据有四种不同的类型,它们适合于不同的统计分析方法。也就是说,每种统计分析方法对数据的类型有特定的要求。同时,不同的研究人员在进行分析时,对数据的分组数量也有差异。同样的指标数据,有的人喜欢将组数划分的多一些,有的就划分的少一些。比如说居民的收入,有的人喜欢用具体的数据;有的人则喜欢把它划分成十多组;而另一些人则仅划分为几组。为此,研究人员在进行统计分析前,要对原始数据进行重新编码。这项工作可以通过 SPSS 软件中的有关过程来完成。具体步骤如下。

打开 SPSS 软件,进入数据视图(Data View),选择

        Transform→

                Recode into Different Variables ....

我们先介绍重新编码的两个子菜单的区别。如果用于从原变量值按照某种一一对应的关系生成新变量值,可以将新值赋给原变量(即

252

Recode into Same Variables）。也可以生成一个新变量（即 Recode into Different Variables）。通常我们选取"Recode into Different Variables"过程，是因为它可以使原始数据得到保留，这非常重要，强烈推荐使用。

例如，在 student. sav 数据中，我们利用 month（出生月份）变量生成新变量 quarter（季度），当出生月份小于等于 3 时取值为 1,4 至 6 时取值为 2,7 至 9 时取值为 3,大于等于 10 时取值为 4。

具体步骤是：选择菜单 Transform→Recode into Different Variables, 出现如图 11.5 所示的对话框。将出生月份（month）选入 Numeric Variable→Output Variable 框,此时 Output Variable 框变黑,在 Name 文本框里输入新变量名 quarter 并单击 Change,可见原来的 month→? 变成了 month→quarter。然后单击"Old and New Values",系统弹出变量值定义对话框如图 11.6 所示。需要特别说明的是,所有的范围都是包含了端点的,而前面设定的变换会优于后侧的变换。我们选择 Range: through,在上、下框中分别键入 1、3,然后在右上方的 Value 右侧框中键入对应的新变量值 1,此时下方 Add 键变黑,单击它,Old→New 框中就会加入 1thru3→1。同理,我们在 Old→New 框中就会看到其他三条,它

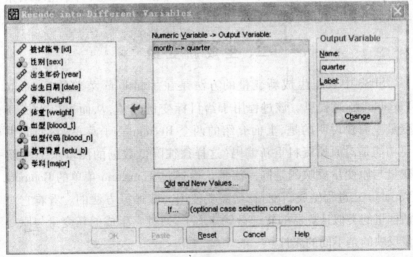

图 11.5　Recode into Different Variables 对话框

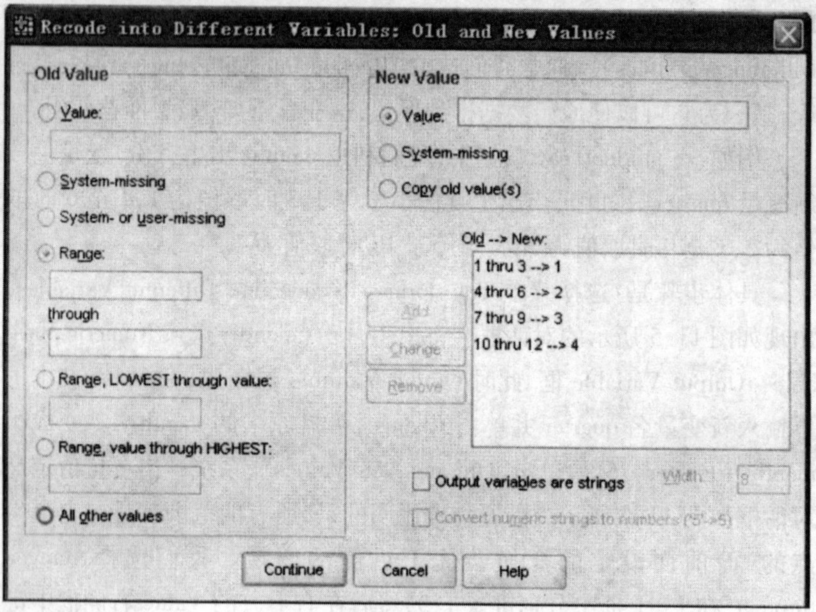

图 11.6　Recode into Different Variables：Old and New Values 对话框

们是 4thru6→2、7thru9→3、10thru12→4。单击 Continue，再单击 OK，系统就会在数据视图（Data View）的最右边生成新变量 quarter。

二、生 成 新 变 量

SPSS 中真正生成新变量的方法是在 Transform 菜单的 Compute Variable …… 过程里。该过程用于给目标变量赋值，从而可以生成新变量。需要说明的是，上面介绍的两个 Recode …… 子菜单，它们的主要功能是对原始资料重新编码（这样往往降低数据的测量水平），新变量与原变量反映的是同一属性。而通过 Transform 菜单的 Compute Variable …… 过程生成新变量，是需要使用一些运算方法的。看看它对话框里的类似计算器的软键盘就知道了，通过它生成的新变量与原变量反映的是不同的属性。

目标变量可以是新变量，也可以是已有的变量，在后一种情况下系统会弹出提示对话框加以确认,以防止误操作。赋给变量的值可以是一个常数(数值、日期或字符串)。也可以是从已有变量值或系统函数计算而来的值。SPSS 提供了多达 70 余种的系统函数,范围包括了数值变换、字符变换、时间变换、统计概率计算等方面,足可满足用户需要。操作记录集可以是所有记录,也可以设定逻辑条件,只对满足条件的记录加以赋值。其余记录的相应变量或保持原状、或被赋为缺失值。

我们依据 student. sav 数据中的 height 和 weight 变量,来说明新变量'体重比身高'(whb = weight/height)的生成过程。

具体步骤是:选择菜单 Transform→Compute Variable ....,出现Compute Variable 对话框如图 11.7 所示。Target Variables 文本框是用于输入新变量名的,这里我们输入的是 whb。右上方的的 Numeric Expression 框用于给新变赋值,这里我们先选中左下方变量框里的变量 weight,把它放

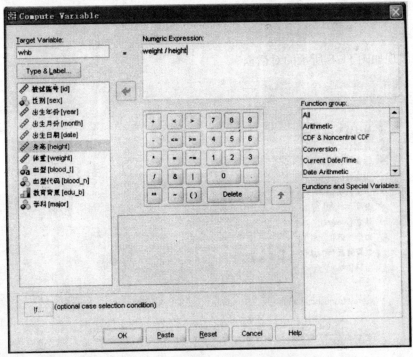

图 11.7 Compute Variable 对话框

入 Numeric Expression 框作为分子,再从对话框中下方类似计算器的软键盘里单击除号'/',此时,在 Numeric Expression 框里除号'/'就出现在变量 weight 的右边。然后,再双击变量框里的变量 height,单击 OK,系统就会在数据视图(Data View)的最右边生成新变量 whb。

第三节　单变量描述统计

对单变量的描述统计,主要包括变量的频数分布、集中趋势与离散趋势等等,这是最基本的统计描述。在 SPSS 中,我们可以很容易地得出频数分布表、平均数、标准差等。具体操作程序如下。

在 SPSS 中打开 student. sav 文件,进入数据视图(Data View),在菜单栏中打开:

$$Analyze \rightarrow$$
$$Descriptive\ Statistics \rightarrow$$
$$Frequencies\ ....$$

出现如图 11.8 所示的对话框。

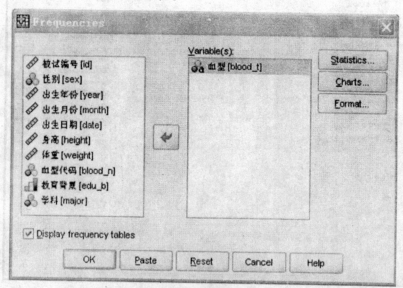

图 11.8　频数对话框

从左边的变量列表中选择希望统计的变量(可选多个变量),例如选择被调查者的血型(blood_t)变量。其他按钮默认,然后点 OK 按钮既可。见表 11.1。表中输出的分别是四种血型的频数(Frequency)、百分比(Percent)、有效百分比(Valid Percent)和累加百分比(Cumulative Percent)。对于定距以上层次的变量,还可以同时进行描述统计。不过,这样的做法其输出结果不太合理,这时,我们选择 Descriptive ……菜单,来进行描述统计。

表 11.1 血 型

		Frequency	Percent	Valid Percent	Cumulative Percent
Valid	A	67	30.6	30.6	30.6
	AB	30	13.7	13.7	44.3
	B	37	16.9	16.9	61.2
	O	85	38.8	38.8	100.0
	Total	219	100.0	100.0	

Descriptives ……子菜单是适用于定距以上层次的变量。如果不想得出其频数分布,而只希望得到有关其集中趋势和离散趋势的各种统计量,如平均数、众数、中位数、标准差、方差、全距等时使用的。其做法是进入数据视图后,在菜单栏中选择:

Analyze→

Descriptive Statistics→

Descriptives ……

出现如图 11.9 所示的对话框。

把身高变量(height)移入右边的 Variable(s)框里,其他按钮默认,单击 OK 按钮,系统就会输出如表 11.2 所示的结果。表中自左至右的统计量分别为频数(N)、最小值(Minimum)、最大值(Maximum)、均值(Mean)和标准差(Std. Deviation)。

要选择描述的其他统计量,单击对话框右上方的 Options 钮,出现如图 11.10 所示的对话框。根据需要选择相应的统计量,然后单击

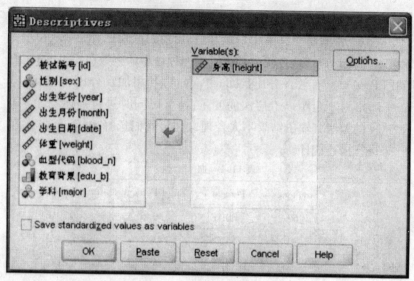

图 11.9　描述性统计对话框

表 11.2　**Descriptive Statistics**

	N	Minimum	Maximum	Mean	Std. Deviation
身．高	215	151	188	166.67	7.668
Valid N(listwise)	215				

Continue 按钮返回,再单击 OK 钮即可。

　　需要说明的是在 Distribution 框里,是两个描述数据分布形态的统计量:Kurtosis(峰度)和 Skewness(偏度)。它们是反映数据的分布形态与正态分布的差距的。在数据预处理时常常被用来观察数据的形态为以后选择相应的统计分析方法提供判断依据。

　　严格意义上说,该对话框是不能用来处理定序测量(等级测量)变量的。因为定序测量时,相邻两个选项的间隔是不明的(不是不相等),因此不能进行加减,也不能进行乘除。这样也就不能计算均值或标准差了。所以,对于定序测量的变量,描述它的方法最好使用 Frequencies 对话框进行处理。

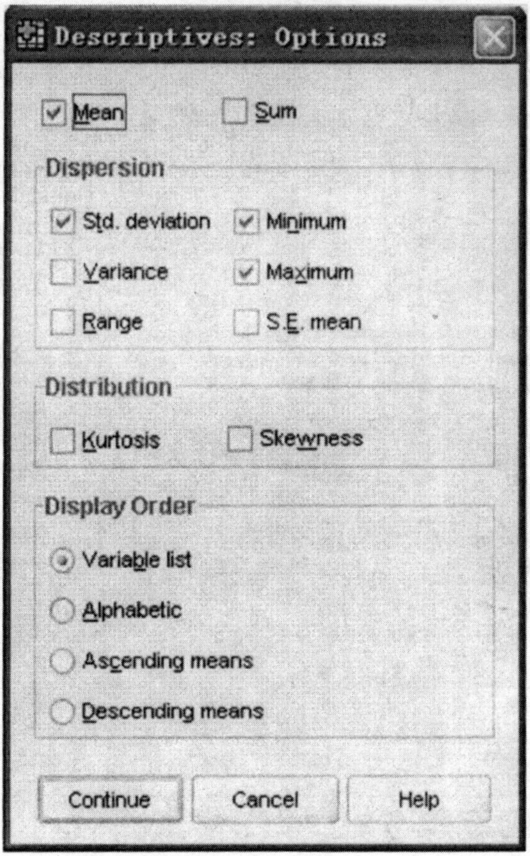

图 11. 10　Options 子对话框

第四节　双变量统计分析

一、相关分析

探索变量之间的相互关系,是社会研究的一个重要方面。根据变量的不同层次,统计学中有各种不同的相关系数来描述这种相关关系。对于社会调查中最为常见的两个定类变量(或者一个定类、一个定序变量)之间关系,交叉分析是一种重要的方法。在 SPSS 中,这种交叉分析可以按下列步骤进行。

进入数据视图后,在菜单栏中选择:

Analyze→

Descriptive Statistics→

Crosstabs ....

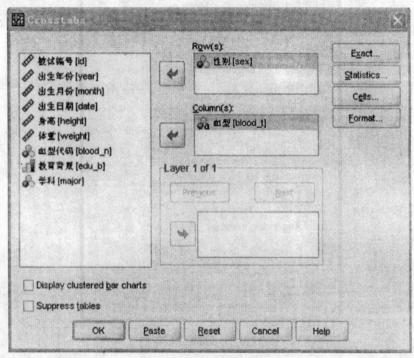

图 11. 11　Crosstabs 对话框

打开后得到如图 11. 11 所示的对话框。我们以 student. sav 数据中的性别(sex)和血型(blood_t)变量为例来演示。

在对话框左边的变量栏中选择 sex 和 blood_d 两个变量,把变量 sex 放入中间标有 Rows 的方框中,而把 blood_d 变量放在上面标有 Columns 的方框中。然后单击该对话框右上方的 Statistics 钮,得到如图 11. 12 所示的对话框。由于性别和血型都是定类变量,所以我们选择对话框左上方的 Chi-square 复选框,对两变量进行卡方检验。单击

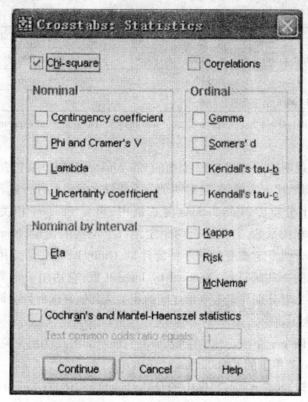

图 11.12　Statistics 对话框

Continue 钮,返回图 11.11,单击 OK 即可(见表 11.3 和表 11.4)。卡方检验表明大学生中性别和血型的关系不显著(0.05 水平下)。

表 11.3　性别 * 血型 Crosstabulation

Count

		血　型				Total
		A	AB	B	O	
性别	男	16	8	17	31	72
	女	51	22	20	54	147
Total		67	30	37	85	219

表 11.4　Chi-Square Tests

	Value	df	Asymp. Sig. (2-sided)
Pearson Chi-Square	6.343[a]	3	.096
Likelihood Ratio	6.349	3	.096
N of Valid Cases	219		

a. 0 cells(.0%) have expected count less than 5. The minimum expected count is 9.86.

需要说明的是,图 11.12 上面的 Chi-square 复选框中,包含 Pearson 卡方值、似然比卡方值等,是对两个分类变量之间关系进行显著性检验的基础,十分重要;Correlations 复选框中,包含 Pearson 相关系数和 Spearman 相关系数,它只适合两个定距以上层次的变量;Nominal 框,它是适用于两个定类变量的一些统计量;Ordinal 框,它是适用于两个定序变量的一些统计量;Nominal by Interval 框,它适用于定类变量和定序变量二者分别与定距变量之间的相关。其他复选框社会调查中不常用,略去不讲。

对于两个定距或定比的变量,研究它们之间的线性相关关系,应使用 Analyze 菜单里的 Correlations ⋯⋯子菜单。

我们以 student. sav 数据中的身高(height)和体重(weight)变量为例,来演示这个过程。具体步骤是:Analyze → Correlations ⋯⋯ → Bivariate ⋯⋯

打开后得到如图 11.13 所示的对话框。

对话框中的 Correlation Coefficients 框,包括三个相关系数。Person 复选框,是系统默认的选项,是最常用的皮尔逊相关系数。Kendall's tau-b复选框和 Spearman 复选框是两个等级相关系数,在这里我们不用。

对话框中的 Test of Significance 框,是用于变量间相关的显著性检验。包括两种检验方法,它们是 Two-tailed(双侧检验)和 One-tailed(单侧检验)。系统默认的是 Two-tailed(双侧检验)。

对话框中的 Flag Significant correlations 框,是要求在结果中用星号标记有统计学意义的相关系数,是系统默认选项,一般都要选择。我们

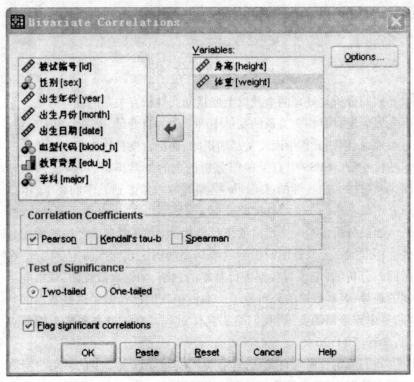

图 11. 13　**Bivariate Correlations 对话框**

默认对话框中的 Options ....钮,单击 OK 钮,输出结果如下。(见表11. 5)

表 11. 5　**Correlations**

		身高	体重
身高	Pearson Correlation	1	.771**
	Sig. (2-tailed)		.000
	N	215	213
体重	Pearson Correlation	.771**	1
	Sig. (2-tailed)	.000	
	N	213	215

＊＊ Correlation is significant at the 0. 01 level (2-tailed).

从表中可以看出,身高与体重的相关系数是 0.771,而且具有统计学意义。

二、回 归 分 析

回归分析是处理两个及以上变量间线性依存关系的统计方法。它事先要确定具有相关关系的变量中哪一个为自变量,哪一个为因变量。一般地说,回归分析中因变量是随机的,而把自变量作为研究时给定的非随机变量。SPSS 中有关回归分析的内容非常丰富,可以说博大精深,如线性的、非线性的、Logistic 模型等等。考虑到教学的要求,本章只介绍最基本的一元线性回归分析。

回归分析作为一个严肃的统计学模型,它有着自己严格的使用条件。标准的一元线性回归模型要服从高斯假定或标准假定。因此,在做回归分析前,应该对数据进行基本的判断,如做出散点图,观察变量间的趋势;观察数据的分布等等。本例中我们已经做了这些基本的判断,考虑到篇幅的要求,我们略去具体过程。有关身高和体重的散点图,参看图 11. 26。

我们假定身高为自变量,体重为因变量。以大学生的体重与身高的调查数据为例,求体重对身高的直线回归方程。

进入数据视图后,在菜单栏中选择:

Analyze→

Regression→

Linear ....

打开后得到 Linear Regression 主对话框,如图 11. 14 所示。

1. Dependent 框:用于选入回归分析的因变量,只选一个。

2. Block 按钮组:在多元回归分析中用于自变量的分组,本例不用。

3. Independent 框:用于选入回归分析的自变量,可选入多个自变量。

4. Method 下拉列表:用于选择对自变量的选入方法。它们是 En-

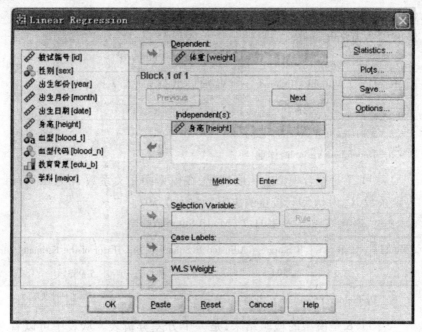

图 11.14　Linear Regression 主对话框

ter(强行进入法)、Stepwise(逐步法)、Remove(强制剔除法)、Backward(向后法)、Forward(向前法),系统默认的是 Enter(强行进入法)。

5. Selection Variable 框:选入一个过滤变量,并利用右侧的 Rule ....钮建立一个选择条件,只有满足该条件的记录才会进入回归方程。

6. Case Labels 框:选择一个变量,它的取值将作为每条记录的标签。

7. WLS > > :该按钮用于加权最小二乘法的分析。

其他子对话框如 Statistics ....、Plots ....、Save ....和 Options ....不会理会,默认即可。在 Linear Regression 主对话框中,将左边的 weight(体重)变量选入右边的因变量框:Dependent 里。将左边的 height(身高)变量选入右边的自变量框:Independent 里,其他全部默认。

单击 OK 钮,系统产生以下几个表格。

表 11.6 是拟合过程中变量进入/退出的情况记录。由于是一元线

性回归,我们引入的是一个自变量 height(身高),没有移出的变量,具体的引入方法是 enter。

表 11. 6　**Variables Entered/Removed**[b]

Model	Variables Entered	Variables Removed	Method
1	身高[a]		Enter

a. All requested variables entered.

b. Dependent Variable:体重

表 11. 7 是拟合模型的优度情况,在模型中相关系数 R 为 0. 771,决定系数 R^2 为 0. 594,校正的决定系数为 0. 592。

表 11. 7　**Model Summary**

Model	R	R Square	Adjusted R Square	Std. Error of the Estimate
1	. 771[a]	. 594	. 592	5. 983

a. Predictors:(Constant),身高

表 11. 8 是模型的检验结果,是一个方差分析表。从表中可以看出,该回归模型的 F 值为 308. 948,P 值(Sig.)<0. 05,所以该回归模型有统计学意义。

表 11. 8　**ANOVA**[b]

Model		Sum of Squares	df	Mean Square	F	Siq.
1	Regression	11059. 039	1	11059. 039	308. 948	. 000[a]
	Residual	7552. 919	211	35. 796		
	Total	18611. 958	212			

a. Predictors:(Constant),身高

b. Dependent Variable:体重

表 11. 9 给出的身高(height)系数的 t 检验结果,可见身高变量(height)是有统计学意义的。该表同时给出了模型的常数项(Constant) -99. 812、身高(height)的未标准化系数 0. 938、身高(height)的标准化系数 0. 771。

表 11.9　Coefficients[a]

Model		Unstandardized Coefficients		Standardized Coefficients	t	Sig.
		B	Std. Error	Beta		
1	(Constant)	-99.812	8.902		-11.213	.000
	身高	.938	.053	.771	17.577	.000

a. Dependent Variable:体重

第五节　子总体平均值比较

在社会调查中,我们常常需要对调查样本中不同的子总体在某些变量上的平均值之间的差异情况进行研究。这时,我们就可以通过 Analyze 菜单里的 Compare Means 子菜单来进行。Compare Means 子菜单包括五个用于计量资料均值间的比较过程,它们是:

◇Means 过程:该过程主要是对样本的描述统计,也可直接进行比较。

◇One-Samples T Test 过程:进行样本均值与已知总体均值的比较。

◇Independent-Samples T Test 过程:进行两样本均值差别的比较。

◇Paired-Samples T Test 过程:进行配对资料的均值比较。

◇One-Way ANOVA 过程:进行两组及多组样本均值的比较。

比如,我们需要了解大学生中男生和女生在体重上的差异程度。我们用 Means 过程来说明。具体步骤是:打开 SPSS,进入数据视图,从菜单中选择:

　　　　　　Analyze→

　　　　　　　　Compare Means→

　　　　　　　　　　Means ....

系统出现如图 11.15 所示的对话框。

在对话框中把变量 weight(体重)放入上面的 Dependent List 中,将

267

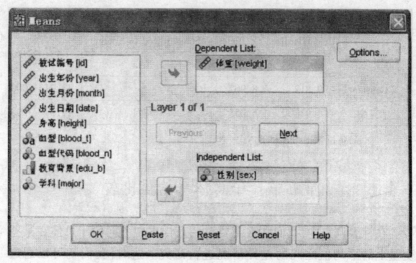

图 11.15 Means 对话框

变量 sex(性别)放入对话框下面的 Independent List 中。然后,单击对话框右上角的 Options 钮,出现如图 11.16 所示的对话框。

从中选择所需要的统计量,然后单击 Continue,回到图 11.15,再单击 OK 即可得到下列形式的子总体平均值比较表(见表 11.10、11.11、11.12)。

表 11.10 Report

体重

性别	Mean	N	Std. Deviation
男	65.49	71	8.171
女	52.03	144	6.123
Total	56.48	215	9.332

表 11.11 ANOVA Table

	Sum of Squares	df	Mean Square	F	Sig.
体重 * 性别 Between Group:(Combined)	8604.071	1	8604.071	182.640	.000
Within Groups	0034.312	213	47.109		
Total	8638.384	214			

表 11. 12　Measures of Association

	Eta	Eta Squared
体重 * 性别	. 679	. 462

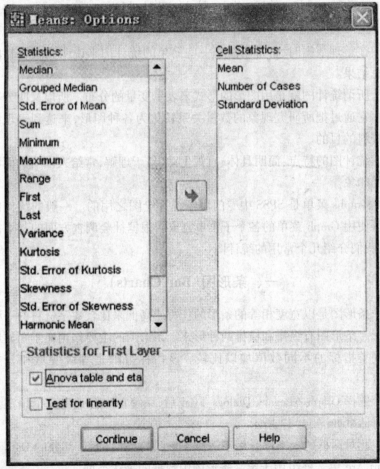

图 11. 16　Options 子对话框

表 11.10 给出的变量 sex(性别)的分析结果,一看便知。表 11.11 给出的是单因素方差分析表。F 值为 182.640,P 值(sig.) < 0.05,可见不同性别的体重有显著性差异。表 11.12 给出的是相关性度量指标 Eta,可见性别和体重指标的相关性比较高(这也是基本常识),Eta 值为 0.679。

第六节　统计图的制作

在整理数据时,常常要制作一些简单的统计图来说明调查资料的汇总结果。

所谓统计图就是用图形的形式来表示变量的分布。所以又叫分布图。它通过把所研究现象的数量关系转化为各种图形,来达到表现统计资料的目的。

统计图的特点:简明具体、直观生动、易于理解,常给人以明确而深刻的印象。

Graphs 菜单是 SPSS 中专门用于统计绘图之用的。一般的统计图均可使用 Graph 菜单的各个子菜单完成。根据社会调查方面的基本需要,我们介绍几个常用的统计图。

一、条形图(Bar Charts)

条形图是以宽度相等的条形的长短或高低来比较数字资料的一种图形。条形图有纵排和横排两种形式。条形图的主要作用在于明显地将同类指标的不同数值加以比较。该指标可以是等级变量和分类变量。

选择 Graph→Legacy Dialogs→Bar 后,系统首先会弹出一个预定义的对话框如图 11.17 所示。

此对话框的上半部分用于选择条形图的类型,下半部分的 Data in Chart Are 单选框组用于定义条形图中数据的表达类型。

(1) 条形图类型:SPSS 提供三个可选的条形图类型,依次是:

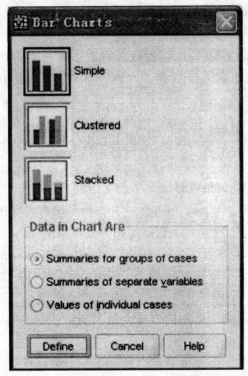

图 11.17　Bar Charts 对话框

Simple：简单条形图。多用于表现单个变量指标的大小或多少。

Clustered：分组条形图。用于表现和比较两个或多个变量指标的大小或多少。例如进行男、女血型的比较，就可采用分组条形图。

Stacked：分段条形图。用于表现每个直条中某个因素各水平的构成情况。例如，在不同血型的比例中，男女所占比例的多少。

（2）Data in Chart Are 单选框组：它的作用是定义统计图中数据的表达类型，它包括三种类型：

Summaries for group of cases：它表现的是按同一变量取值不同，作分组汇总。这种模式对应分类变量中每一种类观测量生成一个简单条形图。

Summaries of separate variables：条形图反映了按照不同变量的汇

总。对应每一变量生成一个直条,需要两个或以上变量才能生成相应的条形图。

Value of individual cases:条形图的个体观测值。对应分类轴变量每一观测值生成一个直条。观测个体较多时,采用相应曲线图为好。

这是一个有代表性的对话框,Graph 菜单下的许多统计图的对话框基本上与之类似,如曲线图、面积图、高低图等。掌握这个对话框可以举一反三。

1. 条形图的通用界面

选择 Graphs→Legacy Dialogs→Bar 后,系统首先弹出一个预定义的对话框如图 11.17 所示。根据示例的要求,在预定义的对话框中选择简单条形图,并在表达类型中选择"Summaries for group of cases",即对记录的分组汇总。选好后单击 Define 钮,系统打开条形图主对话框,如图 11.18 所示。

主对话框左侧为通用的候选变量列表框,右侧的内容依次解释如下:

(1) Bars Represent 单选框组:用于定义条形图中直条所代表的含义,各选项的含义如下:

N of cases:按记录个数汇总(系统默认)。

Cum. N:按累计记录数汇总。

% of cases:按记录数所占百分比汇总。

Cum. % :按记录数所占累计百分比汇总。

Other statistics:其他统计功能。如果以上汇总方法不能满足您的需要,您可以选择其他汇总功能。将要汇总的变量选入下方的 Variable 框,然后单击下面的 Change Statistic …钮,进行汇总方法的详细定义。它里面包括了各种各样的描述统计指标,如平均数、中位数、众数、标准差、方差、最大值、最小值等等。系统默认的是变量值的平均数。

(2) Category Axis 框:分类轴,也是条形图的横轴,用于选择所需的分类变量,此处必选。根据需要,我们将变量 blood_t 选入。

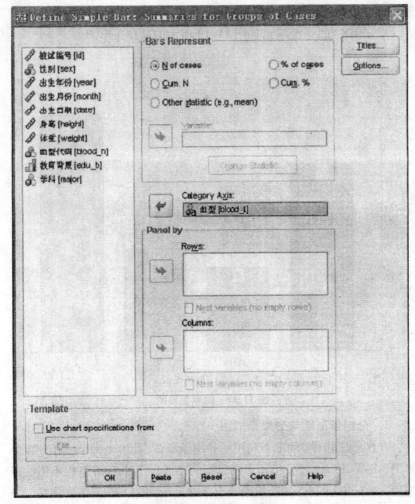

图 11.18　条形图主对话框

（3）Template 框组：用于选择所需的统计图模板来源。选中它下面的方格"Use chart specifications from"，单击 file ....，就打开文件列表窗口，拉动滚动条从中选择，通常较少使用。

（4）Options 钮：用于定义与缺失值有关的选项，默认即可。

（5）Titles 钮：用于输入统计图的标题和脚注，一般不用，因为标题和脚注可在编辑窗口中添加。

单击 OK 钮,系统输出如图 11.19 所示的简单条形图。

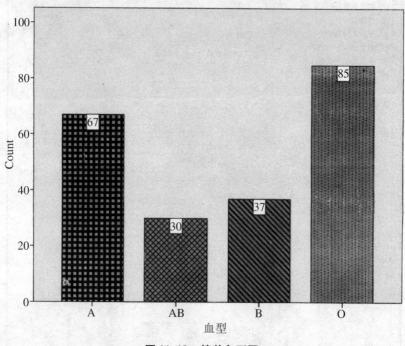

图 11.19 简单条形图

2. 分组条形图与分段条形图

在实际工作中,常常会利用到分组条形图(clustered bar)和分段条形图(stacked bar)。分组条形图是指两条或以上小直条组成条组的条形图,各条组之间有间隙,组内小直条之间无间隙。分段条形图是以条形的全长代表某个变量的整体,各分段的长短代表各组成部分在整体中所占比例的统计图,每一段之间没有间隙,并用不同线条或颜色表示。

与简单条形图相比,这两种条形图多了一个分组因素或分段因素,定义对话框中就相应的多了一个变量选择框。因此,除了要定义纵轴和分类轴外,还要定义分组或分段因素。

例如,在数据 student. sav 中分不同的 sex(性别)对变量 major(学科)绘制条形图,并且按照变量 major(学科)的不同取值分段。

由于要按照 major(学科)的不同取值分组或分段,因此在预定义对话框中就不能选 simple,而应该根据要求选择 Clustered 或 stacked,单击 define 后系统开启的条形图定义对话框和我们前面所用的略有不同,具体来说是在 Category Axis 框下面多了定义分组(Define Clusters by:)或定义分段(Define Stacks by:)因素的框。

分组条形图操作步骤:把 sex(性别)变量放入 Category Axis 框,把 major(学科)变量放入 Define Clusters by 框,其他默认,单击 OK 钮,系统输出如图 11. 20 所示的分组条形图。

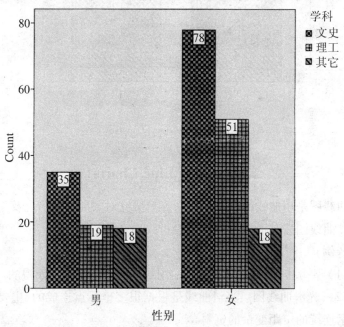

图 11. 20 分组条形图

分段条形图操作步骤:把 sex(性别)变量放入 Category Axis 框,把 major(学科)变量放入 Define Stacks by:框,其他默认,单击 OK 钮,系统输出如图 11. 21 所示的分段条形图。

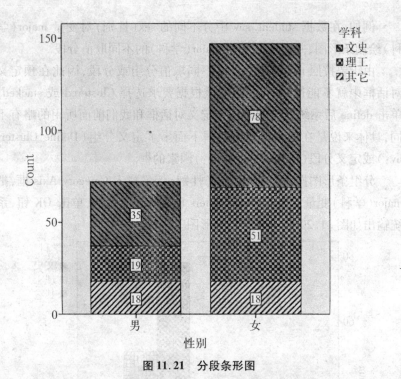

图 11.21　分段条形图

二、曲线图(Line Charts)

曲线图是用曲线的升降起伏来表示研究对象的变动情况及趋势的图形。曲线图按其形式可分为一般折线图和光滑曲线图。(直线是曲线的特例)

(1) 一般折线图。一般折线是用线段连接各坐标点而得的。

(2) 光滑曲线图。光滑曲线是根据很多坐标点连成的,主要是用于图示连续的定距变量的资料。

SPSS 中的曲线图可分为三类,Simple、Multiple 和 Dropline。前两者分别对应于简单条形图和分组条形图,其做法也类似。我们以 student. sav 数据中的出生 month(出生月份)变量为例,具体步骤是

Graphs→Legacy Dialogs→Line .....系统出现 Line Charts 对话框,各项

默认,单击 Define 钮。在出现的 Define Simple Line:Summaries for Groups of Cases 对话框里,把 month 变量放入 Category Axis 框,其他默认,单击 OK 钮,系统就输出如图 11.22 所示的 month 的百分比曲线图。

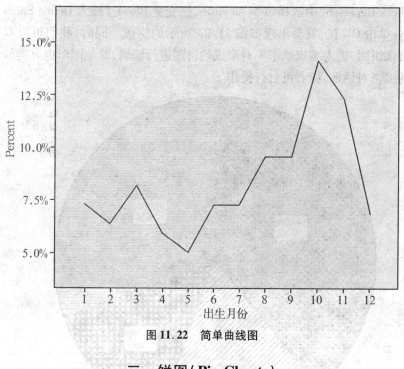

图 11.22   简单曲线图

三、饼图(Pie Charts)

又称圆形图,是以圆内各扇形面积的大小来表示变量值大小的图形。通常以圆形的整个面积代表被研究现象的总体,以圆形内各扇形面积代表总体的各部分,说明总体内构成。

由于饼图只表示变量取值在总体中所占的比例,而对变量取值的排列顺序没有要求。因此,饼图多用来表示定类变量的数据。

我们以 student. sav 数据中的血型 Blood_t(血型)变量为例,具体步骤是:

选择 Graphs→Legacy Dialogs→Pie 后,系统首先会弹出一个预定义的对话框 Pie Charts。它下面的 Data in Chart Are 框,是用于定义饼图中变量的描述方式,具体说明参看条形图的相应对话框部分。选择系统默认,单击 Define。出现二级对话框 Summaries for groups of cases,在 Slices Represent 中选择⊙ % of cases,把变量 Blood_t 放入 Define Slices by:单击 OK 钮,就会出现如图 11.23 所示的饼图。同时,我们可以双击该饼图,进入编辑状态。对形成的饼图进行编辑,其他图形也有类似的编辑对话框,读者可自行操作。

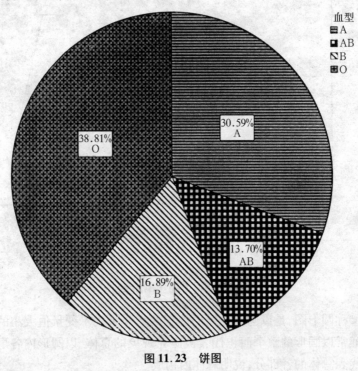

图 11.23 饼图

四、直方图(Histogram)

直方图看上去和条形图有些类似,实际上它们有很大的差异,直方图表示的是定距测量以上数据的分布情况,分类数据不应该用它来描述。但是,条形图可以用来描述定距测量以上的数据,只是用它来描述

278

损失的信息较多。

我们以 student. sav 数据中的 height（身高）变量为例，做出直方图具体步骤是：

选择 Graphs→Legacy Dialogs→Histogram ....后，系统会弹出 Histogram 对话框（该对话框简单而大，图略），把 height（身高）变量放入 Variable 框，选择它下部的 Display mormal curve 复选框，该框是在直方图上添加正态曲线的选项。其他默认，单击 OK 钮，系统就会输出如图 11.24 所示的直方图。

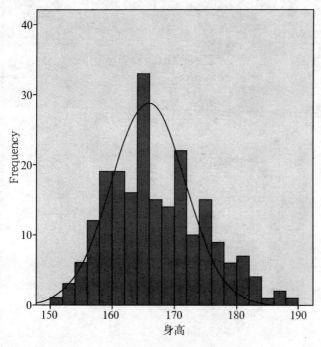

图 11.24　直方图

五、散点图（Scatterplot）

散点图是表现两个或多个变量之间有无相关关系的统计图。我们以两个变量之间关系为例，介绍散点图中简单散点图的制作。简单散点图是相关分析和回归分析中非常重要的工具。

　　简单散点图的主对话框如图 11.25 所示。分别需要选入作为 X 轴、Y 轴的两个变量,另外两个框的含义如下:

　　(1) Set marks by 框:选入一个标记变量,根据该变量取值的不同对同一个散点图中的各点标以不同颜色或形状,这样可以直接比较各个亚组的相关性如何。

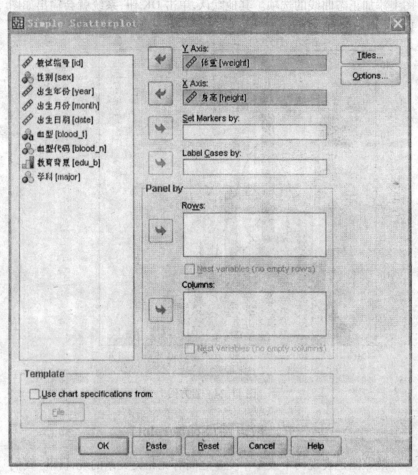

图 11.25　Simple Scatterplot 对话框

（2）Label cases 框：当编辑图形在图形选项中选择显示 Labels 变量，图形默认显示记录号，如果在这里显示 Label 变量，则显示该变量的取值。

下面我们对大学生的身高和体重作一个简单散点图，具体操作如下：

选择 Graph→Scatter … 后，系统首先会弹出一个 Scatterplot 的对话框，选择 Simple，单击 Define，出现 Simple Scatterplot 对话框，如图 11.25 所示。

把体重变量 weight 选入 Y Axis 框，把身高变量 height 选入 X Axis 框，其他默认。系统就会输出如图 11.26 所示的简单散点图。

由图中可知，身高越高，总体上看体重也越重，它们基本上是线性相关。也就是说身高和体重是正相关关系。

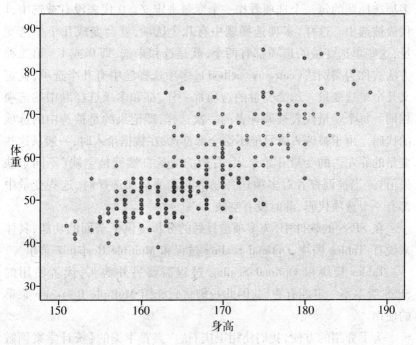

图 11.26　简单散点图

第七节 多选题分析

多项选择题的分析在 SPSS 中又称为多重应答(Multiple Response)分析。多项选择题是社会调查问卷中极为常见的调查题目类型,它所收集的数据属于分类数据。由于它的数据格式比较特殊,因此不能用一般的单项选择题的定义方法来定义它。同时,它的分析过程也较为复杂,需要计算一些特殊的指标。

由于在 SPSS 中一个变量对每一次测量只能取一个值,而在多项选择题中可能有两个或以上的选项,因此多项选择题不能像单项选择题那样进行定义和数据录入,必须使用几个变量来进行定义。常见的定义方法有两种。第一种方法被称为二分法(dichotomy method),对于多项选择题的每一个选项看作一个变量来定义。0 代表没有被选中,1 代表被选中。这样,多项选择题中有几个选项,就会变成几个单选变量,这些单选变量的选项都有两个,就是选和未选,即 0 或 1。第二种方法被称为类别法(category method),多项选择题中有几个选项,就定义几个单选变量。每个变量的选项都一样,都和多项选择题中的选项相同。每个变量代表被调查者的一次选择,即记录的是被选中的选项的代码。由于被调查者可能不会全部都选,在数据录入时,一般从这些变量的靠左边的变量开始录入,右边的变量自然就是空缺(不同于缺失值)。当被调查者对多项选择题中的选项全部选择时,这些变量中都有一个选项代码,此时没有空缺。

在 SPSS 的软件中,为多项选择题的分析提供了全面的功能,具体来说有:Tables 模块、Optimal Scaling 过程和 Multiple Response 菜单。

Tables 模块和 Optimal Scaling 过程需要另外购买,读者使用的 SPSS 版本不一定拥有它们,因此我们将只介绍 Multiple Response 菜单的使用。

为了介绍的方便,我们使用王庆石、卢兴普主编的《统计学案例教材》(东北财经大学出版社)中的一个案例。该案例中性别(sex)变量的代码是 1→男,2→女。股票投资方法变量选项的选项代码是:因素分析法(v6a)0→没选,1→选;技术分析法(v6a)0→没选;1→选;跟风方法(v6c)0→没选,1→选;凭感觉去买(v6d)0→没选,1→选。

Multiple Response 子菜单包括三个过程,分别是 Define sets …、Frequencies …和过程。

Define sets …过程用于多项选择题的定义,它的主对话框如图11.27所示。

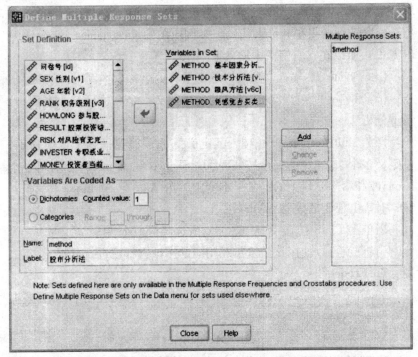

图 11.27 Define sets 主对话框

(1) Set Definition 框:列出文件中所有的数值型变量,其中的根据多项选择题选项定义的变量,用于多项选择题变量集。

(2) Variables in Set 框:选入需要加入同一个多项选择题变量集的变量系列,这些变量必须为多分类,并按照相同的方式来编码。前面的所讲的两种定义方法,就是为此而进行的预定义。本例把 Set Defi-

283

nition 框里的因素分析法(v6a)、技术分析法(v6b)、跟风方法(v6c)和凭感觉去买卖(v6d)变量放入 Variables in Set 框。

(3) Variables Are Coded As 单选框组:选择变量集中变量的编码方式。有两种方式可以选择,分别是 dichotomies (二分法编码方式)和 categories (类别法编码方式)。读者可根据前面预定义时使用的方法,选择相应的编码方式。若选择 dichotomies 方式,某个数值表示选中时,相应的数值在右侧框中输入。若选择 categories 方式,则需要设定取值范围,在该范围内的记录值将纳入分析。一般的取值范围是该多项选择题选项的量小和最大代码。本例应用的 dichotomies (二分法编码方式),所以在它右侧框中输入1。

(4) Name 框:输入多项选择题变量集的名称。本例用: method。

(5) Label 框:为多项选择题变量集定义一个名称标签。本例用:股市分析法。

(6) Mult Response Sets 框:已定义好的多项选择题变量集列表,可定义多个,它左侧的三个按钮 Add、Change 和 Remove,分别用于添加、修改和移除变量集的定义。本例中单击 Add 钮,Multtiple Response Sets 框就出现变量集 $ method。

当单击 Close 按钮后,相应的多项选择题变量集就定义完成了。此时,我们就可以使用该变量集对相应的多项选择题进行分析了。

1. Freqencies …过程

Multiple Response 菜单里的 Freqencies …过程比较简单,就为多项选择题生成频数表。具体操作过程是

Analyze→Multiple Response→Freqencies …

出现 Multiple Response Freqencies 对话框如图 11.28 所示。

把多项选择题变量集股市分析方法[$ method]从左边的 Mult Response Sets 框移入右边的 Tables for 框,其他默认,单击 OK 钮,多项选择题的频数表就生成了。如表 11.13 所示。

此表提供的信息是:在 513 个有效的被调查者中,各种方法一共被选择了 552 次,其中因素分析法被选择了 164 次,技术分析法被选择了

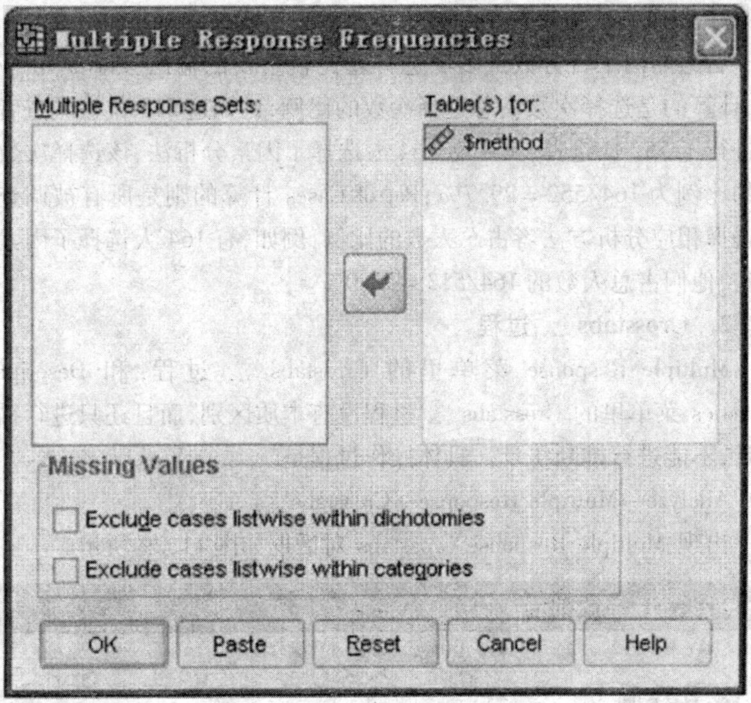

图 11.28　Freqencies 过程对话框

表 11.13　多项选择题的频数表

$ method Frequencies

		Responses		Percent of Cases
		N	Percent	
股市分析法[a]	METHOD 基本因素分析法	164	29.7%	32.0%
	METHOD 技术分析法	148	26.8%	28.8%
	METHOD 跟风方法	70	12.7%	13.6%
	METHOD 凭感觉去买卖	170	30.8%	33.1%
Total		552	100.0%	107.6%

a. Dichotomy group tabulated at value 1.

148 次,跟风方法被选择了 70 次,凭感觉去买卖被选择了 170 次。

右边的两个百分数是多项选择题比较重要的输出:Pct of Responses 计算的是选择次数占总选择次数的比例,比如这 513 位被调查者一共进行了 552 次选择,其中有 164 人选择了因素分析法,该选择次数所占的比例为 164/552 = 29.7%;Pct of Cases 计算的则是所有被调查者中选择相应分析方法者占总人数的比例,例如,有 164 人选择了因素分析法,他们占总人数的 164/513 = 32.0%。

2. Crosstabs … 过程

Multiple Response 菜单里的 Crosstabs … 过程,和 Descriptive Statistics 菜单里的 Crosstabs … 过程没有本质区别,而且还只进行描述统计,不能进行推断统计。具体操作过程是

Analyze→Multiple Response→Crosstabs …

出现 Multiple Response Crosstabs 对话框如图 11.29 所示。

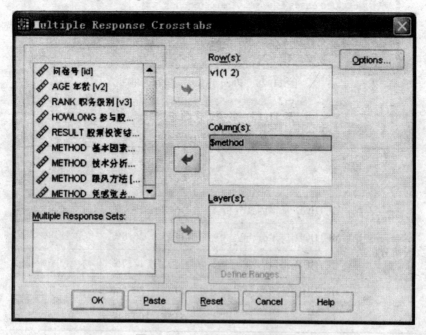

图 11.29　Crosstabs 主对话框

左下方的 Multiple Response Sets 框,是显示已经定义好的多项选择题变量集。下方的 Define Ranges 钮,用于为相应的变量设置取值范围。本例把变量集 $ method 放入 Columns 框,把变量 sex 放入 Rows框,单击 Define Ranges 钮,取值范围是 1 和 2,再返回。右下角的Options子对话框,如图 11.30 所示,是用于定义相应的输出选项的。

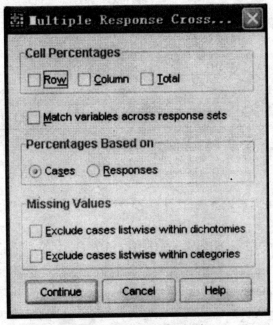

图 11.30　Options 子对话框

（1）Cell Percentages 复选框组:用于选择是否在输出的交叉表中显示变量的行百分比、列百分比和总百分比。

（2）Match variables across response sets:在第一次分析中同时两个多项选择题数据时,可以要求将它们配对输出,即第一个变量集中的第一个变量和第二个变量集中的第一个变量配对,第二、第三以此类推。此时,百分比将只能基于反应数计算。

（3）Percentages Based on 单选框组:选择交叉表中是基于被调查者还是基于反应数计算百分比。

（4）Missing Values 复选框组：选择分析中对缺失值的处理方式。本例默认 Options 钮，单击 Crosstabs 主对话框里的 OK 钮，系统输出结果如表 11.14 所示。

表 11.14　多项选择题的交叉表

V1* $ method Crosstabulation

			股市分析法[a]				Total
			METHOD 基本因素分析法	METHOD 技术分析法	METHOD 跟风方法	METHOD 凭感觉去买卖	
SEX 性别	男	Count	107	89	40	97	308
	女	Count	56	59	28	73	202
Total		Count	163	148	68	170	510

Percentages and totals are based on respondents.

a.　Dichotomy group tabulated at value 1.

交叉表中分性别给出了对各种分析方法的选择情况。如男性有 107 人选择了因素分析法，女性有 73 人选择了凭感觉去买卖。

第八节　SPSS Statistics 17.0 中文版简介

SPSS Statistics 17.0 是 2008 年 8 月底发布的多国语言版，除了传统的英文、法文、德文、日文等版本外，这次还包括了简体中文版。不过，该简体中文版还存在一些不足，除了个别专业名词的翻译与中国的统计学教材不一致外，还有一个明显的错误就是把菜单中的 Copy（复制）翻译成"粘贴"。此外，菜单和对话框中的中文字体也太小。相信 SPSS 公司会在随后的升级版本中纠正这些问题。

这次介绍 SPSS Statistics 17.0 英文版，除了考虑兼顾以前的英文版本外，还有意考虑接下来升级的中文版本的使用。相信很多有条件的读者会很快使用 SPSS 的简体中文版的，所以接下来我们介绍一下 SPSS Statistics 17.0 中文版的调用方法和一个应用案例。

打开 SPSS Statistics 17.0 英文版的数据视图，点击 Edit 主菜单，选择 Options 一级子菜单。出现 Options 对话框,在 General 界面的右上角的 Output 框里有一个关于输出语言的下拉菜单按钮,如图 11.31 所示。同时在 General 界面的右下角的 User Interface 框里有一个关于用户界面语言的下拉菜单按钮,如图 11.32 所示。

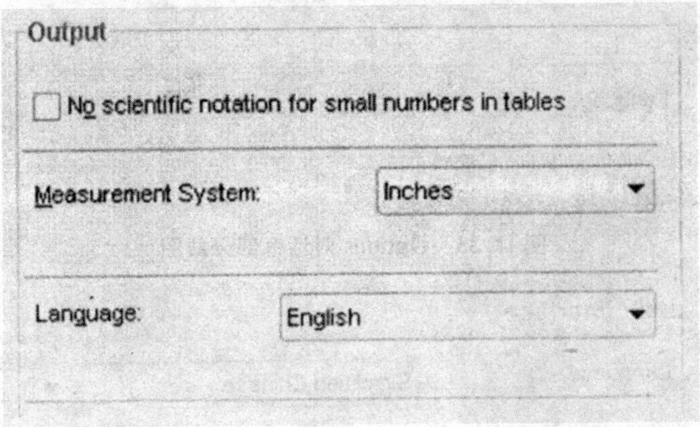

图 11.31 Options 对话框部分截图

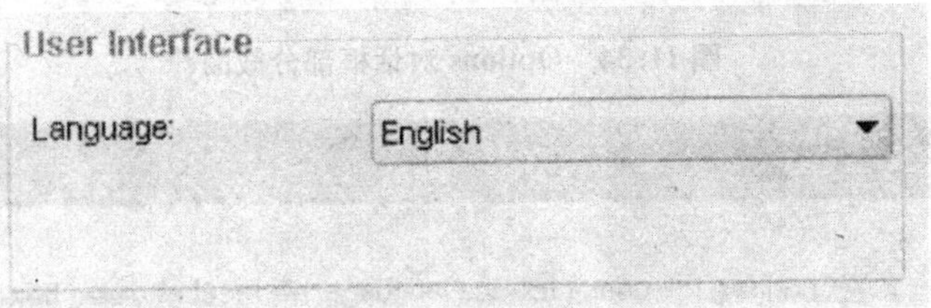

图 11.32 Options 对话框部分截图

在 Output 框里和 User Interface 框里,点击各自的下拉菜单箭头,在出现的十几种语言中,两者都选择 Simplified Chinese(简体中文),如图 11.33、11.34 所示。

点击 General 界面最下面的 Apply 按钮,出现如图 11.35 所示的对话框。

大意是说更改用户界面语言会将所有的对话框重置为它们的缺省值,并且所有打开的对话框都将被关闭。点击 OK 钮,又会出现一个新的对话框,如图 11.36 所示。

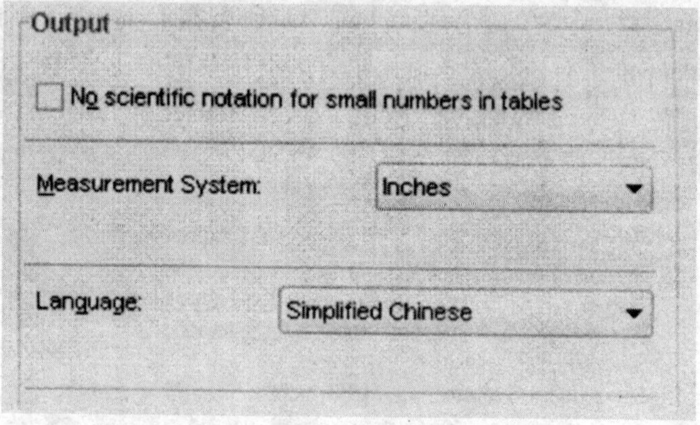

图 11.33　Options 对话框部分截图

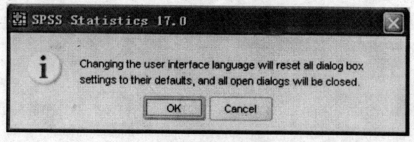

图 11.34　Options 对话框部分截图

图 11.35

图 11.36 所示的对话框中的文字大意是说只有一种语言的帮助文件,如果你获得选定用户界面的帮助,则需要卸载后重新安装该统计软件 SPSS Statistics,并选择安装所有语言版本帮助文件的选项。点击 OK 钮,SPSS Statistics17.0 原英文版的数据视图,就变为简体中文版的数据视图,如图 11.37 所示。

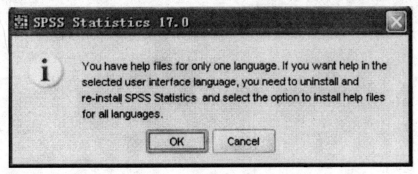

图 11.36

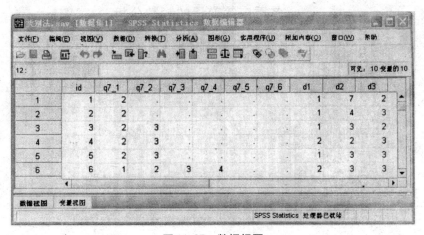

图 11.37　数据视图

在具体操作步骤上,SPSS Statistics17.0 简体中文版与 SPSS Statistics17.0 英文版完全一样,并且输出结果和解释都是简体中文的,这极大地方便了中国用户,相信 SPSS 在中国的普及率也会大大提高。

下面我们用 SPSS Statistics17.0 简体中文版来介绍多重响应中的第二种定义多重响应集的方法——类别法来定义和分析多选题。

多项选择题中有几个选项,就定义几个单选变量。每个变量的选项都一样,都和多项选择题中的选项相同。每个变量代表被调查者的一次选择,即记录的是被选中的选项的代码。由于被调查者可能不会全部都选,在数据录入时,一般从这些变量的靠左边的变量开始录入,

291

右边的变量自然就是空缺(不同于缺失值)。当被调查者对多项选择题中的选项全部选择时,这些变量中都有一个选项代码,此时没有空缺。图11.37就是一个多重分类法的数据文件的界面,其中的变量q7 – 1、q7 – 2、q7 – 3、q7 – 4、q7 – 5和q7 – 6q,就是调查问卷中第7题(q7)的多项选择题的六个选项1、2、3、4、5和6。在id为5(第五份问卷)中,被调查者选择了2和3,没有选择1、4、5和6。所以q7 – 1、q7 – 2分别输入2和3,q7 – 3、q7 – 4、q7 – 5和q7 – 6没有数据输入。以此类推。

一、多重应答变量的频数分析

为了介绍的方便,我们使用本人在一次市场调查中的一个案例。该案例中性别(d1)变量的代码是1→男,2→女。其中的第七题(Q7)为多项选择题,该数据文件在SPSS中的文件名为:'类别法.sav'。具体的题目是:

Q7. 请问促使您买保健品的主要原因是(可多选)

1. 广告宣传   2. 自己需要

3. 家人需要   4. 看望亲友

5. 朋友推荐   6. 其他(请注明):_____

多重响应子菜单包括三个过程,分别是定义变量集…、频率…和交叉表…过程。定义变量集…过程用于多项选择题的定义,它的主对话框如图11.38所示。

(1) 设置定义框:列出文件中所有的数值型变量,其中的根据多项选择题选项定义的变量,用于多项选择题变量集。

(2) 集合中的变量框:选入需要加入同一个多项选择题变量集的变量系列,这些变量必须为多分类,并按照相同的方式来编码。前面的所讲的两种定义方法,就是为此而进行的预定义。本例把设置定义框里的广告宣传(q7 – 1)、自己需要(q7 – 2)、家人需要(q7 – 3)、看望亲友(q7 – 4)、朋友推荐(q7 – 5)和其他(请注明)——(q7 – 6)变量放入集合中的变量框。

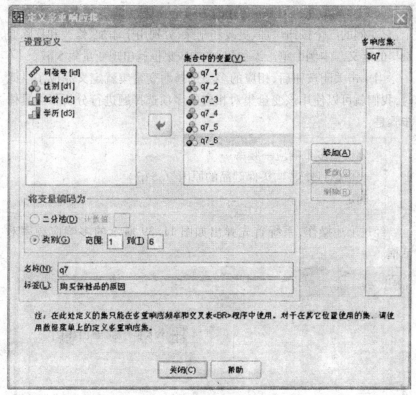

图 11.38　定义多重响应集对话框

（3）将变量编码为单选框组：选择变量集中变量的编码方式。有两种方式可以选择，分别是二分法编码方式和类别法编码方式。读者可根据前面预定义时使用的方法，选择相应的编码方式。若选择二分法方式，某个数值表示选中时，相应的数值在右侧框中输入。若选择类别法方式，则需要设定取值范围，在该范围内的记录值将纳入分析。一般的取值范围是该多项选择题选项的最小和最大代码。本例应用的类别法编码方式，所以在它右侧框中输入 1 和 6。

（4）名称框：输入多项选择题变量集的名称。本例用：Q7。

（5）标签框：为多项选择题变量集定义一个名称标签。本例用：购买保健品的原因。

（6）多响应集框:已定义好的多项选择题变量集列表,可定义多个,它左侧的三个按钮添加、更改和删除,分别用于添加、修改和移除变量集的定义。本例中单击添加钮,多响应集框就出现变量集 $ q7。

当单击关闭按钮后,相应的多项选择题变量集就定义完成了。此时,我们就可以使用该变量集对相应的多项选择题进行分析了。具体步骤是:

> 分析→多重响应→频率…
> 表格框:选入'购买保健品的原因'（ $ q7）
> 确定

经过上述操作,系统首先弹出如图 11.39 所示的多响应频率对话框。

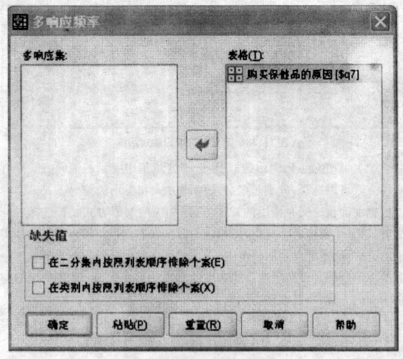

图 11.39　多响应频率对话框

把多项选择题变量集'购买保健品的原因[＄q7]'从左边的多响应集框移入右边的表格框,其他默认,单击确定钮,多项选择题的频数表就生成了。如表 11.15 所示。此表提供的信息是:在 448 个有效的被调查者中,各种原因一共被选择了 628 次,其中'广告宣传'被选择了 14 次,'自己需要'被选择了 299 次,'家人需要'被选择了 197 次,'看望亲友'被选择了 93 次,'朋友推荐'被选择了 17 次,'其他'原因被选择了 8 次。

表 11.15　多项选择题的频数表

＄q7 频率

		响　　应		个案百分比
		N	百分比	
购买保健品的原因[a]	广告宣传	14	2.2%	3.1%
	自己需要	299	47.6%	66.7%
	家人需要	197	31.4%	44.0%
	看望亲友	93	14.8%	20.8%
	朋友推荐	17	2.7%	3.8%
	其　　它	8	1.3	1.8%
总计		628	100.0%	140.2%

右边的两个百分数是多项选择题比较重要的输入:响应百分比计算的是选择次数占总选择次数的比例,比如这 448 位被调查者一共进行了 628 次选择,其中有 14 人选择了'广告宣传',该选择次数所占的比例为 14/628 ＝2.2%;个案百分比计算的则是所有被调查者中选择相应分析方法者占总人数的比例,例如,有 14 人选择了'广告宣传',他们占总人数的 14/448 ＝3.1%。在调查报告中,研究人员经常使用的是个案百分比栏中的百分数。它所表明的意义人们比较容易理解,虽然各个百分数的和大于100%。

二、多重响应变量的列联表分析

多重响应菜单里的交叉表…过程，和描述统计菜单里的交叉表…过程有一些区别，这里的交叉表…过程只提供进行描述统计的功能。我们仍以数据文件'类别法 sav'为例。具体操作过程是

分析→多重响应→交叉表…
行框:选入性别变量(d1)
列框:选入'购买保健品的原因'($ q7)
确定

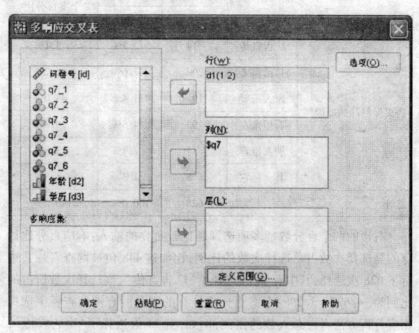

图 11.40　多响应交叉表对话框

图 11.40 左下方的多响应集框，是显示已经定义好的多项选择题变量集。下方的定义范围…钮，用于为相应的变量设置取值范围。本例把变量集 $ q7 放入列框，把性别变量 d1 放入行框，单击定义范围…

钮,出现如图 11.41 所示的子对话框,取值范围是 1 和 2,再返回。单击右上角的选项…钮,出现如图 11.42 所示的子对话框,是用于定义相应的输出选项的。

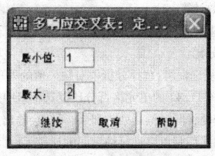

图 11.41　定义范围对话框

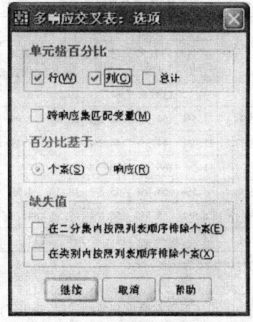

图 11.42　选项对话框

（1）单元格百分比复选框组:用于选择是否在输出的交叉表中显示变量的行百分比、列百分比和总百分比。

（2）跨响应集匹配变量:在第一次分析中同时两个多项选择题数据时,可以要求将它们配对输出,即第一个变量集中的第一个变量和第二个变量集中的第一个变量配对,第二、第三以此类推。此时,百分比将只能基于反应数计算。

（3）百分比基于单选框组:选择交叉表中是基于被调查者还是基于反应数计算百分比。

（4）缺失值复选框组:选择分析中对缺失值的处理方式。

如果我们在图 11.42 的单元格百分比复选框组中选择显示变量的行百分比、列百分比,即☑行、☑列。那么,系统会输出如表 11.16 所示的交叉表。这样,我们就可以进行性别间的比较了。

表 11.16　多重响应的交叉表
d1 * $ q7 交叉制表

			购买保健品的原因[a]						总计
			广告宣传	自己需要	家人需要	看望亲友	朋友推荐	其他	
性别	男	计数	3	133	87	49	6	3	206
		d1 内的%	1.5%	64.6%	42.2%	23.8%	2.9%	1.5%	
		$ q7 内的%	21.4%	44.5%	44.2%	52.7%	35.3%	37.5%	
	女	计数	11	166	110	44	11	5	242
		d1 内的%	4.5%	68.6%	45.5%	18.2%	4.5%	2.1%	
		$ q7 内的%	78.6%	55.5%	55.8%	47.3%	64.7%	62.5%	
总计		计数	14	299	197	93	17	8	448

百分比和总计以响应者为基础。

a. 组

在表 11.16 中,由于系统在输出频数的同时,输出了两个百分比,我们首先介绍表 11.16。我们以男性与'广告宣传'交叉的单元格为例,它最上面的数字 3 为频数,是指在男性中有 3 位选择了受'广告宣传'的影响而购买保健品。它下面第二行的数字 1.5 是行百分比,表示男性中选择受'广告宣传'的影响的人数占全部男性的百分比。第三行的数字21.4是列百分比,表示男性中选择受'广告宣传'的影响的人数占全部(男女)选择受'广告宣传'的影响的人数的比例,它与它下面的单元格里的第三行的数字78.6相加正好为100(数字78.6,表示女性中选择受'广告宣传'的影响的人数占全部(男女)选择受'广告宣传'的影响的人数的比例)。

在这里,可以进行比较的是第二行的行百分比。如在选择受'广告宣传'的影响的人数方面,男性中为1.5%,女性中为4.5%。这说明女性因受'广告宣传'的影响而购买保健品的比例是相应男性的3倍。这也提醒生产和销售女性用品的商家,在促销商品时多进行广告宣传,效果会更好。可能是基于类似的原因,女性因受'朋友推荐'的影响而购买保健品的比例(4.5%)是相应男性(2.9%)的1.55倍。从这两点可以看出,在购买保健品方面女性容易受到外界因素的影响。同样,女性为自己和为家人购买保健品的比例也比男性高。但是男性在看望亲友时,购买保健品的比例(23.8%)明显高与相应的女性(18.2%)。难道男性比女性更关心朋友?

SPSS作为世界上最著名的统计分析软件,它几乎涵盖了统计学的所有方面以及最新的研究成果。本章作为社会调查的一个环节,只是介绍了SPSS相关部分的基本内容。目的是使读者能够利用社会调查中收集到的原始数据,进行所需要的统计分析,为得出科学的结论提供数据处理上的帮助。虽然SPSS公司这次推出了它的简体中文版,但是,我们在学习SPSS时,还是首先要学习常见的统计名词和术语的中英文表示,这对快速学习SPSS有很大的帮助。当然,最重要的是要具备统计学方面的基本知识。同时,根据我们的经验,要深入地学习SPSS,最好买一本附有数据光盘或软盘的专业的SPSS书籍,并且在电脑上多进行练习与实践,这是熟练掌握SPSS的关键。

思考与练习:

一、在SPSS中定义下列题目(变量)及其选项。

Q1. 请问您的婚姻状况

1. 未婚　　 2. 已婚　　 3. 离异　　 4. 丧偶

5. 拒答

Q2. 请问您的血型是

A　　　　 AB　　　 B　　　　 O　　　　 不知道

Q3. 请问您全家共有_____口人。

二、收集班级同学的身高数据(cm)，在 SPSS 上把它转化为下列等级数据。

1. 160cm 及以下　　　　 2. 161—170cm

3. 171—180cm　　　　　 4. 181cm 及以上

三、以某门课程的考试成绩为例，在 SPSS 上计算其平均数、中位数和标准差。并写出具体的操作过程。

四、以某门课程的的考试成绩为例，在 SPSS 上做出男女同学平均成绩的条形图。并进行男女同学平均成绩的比较，看看两者之间有没有显著性差别(0.05 水平)。写出具体的操作过程。

五、针对下面的一个多项选择题，在你们班做一次调查。并在 SPSS 上进行题目(变量)定义和做多项选择题频数表。

Q. 请问你平时主要通过哪些途径获得新闻信息？

1. 电视　　 2. 电台　　 3. 报纸　　 4. 杂志

5. 互联网　　　　　 6. 学校政治学习

7. 手机短信息　　　 8. 其他

第十二章 调查资料的理论研究

在社会调查过程中,对资料的收集、整理乃至统计分析,都还只是对事物的表面认识。要认识事物的内在联系、本质和规律,必须站到理论的高度,对调查中所获得的各种现象资料进行理论思维的加工处理。

第一节 什么是理论研究

一、理论研究的基本内涵

在本书第一章中, 我们就曾经讨论过, 社会调查有广义和狭义两种理解, 狭义的调查就是实地收集资料的过程, 广义的社会调查是调查与研究的统一, 我们这里所说的社会调查其实就是社会调查研究。因此, 在完成了前期的"调查"工作之后,下一步的工作就是理论研究。所谓理论研究, 是一种依据调查过程中获得的经验材料和已有的知识, 按照逻辑的程序和规则形成自己的社会调查成果、创造新知识的抽象思维活动。社会调查是从感性认识入手来研究社会现象的, 但社会调查不能停留在对现象的经验描述上, 它必须要借助理论思维,透过事物的表面和外部联系来揭示事物的本质和规律, 也就是要对社会调查过程中所获得的经验材料进行加工制作, "去粗取精、去伪存真、由此及彼、由表及里", 完成从感性认识到理性认识的飞跃。这一过程就是理论研究。

理论研究必然包含着定性分析。所谓定性分析,就是要确定事物的性质和类别,运用抽象概念对事物进行理论概括。理论研究包括定性分析,但不是简单的等同于定性分析,它还要对事物进行更全面的理论探讨,揭示事物的本质和内在规律性,形成比较系统的、具有普遍性的理论认识。

理论研究不同于统计分析,但它离不开事物的各种定量资料和统计分析。统计分析通过对社会现象的数量资料进行分析,发现和描述事物的规模、发展程度以及事物之间的相互关联性。但统计分析本身不能说明事物为什么会具有不同的状态,为什么会存在相互联系,也就是说,统计分析只能显示事物之间的差异,但无法对这些差异作出理论化的解释。而这正是理论研究的任务。同时,科学的理论研究也离不开定量资料和统计分析,它只有充分利用各种定量资料,尽可能地进行仔细的定量分析,才能更深刻、更准确地从理论上认识社会现象。

理论研究的方法是多种多样的,但它最基本的方法是两种形态:一是"公理思维",即运用形式逻辑知识进行的思维,包括分析与综合、归纳与演绎、抽象与概括、证明与反驳等等;二是"辩证思维",即从运动发展中,从矛盾转化中去把握事物的本质属性与特征。理论研究虽然不是直接反映社会现象,但它比经验描述性分析更接近社会真实。它从事物的外表进到了事物的里层,更深入地掌握了事物的本质特征。正如列宁所说,它不是离开了真理,而是接近了真理。

二、理论研究在社会调查中的地位和作用

在社会调查过程中,理论分析具有十分重要的地位和作用。我们对资料的统计分析,只完成了分析过程的一半。统计分析只能告诉我们事物的外部现象,事物发展的规模与程度,以及不同事物之间的相关程度,一句话,它只能帮助我们对调查对象进行一番描述,只能说明调查对象"是什么",而不能对事物表现出来的量的特征进行理论解释,不能告诉我们"为什么"。这个任务只有靠理论思维才能完成。具体地说,在调查的总结阶段,理论研究的主要作用是:(1)对统计分析的结果作出理论解释。在统计调查中,对调查资料的分析总是分为两个步骤,首先是对调查资料进行统计分析,描述所调查的对象的各种状态,分析事物变量间的相关程度等等;然后就是要对统计分析的结果作出合乎逻辑的理论解释。(2)从理论上对研究假设进行检验和论证。

在一些解释性和学术性调查研究中,人们在调查之前总是要提出某些明确的研究假设,并以此为依据来收集调查资料,到了研究阶段,就需要结合统计分析的结果来对研究假设进行检验和论证。如果统计结果与研究假设不一致,就要说明为什么不一致,如果研究假设与统计结果是一致的,仍然要进行理论研究,找出这种一致的内在必然性,进一步发展与完善理论。(3)由具体的、个别的经验现象上升到抽象的普遍的理论认识。在各种典型调查和个案调查中,所收集的调查资料主要是个案资料和典型资料,对它们无法进行统计分析,只能通过理论思维来使个别经验上升为一般的理论认识。(4)根据理论研究的结果,提出研究结论,并解释研究成果。一项调查研究,总是要有自己的研究结论,要么用确凿的调查资料证明已有的理论,要么在大量占有材料的基础上,提出新的理论。解释研究成果就是说明它在理论上的贡献和实践中的价值。如果说分析是把所研究的现象分解为各个部分,那么结论就是把各个部分的理性认识综合起来,形成对调查对象的完整、准确的认识,并以简明的形式表达出来。

应该指出的是,理论研究不仅存在于社会调查总结阶段,在社会调查的其他阶段和环节上,也离不开理论思维的帮助。事实上,理论研究贯串于整个社会调查活动的全过程。人类认识的过程是一个无限发展的过程,在每一个具体的认识过程中,总是既要接受以前认识的指导,又要提出新的认识,并在实践中对这些认识加以检验。离开了理论思维,我们不仅不能在调查的总结阶段进行正确的总结,实现调查的目标,形成关于调查对象的完整理论,提出有价值的政策建议,而且也不能在调查的最初设计阶段提出调查课题,并进而展开社会调查活动。因此,无论是对于调查资料的理论总结,还是社会调查过程本身,理论研究都是极其重要的一环。

三、理论研究的程序和步骤

理论研究不论其具体形式如何,都具有基本相同的过程和程序。

理论研究的起点是进行思维抽象。在社会调查中,我们要对调查对象的各种现象资料进行多方面的收集、整理和描述,而这是我们进一步进行理性思维加工的基础和前提。在这一过程中,理论思维首先就要对这些现象认识作出抽象概括,形成概念,也就是对调查对象各方面的本质认识的凝结形式。每一个概念都是对调查对象某一方面本质的抽象规定。例如毛泽东在农村调查中,发现有的农民拥有自己的全部耕地,有的农民拥有部分自己的耕地,有的农民根本没有自己的耕地,这就是一种现象资料,经过抽象概括,形成了富裕中农、下中农、贫农、雇农等等概念。又如我们在调查家庭的变迁中,发现大量青年人结婚以后,不愿和父母在一起生活,而单独建立自己的小家庭,对大量这样的调查资料进行抽象的结果,就形成了"核心化"这一概念。没有这种抽象,就不能认识事物的本质,更不可能进行进一步的理论总结和提高。

理论思维过程的进一步发展,是寻找概念与概念之间的逻辑中介,从而建立判断与命题。概念只是对事物本质的最简单的概括。有了逻辑中介,就使不同的概念之间有了相互联系、彼此过渡的桥梁。如"地主阶级是中国社会的剥削阶级","核心化是家庭结构的发展趋势"等等。建立这种概念间的联系,既要严格遵循逻辑运行的自身规律,又要充分占有调查中所获得的各种材料。如果不按逻辑运行规律,随意地把彼此不相关的概念连接起来,就会导致各种逻辑错误和逻辑混乱。例如"粮食专业户是地主"、"核心化是家庭的解体"等等。即使遵循了逻辑程序,如果脱离了调查资料也会犯错误。这在社会调查中常常出现。调查者在理论分析中不是从调查资料出发,而是从主观态度出发,对资料使用抱着"为我所用"的观点,只使用或搜集有利于自己某种观点、看法的调查资料,对不利于自己某种观点的材料视而不见或故意撇开,从而使调查变成了为个人的观点、或某种特定的政策提供辩护的工具。

理论思维的最后结果是形成思维的具体。所谓思维的具体,就是在人脑中实现事物多样性的统一,形成关于调查对象的完整认识。例如,我们调查中国家庭现状,就要对中国家庭的结构、规模、功能等等各

304

个方面进行调查,形成各个方面的认识,最后形成关于现代中国家庭的完整理论,实现思维的具体。这是我们进行社会调查所要达到的重要目标。

要对调查资料进行正确的理论思维分析,不仅要了解理论思维的一般程序,而且要掌握对调查资料进行理论分析的具体过程。这对于形成高质量的社会调查成果是十分重要的。

首先要正确地选择理论思维的目标。理论思维的目标是由思维客体的特征和思维主体的需要两方面因素共同决定的,也就是说调查的对象本身所具有的特征和调查的目的决定我们在调查总结阶段进行理论思维的目标。有了明确的目标,思维之舟就有了航向。在社会调查的前期,我们选择课题和建立假设,是对调查目的的重要反映。在理论分析阶段,我们的活动应紧密联系前期的理论假设,运用逻辑分析手段对调查资料进行加工处理,力图对假设加以证实或推翻。这样,理论分析就不会无的放矢,失去方向。

其次,要制定正确的思维分析步骤。要实现目标,必须有相应的步骤,使理论分析围绕目标从一个阶段过渡到另一个阶段,促使调查研究不断深化和向前发展。在社会调查过程中,我们总是要对整个调查活动过程制定正确的步骤。同样,在理论分析阶段,也要制定一系列理论思维步骤。分类、比较、分析、综合、证明、反驳等等是逻辑思维的具体方法,也是理论分析的具体步骤。例如,我们在调查中搜集了大量的青少年犯罪方面的资料,并经过了定量的描述。在进一步对这些资料进行理论分析时,首先就是要对犯罪性质进行分类,然后进行比较,再通过分析与综合,得出调查结论,最后用材料对形成的结论进行论证,并批驳与结论不同的错误观点。如果把这些步骤和次序打乱了,我们就无法进行正确的理论分析。

第三,控制思维过程,对思维过程中的失误和偏离,及时进行反馈与调整。对调查资料的理论分析,既是一个相对完整的阶段,又是一个动态的过程。在其中每个环节都可能出现失误与偏差,只有不断地反馈与调整才能保证理论分析的顺利进行并得出科学的结论。例如,我们在理论研究中,一般总是先运用资料证明理论假设的正确性,但是在分析大量资料过程中,常常会发现假设本身不科学甚至完全错误,这时就应该及时调整思维方向,以重新确立能够被证实的科学假设。

最后,理论分析的结果必须接受实践的检验。马克思主义认识论的特点就在于把认识过程和实践过程统一起来,使认识接受实践的检验。在社会调查中,我们得出的调查结论是否正确,只有靠社会实践去检验。虽然在一个具体的社会调查过程中的理论分析,不可能每一步都停下来去实践一番。但是,我们仍可以用分析的结论去解释社会现实。一般而言,解释率越高,越能说明理论的正确性。因此,必须要在理论分析中坚持理论联系实际,保持理论对现实的有效解释。

第二节 比 较 研 究

一、比较是理论研究的基本方法

比较是对调查资料进行理论分析的最常用、最基本的方法。比较方法是通过对各种事物或现象的对比,发现其共同点和不同点,并由此揭示其相互联系和相互区别的本质特征。"不怕不识货,就怕货比货",有了比较,我们就可以在诸多调查资料中同中求异和异中求同,为进一步的理论加工奠定基础。

任何客观事物之间都存在着相同点与相异点,因此都可以对它们进行比较分析,只不过可比的方面和层次不同而已。在社会调查资料的理论研究中,我们既要善于运用比较分析的方法,更要善于选择比较的方面与层次,要注意通过比较来透过现象发现本质。比较多种多样,有纵向比较、横向比较、同类比较、异类比较、结构比较、功能比较等等。其中最常见的还是纵向比较与横向比较。

纵向比较就是把同一调查对象的不同历史时期的资料进行比较,以发现其历史的变化趋势。因此它又叫历史比较。例如,我们调查今天的中国家庭规模,可以把它和以前的中国家庭规模进行比较。还可以搜集较长历史时期内(比如封建社会以来)家庭规模的资料进行比较,就可以很容易发现中国家庭规模的历史变迁。

横向比较是一种空间上的比较,把调查对象的有关资料和不同地区、不同民族、不同国家的同类现象的资料进行比较。如在调查生活方式中,可以把中国人的生活水平、生活时间结构、休闲方式等等资料和国外同类资料相比,从中发现中外生活方式的差异。又如在对农村发展状况和发展模式的调查中,可以把调查对象的资料与国内其他地区的同类资料进行比较。比如把苏南模式与温州模式相比,等等。

进行比较研究,要特别注意事物的可比性。要使两个事物或两种现象具有可比性,关键是选择恰当的比较角度,建立起对双方都适用的比较标准。否则就无法进行比较。例如可以对合资企业和国营企业的经济效益进行比较,但不可以把企业的经济效益与政府机关的工作作风放在一起比较。因为经济效益与工作作风是两种不同的指标。比较研究也有自己的局限性。比较方法的局限在于,由于任何比较都只是将事物的某一方面或某几个方面与其他事物相比较,故而总是暂时地和有条件地撇开其他方面,因此它无法全面地认识事物之间的各种联系。比较分析也无法对事物产生的原因作出明确的说明和解释,因为仅仅确定事物之间的异同点并不能确证事物之间的内在联系。但是比较法可区分出不同的事物,可概括事物的共同点和相异点,它有助于建立抽象的理论概念和一般类型。因此它是科学研究中必不可少的基本分析方法。

二、类 型 比 较

类型比较是一种横向比较。它是社会调查中最常用的一种比较方法。我国著名社会学家费孝通先生非常善于运用类型比较的研究方法。他曾经专门谈到如何用类型比较来认识中国农村社会的方法:

"怎样才能去全面了解中国农村,又怎样从中国农村去全面了解中国社会呢?这就是怎样从点到面,从个别到一般的问题。……我明白中国有千千万万的农村,而且都在变革之中。我没有千手万眼去全面加以观察,要全面调查我是做不到的。同时我也看到这千千万万个农村,固然不是千篇一律,但也不是千变万化、各具一格。于是我产生了是否可以分门别类地抓住若干种'类型'或'模式'来的想法。我又看到农村的社会结构并不是一个万花筒,随机变化出多种模样的,而是在相同的条件下会发生相同的结构,不同的条件下会发生不同的结构。条件是可以比较的,结构因之也可以比较。如果我们能对一个具体的社区,解剖清楚它的社会结构里各方面的内部联系,再查清楚产生这个结构的条件,可以说有如了解一只'麻雀'的五脏六腑和生理运作,有了一个具体的标本。然后再去观察条件相同和条件不同的其他社区,和已有的标本作比较,把相同和相近的归在一起,把它们和不同的和相远的区别开来。这样就出现了不同的类型或模式了。这也可以称之为类型比较法。

"应用类型比较法,我们可以逐步地扩大实地观察的范围,按着已有类型去寻找条件不同的具体社区,进行比较分析,逐步识别出中国农村的各种类型。也就是由一点到多点,由多点概括更大的面,由局部接近全体。类型本身也可以由粗到细,有纲有目,分出层次。这样积以时日,既使我们不可能一下认识清楚千千万万的中国农村,但是可以逐步增加我们对不同类型的农村的认识,步步综合,接近认识中国农村的基本面貌。"[1]

从费孝通先生的叙述中我们可以看到,类型比较是认识社会的一条"捷径"。社会生活复杂多样,社会领域广阔无垠,但我们认识社会和研究社会,没有必要,也不可能把所有的社会生活都经历一遍、或把所有的社会单位都调查一番。我们有必要也能够做得到的是,把各种社会类型,特别是主要的社会类型作一番深入的调查研究,通过不同社会类型的比较研究,进而认识整体社会。

类型比较研究方法包括两个步骤或两个层次,首先是建立或识别类型,然后是对不同类型进行比较,在比较中认识事物或社会现象的本

---

① 费孝通:"学术因缘五十年——编《云南三村》书后",《读书》1988 年第二期,第 68 页。

质特征。

所谓类型,就是按照事物的共同性质与特点而形成的类别。要进行各种类型的比较,就要先对事物进行分类和建立类型。分类是科学研究的基础,只有通过分类才能使千差万别的现象条理化、系统化、简单化。分类就是根据具体事物的某种共同点,把相同的事物归入某一种类。对事物的分类可以通过归纳或抽象的方法进行。即在大量观察或定量描述的基础上,对各种具体社会现象进行辨别和比较,发现它们的共同性质和特征,加以概括,然后根据事物的某种标志进行分类。例如把企业分为国有企业、集体企业、私营企业、外资企业等等;把资本主义区分为自由资本主义、垄断资本主义等等;把各种不同的家庭结构概括为核心家庭、主干家庭、联合家庭等等;把世界文化区分为儒家文化、基督教文化、伊斯兰文化或者划分为东方文化与西方文化等等。

但是,区分事物的类别并不是类型比较的唯一目的,甚至也不是主要目的。类型比较的最终目的是为了更深入地认识客观事物。因此,在区分事物类别的基础上,更重要的工作是对这些不同的类别进行比较。例如毛泽东在《中国社会各阶级分析》一文中,把中国社会阶级区分为地主阶级、买办阶级、中产阶级、小资产阶级、半无产阶级、无产阶级和游民无产者,然后对他们的经济地位与政治态度进行了比较分析,在此基础上形成了谁是革命的敌人、谁是革命的朋友,应该依靠谁、团结谁、反对谁的理论认识,并据此制定出适合中国社会特点的新民主主义革命路线。

改革开放以来,我国理论界和政府的有关决策部门为了探讨改革的新思路,解决改革过程中出现的各种社会问题,进行了大量的调查研究工作,并在调查过程中广泛运用了类型比较法进行研究。如农村改革前期的安徽模式与四川模式的比较,改革后期的苏南模式与温州模式的比较。在城市改革的调查中也大量运用了类型比较,有时为了取得比较成熟的改革经验,使改革决策更加科学化,把不同的改革方案放在不同地区、不同城市分别进行试点,人为地形成不同的改革模式和类型,然后进行比较分析,积累经验,再向全国推广。

类型比较既可以在小范围内进行,也可以在大范围内进行,它是一种适用性非常广泛的研究方法。例如,在中国农村的社会调查中,从微观上,可以对不同的村镇类型进行比较,也可以对不同的农户类型进行比较。而在客观研究中,则可以进行一些大范围的类型比较,如研究中国农村现代化发展道路问题,可以对苏南模式与温州模式进行比较,也可对不同类型国家的农业现代化过程进行比较,在比较中发现问题,在比较中总结经验,在比较中获得启示,在比较中形成理论。

一种特殊的类型比较

通常所说的类型比较都是在现实生活中,把具有共同性质和特点的事物归为一个类别,然后再对不同类别进行比较。此外,还有一种特殊的类型比较,这就是理想类型比较。

理想类型比较也称之为理想类型法,它是德国社会学家马克斯·韦伯首先提出来的。

理想类型是从具体独特的现象中抽取一些主要性质、舍弃其他性质而建立的典型或标本,如"资本主义企业"、"现代官僚制度"、"工业化国家"、"新教伦理观"等等。这些类型都存在于抽象概念之中,它们与具体现实并不完全相符,但它们又是由一定历史阶段、一定社会环境中的某些具体因素构成的。有了理想类型,就可以将具体事物与理想类型进行比较。比如将某个西方企业或中国企业与典型的"资本主义企业"进行比较,分析它们之间的异同点,这样就能对具体的、处于不同历史阶段或不同文化环境中的企业进行比较和概括。可以说,理想类型提供了一种衡量现实事物的尺度,以此确定具体现象与一般类型相似或相异的程度。另外,理想类型还有助于分析不同现象的共同本质,找出它们的一致性。例如,"资本主义企业"和"现代官僚制度"都包含了下列因素:明确分工、严格的规章制度、精于算计、讲求效率、缺乏人情味等等,这些因素反映了两者的共同本质或结构一致性。由此可进一步分析,在现代社会中,为什么这两种不同现象会具有内在一致性。也就是说要分析影响这两个现象的共同原因是什么,找出这些原因就可以对上述社会现象作出理论解释了。

韦伯认为,社会现实归根结蒂是以典型环境中典型的人的典型行为为基础的,"理想类型"法就是舍弃具体现象的独特性和次要因素,而把注意力集中在社会现象的典型特征和本质属性上,由此抽象出一般的行为类型,这样就能对复杂的、独特的社会现象进行研究。

三、历 史 比 较

历史比较是一种纵向比较,它是对不同历史时期的社会现象的异同点进行比较和分析,由此揭示社会现象的发展趋势或发展规律。

历史比较法常用于宏观社会研究。由于社会是不断发展变化的,各种社会现象在不同阶段具有不同特征,因此人们一直在试图探寻社会发展的一般规律。例如,马克思主义认为,人类社会可分为五种不同的社会形态。任何国家和民族都要依次经过各个社会形态向前发展,但也不排除跳跃过某一阶段的可能性。美国人类学家摩尔根则认为,社会发展是一个从"原始时代"到"野蛮时代"再到"文明时代"的进步过程。德国社会学家腾尼斯提出,社会发展是从"民俗社会"到"法理社会"的转变,即从传统的农业乡土社会发展到现代的工业城市社会。

历史比较分析首先要确定出不同历史阶段的社会现象具有哪些本质差异,如表 12 - 1 对"民俗社会"与"法理社会"的基本差异进行了对比,表 12 - 2 比较了传统社会与现代社会的家庭的基本特征。然后通过对这些本质差异的比较来建立社会发展理论。

历史比较的目的在于通过对比,发现社会现象在历史演变过程中的变化规律,从而获得对社会变迁的科学认识,建立科学的社会发展和社会变迁理论,以科学地解释人类社会。例如,在社会发展的动因上,马克思认为,社会物质生产力决定了社会发展程度,"根据唯物史观,历史过程中的决定性因素归根到底是现实生活的生产和再生产"。"社会的物质生产力发展到一定阶段,便同它们一直在其中活动的现存生产关系或财产关系发生矛盾。于是这些关系便由生产力的发展变成生产力的桎梏。那时社会革命的时代就到来了。随着经济基础的变

表 12-1　民俗社会与法理社会的基本差异①

社 会 特 征	社 会 类 型	
	民 俗 社 会	法 理 社 会
占统治地位的社会关系	友谊 亲属 邻里	交换 理性分析
核心制度	家庭法 扩大的亲属群体	国家 资本主义经济
社会秩序中的个人	自我	个人
财富的象征	土地	金钱
法的类型	家规	契约法
生活的秩序	家庭生活 乡村生活 城镇生活	城市生活 理性生活 全球生活
社会控制的类型	协定 风俗习惯 宗教	公约 法规 舆论

表 12-2　传统社会与现代社会的家庭特征②

	传统社会的家庭	现代社会的家庭
家庭组织	大家族性的组合	夫妻的组合
家庭规模	扩大家庭	核心家庭
家庭功能	众多:生产和分配	较少:消费
家庭成员之间的责任关系	混合性的:多而重	简化性的:少而轻

---

①　D·马丁代尔:《社会学理论的本质和类型》,麻省剑桥,霍顿·米夫林出版公司 1960 年版,第 84 页。
②　[美]英克尔斯:《社会现代化的一般理论》,载南开大学社会学系编《社会学与现代化》1984 年第 1 期。

更,全部庞大的上层建筑也或慢或快地发生变革。"①法国社会学家迪尔凯姆则提出,是社会劳动分工的发展导致了社会的发展变迁。他认为,随着劳动分工的发展,人们的职业活动更加专门化,人们的生活经历更受到他们职业的影响,因此人们在观念、生活方式、信仰、态度上产生了很大差异。分工的日益专门化和复杂化导致了几种后果:(1)它削弱了乡土意识和家族意识,使个性的成长成为可能;(2)它提高了工作效率,刺激了人们的竞争意识;(3)它使人们在工作和社会活动上更相互依赖,促进了交换(或契约)关系和协作关系,增强了人们的有机团结。这些结果就逐步导致了社会生活方式、社会组织方式、社会制度与社会结构以及思想观念的本质变化。

历史比较分析一般是定性分析,但近几十年来,采用数据资料的历史比较分析也越来越多。如在纵向研究设计中,研究者更多地采用趋势研究的方法,即对同一事物或现象在不同时期的数量特征进行比较(如离婚率、犯罪率、生育率、死亡率、消费水平等的历史变化),以探寻现象的变化趋势。另外,还可以将定量分析与定性分析结合起来,如费孝通在 50 年间三次到江苏一个农村调查,收集了大量文字材料和数据资料,在此基础上对中国农村的历史演变进行了理论分析。马克思也曾专门对英格兰、威尔士、苏格兰、爱尔兰在 1856 年、1861 年、1868 年的蒸汽机台数、纱锭数、在业人数进行历史比较,指出"从 1861 年至 1868 年减少了 338 家棉纺织厂,这就是说,生产效率较高、规模较大的机器集中在人数较少的资本家手中"。

在具体的社会调查研究中运用历史比较法,是将收集到的具体事实分为不同时期进行对比,并具体分析它们的差异,概括出一些本质差异,然后上升到某种社会历史理论的高度对这种差异作出说明和解释,或者是提出一些新的理论观点。例如,我国有的学者在研究当代中国的私营企业主阶层时,就提出必须要把它"提到一定的历史范围之内"进行考虑,即把它提到社会主义初级阶段这个历史大背景下,研究在社

① 《马克思恩格斯选集》第 4 卷,人民出版社 1972 年版,第 477 页。

会主义社会制度下占主导地位的公有制经济对私营经济的制约和影响,在社会主义国家的监督、管理和引导下,私营企业主阶层所发生的某些"变异"及其新特点,并把我国当前的私营企业主阶层与资本主义社会里的资产阶级进行历史比较,从而揭示出我国现阶段的私营企业主阶层具有以下一些不同于资本主义社会里的资产阶级的基本特征:

第一,产生条件不充分。脱胎于封建社会的资产阶级,其产生有两个基本条件:一是存在着大批丧失了生产资料,一无所有,但却有人身自由的雇佣劳动者;二是在一些人手里,积累了大量的为组织资本主义生产所必需的货币财富。而现阶段的中国私营企业主阶层由于再生于社会主义社会,其产生的基本条件不充分。一是现阶段我国不存在丧失生产资料、一无所有的雇佣劳动者,只存在占有生产资料相对不多,"有而不足"的剩余劳动者,二是私营企业主在创业之初,拥有货币财富十分有限,大多数都是以"举债"为主,自有资金为辅。

第二,雇佣劳动不典型。雇佣劳动是资本主义生产关系的典型特征。它是劳动者把劳动力当作商品出卖给资本家,而资本家通过雇佣劳动榨取工人的剩余价值。马克思指出,"没有雇佣劳动,就没有资本,就没有资产阶级,就没有资产阶级社会。"[1]而我国现阶段的雇佣劳动由于受社会主义公有经济主导地位的制约与影响,只能少量地分散在各地,有限地存在于第二、第三产业,作为一种辅助的经济形式,处于被支配地位,不会也不可能发展成为雇佣劳动制度。

第三,劳资矛盾不尖锐。在资本主义社会,劳资利益根本对立,劳资矛盾十分尖锐。而我国现阶段雇佣工人,绝大多数是农村劳动者,受雇的主要目的不是为了维持劳动力的生产与再生产,而是为了获得更高的收入,为了学技术、见世面。他们与雇主的矛盾是在根本利益一致基础上的矛盾,在社会地位上双方是平等的。

第四,发展形态不完备。在资本主义制度下,由于资本主义生产方式占主导地位,资产阶级必然能够掌握政权,成为操纵整个社会经济和

---

[1] 《马克思恩格斯选集》第1卷,第401页。

政治生活的统治阶级。在我国,私营企业主阶层不可能成长为独立的统治阶级,不可能取得与无产阶级相抗衡的阶级地位,只能处于从属地位。

第五,阶层意识不成熟。现阶段我国的私营企业主阶层的阶层意识还处于十分原始的阶段,作为一个阶层,其内部的自组织程度很低,内部同质性低,外部边界不清晰,大多数人都是刚刚从其他社会阶层转化而来,很难在较短的时间内形成明确的阶层意识。

通过上述诸方面的历史比较,就使我们对我国现阶段的私营企业主阶层有了一个非常清晰的完整的认识。由此可见,历史比较,在理论研究中是一种非常重要的研究方法。

第三节　因果关系研究

因果联系是客观事物之间普遍存在的一种现象。任何事物的产生、发展、变化都有其必然的内在原因与外在原因。科学研究的目的就是要弄清各种现象之间的因果关系,认识各种现象发展变化的因果规律。因此,因果关系研究是社会调查的理论研究中极为重要的内容。

一、探寻因果关系的一般方法

为了认识事物之间的因果联系,人类很早以来就致力于探寻因果关系的科学方法的研究。随着自然科学与社会科学的不断发展,探寻因果关系的科学方法也不断被总结概括出来。1872 年,英国哲学家、逻辑学家穆勒总结了从洛克到他所在的时代以来的认识经验,提出了探寻因果关系的五种方法,这就是求同法、求异法、求同求异法、共变法、剩余法。

1. 求同法

求同法也称契合法。在探寻某种现象的原因时,首先列举这一现象出现的多个事例,然后分析每个事例的各种先行情况(或条件),如

果在各种事例中只有一种先行情况是共同的,那么可以认为这一先行情况就是这一现象出现的原因。(图12-1)

```
┌─────────────────────────────┐  ┌─────────────────────────────┐
│      第一种:求同法            │  │      第二种:求异法            │
│  事例  先行情况   被研究现象  │  │  事例   先行情况   被研究现象 │
│   1   A,B,C    →     a      │  │   1   A,B,C  →      a      │
│   2   A,D,E    →     a      │  │   2   B,C   →   (a不出现)  │
│   3   A,F,G    →     a      │  │  结论:A 和 a 有因果关系      │
│  结论:A 是 a 出现的原因      │  │                             │
└─────────────────────────────┘  └─────────────────────────────┘
        图12-1                         图12-2
```

在科学史上,人们就是用求同法了解到阳光穿过密集的水珠是产生虹的原因。用求同法,必须要有足够的事例,否则就不能使用求同法。另外,求同法所获得的结论只是一种或然性结论,它不能保证结论的必然正确。但它仍不失为一种探寻因果关系的初步方法,如果再配合其他一些科学方法,就可以帮助我们找到真正的因果关系。

2. 求异法

求异法又称差异法。如果在考察某一被研究对象出现的事例与不出现的事例时,只有一种先行情况不同,其他先行情况都相同,并且当这种先行情况存在时,被研究现象就出现,当它不存在时,被研究现象就不出现,那么就可以认为这一先行情况是被研究现象出现的原因(图12-2)。

求异法在科学研究中是一种常用的方法。这种方法比求同法优越,因为它是从先行现象的有无两个方面进行考察的,因而结论比较可靠。但它和求同法一样,也有可能把真正的原因忽略掉。

3. 求同求异法

这种方法是把求同法与求异法结合起来运用,因而也称并用法(图12-3)。并用法不是简单地把求同法与求异法连续使用一次,在第2组事例中,不仅没有 A 情况,而且其他情况与第一组也不同。它实际上是正反两方面进行研究,所以结论虽然还是或然性的,但比单用一种求同法或求异法要可靠得多。

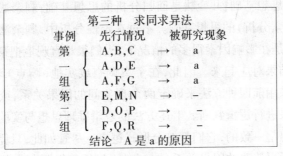

図 12 −3

4. 共変法

在其他先行情况都相同,只有一种情况不同的条件下,当这一情况发生变化时,被研究现象也随之发生变化。那么可以认为这一先行情况是被研究现象的原因。(图 12 −4)

第四种 共変法		
事例	先行情况	被研究现象
1	A_1, B, C $\rightarrow$	a_1
2	A_2, B, C $\rightarrow$	a_2
3	A_3, B, C $\rightarrow$	a_3
结论:A 是 a 的原因		

图 12 −4

第五种 剩余法		
事例	先行情况	被研究现象
1	A,B,C $\rightarrow$	a,b,c
2	B $\rightarrow$	b
3	C $\rightarrow$	c
结论:A 是 a 的原因		

图 12 −5

5. 剩余法

剩余法是找出某一被研究现象的一组可能的原因,一一研究后,除了一个外,其他情况都不是被研究现象的原因,于是剩余的原因就是引起被研究现象的可能原因。(图 12 −5)

以上五种方法中,第一、第二种方法,即求同法和求异法实际上是比较法,不过它们在确定事物异同点的同时,还把所比较的两个方面联系起来,试图分析两者的因果关系。一般来说,仅仅由比较法得出因果结论是不太可靠的。

与比较法相比,第三、第四、第五种方法的分析思想更全面,更符合逻辑推理的要求。实际上,求同求异法是双变量交互分类分析(即相关分析)的思想基础;共变法是回归分析的思想基础;剩余法是多变量分析(或因素分析)的思想基础。不过在定性分析中,剩余法很难得到应用,尤其是在影响因素很多的情况下,人们很难直观地把某种原因与某一部分结果对应起来。因此,在个案调查或实地(蹲点)调查中,人们一般是采用前四种方法来确定两个现象间的因果关系,或对现象的原因与结果进行逻辑判断。上述方法的逻辑推理思想与实验法和变量分析的思想是一致的,它们都符合形式逻辑。尽管如此,只凭少量个案是很难概括出普遍的因果关系的。此外,只凭逻辑判断也很难揭示出本质的联系。所以,上述方法只是探寻因果关系的初步方法,要更深入、更全面地分析事物之间的因果关系,还需要结合辩证分析。

社会学家迪尔凯姆认为,社会学的解释应该是因果的解释,这种解释的实质在于分析社会现象是怎样依赖社会环境的;他认为穆勒的求因果五法中只有共变法可以运用于社会研究,社会学研究应该运用对比分析去寻找因果联系。迪尔凯姆所主张的这种因果解释方法,后来一直成为社会学的传统研究方法。

二、对因果关系的说明与解释

穆勒求因果五法,主要是在前后相随的现象中,根据因果规律的特点,通过相关变化(同时出现、同时不出现或成比例地发生与变化等)来归纳因果关系。但这只是探寻因果关系的初步方法,其结论也不具有必然性,大多只是或然性结论。因为现实世界中的因果关系十分复杂,特别是社会现象很少有单一的因果关系,大量存在的是多因多果、一因多果、一果多因。因此,要探寻因果关系、不能停留于"求因果五法",还要借助于更严密、更科学的研究方法,从而不仅能够找出事物、现象之间的因果关系,而且能够在理论上对这种因果关系作出科学的说明与解释。

1. 科学归纳法

归纳是人们认识事物的一种重要方法,归纳法的根据是一般存在于个别之中的哲学原理。就其表现形式而言,它是从特殊性的知识推演出一般性的知识。在社会调查过程的后期,我们要对大量调查资料进行理论研究,其中是离不开归纳方法的。我们前面介绍的比较研究和求因果五法中也已经包含有归纳方法在内。社会调查的目的是要在已有的知识和调查所获得的实际资料基础上发现新的知识,因此归纳法在理论研究阶段具有特殊的重要地位和意义。

归纳方法可以分为完全归纳法、简单枚举归纳法和科学归纳法。完全归纳法是根据某类事物的每个对象都具有或都不具有某种属性进行归纳,这种方法在社会调查中使用不多。简单枚举归纳法是根据某类事物中具有某种属性,并且不断重复出现而未遇到相反的情况,从而归纳出该类事物具有该种属性的方法。这一方法的意义主要在于能够给调查者以启发,引导人们去进行联想、假设,走向科学归纳。科学归纳是一种建立在对事物发展的内在联系和规律性认识的基础上进行的归纳。它是科学研究的最重要的方法,社会调查研究要获得科学的结果,必须运用科学归纳法。只有通过科学归纳,我们才能在调查资料的统计分析的基础上向前迈进一步。也才能对利用比较研究和求因果五法所获得的因果关系作出理论性的说明与解释。例如,我们发现不同地区、不同国家中大量农村人口向城市集中的现象资料,就要进一步研究在这种现象的背后,隐藏着什么原因。当我们通过研究,认识到工业化的发展要求为之服务的第三产业的发展,工业的集中性要求有一种能够满足这种需求的社区形式时,我们就可以科学地归纳出,随着工业化水平的提高,城市化是不可避免的必然趋势。

2. 辩证分析

辩证分析实际上就是从各种角度、从各个对立的方面进行思维的抽象与综合。也就是说,它是从多种原因、多种因果关系中分析出哪些原因是主要原因,哪些原因是次要原因,哪种因果关系是更本质的;在什么条件下,这种因果关系起主要作用;在什么条件下,原因与结果、主要原因与次要原因、本质关系与非本质关系会发生转化。此外,辩证分析还要对某种因果关系的普适性作出说明,即它是普遍的、必然的,还是只适合于某种场合、某些地区、某些时期。

社会现象是错综复杂的,现象之间的因果联系也是多种多样的,因此在对调查资料进行因果分析时,既不能仅仅套用某种理论对客观事实作出牵强附会的解释,也不能仅仅在经验层次就事论事地对具体现象作出肤浅的说明和解释。研究人员应当坚持"具体问题具体分析"和"理论与实践相结合"的原则,既要详细分析具体现象在具体的时间、场合、条件下的各种表现和特点,也要注意抓住事物的本质和普遍联系,概括出内在的、必然的因果关系,上升到理性认识。这样,调查结论才具有更大的理论意义和现实意义。

第四节　结构—功能分析①

一、结构—功能分析的基本作用

所谓结构—功能分析方法,是指对事物的功能及功能与结构间内在联系进行分析,以探寻该事物存在原因的一种分析方法。

社会作为一个整体,其内部普遍地存在着各式各样的结构,对社会进行结构—功能分析是理论研究的重要内容。所谓结构,是指事物的各种要素的内在联系与组织方式;所谓功能,是指有特定结构的事物,在内部与外部的联系与关系中,表现出来的特性和作用。功能和结构是对应的,有什么样的结构就有什么样的功能。功能与结构又是互相制约的,一方面,事物的固有结构影响着、规定着这一事物功能的性质,限制着它的范围和大小,即有什么样的结构就有什么样的功能,结构的改变也必然引起功能的改变,结构的有序化也促进了功能的有序化。例如,一个企业内部的不同管理结构和劳动组织方式,就会产生不同的劳动生产效果,这种结构越是有序、合理和协调,生产状况也就越井然有序,功能也发挥得越好;反之,若结构是无序的,生产也一定混乱无序。另一方面,功能也制约、影响结构的变化。事物原有功能的强化、削弱、丧失以及某种新功能的产生,会导致事物原有结构发生变化。例

---

① 参见袁方教授主编:《社会调查原理与方法》,高等教育出版社1990年版。

如,在我国的经济体制改革中,随着各级计划委员会的职能的变化,各级计委机构也发生了相应的变化。

任何社会单位,大至国家、民族,小至家庭、班组,都是由一些组成部分或要素构成的。这些部分或要素就组成了一个社会系统,它们之间的相对稳定的联系就称为这一系统的结构,如一个国家的产业结构、地区结构、职业结构、阶级结构等等。而每一社会系统要想生存或运转,都必须满足一些基本的需求或条件,如生产食物或建造住房等。这些需求都是由社会系统的某一特定部分来满足的,也就是说,每一组成部分都担负一定的社会功能。如生产组织的主要功能是提供物质产品;军事组织的功能是对外保卫国家、对内维持社会的稳定。

社会系统是分为不同层次的,一个社会整体的各个组成部分都是一个个独立的、处于低层次的社会子系统。各个社会子系统是相互联系、相互作用的,这种联系就构成整个系统的结构或称子系统的外部结构。子系统对整个系统的作用与影响称为它的外部功能,而子系统内部各个组成部分之间的联系和相互作用就称为子系统的内部结构与内部功能。

对社会现象进行结构—功能分析,其主要目的是要解释社会现象为什么会出现或为什么会发生变化。这种解释是要具体说明所研究现象在社会结构中处于何种位置,它对其他现象有什么影响和作用,即它的功能是什么。功能解释与因果解释不同,后者是要说明导致这一现象出现的主要原因,而前者是通过说明这一现象所发挥的社会功能来解释它为什么会存在。

结构—功能分析的另一目的是分析社会系统中各种现象间的相互关系以及现象间的作用机制。依据系统论和控制论的观点,一个系统总是处于动态平衡过程中,这是由于系统本身具有自我调节与控制的机制。各种现象间的复杂的联系与相互作用实际上是受系统的调节机制制约的,同时它们又对系统的平衡状态和调节机制有影响。例如,传统社会的稳定主要是靠家庭制度和宗法伦理观来调节与控制的,人们之间的交往关系和相互作用都受到家规和礼教的束缚。但是随着工业化的发展，人们的生活方式和职业活动发生变化之后，人们的交往关系和相互作用也发生很大变化，这就会破坏传统社会的稳定，危及它的家族制度和伦理观，因此社会的调节机制也要相应进行改变。由此可以看出，结构—功能分析是要把所研究的现象放置到社会整体中进行全面考察，以便在整个社会背景和历史背景中对现象的产生与变化作出解释。

结构—功能分析适用于说明和解释某些特殊的社会制度、习俗和风尚。这些现象都具有一定的独特性，因而很难将它们归入某一类型以作出普遍的解释，如中国的"子女顶替父母"的招工制度、"工人对调"制度、在某些民族中的抢新娘或偷新娘的习俗、"走婚制"等。对这些现象只有从具体的社会历史背景，从这些现象所具有的特定功能、从这些现象与整个社会结构的本质特征的一致性上才能对它们作出有效的解释。

结构—功能分析还适用于说明和解释具有自我调节功能的系统。举例来说，人体的生理系统就是具有自我调节功能的系统，它是由血液循环系统、呼吸系统、消化系统、神经系统等部分组合成的。但是人们对其中的许多生理构造或生理现象很难进行因果分析。例如，肺与心脏是有联系的，但这种联系并非是说哪个是原因，哪个是结果，而是指它们在整个生理系统中是"配套"的，它们要靠相互协调才能发挥各自的功能，因而它们都是生理系统中不可缺少的器官。上述说明就是一种功能解释，它解释了肺与心脏为什么会存在、为什么会具有相互联系。

早在18世纪，法国哲学家孟德斯鸠在《论法的精神》一书中就致力于探讨社会中的各种体制、各种制度之间的"配套"问题。他发现，任何特定社会中的经济制度、政治制度、法律、社会习俗、价值观念都是相互依存的。他认为，只有通过对这种相互依存的原因进行分析，才能深刻地认识社会及各种社会现象。在他以后，许多社会科学家都在社会研究中引入并发展了结构—功能分析方法。他们主张，要将社会视为一个具有内在相互依存性和自我调节功能的系统，要深入分析一个社会系统的结构、具体构造、运行机制以及系统各组成部分的功能，这样才能更全面地理解在这一系统中出现的各种社会现象。

二、结构—功能分析的方法

在现代社会调查中,结构—功能分析已成为一种应用广泛的理论分析方法。费孝通教授在概述社会调查的主要方法时指出:"社会调查的最后一步是整理资料、分析资料和得出结论的总结阶段。在引出调查结论的过程中,我们的分析重点要放在以下两个方面:第一,要注意分析社会生活中人们彼此交往的社会关系和社会行为,掌握人与人之间相处的各种不同的模式,认清各种角色在特定的社会历史条件下和特定的社会关系中是怎么表现其固有的特征的。第二,要注意分析社会的某一部分或某一现象在整个社会结构及其变化过程中所处的地位和所起的作用。从性质上与数量上找出社会的这一部分或这一现象与其他部分或其他现象之间的互相联系、互相影响、互相制约的关系,从而达到认识社会整体的目的。"①这里讲的第二个方面就是指结构—功能分析。

下面我们结合一个实例来说明结构—功能分析的方法和步骤:

社会科学家在许多国家的调查都发现,各个国家的职业结构都具有相似的等级,即人们对各种职业的评价形成了有高有低的等级排列,而各个国家的排列顺序是大致相同的。较高等级的职业能获得较高的声望和报酬,如在任何国家,医生和工程师的收入和社会地位都比较高。那么如何解释这种现象呢?一些研究人员指出,在工业社会中,由于分工和协作的加强,各种职业形成了比较稳定的相互依存的结构,每种职业都担负一定的社会功能,它们对于社会整体的运转都是不可缺少的。但是由于有些职业可被其他职业代替,有些职业则是无法取代的,这就造成了不同职业的重要程度不同。另一方面,由于有些职业是谁都可以胜任的,而有些职业则需要较多的专业训练和更高的智能,因此能够胜任这种职业的人相对较少,这就造成了某些职业人才的稀缺和不可替代。所以,为了保证各种职业,特别是重要的职业和职位都由称职的人承担,各个国家都逐渐形成了职业报酬和职业声望的等级制,

---

① 费孝通:《社会调查自白》,知识出版社 1985 年版,第 15 页。

即对那些从事重要职业的人或稀缺的人才给予更多的报酬和更高的社会地位。尽管等级制会导致社会不平等,但是由于报酬和声望的等级制对于维护社会的有效运转具有积极作用和调节功能,因此它们在各个国家中都普遍存在。上述说明就是一种结构—功能分析。

通过上述案例可以看出,结构—功能分析的基本过程可以分为三个步骤。

第一步,把所研究的现象(如职业报酬)置于一定的社会系统(如职业系统)中,说明这一系统的内部结构与外部结构,分析这一现象在社会系统中的地位和作用,它对社会运转和社会发展具有何种功能。

第二步,从性质上和数量上分析这一现象与其他现象的联系,例如职业报酬的高低与工作效率、职业声望、择业意愿、职业训练、职业重要性等方面的关系。然后讨论各种现象的积极作用与消极作用、表面作用和潜在作用等等。

最后,结合各种分析对这一现象作出说明和解释。如这一现象是如何产生的,它的产生是必然的还是偶然的,它是与社会结构的哪些部分相"配套"的,即社会结构的何种变化会导致它的变化,而它的变化又会导致社会结构的哪些部分发生变化,等等。

基本概念:

求同法　求异法　求同求异法　共变法　剩余法　结构—功能分析法

思考与练习:

1. 理论研究在社会调查中的意义是什么? 在调查研究中如何进行理论研究?

2. 比较研究有哪两种基本方法? 谈谈它们各自的性质和特点。

3. 什么是"求因果五法"? 为什么说在因果关系研究中仅仅靠"求因果五法"是不够的?

4. 怎样进行结构—功能分析?

第十三章 调查报告的撰写

调查报告是根据调查研究成果写出的关于社会调查研究的书面报告。它是整个社会调查研究过程的全面总结，是社会调查研究成果的集中体现。一份调查报告的好坏直接关系到社会调查成果质量的高低和社会作用的大小。因此，撰写调查报告是社会调查总结阶段的一项重要工作。

第一节 调查报告的特点和作用

一、调查报告的特点

调查报告作为社会调查研究成果的表现形式，具有如下基本特点：

1. 针对性

任何社会调查都是为了一定的目的而进行的，这就决定了调查报告具有强烈的针对性。也就是说，调查报告都是为某一问题而写的，或者理论问题，或者现实问题。调查报告总是要根据调查研究的结果，明确地提出解决问题的方案。针对性越强，调查报告的社会价值越高，发挥的作用也就越大。同时，在撰写调查报告时，还要针对调查报告的读者对象，即要明确调查报告是写给谁看的。调查报告的读者一般是三类人，第一类是领导、决策机关和职能部门。他们希望听到对现行政策的意见和评价，他们最感兴趣的是报告中的那些具有针对性的建议。第二类是科研工作者。他们侧重于寻找社会现象的原因和发展趋势，关心调查研究的新成果。他们对调查报告的要求较高，既要求结构严谨，同时要求数据、资料准确无误，还希望报告内容能有所创新、有所突破。第三类是一般群众，他们希望更多地了解身边正在发生的社会变化,希望听到有说服力的解释,得到有关的知识帮助。针对调查报告的读者对象的不同,报告的内容侧重点、发表形式也将不同。

2. 实证性

调查报告是以事实为基础的,社会事实是社会调查研究的对象。社会事实是已经发生或正在发生的客观社会事件和事物。而社会调查就是要围绕研究主题,在研究假设指导下收集有关的社会事实。调查报告必须全面正确地反映社会事实,用事实来说话是调查报告最基本的表现手段。

实事求是是马克思主义的思想路线。坚持马克思主义的观点和方法,必须坚持实事求是的原则。实证性特点实际上是实事求是原则在社会调查过程中的具体表现。调查报告作为社会现象的调查说明材料,必须忠实地反映社会现象的本来面貌。只有充分地、准确地以社会事实为根据,用客观事实说明问题,才能正确反映社会现实,找出社会现象出现的原因,引出正确的结论,用以指导实践。客观事实是调查报告赖以存在的基础,是调查报告的生命;实证性则是调查报告的基本特点。撰写调查报告,必须坚持实证方法,详尽地、系统地、全面地占有材料,特别是要掌握"第一手"材料,用具体的经验研究材料来检验理论假设,说明现实问题、推导研究结论。

坚持实证方法,就是强调调查报告材料必须真实、具体、准确,而绝不能虚假、抽象、含混不清。如果调查报告的材料不能真实地反映客观现实,事实不清楚,数据不准确,那就失去了调查报告的意义。

3. 时效性

调查报告中所反映的通常都是现实社会生活中迫切需要解决的问题,这就决定了调查报告必须讲究时效性。调查报告不仅要全面、准确地反映社会现实和社会问题,而且更要及时地提出解释社会现象和解决社会问题的答案和对策。如果调查报告延误了时间,错过了时机,不能及时地回答人们迫切需要了解的问题,就会"时过境迁",成为"马后炮",那样,调查报告也就失去了指导作用和应有的社会意义。

二、调查报告的类型

各类调查报告不仅涉及的内容纷繁复杂,应用范围非常广泛,而且其表现形式也是多种多样的。调查报告的形式,根据社会调查的对象、范围、具体内容以及阅读对象的不同而分为不同的类型。其中,按社会调查的内容来划分,有综合性调查报告和专题性调查报告;按社会调查的主要目的来划分,有应用性调查报告和学术性调查报告等等。

1. 综合性调查报告和专题性调查报告

综合性调查报告也叫概况性调查报告。是指对调查对象的基本情况和发展变化过程作比较全面、系统、完整、具体反映的调查报告。这类调查报告一般着重分析社会的基本状况,研究带有共性的问题,提出具有普遍意义的建议。

综合性调查报告一般有这样几个特征:一是对调查对象的基本情况进行较为完整的描述,它的内容所涉及的范围比较广泛,包括一个地区甚至特定社会的地理、人口、阶级、阶层、政治、经济、文化等各方面的基本情况,所依据的资料比较丰富,覆盖面大,指导作用强。二是对调查对象的发展变化情况作纵横两方面的介绍。三是以一条主线来串联庞杂的具体材料,使整篇报告形神合一,达到清楚地说明调查问题的目的。例如,毛泽东的《寻乌调查》就是一篇内容极其丰富的综合性调查报告。这篇调查报告从政治、经济、文化教育、土地关系和土地斗争,以及社会风气、人民生活等方面系统地反映了寻乌这一地区当时的社会概貌,然后从纵横两个方面对寻乌的发展变化情况,如寻乌的商业盛衰的原因及阶级阶层的状况进行深刻分析,从而揭露了旧中国农村的各种剥削方式,生动地反映了农民土地斗争的情况,为我党开展土地革命斗争提供了重要的依据。

专题性调查报告是指围绕某一特定事物、问题或问题的某些侧面而撰写的调查报告。这类调查报告的特点是内容比较专一,问题比较集中,篇幅一般都比较短小,依据资料不及综合性调查报告那么广泛,反映问题也不及综合性调查报告普遍,但它能够帮助有关部门及时了解和处理现实生活中急需解决的具体问题。专题性调查报告在党政机关、社会团体、企事业单位的日常工作中应用广泛。如行政管理部门的生产事故、灾情、纠纷的调查,公安司法部门的刑事民事案件调查,科研部门对某一社会问题和社会现象的调查等等,都采用专题性调查报告。

2. 应用性调查报告和学术性调查报告

应用性调查报告是以解决现实问题为主要目的而撰写的调查报告。这类调查报告又可分为以下几种:

(1)社会情况调查报告。这类调查报告是在深入、系统地调查研究社会基本情况后写出来的。其目的主要是认识社会现象、了解社会现状。其内容主要反映社会的政治、经济、文化、教育、生活方式等方面的基本情况。在写法上,这类调查报告以突出事实为主,对事实的叙述全面、系统、具体、深入。如恩格斯的《英国工人阶级状况》、毛泽东的《寻乌调查》、《兴国调查》等都是属于社会情况调查报告的典范。

(2)政策研究调查报告。这类调查报告主要是为政策的制定和执行服务的。这类调查报告的写作,既要叙述必要的调查材料,又要进行深入的论证和分析;既要对问题作出正确的估计和判断,同时又要对今后的工作提出具体的意见和建议,例如毛泽东的《湖南农民运动考察报告》就属于这类报告。

(3)总结经验调查报告。这类调查报告是以总结推广先进经验为目的的。它对于表彰先进典型、推广先进典型、指导同类工作都具有重要意义。这类调查报告的写作,着重于说明先进典型产生的具体历史条件及其发展过程,特别要详细介绍其遇到过哪些问题和解决这些问题的方法,以及所取得的成绩和推广的意义。如毛泽东的《长岗乡调查》、《才溪乡调查》都是典型的总结经验调查报告。费孝通教授的《小城镇,新探索》①也属于小城镇发展的总结经验调查报告。

(4)揭露问题调查报告。这类调查报告的主要目的是揭露现实生

---

① 费孝通:《行行重行行》,宁夏人民出版社,第45页—65页。

活中存在的突出问题,以引起社会的重视,使人们从中吸取教训,提高认识。同时也为有关部门了解情况、解决问题提供依据。写作这类调查报告,不仅要如实地揭露问题,而且要客观地分析问题产生的原因,准确地判明问题的性质,指出问题的严重性和危害性,提出解决问题的办法和处理问题的具体建议。如《中国妇女报》1985 年 9 月 25 日登载的《关于重婚问题的调查与思考》,刘小京在《社会学研究》1993 年第 5 期发表的《略析当代浙南宗族械斗》等,都属于揭露问题的调查报告。

学术性调查报告是以揭示社会现象的本质及其发展规律为主要目的而撰写的调查报告。这类调查报告,主要是通过对现实问题的调查和研究,来达到对客观社会现象作出科学的理论概括和说明。写作这类调查报告,要求调查材料真实、系统、完整;在论证上要有严密的逻辑体系和科学的分析;在研究结论上,要观点鲜明、准确、新颖,具有较强的理论意义和实践意义。

调查报告的分类,只有相对的意义,不能绝对化。同一篇调查报告,分类的标准和侧重点不同,就可以归入不同的类型。如毛泽东的《湖南农民运动考察报告》,既可以说是综合性调查报告,也可以说是专题性调查报告,还可以说是具有重要学术价值的学术性调查报告。

三、调查报告的作用

调查报告是针对社会现实提出的具有明确观点和事实根据的书面报告。因此,它既具有较高的学术价值,又对社会实践有指导意义。调查报告的作用主要表现在以下几个方面:

(1) 调查报告是实现调查目的的重要环节。任何社会调查都是为了某种目的而进行的,目的性是社会调查的重要特征。然而,社会调查要想实现其目的,必须借助于调查报告。因为单纯地搜集一堆调查材料,并不能说明问题。只有将分散的、零乱的调查材料,按照事物本身的逻辑,整理出次序来,进而通过调查报告这种书面形式,把调查的成果巩固下来,才能够揭示出社会现象存在的条件和发展的规律,得出科学的结论。通过调查报告揭示出来的科学结论是整个调查活动的结晶,它为人们正确地认识社会现象、解决社会问题提供了基础条件。通过调查报告的形式,可以为政策的制定、调整、修正提供事实和理论依据,可以改变管理者凭经验、想当然的不良工作方法,使领导者把决策建立在科学研究的基础之上。所以,调查报告也是调查目的向社会政策转化的一个中间环节。

(2)调查报告能丰富和发展关于人类社会的科学理论。调查报告是调查研究成果的集中体现,它不仅能够提供大量的客观事实和有价值的资料,而且能够通过对客观事实的分析,揭示社会现象的本质和发展规律,为人们提供认识社会的科学理论。如美国社会学家威廉·怀特根据参与观察写成的《街角社会》一书,既丰富了社会调查方法的理论,同时也丰富和发展了社会学关于小群体研究的理论。费孝通教授的小城镇研究也极大地推动了我国城市化理论的发展。大量事实说明,许多有重大价值的理论突破都是在调查报告中揭示出来的,它是人们发现问题、解释现象、推动认识发展的重要途径和形式。虽然就具体的报告来看,由于人们的认识水平不同,对调查对象的反映程度有别,报告的理论价值相异,但只要坚持马克思主义的立场、观点、方法,坚持实事求是的原则,写出的调查报告会对关于人类社会的科学理论的发展起到这样或那样的促进作用。

(3)调查报告对于人们的社会实践具有指导作用。科学的任务不仅在于认识世界,更重要的是要改造世界。调查报告的主要功能和价值就在于它对社会实际工作的指导作用。具体地说,调查报告在这方面的作用表现为发现问题、反映情况、总结经验、树立典型、宣传政策、推动工作。如毛泽东的《湖南农民运动考察报告》、《兴国调查》等,不仅丰富了马克思主义理论,而且在我国革命的具体实践中起到了巨大的指导作用。费孝通教授的《三访江村》、《小城镇大问题》等调查报告既丰富了我国的社区研究理论,同时也极大地推动了我国的小城镇建设和发展。

第二节　调查报告的结构和写作方法

一、调查报告的结构

调查报告的结构是根据研究目的的不同和研究内容的需要而在格式上作出的不同安排。人们由于不同的研究目的，可以采取不同类型的调查报告，并在其格式、表达方式等方面，表现出不同的特点。从这个意义上讲，调查报告没有固定不变的模式。但是，就各种类型的调查报告的基本结构来看，它们之间又存在着共性。一般说来，调查报告的基本结构是由报告的标题、前言、正文、结尾四个部分组成的，有的调查报告还有附录等。掌握调查报告的格式和基本结构，是写好调查报告的重要前提。

1．标题

标题是文章的眼睛，"题好一半文"，因此，撰写调查报告应该十分重视标题的设计，力争给读者一个良好而深刻的第一印象。调查报告的标题，通常有三种写法。

（1）用调查对象及其主要问题作标题。这是一种使用较广的单标题法。如《湖南农民运动考察报告》、《父母离异的学龄少儿的调查》、《深圳特区第二职业状况的调查》、《农村雇工经营定量考察报告》等等，这种标题法比较简明、客观、主题突出，但往往显得呆板平淡，缺乏吸引力。

（2）用提问作标题。这也是一种单标题法，这种标题法常常运用于揭露问题和总结经验方面的调查报告。如《十名婴儿死亡的原因在哪里?》、《××单位的领导班子为什么涣散无力?》、《"双学双优"如何深化?》等等。这种标题法，既简洁明快，又尖锐泼辣，对读者具有较强的吸引力。

（3）用主标题与副标题相结合的复式标题法。这种标题法的主标题部分是一种判断或评价，而副标题部分则是对主标题所作的必要补充和说明。如《辛口村调查——关于中国农村人口城市化道路的探讨》、《非经济因素对经济发展的影响——一个欠发达地区的考察报告》、《发展外向型经济的社会环境——石狮市三镇一乡的社会调查》等等。这些标题的主标题既表明了作者的态度,鲜明地揭示了主题,又富有吸引力,但是调查对象、调查范围以及所研究的问题在主标题中不易看出,因此,必须用副标题来加以补充和说明。

调查报告标题的写法比较灵活,但不论采用何种标题法,一般要注意这样几点:第一,标题要与报告主题相吻合、协调;第二,标题要文字简洁,一目了然;第三,标题要有吸引力和感染力。

2. 前言

前言也叫引言,它是调查报告的有机组成部分,对整篇调查报告起着总领和引导作用。前言写得如何,对激发读者的兴趣,具有重要的意义。前言部分的主要任务是:

(1)简要说明调查研究的目的和意义。其中首先要说明为什么要进行某项调查研究,其理论意义和实践意义是什么。同时,还要说明这次调查所要探讨解决的主要问题。

(2)简要说明开展调查研究的基本情况。其中包括调查的主持者、承办单位、参加人员,调查的对象、时间、地点、步骤、方法等。对于抽样调查和典型调查,要说明选样的根据、方法和步骤,评价样本的代表性,以及测量手段的信度和效度,以便别人对研究结论进行验证。

(3)简要说明调查对象和有关概念的界定。例如,调查对象是私营企业,那么就要界定什么是私营企业(雇工八人或八人以上,生产资料属于业主私人所有的企业),以便于读者的理解以及在利用研究成果时参考和借鉴。

(4)可以开门见山地简要介绍调查的成果和结论。

前言部分的写作方法,一般有以下几种:

第一,主旨直述法。即在前言中着重说明调查研究的目的和宗旨。如《职工参与意向的调查分析》的前言可这样写:现代企业管理的一个重要特征是动员广大职工参与企业管理,实行企业管理民主化。企业管理民主化进程,不仅受制于企业领导人的民主素质,而且还受广大职工参与意向的影响。本调查的目的在于弄清我国职工的参与意向,并对其作出量的估计,从而为深化企业改革,确定企业管理民主化进程的方针、策略,提供客观依据。调查分析所引用的数据,取自 1988 年全国 48 个大中型国营企业,15472 名职工劳动积极性调查统计资料。笔者通过对调查所获数据的分析,认为目前我国职工的参与意向比较贫弱,参与行为比较消极,从而规定了企业民主化的进程可能是相当缓慢的。因此,在深化企业改革,推进民主管理过程中,对职工参与管理期望过高,脱离实际,操之过急,可能会使改革遇到一定的困难和挫折。① 这种写法直接说明调查者的目的和意图,有利于读者具体把握调查报告的主要宗旨和基本精神,从而引起读者的重视,主旨直述法是一种应用较多的前言写作方法。

第二,情况交代法。即在前言中着重说明调查的目的、时间、地点、对象、方法以及调查工作的过程和具体情况。如《1987 年以来改革的社会心理环境的调查分析》的前言是这样写的:1987 年,针对改革中的社会心理,我们进行了 8 次大规模调查。这些调查是形成本报告的基础。为本报告提供主要数据的两项大规模调查,其样本是以全国 353 个城市中 12258.47 万市区非农业人口中 18 岁以上者为总体,严格按照分层随机抽样的方法抽取的。在调查中我们使用了同样的问卷或同样的量表进行定期调查,使几次调查的数据和结论具有了可比性。② 这种写作方法,便于读者了解调查研究的历史条件和具体情况,也是前言比较常用的写作方法。

第三,结论先行法。即开门见山,直接把调查的结论写在前头,使人一目了然。如《水围村改革以来社会变迁的初步调查》的前言是这样写的:水围村位于深圳特区内的福田区南部,与香港元朗隔河相望,东南面是中国大陆最大的口岸——皇岗口岸,旁边是正在兴建的深圳市保税工业区。全村共有 168 户 560 人,改革开放前由于地处海边防

---

① 参见《社会学研究》,1989 年第六期。
② 参见《社会学研究》,1988 年第五期。

区,交通不便,历来被称为"穷水村"。以前许多青年外逃香港,如今纷纷回村定居。80 年代,水围村发生了巨变,正在逐步实现农村向城市转变,农民向非农转变。目前已有村办企业 20 个,固定资产 3200 万元,已建成小学、幼儿园、敬老院、文化大楼等设施,成为精神文明建设的先进典型。本文从人口、文化、社会经济结构、生活方式等主要方面来探讨水围村的社会变迁。[①] 再如《母猪也应该下放给农民私养》[②]、《青年知识分子成才之路——对大庆青年大学生成长的调查和思索》[③]等调查报告也是采用结论先行法撰写前言的。这种写法,观点鲜明,先将调查结论写出来,引导读者积极思索,然后在主体部分再去作论证。这样,使人容易把握报告的主体,加深对问题的认识。

第四,提问法。即开头首先提出问题,设下悬念,增强调查报告的吸引力。如《桓台农村的直系家庭多于核心家庭》的前言是这样写的:"实行 9 年联产承包责任制的我国农村,家庭的结构类型是怎样的? 它是否适应经济体制的变化? 为此,我于 1987 年 10—11 月份对素有'建筑之乡'美称的山东省桓台县的农村家庭作了 40 多天的调查。调查采用问卷法和访问法相结合的方法。问卷的发放采用分层随机抽样的方式进行,在桓台县抽取了 3 个乡镇的 9 个村,发放问卷 400 份,回收 339 份,其中作废 13 份。问卷的回收率为 84.5%,有效率为 96.17%"。[④] 再如《偏见与现实:独生子女教育问题的调查与分析》的导言指出:"独生子女是 70 年代末以来出现在我国社会中的一代特殊人口。……现在的问题是:独生子女家长在总体上比非独生子女家长更溺爱孩子吗?"[⑤]这种写法,在前言中提出报告所要揭示的问题,能引起读者读下去的兴趣。

调查报告前言部分的写作方法,形式比较多样,也没有固定的模

---

① 参见《社会学研究》,1993 年第二期。
② 《社会学研究》,1989 年第四期。
③ 《社会学研究》,1993 年第一期。
④ 《社会学研究》,1989 年第四期。
⑤ 《社会学研究》,1993 年第一期。

式。在具体的写作过程中,可根据所撰写调查报告的类型、目的、内容以及手头所掌握的资料和预计的篇幅等情况作适当选择,灵活运用。

3. 正文

正文是调查报告的主题和中心部分。衡量一篇调查报告的质量高低和价值大小,主要看正文部分写得如何。因此,掌握好正文部分的写作方法是非常重要的。调查报告的种类不同,掌握和选择的材料不同,确定的调查报告主题不同,正文部分的写作要求和写作手法也就不一样。一般来说,正文部分的写作应考虑以下三个方面因素:一是表现主题的需要。即什么写法最能表现主题,就采用什么写法。二是调查材料的状况。即依据所获得的调查材料的不同,调查报告正文的写法也不一样。三是谋篇布局。安排好调查报告的结构,对于写好调查报告的正文具有重要意义。

如果把主题比作调查报告的灵魂,把材料比作调查报告的血肉,那么,结构或布局就是调查报告的骨架。一篇高质量的调查报告,既要有深刻的主题、又要有丰富的材料和完美、恰当的结构,三者缺一不可。

调查报告正文部分的写作方法,最常见的有以下几种:

(1) 并列法。即调查报告的正文的各部分之间没有严密的逻辑联系,仅根据内容的不同而分类阐述。如《上海市社区服务现状》的正文部分有(这里只举出正文的标题内容,以下同):一,居民日常生活现状分析;二,居民对社区服务需求分析;三,居民对现有社区服务的评价;四,社区服务与居委会;五,社区服务与街道办事处;六,上海市社区服务展望。① 再如《转型社会中的农村变迁——对大寨、刘庄、华西等13个村庄的实证研究》的正文部分:一,经济结构的变迁:非农产业的发展与产业结构多元化;二,收入结构的变迁:收入来源和分配形式多样化;三,生活质量的变迁:农民生活质量的提高和生存环境的改善;四,家庭的变迁:家庭的功能和类型有较大变化;五,观念的变迁;六,人际

---

① 《社会学研究》,1989 年第六期。

关系的变迁。① 这种写法,多用于客观地叙述研究对象和现象的基本情况及其相关行为,阐述其性质和特点。

(2)逐步深入法。即在叙述调查内容的基础上,进一步分析各种现象之间的内在联系,解释某种社会现象和社会行为的原因,预测其发展趋势。如《农村家庭结构变动趋向的社区分析——湖南省桃源县同仁村调查》的正文部分是:一,家庭结构的现实与理想;二,家庭结构变动的原因;三,家庭结构的演变趋向;四,同仁村调查的几点启示。②

(3)"三部曲"法。事实上也是逐步深入法的一种。但这种写法通常只写三大块内容,解决三个方面的问题,即"是什么"、"为什么"和"应该怎样"的问题。如《青海农业移民调查》的正文:一,青海的三次农业移民概况;二,青海农业移民为什么会失败;三,两点感想。再如《我国八大城市劳动力择业意愿研究》的正文:一,择业意愿超前发展,招工难与就业难并存;二,对现阶段劳动力择业意愿的分析和认识;三,设想和建议。

4. 结尾

也叫结语或结论,是调查报告的最后部分。结尾的写作,主要是在正文的基础上评价调查研究工作的得失,说明调查研究在理论上和实践上所取得的进展以及存在的局限性,为今后进一步调查研究提出参考性的意见。结尾的写法,主要有以下几种:

(1)概括主题,深化主题。即概括地说明整篇调查报告的主要观点,犹如画龙点睛,使主题更加鲜明、突出,增强调查报告的说服力和感染力。例如,《传统农业地区的婚姻特征——山东省陵县调查》的结尾,首先用一句话概括出全篇的主题:"现在,影响农村婚姻的是经济因素、社会因素和习俗因素,感情因素尚未上升为农村婚姻中的首要因素。"然后又写道:"在农村转型的社会变革中,婚姻作为亚文化的特征越来越明显,和经济发展、社会发展的关系也越来越密切。在社会动态

---

① 《社会学研究》,1992 年第二期。

② 《社会学研究》,1992 年第二期。

发展中,很难确定婚姻和经济发展的线性因果链条,因为婚姻作为人类种的繁衍的基本形式和人性的展示,本身就是生产力的有机组成部分。"①这种写法既概括了主题,又进一步深化了主题。

(2) 总结经验,形成结论。即根据调查的实际情况,总结出实践的基本经验,并根据调查研究的结果,形成调查的基本结论。如《村庄的转型与现代化——江苏省太仓县马北村调查》的结尾写道:"第一,马北村所以能够在短短的十一二年的时间中获得如此深刻的发展,关键在于有一个好的党支部……第二,马北村党支部在发展商品经济的实践中深深体会到,自给自足的小农经济思想是农村现代化的一大障碍……挣脱小农经济思想的束缚应该是现代化的题中应有之义。……第三,关键是干部——人才的培养和引进……第四,改革旧的组织形式和管理体制,探索新的经济和社会管理经验。"②

(3) 指出问题,提出对策。即根据调查的结果,指出当前存在的问题。并提出解决问题的办法。如《1992—1993 年:中国职工状况的分析与预测——对 5 万名职工的问卷调查》的"结论与对策"中,先指出在转型时期,职工队伍中存在的对经济生活的不满足、劳动积极性不高以及不同职工阶层、群体的境遇很不相同等问题,然后再提出对策。③

(4) 预测趋势,说明意义。即根据调查报告正文中关于调查研究对象的研究分析,作出合乎逻辑的科学推论,预测对象未来的发展趋势及其重要意义。如《辛口村调查——关于中国农村人口城市化道路的探讨》的"结论"中,就预测:"'离土不离乡'只是过渡政策,从长远的发展来看,将来势必既离土也离乡。原因是目前的乡村工业分散经营,重复建设,设备和技术落后,信息不灵,因此产品成本高,在市场上缺乏竞争力;一旦乡村企业唯一占优势的劳力资源失去优势,它就很难在市场上立住脚跟。此外它对资源的利用和环境的污染都是不合算的。这

---

① 《社会学研究》,1993 年第五期。

② 《社会学研究》,1993 年第二期。

③ 《社会学研究》,1993 年第三期。

些在目前阶段不可避免的缺点，在将来的发展中将会变成不能容忍的弊端。随着乡村工业的相对集中，必然伴随着乡村人口向城市的流动。对于这种'离土又离乡'的发展趋势，中国现代化建设的领导者，现在就应当预见并有所准备。"①

调查报告的结尾，要根据调查报告的内容表达和结构安排的需要，采取灵活多样的写法。在表达上，要力求简洁有力，有话则长，无话则短，切不可画蛇添足，损害正文。

5. 附录

附录是调查报告的附加部分。调查报告正文包容不了或者没有说到，但又必须加以说明的问题和情况，可以将其写出来，附于全篇调查报告之后，以便参考。

二、调查报告的写作程序

调查报告的写作程序，主要在于把握好四个重要的环节，即：确定主题、选择材料、拟定提纲、撰写报告。

1. 确定主题

主题是调查报告的宗旨和灵魂，是作者说明事物、阐明道理所表现出来的基本思想，也是全篇调查报告的中心思想。因此，准确、恰当地确定主题，是写好调查报告的关键。

确定调查报告的主题，要考虑三个方面的因素：

（1）调查研究的最初目的。在许多情况下，调查报告的主题是由上级机关或委托调查的有关部门事先确定的。如一些总结经验性的专题调查，其调查的任务和目的本来就很明确，深入调查研究的任务在于使主题更加清晰、明确。因此，许多调查报告的主题就要根据调查研究的最初目的来确定。

（2）调查所获得的实际材料。调查报告的主题，不管是领导机关确定的，还是自己拟定的，或者在调查阶段酝酿而成的，最后都要根据

---

① 《社会学研究》，1989 年第二期。

调查所获得的实际材料来确定主题。有时主题事先确定或者酝酿好之后,调查所获得的实际材料却与之不完全一致,甚至完全相反,这时,就要对调查前确定的主题加以必要的修正、补充或深化,甚至确定新的主题。

（3）主题要紧密联系现实生活中迫切需要回答的问题。这是调查研究的任务决定的,同时也是调查报告的意义和作用之所在。

2. 选择材料

确定了调查报告的主题之后,就要全面分析和研究调查所得的全部材料,并且精心选择那些能够表现主题、论证主题的调查材料,作为撰写调查报告之用。选择材料时,要注意这样几个方面:

（1）分析鉴别材料。对调查材料中所反映的现象和本质、主流和支流、成绩和缺点等要辨别和认识清楚,从中找出规律性的东西,努力做到去粗取精,去伪存真,确保材料的有效性和真实可靠性。

（2）区分典型材料和一般材料。面上的一般材料反映事物的总体面貌,是证明普遍结论的主要支柱。而典型材料则是深刻反映事物本质的具有代表性的材料。因此,只有把两者有机地结合起来,才能充分说明现象的总体情况。

（3）运用对比材料和排比材料。对比材料是通过新与旧、好与坏、先进与落后、历史与现实等等的对比,使调查报告的主题更加突出,给人以更强烈、更深刻的印象。排比材料则是通过一组不同的材料,从不同角度、不同侧面多方面阐明主题,使主题更深刻、更有说服力。

（4）重视统计材料的作用。统计材料包括绝对数、相对数、平均数、指数、离散系数、相关系数等。统计数字具有很强的概括力和表现力,有的问题、有的观点用很多的文字叙述也难以表达清楚,而用一些简单的统计数字,就可以使事物的总体面貌一目了然。因此,在写作调查报告时,要重视运用统计材料,以增强调查报告的科学性、准确性和说服力。

3. 拟定提纲

拟定提纲的任务在于设计出调查报告的总体结构。设计和拟定提纲,可以帮助我们找到调查报告的最佳写作方案。调查报告的主题是否突出,表现主题的层次是否清晰,材料的安排是否妥当,内在的逻辑联系是否紧密等等,都可以在拟定提纲时解决。

提纲的内容要包括四个方面:一是本次报告的论题;二是说明论题的材料;三是报告结构及各层次内容的安排;四是每部分标题及内容概述。

提纲的形式可分为条目提纲和观点提纲两类。条目提纲就是从层次上列出调查报告的章、节、目;而观点提纲则是在此基础上列出各章、节、目所要叙述的观点。在一般情况下,写作前先拟定条目提纲,把调查报告的几大部分定下来,然后再充实、详尽,形成观点提纲。提纲拟定得越细、越具体,撰写报告时就越顺利。

下面提供一份写作提纲,供初学者参考。

标题:《××县私人企业调查》①

一、我们为什么要作私人企业调查

1. 什么是私人企业

2. ××县私人企业的特色

3. 本次调查经过简介

二、××县私人企业的发展过程

1. 由个体户到私人企业

2. 出现了"百万富翁"

三、××县私人企业的现状

1. 私人企业的规模(注:这节主要讲统计数字)

2. 介绍几位老板(这节剖析几个典型企业)

3. 老板们念的"苦经"

四、几点看法和建议

1. 积极引导与加强管理

2. 行业调整势在必行

3. 急需解决几个实际问题

五、小荷才露尖尖角——对××县私人企业的展望

---

① 戴建中:《社会调查研究方法》,人民出版社 1989 年版,第 322 页。

4. 撰写报告

调查报告是一种以叙事为主,叙议结合的说明性文体。在写作过程中,要根据主题精神,依照拟好的提纲,合理使用调查得到的材料。同时,在语言的运用方面,还要力求做到准确、简洁、朴实、生动。具体说来,撰写调查报告必须掌握如下要点:

第一,要力求通俗易懂。由于调查报告写的都是目前发生的、被社会普遍关注的事情,为使广大群众都能看懂,在撰写的时候要尽可能通俗,做到摆事实,讲道理,少用专业术语,不用华而不实的词汇,使人一看就明白。

第二,采用议叙结合的表达方式。在一般的调查报告中,叙述用于交待事实,议论则用于阐明观点,叙述的成份多于议论的成份。要保证叙议结合得恰到好处,其基本原则一是作者的观点必须是从材料中提取出来的,而不是外加的;二是在确定观点之后,应以观点作为标尺去选取材料和审定叙述材料的角度。

第三,语言要力求准确、简洁、朴实和生动。

准确是指在行文时,对事实的陈述要真实可靠,数字要正确无误,议论要把握分寸,不能任意拔高或贬低。

简洁是指行文时要开门见山,不拐弯抹角。对事实的叙述不要作过多的描绘,对观点的阐释,不要作烦琐的论证。

朴实是指在行文过程中,不随便运用夸张的手法和奇特的比喻,不过多使用华丽的辞藻。

生动是指行文要活泼、形象,可适当引用一些群众语言和通俗的比喻,但切忌使用那些多数人不懂的土语、方言。

基本概念:

调查报告　综合性调查报告　专题性调查报告

思考与练习:

1. 简述调查报告撰写的特点及其种类。

2. 试述调查报告的基本结构,并简要说明每一种结构的写作方法。

3. 调查报告的写作要把握哪四大环节?请简要地说明每一个环节要注意的问题。

4. 根据调查报告撰写的基本方法,结合一个现实生活的实例,拟出一份调查报告的写作提纲。

第十四章　社会调查的应用

社会调查有多种具体的应用形式,如民意测验、市场调查、政策性调查等等,它们在各自的应用领域发挥着越来越重要的作用。掌握这些社会调查的方法,已成为当今社会许多从业人员必须具备的一项技能。这里,我们着重介绍民意测验和市场调查这两种社会调查的具体应用形式。

第一节　民　意　测　验

民意测验是社会调查的一种重要的应用形式。它自 20 世纪初在美国产生以来,在全球获得了迅速的发展,在政治、经济及社会管理等领域发挥着重要作用。

一、什么是民意测验

民意测验又叫民意调查,它是指运用科学的调查与统计方法,如实反映一定范围内的民众对某个或某些问题的态度倾向的一种应用性社会调查活动。

民意测验并不是简单地到街上随便找几个人征询一下意见就行的,而是必须运用科学的调查研究与统计分析方法,如抽样的方法,访问的方法,问卷的方法,资料的整理、分组和汇总的方法等等。

民意测验所调查的内容主要是被调查者的主观愿望、意见和态度,而不是某种客观存在着的社会事实。

民意测验所要反映的不是被调查者各个个人单独的意见,而是要将一个个被调查者的意见综合起来,通过统计学的方法显示出被调查者总体的态度倾向性,也即反映的是一种"民意"。

民意测验可以有广义和狭义两种不同的理解。广义的民意测验包括了经济、政治、社会生活等几乎所有领域中对民众意见的调查。随着市场经济的发展,市场调查的作用日益突出,成为了民意调查中具有特殊价值的一种形式。在这种情况下,也可以从狭义的角度将民意测验理解为除了市场调查以外的主要针对政治生活和社会生活领域的民意调查。

过去我们对民意测验一直抱有偏见,认为它是西方民主政治的附属物,资产阶级的伪科学。随着我国改革开放和社会主义现代化建设的深入发展,人们对民意测验的社会作用有了新的认识。

在社会主义条件下,民意测验也能发挥其广泛的社会功能。

(1)它可以成为党和政府联系群众,了解民情、民心,正确制定路线、方针、政策的重要途径。

(2)可以成为人民群众参与国家和企业管理,选拔、考察和监督各级领导干部的重要方法。

(3)可以成为企事业单位征询民意,不断改进工作的重要形式。

(4)可以成为向人民群众进行思想教育、引导社会舆论向正确方向发展的重要工具。

(5)可以成为社会科学工作者了解实际情况,进行科学研究的重要手段。

在充分认识民意测验的积极的社会作用的同时,我们也不能把民意测验的社会作用估计得过高。民意测验也有它的局限性。第一,如果民意测验所使用的方法不科学,测验结果就会偏离真正的民意,以这样的结果来作出判断、指导工作,就会使工作发生偏差。第二,民意测验的结果只能反映某种"民意"的倾向性,而不能表明某种民意的是非和对错。例如,用群众投票办法来考评干部,一些坚持原则、大胆改革的干部,得票数有可能反不如"老好人"多。因此,要正确发挥民意测验的作用,一方面要讲求民意测验的方法,另一方面要对民意测验的结果作具体分析。

二、民意测验的由来和发展

民意测验最早产生于 19 世纪末的美国,它的最初形式是地方报纸为了追求新闻的趣味性,在总统选举之前举办的模拟选举。1916 年美国总统选举时,《文学文摘》杂志主办了空前规模的民意测验,成功地预言了总统选举的结果,从此民意测验就成了一种有影响的社会调查方法。《文学文摘》杂志也成了美国权威的民意测验机构。

1936 年,罗斯福和兰登竞选美国总统时,《文学文摘》杂志由于所使用的方法不当,导致对总统竞选的预测结果错误,而盖洛普的“美国民意测验所”却正确地预测了罗斯福的胜利。一时盖洛普的名声大振,而《文学文摘》杂志却被迫关门。这一事件一方面大大刺激了人们对民意测验的兴趣,使民意测验走出了模拟选举的狭小范围,进入了对广阔的社会生活领域的舆论调查,另一方面,这一事件的发生还有力地推动了民意测验向科学化的方向发展。

第二次世界大战后,民意测验在全世界范围内兴起,各国都纷纷建立起专门的民意测验机构。到 1985 年,民意测验世界协会已在 55 个国家拥有 450 个集体会员。盖洛普民意测验所已发展成了舆论调查公司,成为全球最大的专业机构,在全世界各地拥有 40 多个分公司,其调查网络覆盖了全世界 55% 以上的人口。

中国是世界上最早出现民意测验的少数国家之一。1922 年,留美归国的心理学硕士张耀翔在北京组织了一次时政问题问卷调查,开了中国民意调查之先河。新中国成立之后,民意调查曾一度被认为是资产阶级的专利品而被拒于国门之外。

1978 年中共十一届三中全会重新确立了党的实事求是的思想路线,各项改革不断深入,民意调查又重新兴起并得到了迅速发展。主要表现在:

(1) 一批专业性民意测验机构相继成立。1986 年,中国人民大学舆论调查研究所成立。1987 年,隶属于中国经济体制改革研究所的中国社会调查系统,隶属于中国社会科学院的中国社会调查所,北京零点市场调查与分析公司,广州社情民意研究中心等专业机构相继成立,并在民意调查方面发挥了重要作用。与此同时,外国民意调查机构也开始挺进中国市场。1993 年秋,盖洛普舆论调查公司在北京设立了分公司"盖洛普在中国"。它在中国的业务限于市场调查。目前它已在中国 18 个城市建立了工作站,完成了美国有关方面委托的中国苹果和巧克力市场调查等项目。

(2) 民意测验已在许多领域得到广泛应用。

1) 对各级领导干部的选拔、考评和监督。1979 年,五届人大二次会议的政府工作报告,在谈到改善干部管理工作时指出:"在不宜于实行选举的单位,也可以试行定期(例如每年年终)的民意投票,借以对领导干部的工作进行群众性的评定和考核。"现在,这种用民意投票选拔和考评领导干部的方法,已在全国普遍推广,并取得了良好的效果。

2) 帮助政府了解民情、民意,为党和政府的决策服务。1988 年,广州市正酝酿出台一套提高物价的方案,一份由社情民意研究中心撰写的民意调查报告被及时送到决策者案头:由于通货膨胀率和物价较高,市民对再次集中加价的承受能力已很弱。决策者采纳了该报告的观点,暂缓调价,安定了民心。1994 年 5 月,广州市公交车大幅度提价仅维持了 20 多天就恢复了原价,其主要原因是调价前没有进行民意测验,而群众对此次调价意见很大。有关人士指出,在广州,民意的向背对决策的影响力不断上升,如果经调查有 75% 的人持反对态度,该项政府决策就很难顺利出台了。① 再如,零点调查公司自 1993 年以来连续 4 年进行中国代表性都市地区居民公共安全感调查。1996 年的调查显示,公共安全问题仍列公众关注焦点的首位。这一调查结果对于政府决策具有重要的参考价值。

3) 帮助政府改进工作,改善形象。政府形象一直是民意测验的重要内容。从 20 世纪 80 年代后期群众反映最强烈的"廉政"问题到 90 年代中期的"勤政不够"、"效率不高"等,广州社情民意研究中心均

---

① 参见:《民意无价——我国舆论调查介入社会决策》,《瞭望》,1995 年 2 月 13 日。

作了民意测验并将结果及时反馈给市委、市政府。1992年以来,青岛市政府与中国人民大学舆论调查所合作,先后进行了两次千户居民问卷调查,从中归纳出100多个具体问题,由市长批给分管副市长以至区、街道,限期解决。青岛市的领导说,民意测验反映出许多平时没有发现或感觉不深的问题,一天不解决就一天寝食不安。目前,青岛市政府正着手组建全市民意调查网络,以保证每年进行一次居民问卷调查。

此外,民意测验在宣传思想教育和引导社会舆论的工作中,在专家学者所进行的社会科学研究中,也都发挥了重要的作用。

然而,我国民意测验的发展状况还不尽如人意,主要存在着两个方面的不足。

第一,一些人对民意调查的作用还缺乏足够认识,民意测验的应用面还不广。目前我国的民意测验主要集中在广州、上海、北京等经济发达和社会开放程度比较高的地区,尚未在全国各地得到普遍重视和应用。即使在发达地区,一些人对民意测验的作用仍然缺乏足够的认识。上海等地一些市场调查机构的客户主要是外商和特区私营企业,国有和集体企业极少。而且少数国有企业委托做调查的目的主要是借调查公司宣传自己的产品,追求广告效应,民意调查的作用没有得到充分发挥。

第二,民意测验领域缺乏相应的法规和健全的行业管理,缺乏自律机制和技术规范,一些粗制滥造的"民意测验"时有发生。民意测验必须讲求科学性,必须恪守职业道德和技术规范,只有这样,它才能发挥应有的积极作用。但是,我们有些从事民意测验的人员,缺乏社会调查的专门知识和技能,再加上利益的驱使和不正之风的影响,使民意调查偏离了客观和科学的轨道,从而又反过来败坏了民意测验的声誉,抑制了民意测验作用的进一步发挥。

因此,要使民意测验在我国得到健康发展,必须培养出一批社会调查的专业人员,必须健全相应的法规和加强行业管理,必须鼓励民营调查业的发展并促进整个民意调查业的产业化和市场化。

三、民意测验的基本方法

根据民意测验所借助的手段来区分,民意测验的方法有问卷调查法、个别访问法、电话采访法等几种方法。

问卷调查法是借助问卷进行民意测验的方法。这里主要是指通过当场发放和邮寄这两条途径进行问卷调查的方法。这种民意调查方法的主要长处是:(1)它适用于大范围的民意测验。一些省市乃至全国性的民意测验活动大多是用这种方法进行的。(2)效率较高,费用较少。它能在较短的时间内对众多对象同时进行调查,因而调查的效率高,成本低。(3)具有匿名效果。由于问卷调查一般不要求调查对象署名,故他们填答问卷时顾虑较少。问卷调查法的这些长处,使得它在企事业单位领导干部的选拔和考察、报刊杂志进行的民意调查以及一些政府部门和专业机构所举行的民意调查中被广泛采用。

但是,这种调查方法也有它的不足之处:(1)当使用邮寄方式进行问卷调查时,难以对调查过程进行控制,因而问卷的填答率和回收率往往较低,而利用报纸杂志进行问卷调查的回收率就更低。为此,许多报纸杂志在进行问卷调查时不得不利用奖励手段来刺激人们的填答兴趣。(2)问卷调查要受到被调查者文化水平的限制,对文盲和半文盲者这种方法就不宜使用。

个别访问法是借助问卷或提纲对调查对象面对面进行调查的方法。这种民意测验方法的最大优点是它的回答率和调查成功率较高,而且它不受调查对象文化水平的限制,适应性较广。正因为如此,这种方法在民意测验中也被经常采用。如在对领导干部的考察中,考察人员可以一个个地征询被调查者的意见;在市场调查中,调查员可以在街头或商店门口征询过往行人或顾客的意见等等。这种方法的不足之处主要在于:效率较低,花费较多。由于一个调查员一次只能访问一个对象,而调查对象又往往比较分散,因而个别访问法须有较多的调查人员,较长的时间,因而也就需要花较多的钱。另外,个别访问中被调查者常常会因缺乏足够的思考时间而在一定程度上影响到回答的质量;

个别访问中匿名程度比较低,从而会影响到对一些敏感性问题的回答,等等。

电话采访法是借助电话征询调查对象有关意见和意愿的方法。它通常只适用于就一两个或少数几个问题征询被调查者的意见。要求被调查者回答的通常也只是同意不同意,赞成不赞成等简单的态度倾向。这种民意调查方法的主要长处是比较方便,效率较高,花费也较少。因此它在一些有条件的地区(比如城市)进行民意调查时也可被采用。这种方法的不足之处主要在于:在一些电话尚未普及的地区,这种方法就不适用;即使在一些电话普及程度较高的地区,也会存在一些下层平民没有电话的情况,从而使这种调查方法失去部分代表性;另外,这种方法只适用于简单的民意测验,而不适用于对复杂问题的调查。

四、民意测验方法的基本要求

关于民意测验中常用的问卷调查法、访问调查法、抽样的方法等等,本书在前面已有全面而系统的介绍。这里结合民意测验的特点,着重就民意测验常用方法的基本要求作一阐述。

1. 抽样的要求

相对于全面调查而言,抽样调查是民意测验中更为常用的一种方法。抽样的方法和具体步骤本书前面已有介绍。在民意测验中根据调查的人力、财力、时间、问题的重要程度等具体情况,可以使用严格按随机原则抽样的方法,也可以使用非随机抽样法。但不管使用哪一种方法,抽样都必须达到两个最基本的要求,一是所抽取的样本要有较高的代表性,二是要有大小适中的样本容量。

民意测验中使用抽样调查的目的,并不是要了解被调查者本身的意愿,而是要根据所调查了解的被调查者的意愿来推论他们所代表的那一类人的总的意愿倾向。因此,所抽取的那部分人能不能代表调查者所要了解的某类人的整体,这就成了抽样调查能否成功的关键问题之一。

一般说来,只要调查人员严格按照随机原则抽样,所抽取的样本就会有较高的代表性。随机抽样方法有:简单随机抽样,类型抽样,等距抽样,多阶段抽样等。其中,简单随机抽样和等距抽样适用于范围较小、总体人数不多的民意测验,类型抽样和多阶段抽样则适用于范围较大、总体人数较多的民意测验。在实际的民意测验中,凡要使用抽样方法的,其所涉及的范围通常都是比较大的(如一所高校、一个县、一个市等等),因此,分类抽样以及与分类抽样相结合的多阶段抽样法是民意测验中最常用的抽样方法。

由于非随机抽样方法比较简便易行,因此它在民意测验中也常被使用。但是这种方法没有严格按随机原则抽样,容易发生偏差,故使用这种方法时,更要强调分类方法的科学性。

在民意测验中常用的分类标志是:性别、年龄、职业、文化程度、(发展程度不同的)地区等等。例如,要在某个规模为5000人左右的高校进行在校生就业意向的调查,就应该在总的样本数确定以后(如500人),将样本数按不同的分类标志进行粗略分配。这些分类标志可以是:性别、文理科、年级、家庭所在地等等,每一种类型在样本中都应占一定的比例。这样所抽取的样本就会有比较高的代表性。

又如,在某个100万人口以上的大城市进行居民对医疗制度改革的意愿的调查。其样本中就必须包括该城市所有主要的不同类型的居民。如各种不同年龄层的居民,各种不同职业的居民,在不同所有制单位工作的居民等等,每一种类型的居民在样本中都必须占有一定的比例。

民意测验在使用抽样调查方法时,最常犯的一个错误是为了图方便、省事,随便抽取一些对象进行调查,对所要调查的人群总体既不作事先的初步了解与分析,又不在这一基础上作出科学的分类,这样调查的结果往往不能正确而全面地反映实际情况,调查结论也必然缺乏说服力。

民意测验中使用抽样方法的另一个基本要求是要有足够而适当的样本数量。

关于样本数量的确定方法在本书前面已有具体介绍。由于民意调查的范围通常比较大,因而所需样本也比较多。根据统计学家的研究结果,以及抽样调查所积累的经验,一般来说,在一个数千人或上万人的学校和企业,其抽样的样本数不能低于400人。在一个拥有上百万人口的县或大城市,抽样数不能低于1000人。没有足够的样本数量,样本中的每一种类型的人就很难保证一定的数量,整个样本就会缺乏代表性。

但是,样本数量也不是越多越好。正如前面已指出的,当样本数大到一定程度时,再增加其数量,对统计结果的影响就不大了。如,只要比较严格地按随机原则抽样,在一个城市中抽取1000个人进行调查与抽取10000个人进行调查,其所作出的推断的准确程度和可靠程度是相差不大的。在美国,全国性民意测验的样本一般是1500—3000人。中国社会调查系统成立后,第一次"全国城市居民社会舆论调查"仅调查了2576户,第二次"政治体制改革舆论调查"也只调查了2415户。这样的样本数量,对于全国10多亿人口来说是极少的,但从统计学的角度看已足够了。

当前,在我国所进行的各种各样的民意测验中,存在的主要问题是样本容量偏小。有些在大城市的民意测验,只有200至400多个样本,其调查结论却用来概括全市居民的整体状况,这是不符合民意测验的要求的。

2. 问卷设计的要求

问卷是民意测验中所使用的一种最重要的工具。民意测验的问卷设计具有一些特殊的要求:

(1)问卷的设计必须具有时效性。讲求时效是民意测验的一大特点,如果民意测验总是落在社会舆论变化的后面放"马后炮",那就失去了进行民意测验的意义。举例来说,80年代中期至90年代初期,由于价格改革的深入,物价问题成了城乡居民关注的热点问题,故那时所进行的民意测验,大多少不了征询居民对物价改革的意见。到了90年代中期,随着物价变动幅度趋稳以及人们对物价变动的心理承受能力的提高,物价问题已不再是老百姓普遍关注的热点问题了。如果这时再来围绕物价问题做民意测验,意义就不大了。因此,民意测验的选题以及所提的问题,应当是人民群众当前所重视和关心的问题。如90年代中期农民所关注的是土地承包政策的变化问题,企业职工所关注的是企业破产和职工下岗问题,国有企业和事业单位职工所关注的是公费医疗制度的改革问题,等等。随着社会生活的变化,人们所关注的热点问题也会不断变化,民意测验的选题和问题的设计也应跟着变化。

（2）民意测验的问题不宜太多。问卷的问题一多,被调查者就会失去耐心,就不容易得到他们的支持与配合。因此,除一些学者在科学研究中进行民意调查时所提问题可以稍多一些以外,多数民意测验都只能提少量的、简单的问题。

（3）对问题的回答方式要尽可能简明。民意测验所使用的问卷调查,一般应采用封闭式的回答方式,而不宜采用开放式的回答方式。而且封闭式回答方式通常也只要求被调查者用"√"或"〇"等符号来表示自己的态度倾向,而不要求用文字来回答。

总之,问卷的设计在体现民意测验的主要目的的前提下,问题提得越简明,回答的方式越简单方便,就越容易得到被调查者的配合,调查也就越容易获得成功。

3. 问卷发放与回收的要求

在民意测验中,问卷的发放与回收这两个环节所要重视解决的核心问题是:提高问卷的填答率和回收率。问卷的填答率和回收率通常须达到80%以上。如果问卷的有效回收率很低(如低于问卷发放数的50%),调查就可能产生较大的偏差。因为那些不愿意填答或没有填答和交回问卷的人,很有可能就是对所进行的调查抱有某种看法的人。

一般来说,由调查人员亲自上门访问或亲自发放和回收问卷的民意调查方式,问卷的回收不会有大问题。如果是委托他人发放和回收问卷的,所委托的人一定要十分可靠。如果采用邮寄问卷或利用报刊进行问卷调查的方式,则问卷的回收率就很难得到保证。为了提高报刊上所载问卷的回收率,许多报刊采取了在寄回问卷的人中抽奖的办法来刺激人们的参与积极性。但这种办法由于中奖面较小而使人们逐渐失去了兴趣。在这种情况下,有的报刊社开动脑筋,纷纷想出了新的办法。1996 年 12 月 26 日的《扬子晚报》(南京)上刊登了一张《读者调查表》(见表 14 - 1),以了解读者对《扬子晚报》所设栏目的意见。为了提高问卷的回收率,报社决定给南京地区每位交回《读者调查表》的人赠送 1997 年上半年每星期五这一天的《新华日报》,包括 8 个正版的《新华日报》和 4 个版的彩色《新华周末》报,共赠送 6 万份。并且申明,凡在这次活动中未拿到赠阅票的,请保存好调查表,报社将在下次赠阅活动中优先满足这些读者的愿望。由于赠阅的数量多,读者都能在送回调查表的时候得到看得见的好处,故这次调查表回收活动十分顺利。

表 14 - 1　读 者 调 查 表

我喜欢看的新闻(请在空格内打√)

政治		购物		就业	
经济		文化		保健	
改革		体育		美容	
姓名		职业		家庭住址	
备注					

五、案 例 分 析

美国《文学文摘》杂志民意测验的失败[①]

　　1936 年,富兰克林·罗斯福的首届总统任期届满。这一年为选举年。共和党的候选人是堪萨斯州州长兰登。当时整个国家正在从大萧条中挣扎着慢慢恢复过来,但仍然有 900 万人失业。1929—1933 年间人们的实际收入下降了三分之一,这时正在开始好转。但是兰登一直在抨击政府的经济计划,而罗斯福则在为他的财政赤字辩护。

　　多数观察家认为罗斯福会轻易获胜,但《文学文摘》杂志并不这样认为。它预测兰登将以 57% 对 43% 的选举结果获得压倒性胜利。这

---

① 参见[美]费雷德曼等:《统计学》,诺顿公司英文版,第 302 页。

353

一预测是在 240 万选民对一份模拟选票的回答结果的基础上得出的。这一预测结果有《文学文摘》杂志的巨大声誉作支撑。这家杂志在 1916 年以来的每一次总统选举中都作出了正确的预测。然而罗斯福终于以 62% 对 38% 的优势赢得了 1936 年的选举。《文学文摘》的错误是自从有了对总统选举的预测以来所发生的最大的一次错误(《文学文摘》杂志不久就倒闭了)。

这一错误是怎么发生的? 他们所征求意见的人数已经是足够多了。事实上,乔治·盖洛普当时刚刚组建了他的调查机构,他们在《文学文摘》所调查的人中仅抽出了 3000 人作为样本,就得出了与《文学文摘》得出的大致相同的预测结果,只相差 1 个百分点。而盖洛普用另外一组 5000 个人组成的样本,就正确地预言了罗斯福的胜利,虽然他所预测的结果离实际的投票结果还有较大的差距(盖洛普预测罗斯福的得票率为 56%,而实际结果为 62%,相差 6 个百分点)。见表 14 - 2。

表 14 - 2　1936 年美国总统选举预测结果

	罗斯福得票率%
盖洛普根据《文学文摘》的样本所作的预测	44
《文学文摘》对选举结果的预测	43
盖洛普对选举结果的预测	56
选举结果	62

要找到《文学文摘》的错误所在,就必须弄清他们是怎样抽样的。抽样过程应当是公正的,样本应该是通过无偏差的途径抽取的,这样才能得到公众中有代表性的一部分人。在抽取样本时把某一类或某几类人排斥在外就会产生抽样误差。《文学文摘》的抽样过程是:将问卷邮寄给 1000 万名选民,收回 240 万份答案。这 1000 万选民的姓名和家庭地址是根据电话号码簿和俱乐部成员名单确定的。这样就漏掉了穷人。因为穷人家里一般不会有电话,也不可能是俱乐部成员(在 1936 年,全美国只有 1100 万只家庭电话,并且有 900 万人失业)。因此,《文学文摘》的抽样就产生了违反穷人意愿的很严重的抽样误差。在 1936 年以前,这种违反穷人意愿的偏差也许还不至于对预测结果产生很大影响。然而在 1936 年,随着贫富分化的加剧,政治上的分裂加剧了:穷人都投罗斯福的票,而富人都投兰登的票。因此,《文学文摘》预测失败的重要原因之一是由于严重的抽样误差。

当存在严重的抽样误差时,即使抽取很大的样本也是无用的,它只会在更大程度上重复已经存在的基本错误。

所以,《文学文摘》在抽样的第一步就犯了大错误。然而,它在接下来的第二步还有一个错误。在组成样本的那些人被抽中以后,还必须得到他们的意见。这看似容易,实际做起来却不易。如果在被选中的人中有相当数量的人没有填问卷或者没有接受访问,那么调查结果就会产生严重的扭曲,这叫作无回答偏差。这些没有回答的人跟那些已回答的人相比,一个明显的区别在于:他们不回答。经验显示,他们是在以另外一种方式表示他们的不同意见。这能够从 1936 年《文学文摘》所做的调查中看到。他们向在芝加哥地区登记的每三个选民中的一人寄去了问卷,结果大约有 20% 的人回答了,其中赞成兰登的人超过了一半。但是在正式选举时,芝加哥倒向了罗斯福,结果是 2 比 1。

无回答者与回答者是不同的,当无回答率较高时,就要注意无回答偏差产生的可能性。

《文学文摘》杂志民意测验的结果是根据所抽取的 1000 万选民中的 240 万人的回答作出的,这 240 万回答者并不能真正代表 1000 万选民,更不能代表全国的选民。因此,《文学文摘》所搞的民意测验被抽样误差和无回答误差这两种误差误导了。

专家们曾进行过特殊的调查,以测量回答者和无回答者之间的区别。研究显示,下层民众和最富有的阶层的成员对这样的问卷都倾向于不回答。因此,在回答者中主要是中产阶级的成员。出于这些原因,以后的调查机构在对社会问题进行调查时,就宁可用个别访问的形式而不是邮寄问卷的方式来进行调查。个别访问的回答率一般为 75% ,而邮寄问卷的回答率只有 25% 。不过,在个别访问中,无回答的偏差也会存在。那些在访问员去访问时不在家的人,在工作时间、家庭关系、社会背景以及态度等方面也许跟在家的人很不一样,一个好的调查机构会牢记这一点,并采取适当的措施加以解决。

第二节 市 场 调 查

一、市场调查概述

一般而言,市场调查是指企业或政府进行的一切与市场和市场营销活动有关的各种调查研究活动。它通过对市场资料、情报信息的收集、筛选、分类和分析,发现各种现有的或潜在的市场机会,故而成为企业或政府进行决策的科学依据。

市场是由供给和需求两方构成的,它们彼此为对方提供市场,但在市场经济条件下,由于商品供应丰富,市场就主要表现为买方市场。因此,作为供应一方的商品生产者,必然面临着激烈的市场竞争,包括产品竞争、人才竞争、技术竞争等等。但最核心的竞争还是对消费者的竞争。因为从市场营销的角度来看,市场就是由人口、购买力和需求等要素构成的,而形成需求和选择商品的权力都在消费者手中,企业要解决的问题就是如何把消费者的注意力吸引到本企业的产品上来,谁能赢得消费者,谁就是市场上的成功者,否则就会被挤出市场的大门之外。

因此,企业在作出自己的经营决策之前,必须要知道自己的商品和服务的消费者都是谁,由哪些人组成,他们在众多的商品和服务面前如何作出自己的选择,是哪些因素在影响和支配着他们,如此等等。这就要求企业必须进行科学的市场调查。市场调查对企业的作用具体表现在以下四个方面:(1)为企业经营决策提供依据;(2)有助于企业开拓市场和开发新产品;(3)有利于企业在市场竞争中占据有利地位;(4)能够促进企业经营管理的改善,增加销售和盈利。

广义地说,市场调查是和商品生产、市场经济相联系的,只要有商品生产、市场经济,就会有市场调查。但市场调查作为一门专门的学问和专业性的活动,是在20世纪初从美国逐步发展起来的。1911年,美国最大的出版商柯的斯出版公司聘请派林担任调查部经理,他不仅先后对许多商品的销售渠道进行了系统的调查,而且亲自调查访问了100多个大城市的主要百货商店,系统地收集了大量第一手资料,积累了丰富的调查经验,并编写了一本名为《销售机会》的专著,提出了许多有创见性的市场调查的理论和方法。派林因此被推崇为现代市场调查科学的先驱。此后,许多大公司也都开始重视市场调查工作,广泛开展市场调查活动。各种专门的市场调查机构也纷纷成立,市场调查逐步发展成为一种重要的行业。20世纪20—30年代,美国先后出版了一批重要的市场调查专著,例如芝加哥大学教授邓楷的《商业调查》(1919年)、弗里德里克的《工商调查和统计》(1920年)、怀特的《市场分析》(1921

年)等。1937年,美国市场营销协会组织专家集体编写的《市场调查技术》一书,对市场调查这门学科的形成与发展作出了重要贡献。

30年代以后,市场调查技术获得了很大发展,如限额抽样、随机抽样、消费者与商店的固定样本调查、统计分析推断、回归分析与相关分析、趋势分析等调查方法与技术都得到了很大的发展与提高。电子计算机出现和广泛应用以后,进一步推动了市场调查科学与技术的发展,市场调查已成为现代企业管理和政府宏观经济管理中不可或缺的方法与技术。目前在美国所有大公司中,有70%以上的公司设有自己的正规的市场调查部门,并由一名专职经理主持这项工作。社会上还有各种专门的市场调查与咨询公司,为大大小小的企业提供市场调查服务。

世界上其他的资本主义国家,也都十分重视市场调查活动。以日本为例,日本不仅重视国内的市场调查活动,而且十分重视国际市场调查,为了打入和渗透美国市场,曾展开过一场"疯狂的情报活动"。日本的市场调查和情报收集活动的效率也得到举世公认。例如,在日本,50－60秒钟即可获得世界各地金融市场行情;1—3分钟可查询日本与世界各地进出口贸易商品的品种、规格等资料;3—5分钟可查询、调用国内1万个重点公司企业当年和历年经营生产情况的时间系列数据;5—10分钟,可查询或调用政府各种法律、法令和国会的记录;5分钟即可利用数量经济模型和计算机模拟,画出因经济因素变化可能给国际宏观经济带来的影响的变动图,并随时可取得当天各地汽车销售、生鲜食品批发市场的产、销、存及价格变动情况。

我国自改革开放以来,随着社会主义市场经济的发展,市场调查活动也得到迅速发展,各种专门的市场调查机构如雨后春笋般出现,各种报纸杂志也都开始提供市场信息,指导市场调查,刊登市场调查报告。市场调查活动越来越受到各类企业和政府相关部门的高度重视。

二、市场调查的内容与特点

市场调查的内容包括:市场环境调查、市场需求调查、产品调查、市场营销活动调查、销售趋势分析、消费者行为研究、广告调查等等。

（1）市场环境调查。市场环境调查一般指与市场经济运行相关的宏观环境调查。这些因素对市场一般起间接作用。主要有：政治法律环境（政府经济政策、政治体制与法律制度、政策连续性和稳定性等）；经济人口环境（经济发展水平、经济特征、贸易政策和法规、人口数量及构成、人均国民收入、人口教育程度、人口流动状况等）；社会文化环境（生活方式、价值观、社会分层、社会行为方式等）。

（2）市场需求调查。市场需求调查主要是针对消费者进行的市场与销售潜量估计调查。主要内容有：

1）货币收入。这是影响需求数量大小的决定性因素，包括职工的工资奖金收入、农民的产品出售收入、技术等有偿转让收入、利息、股息收入、其他收入（赠予、遗产继承等）。

2）人口数量。人口数量越多，商品需求量越大，尤其是日常食品和日用工业品更是如此。对人口数量调查要与收入调查结合起来，还要把流动人口考虑进去，流动人口比例大，需求增长量多，因此不能忽视。

3）消费结构。指消费者将货币用于不同商品的比例。通常从人口构成、家庭规模和构成、收入增长情况和商品供应情况入手。

4）消费行为。包括消费者的心理需要、购买行为类型、消费决策过程等因素。

（3）产品调查。产品调查包括：

1）产品生产能力调查：原材料来源、生产设施的现代化程度、技术水平情况、资金状况、人员素质；

2）产品实体调查：规格、颜色和图案、味道、式样和类型、原料、产品性能；

3）产品包装调查：销售包装、运输包装；

4）产品生命周期调查：明确产品处于哪个阶段（引入期、增长期、成熟期、衰退期），在不同阶段调查重点也不同；

5）产品价格调查：包括自己产品价格和对手产品价格、价格对销售量的影响。

（4）市场营销活动调查。市场营销活动调查的主要内容包括：

1）竞争对手调查：对手的产品优势何在？市场份额多少？竞争的激烈程度？对手的弱点在哪里？

2）销售渠道调查：该产品的最常见渠道情况、最成功的类型、经销商的要求和条件、经销此种商品的竞争情况、经销商维持的一般库存量多大、产品在每个环节的加价和回扣是多少？

3）服务调查：在哪些方面需要服务？公认服务好的同类产品有哪些？竞争者在服务方面的优势和不足。

4）促销活动调查：广告调查、其他促销活动调查（如降价、优惠、有奖销售、现场演示、馈赠等）。

市场调查的内容是非常广泛的，但不管什么样的市场调查，都有一些基本特点，这就是科学性、针对性、时效性和不确定性。

（1）科学性。市场调查与一般社会调查一样，同样是一项科学研究活动。为了减少调查的盲目性和人财物的浪费，对所需要搜集的资料和信息必须经过事先的科学规划，科学地确定调查对象、调查方式，科学地设计调查问卷并进行科学的统计分析等等，所有这些都要建立在科学的数学理论基础之上。

（2）针对性。市场调查必须针对本企业、本产品的实际情况进行，针对自己的竞争对手进行，切忌离开本企业的实际情况直接利用别人的现成调查成果，也不能直接借用市场上表现出来的某种信息，否则虽然能够省时省力，但却要冒很大的经营风险。把自己的决策建立在别人的信息基础之上，或者在对竞争对手一无所知的情况下制定自己的竞争战略，最终必将招致经营的失败。

（3）时效性。市场调查是在一定时间内进行的，它只能反映特定时间内的市场信息，错过时机或过了一段时间，调查结果就会失效，不再能作为决策依据。因为市场始终是一个动态的、开放的过程，随着时间的推移、经济的发展、国家政策的调整，都会使市场发生相应的变化，流行的产品可能变得无人问津，滞销的产品也会重新火爆。因此，市场调查必须经常进行，沿用过时的市场信息，只会使企业延误大好时机，陷入困境。

（4）不确定性。市场调查即使是用了科学的方法，但并不等于其结果是完全精确的，相反，市场调查的结果有很大的不确定性。这一点在消费品中更为明显。如被调查者在接受调查时所说的情况和心态与他进行商品选购时的心态可能大不相同。如某一商品在调查时消费者回答首先考虑产品质量，但在具体选购时会不自觉地首先考虑外观。例如在美国，长期以来，肥皂制造商搞不清楚粉红色肥皂是否受欢迎，因为在调查中每当把不同颜色的香皂摆在人们面前时，人们总是指着粉红色香皂，但是在商店里，粉红色香皂却很少成为热门货。

三、市场调查的类型与程序

市场调查的类别主要有探索性调查、描述性调查与因果关系调查。

探索性调查主要用于企业对自身问题不甚了解的情况下发现问题和寻找正式的市场调查的研究方向。如某公司近几个月销售量迅速下降，原因何在？是经济衰退造成的还是广告支出减少造成的？或者是销售代理效率太低的结果？这就必须要用探索性调查方法来寻求最可能的原因。这种调查一般用二手资料、专家意见、以往实例来进行，力求在最短时间里用最少的费用得出结果。

描述性调查是一种了解市场现状的调查，多数市场调查属于描述性调查。如市场潜量、市场占有率、销售分析、分销线路研究、产品研究等等的调查皆属于此类。它的目的在于回答某一专门问题，即"是什么"、"何时"发生、"如何"发生的，等等。

因果关系调查是一种解释性调查，目的在于回答"为什么"。如为什么消费者在同类产品中喜欢 A 品牌，不喜欢 B 品牌？上半年销售量减少的原因是什么？广告与销售之间是什么关系？消费者的收入变化与消费偏好之间的关系如何？等等。

市场调查不论属于哪种类型，要想获得科学的结论，都必须遵循一定的程序有条不紊地进行。所谓市场调查的程序就是市场调查自始至终的工作次序，就是从准备到方案的制订，直到最后的实施和完成等等相互关联的各个具体步骤的安排。这种程序和步骤并不是绝对的,在不同的调查中可能有种种差别,但一般而言,市场调查的程序都有以下四个阶段和若干个步骤(如图 14－1)。

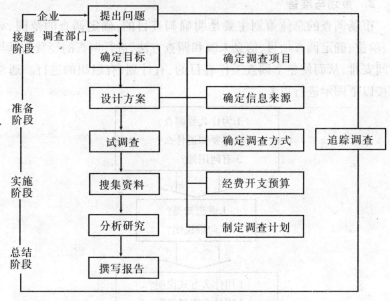

图 14-1　市场研究的程序和步骤图

1. 确定调查课题

市场调查的课题从哪里来,有两种情况。对专门的市场调查公司来说,调查的课题是受委托进行的,是从客户那里接过来的;对于企业自身而言,调查课题是根据自己的企业经营需要确定的。当企业自己的市场调查部门要根据自己的经营状况确定市场调查课题时,首先要收集相关资料并进行深入分析,有时还要进行非正式的先期调查,以判断企业经营问题之所在。在大量收集第一手资料和第二手资料的基础上再进行商品分析、销售状况分析、市场占有率分析、价格分析、销售渠道分析、经济效益分析以及宣传推广分析,从中揭示出市场调查要明确的已经存在的或潜在的问题。同时还要将这些存在的问题联系社会宏观环境进行总体环境分析,最后选择和确定具体的调查课题。被确定的调查课题必须具体明确,不能模棱两可,并且还要便于取得资料,使调查的计划能够顺利实施。

2. 策划与准备

市场调查的总体策划主要是明确调查目的,确定调查的范围、对象、单位,确定调查项目、信息来源和调查方法,进行调查的经费估算与时间安排,从而使整个调查工作有目的、有计划、有组织的进行。通常可按以下图示进行思考。

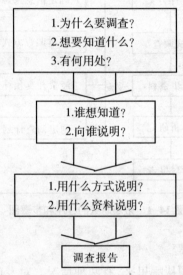

准备阶段的整体方案设计以及其中的主要步骤,应该说与一般社会调查的程序和步骤没有太大的区别,但这里特别要提到的是,市场调查是一种商业性的调查,经费估算对调查效果影响很大,在提出调查经费估算时,调查单位必须提交一份详细的费用估价单(见表14-3),将所有费用开支一一列出,供企业审阅。

最后还要做好调查前的各项准备工作。如建立调查机构,确定与培训调查人员,设计与印制调查问卷、表格等等。

调查的各项准备工作做好以后,一般还要做一次小范围的试调查,以对整个准备工作进行检验和修正。

表 14 – 3 ××调查费用估价单

申请人：

调查题目：

调查地点：

调查时间：   年   月   日至   年   月   日

项　目	数　量	单　价	金　额	备　注
前期研究费				
问卷设计费				
资料费				
差旅费				
数据处理费				
交际礼品费				
调查费				
劳务费				
印刷费				
不可预见性开支				
总　计				

3．实施调查

调查的实施阶段，主要任务是资料的收集与整理。按照调查方案的要求充分的收集数据是调查过程中的一个重要环节，只有有了充分准确的数据和资料才能得出正确的调查结论。在实际调查中，要根据不同的调查项目，运用不同的调查方法，从不同的角度收集各种调查资料，使资料的收集尽量做到全面、准确、科学。

4．分析与总结

资料收集后，不仅要对资料进行汇总、归纳和整理，而且要进行各种统计分析，计算出各种比例，制成各式统计图表，并进行深入的理论分析，总结出规律和提出调查结论，然后撰写调查报告。在初稿完成后,要向委托单位或企业领导详细说明调查结果及对结果的分析,进行意见交流,以便进行最后的修改。报告书要求语言简炼、明确、易于理解,内容讲求实用,配有适当的图表。

应该说明的是,市场调查往往不是一次完成的,在一次调查之后,常常要进行追踪调查。

四、市场调查的基本方法

1. 文献分析

文献分析是在正式市场调查的前期经常使用的一种方法,这种方法主要利用现成的市场信息资料,特别是各种有关市场的历史与现实的动态统计资料。这种市场研究方法的主要优点是可以充分利用各种现成的第二手资料,可以超越时空限制,资料准确可靠,研究方便自由,而且节省调查费用。但这种方法也有明显缺点:所依据的资料可能已经过时,资料也很难全面。

市场调查的文献资料来源非常广泛,主要有:(1)企业内部资料;(2)政府部门公布的统计资料;(3)行业协会提供的资料;(4)研究单位和专业情报机构的研究成果;(5)国内外有关的大众文献(书籍、报刊);(6)各地营业部、销售部门的经营资料;(7)外国大使馆商务处提供的资料;等等。这些文献资料可以通过有偿和无偿的方式进行收集。

现代社会是一个信息爆炸的社会,在市场调查中往往不是没有信息,而是信息太多,难辨真假。市场调查者必须善于运用文献研究方法,既要善于搜集资料,又要善于筛选资料。

文献分析在市场调查中最常见的是用于发展趋势分析和因果关系分析。所谓发展趋势分析,就是将过去的资料积累起来进行分析对比,加以合理的延伸,从中寻找市场的发展趋势。如某企业在过去一定时期(年、月)内的销售量持续增长 10% 左右,那么就可以推测近期内销售量增加额或增长速度。发展趋势分析在市场调查研究中主要表现为各种市场定量预测方法,其具体方法很多,最简单的是移动平均法。它是利用算术平均数按时间顺序排列而形成的平均动态数列,以说明某种现象在时间上的发展趋势。这种方法比较简单易行,适合比较稳定形态的商品需求预测,最常见的有平均增减趋势预测法和平均发展速度趋势预测法。但这种平均数法不能充分反映出需求趋势的季节变化。

在因果关系调查中也可以运用文献分析法,通过大量收集与某两个变量有关的文献资料,分析二者之间的相互关系。

2. 实地观察

实地观察就是在目标市场或有潜力的市场现场收集各种原始的第一手信息资料。它的特点是不直接向被调查者提出问题求得答案,而是利用感官视觉或利用一定的器材记录调查对象的言行,以达到收集所需要的信息资料的目的。实地观察一般应在文献研究的基础上进行。其特点是获得的调查资料新、细、具体,但调查成本高,费时费钱,对调查人员的素质要求也比较高。

市场调查中的实地观察法也有参与观察法和非参与观察法之分,并可以用于时间序列观察、横断面观察以及综合观察。例如在商品需求调查中,可以在消费者购买商品的现场,观察消费者对商品的爱好,对商品花色、品种、式样、包装等的反映。还可以对消费者购买和实际使用某种商品进行点数观察,从不同的统计数目中分析消费者的购买行为。又如在了解市场竞争状况中,调查者通过参加各种展销会、展览会、物资交流会、订货会,观察各家厂商的产品质量、花色品种、式样、包装、装潢以及与会人员的业务水平,分析对手的竞争能力。

3. 抽样调查

抽样调查是从调查单位总体中抽取一部分单位作为样本进行调查研究,并以样本研究的结果来推断总体的调查方法。目的是通过规模有限、能够代表总体的样本的调查结果,对调查总体的状况作出正确的推断,而不是为了了解样本本身的情况。抽样调查在市场调查中经常运用,是最常见的市场调查方法。

对市场的抽样也有随机抽样和非随机抽样两种。具体的抽样方法与我们在前面所学过的方法是一样的。这里主要介绍一下在市场调查中经常使用的配额抽样法。

配额抽样是一种非概率抽样。它将调查总体单位按某种标准进行分类,确定各类样本分配数额,然后由调查员在配额范围内,自由确定调查对象。如要调查90个工薪家庭消费状况,先确定类别:工人家庭30户,干部家庭30户,教师家庭30户,分别由三个调查员完成。样本要求是三人户、年龄在30—45岁之间。对每个调查员来说,只要符合条件就行,样本可以自由选择。

配额抽样的优点是节约成本,应用方便、快速,特别适合用于无总体名单的情况下使用。

配额抽样可分为独立控制配额和相互控制配额两种。例如,要进行某化妆品市场需求调查,拟调查400个样本单位,对样本按年龄、收入、性别三个标准进行分类。在独立控制配额抽样中,每个控制因素独立进行,其他因素可以灵活掌握。而在相互控制配额抽样中则要同时考虑几个因素。(如图14—2)

(a)　独立控制配额抽样样本配额

年龄配额	性别配额	收入配额
18—34 岁:80 35—44 岁:120 45—60 岁:140 60 岁以上:60 合计:400	男:200 女:200 合计:400	高收入:120 中收入:180 低收入:100 合计:400

(b)　相互控制配额抽样样本配额

		收		入			总
		高		中		低	
	性　别	男	女	男	女	男	女	计
年龄	18—34	12	12	18	18	10	10	80
	35—44	18	18	27	27	15	15	120
	45—60	21	21	32	32	18	18	140
	60 以上	9	9	13	13	7	7	60
	合 计	60	60	90	90	50	50	400

图 14 − 2　配额抽样样本配额

4. 市场实验

通过实验获取市场信息是市场调查中的一种常见的调查方法。市场实验主要利用各种展览会、试销会、交易会、订货会进行。从实验对象看，有商店试销、城市试销和地区试销。但并非任何试销都是实验，实验的特点是控制一个或几个自变量，如广告、包装、价格等，来研究其他变量(如销售量)的变动情况。在其他变量不变的情况下，可以认为这种变动是实验自变量的影响所致。如在三个相同的商店(或城市、地区)进行销售实验，实行三种不同的价格，看销售量的情况。如果销售量不同，可以看作是价格变动的结果。再如在新产品进入市场之前进行小范围的试验是十分必要的，如在试验过程中新产品被消费者所接受，再进行批量生产和经营，就会大大降低经营风险。

五、市场调查举例

1. 创办小型高尔夫球场的市场调查

约翰·史密斯和吉姆·布朗是两个高级中学的教员。每当约翰和吉姆在一起吃午饭时，总是讨论着如何经商的问题，但因他俩每人只有2,000加元的积蓄，始终未能形成一个合理的投资方案。一场小型高尔夫球赛实况转播唤起了他们的联想。"约翰，我似乎踩着了一个蕴量丰富的金矿！我们为何不能在温泽建个小型高尔夫球场?""嗯……对，吉姆，后天是周末，咱们去调查。"

温泽是加拿大第十大城市。要在这超过20万人的重工业城市进行调查不是件容易事。于是，他们进行了周密的筹划之后，于1974年1月，开始了市场调查。调查和分析情况如下：

一、竞争情况

温泽现有两个小型高尔夫球场，但球场的质量很差。因此，新的高尔夫球场如果根据普通规格比赛的要求，以优质材料建成，就会把所有的顾客都吸引过来。

二、备选场所

丹德文希尔购物中心是温泽地区最大的商业中心，它拥有月顾客量在80—90万之间，且有巨大的停车场，是非常理想的场所。该购物中心的总经理是英国剑桥公司的副总裁罗伯特先生。约翰和吉姆拜见了罗伯特，罗伯特对此事很感兴趣，建议他们把高尔夫球场建在停车场的入口处。罗伯特不打算亲自介入,但要收取全部球场收入的15%作为土地租用费。罗伯特希望约翰和吉姆先回去,完成了详细的财务估算后,再行磋商。

三、顾客分析

约翰和吉姆调查了顾客可能光顾小型高尔夫球场的动机,情况见表14－4:

表14－4　顾客光顾未来高尔夫球场的动机

原　　因	少年儿童	成年男子	成年女子
个人娱乐	6	6	5
家庭娱乐	12	10	8
社交和邀请赛	5	10	8
地点方便	6	7	10
时间方便	7	3	5
总人数	36	36	36

初步调查分析表明,顾客光顾的动机主要是:家庭娱乐、社交及地点方便。

在此基础上,他们进行了两项更深层次的顾客调查。

首先,他们对自己学校的学生进行了调查。下表是调查得出的一些具体数据(年龄 14—18 岁,人数 300):

Ⅰ、性别:

男　144 人,女　156 人,总数　300 人

Ⅱ、你夏天去丹德文希尔购物中心吗?

是　253 人,否　47 人,总数　300 人

A、如果去,你会在那儿玩高尔夫球吗?

	是	否	可能
男	99	12	7
女	97	24	14

B、如果不去,是否愿意专程到丹德文希尔购物中心去打高尔夫球?

	是	否	可能
男	4	11	11
女	4	10	7

Ⅲ、你的家人是否愿意与你一起去玩高尔夫球?

	是	否	可能
A、比你年长的	85	61	154
B、比你年小的	126	33	141

Ⅳ、你愿与你的异性朋友一起玩高尔夫球吗?

	没回答	是	否	可能
男	24	80	14	26
女	32	82	10	32

Ⅴ、你认为每盘球75分钱是一个低价、合理价还是高价?

	过低	合理	过高
男	14	96	34
女	4	134	18

以上第一项调查表明:大部分学生愿意打高尔夫球;300人中有204人愿意去,其中约有50%的学生借此来约会;约76%的学生认为每盘75分钱(加元)是一个比较合理的价格,仅有17%的学生认为这一价格太贵。

第二项调查则访问了200名社会上的成年人。结果是:顾客愿意在购物时顺便玩玩球的有42人,约占25%。

四、环境调查

温泽市人均月工资为784加元,高于全国工资人均数638加元;每天来丹德文希尔购物中心的顾客为2.7万至3万,愿意玩高尔夫球的每天有6、7千人,假期间由于学生们参加,人数会剧增;丹德文希尔购物中心对温泽市大部分居民来说,不超过15分钟的汽车路程。另一个重要的信息是,从5月至9月的5个月中,温泽平均有104天是无雨的。

五、规模与成本估算:(略)

六、决策

"我们仅有4,000加元,必须再盘算盘算。"约翰和吉姆将创业总费用列于表14-5。

表14-5 创业费用成本

建设费	1,260元
租金	200元
押金	1,000元
雇员工资	374元
报纸广告费	1,292元
电视广告费	700元
总计	4,826元

"看来,我们将工资填入一部分就够了!"约翰和吉姆很兴奋,立即向购物中心的罗伯特先生出示了费用估算清单和存款单。罗氏赞同了他们的计划。1974 年 5 月,他们的小型高尔夫球场开业了。

七、尾声

17 年过去了,到 1991 年 2 月,丹德文希尔购物中心依然是加拿大温泽市最大的商业中心。在购物中心巨大停车场的东南角,依然是一个小型的高尔夫球场,但它只是免费供人们娱乐的场所。"它只不过是我和约翰的纪念品,是我们创业的标志,我们要让它永远留在这儿供顾客们开心,"丹德文希尔购物中心的老板吉姆·布朗说。记者走访了吉姆,了解到约翰现在是温泽市公园的老板;罗伯特先生已于 1986 年回英国去了。罗氏临走前,为了感谢高尔夫球场给他的生意带来的兴旺,将这个购物中心作价转让给吉姆了。记者问吉姆先生现有多大资本,吉姆伸出了 4 个指头,笑着说:"我和约翰共同的资本是 4,000 加元,现有……"一个职员上前来向吉姆汇报情况。"Sorry,bye!"吉姆向记者道歉后转身与那职员一起去了。

2. 开发教学电子琴的市场调查

某电子仪器厂以前生产军用和工业用两类电子测量仪器。但由于电子测量仪器的市场萎缩,这两类产品的社会需要量呈逐年下降的趋势。厂家思考着如何使企业适应外部环境的变化,开发适应市场需求的新产品。为此,企业开展了深入的市场调查。

决策层从报纸上获悉我国教育重点是抓好基础教育,从中受到启发。他们组织人员走访了学校、商店、幼儿园以及文艺团体等几十个单位,初步了解到用户迫切需要一种音色优于老式风琴,且便于携带和维修的电子乐器。接着,他们在广泛调查的基础上,进行了需求预测。经过分析,发现电子琴存在着一个较大的潜在市场,因此,决定以电子琴作为新产品进行开发。

在确定了新产品开发方向后,为了了解不同用户的需求差异,他们进行了抽样调查。通过抽样调查,结果显示:

1. 文艺团体演奏用电子琴:要求音色美,功能全,质量高,能适应多种乐曲的舞台演奏需要。

2. 中小学、幼儿园教学用电子琴:要求音色优于风琴,质量一般,功能从简,但至少有一个风琴音色和一个欣赏音色。弹奏方式要与风琴一致,以适应教师的演奏习惯,且售价要低。

3. 音乐爱好者欣赏用电子琴:由于音乐爱好者的欣赏水平、经济条件、演奏技巧以及审美观与其他人不同,因而对电子琴的功能、结构、质量、价格、外形等方面的要求有其特色。

根据统计分析,销售趋势大体如下:

中小学、幼儿园: 约占70%

文化馆、站: 约占15%

音乐爱好者: 约占10%

其他: 约占5%

根据市场需求情况以及竞争对手的情况,最后,该电子仪器厂决定以中小学、幼儿园为主要销售对象,开发教学型电子琴。当他们将具有风琴、双簧管、笛子、电子琴四个音色,四组八度音阶,49键的电子琴以低于国内外同类产品价格投放市场后,顿时受到欢迎。

基本概念:

民意测验 市场调查 市场环境调查 市场需求调查

思考与练习:

1. 民意测验有哪些社会功能? 可以在哪些领域得到应用?

2. 民意测验在抽样、问卷设计这两个环节上有哪些基本要求?

3. 美国《文学文摘》杂志 1936 年总统选举结果预测失败的原因是什么?

4. 市场环境调查和市场需求调查分别有哪些内容?

5. 组织学生进行民意测验和市场调查的实践。

附录 I

问卷一

卡·马克思：

工人调查表

一

（1）你在哪一个工业部门工作？

（2）你工作的企业属于谁？属于私人资本家，还是属于股份公司？私人企业主或公司经理姓什么？

（3）请说明有多少职工。

（4）请说明他们的性别和年龄。

（5）招收的童工（男孩和女孩）最小是几岁？

（6）请说明监工和不是一般雇员的其他职员有多少。

（7）有没有学徒？有多少？

（8）除了固定的和经常有工作的工人以外，是不是在一定季节还从外面招收另外的工人？

（9）你的老板的企业是全部或主要为当地用户生产的呢，还是为整个国内市场或为了向其他国家出口而生产的？

（10）你在什么地方工作，在农村还是在城市？

（11）如果你工作的企业在农村，那末你的工作是不是你生活的主要来源？还是作为从事农业的补充收入，还是两者相结合呢？

（12）干活是完全用手工方式，还是主要用手工方式，还是用机器？

（13）请讲一下你工作的企业的分工情况。

（14）用不用蒸汽作动力？

（15）请说明生产各个过程的工作场所的数目。谈谈你所从事的那部分生产过程，不仅从技术方面，而且从它所引起的肌肉和神经的紧张程度以及对工人健康的一般影响的观点来谈。

（16）请谈谈工作场所的卫生状况：面积大小（划给每个工人的地方），通风，温度，粉刷，厕所，一般卫生，机器噪音，尘埃，湿度等等。

（17）政府或地方机关对工作场所的卫生状况有没有某种监督？

（18）在你的企业里有没有引起工人特殊疾病的特别有害的因素？

（19）工作场所是不是摆满了机器？

（20）有没有采取防护措施来防止工人的肉体受到发动机、传动装置和工作机械的伤害？

（21）请讲讲在你工作以来发生过的造成工人残废或死亡的最严重的不幸事故。

（22）如果你在矿上工作，请说明你的企业主为保证通风、防止爆炸和其他危险事故，采取了怎样的防护措施？

（23）如果你在冶金或化学生产部门，在铁路或其他特别危险的生产部门工作，请说明你的企业主有没有采取防护措施？

（24）你的工作场所使用的是煤气灯、煤油灯还是其他照明设备？

（25）在工作场所内外有没有足够的消防器材？

（26）企业主根据法律是不是必须付给不幸事故的受害者或他的家庭以抚恤金？

（27）如果不是，那末企业主是不是用某种方式给那些为他发财致富而在工作时受伤的人以赔偿？

（28）在你的企业里有没有某种医疗设施？

（29）如果你在家中工作，请谈谈你的工作场所的状况；你用的只是一些普通工具呢，还是也有小机器？你是不是利用你妻子和孩子们的劳动以及其他辅助工人（成年工或童工，男工或女工）的劳动？你是为私人主顾干活，还是为"企业主"干活？你怎样同他们联系，是直接联系还是经过中间人？

二

（1）请说明工作日一般有多长，一星期一般有几个工作日。

（2）请说明一年有几个假日。

（3）在一个工作日内有哪些休息时间？

（4）有没有规定一定的吃饭时间，或吃饭是不定时的。①

（5）在吃饭时间干不干活？

（6）如果用蒸汽，请说明实际的开关时间。

（7）开不开夜工？

（8）请说明童工和16岁以下的少年工人的工作时间。

（9）在一个工作日内，童工和少年工人是不是换班？

（10）政府有没有通过控制童工劳动的法令？企业主是不是严格遵守这些法令？

（11）有没有为在你的工业部门劳动的童工和少年工人设立学校？如果有，那末一天中哪些时间孩子们是在学校度过的？他们学习些什么？

（12）在生产日夜进行的地方，采用怎样的换班制度，是不是由一班工人换另一班工人？

（13）在生产繁忙时期，工作日通常延长多久？

（14）机器是专门雇工人来擦拭的呢，还是由使用机器的工人在工作日内无报酬地擦拭的？

（15）采用哪些规则和处分来保证工人在工作日开始时和午休后准时上工？

（16）你每天从家里到工作地点以及工作后回家要花多少时间？

---

① 沙·龙格对调查表的这一项作了下述补充："在哪里吃饭，室内还是室外？"——《马克思恩格斯全集》编者注

三

（1）你的老板规定了怎样的雇佣制度？你是按日、按周、按月雇佣的呢，还是按其他办法雇佣的？

（2）规定解雇或离职要在多长时间以前通知？

（3）如果由于企业主的过错而违反了合同，是不是追究他的责任，什么责任？

（4）要是工人违反合同，会遭到怎样的处罚？

（5）要是使用学徒劳动，那末和他们订的合同有哪些条件？

（6）你的工作是固定的还是不固定的？

（7）你的企业主要是在一定的季节进行生产呢，还是通常相当均衡地全年进行生产？如果你的工作是有季节性的，那末在其他时间你靠什么收入生活？

（8）你的工资是怎么计算的？是计时还是计件？

（9）如果是计时，那末怎样同你结算？是按钟点还是按整个工作日？

（10）加班是不是补发工资？

（11）如果你的工资是计件的，请说明是怎么计算的？如果在你工作的生产部门里完成的工作是用尺量或过磅计算的（如煤矿），那末，你的老板或他的帮手是不是用欺诈手段剥夺你的部分工资？

（12）如果你的工资是计件的，那有没有拿产品质量作为欺诈的借口，来克扣工资呢？

（13）不论是计时工资还是计件工资，你过多长时间领工资？换句话说，在你领取已经完成的工作的工资以前，你给老板的贷款有多长时间？什么时候发工资：一星期以后，一个月以后，或还要长？

（14）你是不是感到：这样拖延发工资，就迫使你经常跑当铺，付出高额利息，同时使你失去你所需要的物品，或者迫使你向小铺老板借钱，变成他们的债户，成为他们的牺牲品？

（15）工资是由"老板"直接发给，还是经过中间人或"包工头"

等等?

（16）如果工资是经过"包工头"或其他中间人付给的，请列举你的合同条件。

（17）请说明你一天或一周工资有多少。

（18）请说明和你在同一工场工作的女工和童工在上述时间内的规定工资。

（19）请说明最近一个月内最高和最低的日工资。

（20）请说明最近一个月内最高和最低的计件工资。

（21）请说明在上述时间内你的实际工资；如果你有家，也请说明你妻子和孩子的工资。

（22）工资是付给现金，还是一部分付给别的东西？

（23）如果你向你的企业主租房屋，请说明有哪些条件。企业主是不是从你的工资中扣除房租？

（24）请说明下列日用必需品的价格：①

（a）房租和租房条件；有几个房间；多少人住；房屋修缮和保险；家具购置和修理；寄宿；取暖、照明和用水等等；

（b）食品：面包、肉类、蔬菜（马铃薯等）；乳制品、鸡蛋、鱼；黄油、植物油、脂肪；糖、盐、调味香料、咖啡、茶叶、菊苣；啤酒、西得尔酒、葡萄酒等；烟草；

（c）衣服（父母和孩子的）；洗衣；卫生用品，洗澡，肥皂等等；

（d）其他开支：如邮资，还债和付给当铺的保管费；孩子在学校学习的各种开支，学费，买报，买书等等。交给互助会、罢工基金会、各种联合会、工会等等的会费；

（e）和你从事的职业有关的开支（如有这种开支）；

（f）捐税。

（25）请尽量算出你每周和一年的收入（如果你有家、也请算出家

---

① 由此以下至第25项马克思是用法文写的，以后仍用英文。——《马克思恩格斯全集》编者注

376

庭的收入）以及每周和一年的支出。

（26）根据你个人的经验，你是不是觉得日用必需品的价格（如房租、食品价格等等）比工资提高得更快？

（27）请说明你所记得的历次工资变动情况。

（28）请介绍一下在萧条或危机时期工资降低的情况。

（29）请提供在所谓繁荣时期工资提高的情况。

（30）请介绍一下产品式样改变以及局部或普遍的危机所造成的生产停顿的情况。

（31）请对照地谈谈你生产的产品价格或你提供的服务的价格改变情况和工资同时改变或不变的情况。

（32）在你工作以来是不是有过由于采用机器或其他改进而解雇工人的情况？

（33）由于机器生产的发展和劳动生产率的提高，劳动强度和劳动时间是减少了还是增加了？

（34）你是不是知道，什么时候有过由于生产改进而提高工资的情况？

（35）你是不是知道，有哪个普通工人在年满50岁时可以脱离工作而靠他做雇佣工人时挣的钱过活？

（36）在你的生产部门里一个中等健康水平的工人可以工作多少年？

四

（1）在你的行业中有没有工会？它们是怎样活动的？

（2）在你工作以来你们行业的工人举行过几次罢工？

（3）这些罢工的时间有多长？

（4）是局部罢工还是总罢工？

（5）罢工的目的是不是提高工资，或是反对降低工资的做法，或是关于工作日的长短，或是由于其他原因？

（6）罢工的结果怎样？

（7）你们行业的工人是不是支持其他行业工人的罢工？

（8）请谈谈你的老板为了管理他的雇佣工人而规定的规章以及违反规章的处分。①

（9）企业主有没有结成联合会，以便强迫工人接受降低工资、延长工作日、干涉罢工，总之，是要把自己的意志强加于工人阶级？

（10）在你工作以来，你是不是知道有政府方面滥用国家权力来帮助老板反对工人的情况？

（11）在你工作以来，这个政府是不是曾经帮助过工人反对企业主的勒索和非法的欺诈手段？

（12）这个政府是不是要求不顾老板的利益贯彻执行工厂法（如果有这样的工厂法）？工厂视察员（如果有这样的视察员）是不是严格履行自己的职责？

（13）在你的企业或你的行业中有没有对不幸事故——疾病、死亡、短期丧失劳动力、年老等等进行互助的团体？

（14）加入这些团体是自愿的还是强迫的？这些团体的基金是不是完全受工人监督？

（15）如果缴纳会费是强迫的并且是受企业主监督的，企业主是不是从工资中扣除这些会费？他是不是支付这笔款项的利息？被解雇或辞职的工人，能不能收回自己所交的钱？

（16）在你的生产部门有没有工人合作企业？它们是怎样管理的？它们是不是也像资本家那样从外面雇用雇佣工人？

（17）在你的生产部门里有没有这样一种企业，在这种企业中，付给工人的报酬一部分是工资，另一部分则是所谓分红？请把这些工人的总收入和没有所谓分红的工人的收入作一比较。这种制度下的工人有些什么义务？是不是容许他们参加罢工等活动，还是只许他们做老板的忠实奴仆？

---

① 在手稿上删去了下列字句："自然，在他的工厂里，他把最高的立法权、审判权和行政权都集中在自己手里。"——《马克思恩格斯全集》编者注

（18）　在你的生产部门里的工人（男工和女工）一般的体力、智力和精神状况怎样？

卡·马克思起草于1880年4月上半月

载于1880年4月20日《社会主义评论》
杂志第4期

2007 中国大学生就业首选调查问卷①

亲爱的大学生朋友：

您好！

为了更好地为大学生就业服务，我们正在进行一项有关大学生就业首选的调查。请您务必认真、坦率、真实地回答每一个问题，回答无所谓正确与错误之分。您所填写的任何资料，我们将为您保密。您在此问卷上所做的调查，不会对您产生任何不利影响，所以请您不必有任何顾虑。

《中国大学生就业》编辑部

2007 年 3 月 20 日

第一部分 个人基本情况

1. 性别：

   ○ a. 男   ○ b. 女

2. 学校：

3. 所学专业名称：

4. 所读学历：

   ○ a. 本科   ○ b. 研究生 ○ c. 专科

5. 生源：请选择 ▼

---

① 这是一份在网络上进行的调查，资料来源：http://vote.chsi.com.cn/dxsjy/vote.jsp 2008 - 10 - 16。

一、有关就业首选企业

6. 当你选择工作时,你最想进入的行业是:

○ a. IT 与通讯业　　　　○ b. 金融、证券、保险业

○ c. 商贸业　　　　　　　○ d. 电力、石化等能源业

○ e. 新闻出版业　　　　　○ f. 房地产业

○ g. 医药食品业　　　　　○ h. 旅游交通民航业

○ i. 制造业　　　　　　　○ j. 政府机关

○ k. 其他

7. 你对这个行业的选择主要是基于:

○ a. 属于朝阳行业,前途远大　○ b. 该行业收入较高

○ c. 与自己的专业对口　　　　○ d. 创业机会大

○ e. 稳定　　　　　　　　　　○ f. 其他

8. 在这行业中,您最想为之工作的企业名称是:

9. 这个企业的哪些方面对您有吸引力?请逐项进行选择。

	无吸引力———→很有吸引力		无吸引力———→很有吸引力
企业规模	○1 ○2 ○3 ○4 ○5	经营理念	○1 ○2 ○3 ○4 ○5
领导者风格	○1 ○2 ○3 ○4 ○5	企业文化	○1 ○2 ○3 ○4 ○5
激励机制	○1 ○2 ○3 ○4 ○5	培训机会	○1 ○2 ○3 ○4 ○5
名　气	○1 ○2 ○3 ○4 ○5	国际化趋势	○1 ○2 ○3 ○4 ○5
薪酬与福利	○1 ○2 ○3 ○4 ○5	行业特点	○1 ○2 ○3 ○4 ○5
发展潜力	○1 ○2 ○3 ○4 ○5	其　他	

10. 您对这个企业的印象主要来自于(限选两项):

□ a. 网络媒体　　　　　□ b. 传统媒体(电视、报刊等)报道

□ c. 企业的促销活动　　□ d. 企业员工

☐ e. 企业的公益活动　　　　☐ f. 企业获奖情况

☐ g. 产品本身　　　　　　　☐ h. 在校园的宣传活动

☐ i. 其他

11. 如果进入这个企业,您最希望从企业中得到什么(限选两项):

☐ a. 企业的从业经验　　　　☐ b. 良好的专业技术

☐ c. 先进的管理模式　　　　☐ d. 前沿知识信息

☐ e. 广泛的人际关系　　　　☐ f. 团队合作技巧

☐ g. 良好的薪酬福利　　　　☐ h. 到海外工作的机会

☐ i. 自我价值的实现　　　　☐ j. 稳定的工作岗位

☐ k. 其他 _____

12. 你最希望从哪个渠道获得这个企业的招聘信息(限选两项):

☐ a. 学校就业指导中心　　　☐ b. 求职网站

☐ c. 招聘会　　　　　　　　☐ d. 校园宣讲会

☐ e. 专业媒体　　　　　　　☐ f. 其他 _____

二、有关求职地区的选择

13. 您对就业地区的选择是:首选(请选择 ▼)次选
(请选择 ▼)

☐ a. 北京　　　　　　　　　☐ b. 上海

☐ c. 广州、深圳　　　　　　☐ d. 东部沿海经济发达地区

☐ e. 中部大中城市　　　　　☐ f. 西部大中城市

☐ g. 其他 _____

14. 您对上述地区的选择原因是(限选两项):

☐ a. 生活条件好　　　　　　☐ b. 有较大的发展机会

☐ c. 良好的人才政策　　　　☐ d. 看中创业环境

☐ e. 回报家乡　　　　　　　☐ f. 其他 _____

15. 如求职较为困难,您对去小城镇及乡镇单位就业能否接受:

○ a. 乐于接受

○ b. 实在没有其他机会时可以接受

○ c. 坚决不接受

三、有关您的毕业选择

16. 您进入毕业时期的去向?

○ a. 求职

○ b. 考研(选择此答案请答第 19 小题)

○ c. 出国(选择此答案请答第 20、21 小题)

○ d. 创业　　○ e. 求职考研两手准备　　○ f. 其他 ☐

17. 您对求职薪酬的考虑(试用期后的工资):

○ a. 800—1000 元　　　　○ b. 1001—1500 元

○ c. 1501—2000 元　　　　○ d. 2001—2500 元

○ e. 2501—3000 元　　　　○ f. 3001—4000 元

○ g. 4001—5000 元　　　　○ h. 5000 元以上

18. 您对以上薪酬标准的考虑是根据以下哪种情况确定的(限选两项):

☐ a. 人才市场的行情　　　　☐ b. 对自身价值的评价

☐ c. 用人单位的实力　　　　☐ d. 老师、父母或同学的建议

☐ e. 其他

19. 如果您考研,原因是(限选两项):

☐ a. 对学术感兴趣　　　　☐ b. 希望在高校工作

☐ c. 能够有一个好的出路　　☐ d. 对求职恐惧

☐ e. 专业就业前景不好　　　☐ f. 其他

20. 如果您想出国,您首选国家是:

○ a. 美国　　○ b. 英国　　○ c. 加拿大　　○ d. 澳大利亚

○ e. 日本　　○ f. 法国　　○ g. 德国　　○ h. 其他

21. 如果您想通过中介机构出国留学,您首选的中介机构

是: ☐

四、有关求职的看法

22. 您对现在求职形势的看法：
○ a. 乐观　　　○ b. 一般　　　○ c. 不乐观

23. 您对学校就业指导的看法：
○ a. 非常实用，能对自己求职成功起到重要作用
○ b. 一般，有一定的作用
○ c. 没有太大作用　　　○ d. 说不清楚

24. 对于高校就业指导，您最希望获取哪方面的信息（限选两项）：
☐ a. 应聘技巧　　　　　　　☐ b. 用人单位信息
☐ c. 求职心理辅导　　　　　☐ d. 职业规划辅导
☐ e. 专业出路　　　　　　　☐ f. 其他

25. 您对求职渠道的选择（限选两项）：
☐ a. 人才网站　　　　　　　☐ b. 校园招聘会
☐ c. 社会招聘会　　　　　　☐ d. 老师、亲戚朋友
☐ e. 媒体（电视、报刊等）　☐ f. 其他

26. 您对自己的求职花费预算：
○ a. 500元以下　　　　　　　○ b. 500—800元
○ c. 800—1000元　　　　　　○ d. 1000—1500元
○ e. 1500—2000元　　　　　　○ f. 2000元以上

提交

问卷三

莘庄乐购消费者调查问卷

访问员自我介绍：

　　您好！我是华东师大社会调查中心的访问员,我叫_____。我们正在进行一次关于消费者方面的市场调查,希望得到您的支持! 您的意见对我们非常重要,是别人无法代替的。为了表达我们的谢意,在访问结束后将会送您一份精美的礼品。对您提供的意见我们将全部保密,谢谢!

2008 年 10 月 15 日

主 要 问 卷

1. 您是通过什么渠道知道"莘庄乐购"的? (可多选)

　　1. 广告　　　　　　　　2. 听别人介绍

　　3. 新闻报导　　　　　　4. 路过发现

　　5. 住在附近　　　　　　6. 工作在附近

　　7. 其他(请说明)_____

2. 您认为"莘庄乐购"在哪些方面能吸引您? (可多选)

　　1. 价格便宜　　　　　　2. 名气较大

　　3. 购物方便　　　　　　4. 商品质量好

　　5. 商品种类多　　　　　6. 商品档次合适

　　7. 购物环境舒适　　　　8. 客户服务好

　　9. 距离近　　　　　　　10. 交通方便

　　11. 策划宣传好　　　　　12. 休闲娱乐项目多

　　13. 其他(请说明)_____

3a. 您认为"莘庄乐购"的整体布局是

1. 非常好　　2. 比较好　　3. 一般　　4. 不太好

5. 一点也不好

3b. 您认为它的布局有哪些不足之处？（可多选）

1. 购物的中间走道较为狭窄　2. 灯光设计不够理想

3. 购物指南不明确　　　　　4. 商品布局较乱

5. 上下楼层不方便　　　　　6. 内部噪音较大

7. 空气不新鲜　　　　　　　8. 其他(请说明)_____

4. 您通常去"莘庄乐购"的哪些餐饮场所(可多选)：

1. 德克士炸鸡　　　　　　　2. 肯德基(KFC)

3. 木木拉面　　　　　　　　4. 壹客牛排馆

5. 美食街　　　　　　　　　6. 其他(请说明)_____

5. 您通常去"莘庄乐购"在哪些购物或服务场所(可多选)：

1. 乐购超市　　　　　　　　2. 美亚音像

3. 华氏大药房　　　　　　　4. 圣梦女子美容中心

5. 新华书店　　　　　　　　6. 奇乐儿超级迷宫

7. 其他(请说明)_____

6. "莘庄乐购"的下列特色服务,哪些您比较感兴趣？（可多选）

1. 卖场有会员制,并实行会员消费积点换赠品

2. 卖场收银台提供免费纯净水

3. 提供免费寄包

4. 卖场前广场提供休息凉亭、篮球场

5. 卖场一楼大堂提供"棋逢对手"的下棋比赛

6. 一楼提供免费手机充电

7. 免费擦鞋服务

8. 拥有 ATM 机

9. 公用电话

10. 家电医院

7a. 下面是附近的一些购物场所,您经常去购物的地方有哪些？按经常性的大小排序。（1 为最常去,2 为次之,3 为再次,依次类推。

没有去过的购物场所不填!)

  a. 吉买盛(莘庄店)_____ b. 莘庄乐购_____

  c. 世纪联华(闵行店)_____ d. 友谊南方商城_____

  e. 徐家汇商圈_____ f. 好又多(闵行店)_____

7b. 为什么最常去排序为 1 那个购物场所_____购物?

_____

背 景 资 料

1. 被访者性别(访员记录,并检查配额)

  1. 男   2. 女

2. 请问您的实足年龄是(注意检查配额)

  1. 16~25 岁   2. 26~40 岁

  3. 41~55 岁   4. 56~70 岁

3. 请问您的学历是

  1. 小学及以下

  2. 初中

  3. 高中/中专/技校/职校/职高

  4. 大专

  5. 本科及以上

4. 请问您的职业是

  1. 各级政府部门,企事业单位,党政机关和公众团体的领导
    成员

  2. 专业技术人员

  3. 职员

  4. 商务人员

  5. 第三产业的雇员

  6. 工人

  7. 家庭主妇

  8. 私人企业主

9. 失业人员

10. 从事农业、林业、畜牧业和渔业的劳动者

11. 离退休人员

12. 学生

13. 其他(请注明)_____

5. 您是从什么区来到"莘庄乐购"的?

1. 徐汇区   2. 闵行区

3. 长宁区   4. 其他_____

6. 请问您个人的平均月收入是多少?(包括奖金、补贴等)

7. 请问您全家的平均月收入是多少?(包括奖金、补贴等)

	个人平均	全家平均
500 元以下	1	1
500 元—1000 元	2	2
1001 元—1500 元	3	3
1501 元—2000 元	4	4
2001 元—2500 元	5	5
2501 元—3000 元	6	6
3001 元—4000 元	7	7
4001 元—5000 元	8	8
5001 元—7000 元	9	9
7001 元—70000 元	10	10
10000 元以上	11	11
拒答	12	12

为了我所在的调查机构在它需要的时候检查我的工作,请您留下姓名、地址和电话,谢谢!

被访者姓名:_____

被访者电话:_____(单位/家庭/手机)

被访者地址：_____

访问员声明：

我确信本问卷记录的是我对消费者本人进行调查的结果！在调查中我按照规定及调查程序向被调查者如实询问了所有相关问题并如实记录了相应的所有回答。

调查员签名：_____ 访问日期：_____

问卷四

社会流动与职业评价调查表

亲爱的朋友:您好!

有机会访问您,我们十分高兴。

举办这次调查,目的是为了掌握北京的社会流动情况,了解北京市民对社会上各种职业的评价,并听听大家对经济改革以来各种职业间收入差距的一些个人看法。我们很重视您的这些看法,把大家的看法、意见集中到一块儿,就能为党和政府制定经济改革和政治改革的各项政策提供参考和理论依据。本表无须填写姓名、住址和工作单位,答案大都是给定的,您只要按题目要求其中的一个或把答案排排队就可以了。问题都很简单,答案也无所谓对错。因此,请您将您真实的看法、想法和个人情况告诉我们,不必有所顾虑。我们对您提供的资料绝对保密。

说明:凡选择性问题只能选一项(有专门说明的除外),在您认为合适的项目的横线上方划"√"。

希望得到您的合作。

谢谢!

北京社科院社会学所

1986.9.

个案编号

8 6

一、首先请您谈谈有关您个人的情况:

(1)您出生于____年。　　　　　　　　(1)

(2)性别____1.男　____2.女　　　　(2)

(3)您是中共党员吗?　　　　　　　　　(3)

　　　____1.是　____2.否

390

（4）您的学历是：

    ____ 1. 未进过正式学校____ 2. 初小

    ____ 3. 高小____ 4. 初中

    ____ 5. 高中（中专、中技）

    ____ 6. 大专（电大、职大、业大等）

    ____ 7. 大学本科　____ 8. 研究生

（5）您总共受过学校教育____年。

（6）您的第一个职业是____。（填得越详细越好）

（7）您是____年参加工作的。

（8）您的第一个工作单位的性质是：

    ____ 1. 个体经营

    ____ 2. 街道办的集体企业

    ____ 3. 区级以上管辖的集体企业

    ____ 4. 全民企业　____ 5. 全民事业

    ____ 6. 合资企业　____ 7. 外资企业

    ____ 8. 军队　____ 9. 其他

（9）您的第一工作单位所在地是：

    ____ 1. 外地农村、农场

    ____ 2. 北京近郊区　____ 3. 外地城镇

    ____ 4. 北京远郊区　____ 5. 外地大城市

    ____ 6. 北京市区

（10）工作后您是否参加过成人教育？

    ____ 1. 是　____ 2. 否

（11）如参加过，是哪一类？（如没参加过，请调查员在此填9）

    ____ 1. 初中文化补习

    ____ 2. 高中文化补习

    ____ 3. 专门的职业培训

（4）

（5）

（6）

（7）

（8）

（9）

（10）

（11）

_____ 4.其他的进修学习

(12)总共_____年。(如没参加过，编码用   (12) ☐☐
99)

(13)参加工作后,您的职业有无变动?   (13) ☐

_____ 1.有   2.无

(14)如有变动,请详细填写下表:(如无变   (14) ☐☐
动,编码用99)

变动次数	时间	职业	单位性质	单位所在地	变动原因	
01 第一次						(1401) ☐☐
02 第二次						(1402) ☐☐
03 第三次						(1403) ☐☐
04 第四次						(1404) ☐☐
05 第五次						(1405) ☐☐
06 最后一次						(1406) ☐☐

（注:"时间"、"职业"栏如实填写;"单位
性质"栏同第8题;"单位所在地"栏同第9题;
"变动原因"栏同第38题;"最后一次"是指现
在所从事的职业。）

(15)您现在有无职务或职称?   (15) ☐

_____ 1.有   _____ 2.无

(16)如有职务或职称,请详细说明_____。   (16) ☐☐

（如无填99）

(17)您上个月基本工资是____元。   (17) ☐☐☐

(18)除基本工资外,您从单位还能拿到____   (18) ☐☐☐

元的各种补贴和奖金(平均数)。

(19)除本职工作的收入外,您还能得到其他
　　方面的收入吗?　　　　　　　　　　　　(19) ☐☐

　　____ 0. 无回答

　　____ 1. 能得到　　　____ 2. 不能得到

(20)如能得到,请说明您从事什么样的工作　(20) ☐☐

____。(如不能得到,填 9)

(21)如能得到,您平均每月拿____元。　　　(21) ☐☐☐

　　___ 1. 20 元以下　　___ 2. 20 元—39 元

　　___ 3. 40 元—59 元　___ 4. 60 元—79 元

　　___ 5. 80 元—99 元　___ 6. 100 元以上

　　___ 7. 200 元以上　___ 8. 300 元以上

(22)您月平均收入共____元。　　　　　　(22) ☐☐☐☐

二、请您谈谈您父亲的情况:

(23)他出生于____年。　　　　　　　　　(23) ☐☐

(24)他是哪一个党派的成员?　　　　　　　(24) ☐

　　___ 1. 共产党　　　___ 2. 国民党(民革)

　　___ 3. 其他民主党派　　___ 4. 无党派

(25)他的学历是:　　　　　　　　　　　　(25) ☐

　　___ 1. 未进过正式学校

　　___ 2. 初小

　　___ 3. 高小

　　___ 4. 初中

　　___ 5. 高中(中专、中技)

　　___ 6. 大专(电大等)

　　___ 7. 大学本科

　　___ 8. 研究生

(26)他总共受过学校教育____年。　　　　(26) ☐☐

(27)在您刚开始工作时,他的职业是____。　(27) ☐☐

393

（越详细越好）

(28) 请回忆一下,他在和您差不多的年龄时, 曾担任什么职务或有什么职称____。　(28) ☐

（注:三十七岁以上的被访者,应填父亲解放后的职务或职称,越详细越好。如无职务或职称,请调查员在编码时填9）。

(29) 他在和你同年龄时的平均收入大约是____元。　(29) ☐☐☐☐

三、再请您谈谈您母亲的情况:

(30) 她出生于____年。　(30) ☐☐

(31) 她的学历是:　(31) ☐

____ 1. 未进过正式学校

____ 2. 初小

____ 3. 高小

____ 4. 初中

____ 5. 高中(中专、中技)

____ 6. 大专(电大等)

____ 7. 大学本科

____ 8. 研究生

(32) 她总共受过学校教育____年。　(32) ☐☐

(33) 在您刚开始工作时,她有无工作?　(33) ☐

____ 1. 有　____ 2. 无

(34) 如有工作,她从事的职业是_____。　(34) ☐

（越详细越好,如无工作,填9）

(35) 请回忆一下,她在和您同年龄时月平均收入是____元。（如无收入,填999）　(35) ☐☐☐

四、请您谈谈您选择职业的意愿:

(36) 您对自己目前的工作是否满意?（"无回答"填9）　(36) ☐

_____ 0. 无回答   _____ 1. 不满意

_____ 2. 不太满意   _____ 3. 无所谓

_____ 4. 比较满意   _____ 5. 很满意

(37) 您想不想调换工作:("无回答"和"不 　　(37) ☐☐
知道"都填9)

　　　_____ 0. 无回答   _____ 1. 想

　　　_____ 2. 不想   _____ 3. 不知道

(38) 您想调换工作的主要原因是什么? 请 　　(38) ☐☐☐
在给定的答案中选一至三种,顺序排
列:(如不想可跳过此题,编码填99)

1. 职业声望低,别人瞧不起

2. 收入低   3. 提拔重用的机会少

4. 个人能力得不到充分发挥

5. 专业技术不对口

6. 与个人兴趣爱好不相符合

7. 没有进修学习业务的机会

8. 与上级领导搞不好关系

9. 与同事相处得不融洽

10. 工作地点离家太远

11. 工作太紧张

12. 工作环境和条件太差

13. 其他_____。

第一位	第二位	第三位

(39) 您认为在调动工作中,从个人方面说, 　　(39) ☐☐☐
哪些因素主要,哪些因素次要,请选出
三种按顺序排列:

1. 是不是党员

2. 家庭背景、父母地位的高低

3. 有无文凭

4. 有无熟人、关系

5. 自己有无实际才干

6. 性别差异

7. 其他_____。

第一位	第二位	第三位

(40) 若您能自由地选择职业,您愿意从事什么
职业?(请参照第 41 题按顺序排列)

第一位	第二位	第三位	第四位	第五位

第六位	第七位	第八位	第九位	第十位

五、请您谈谈对社会上各种职业的评价:

(41) 下面列有 50 种职业,请您给每种职业
的收入高低(比较一下同时期参加工作
的人,干哪种职业挣钱多)、社会声望大
小(哪些职业名声好)、职业权力的大
小(看从事哪种职业的人利用其职业的
便利条件对其他人的支配能力最强)打
个分数,9 分最高,1 分最低,可以有相
同的分数,但不能出现小数。例如要给
工资收入打分,就先从 50 种职业中挑
出一些挣钱最多的给 9 分,再挑最少的
给 1 分,中间的给 5 分,其余的和它们
一比,就能给出分数了。

(4001) ☐☐

(4002) ☐☐

(4003) ☐☐

(4004) ☐☐

(4005) ☐☐

(4006) ☐☐

(4007) ☐☐

(4008) ☐☐

(4009) ☐☐

(4010) ☐☐

职　业　名　称	工　资收　入	社　会声　望	职　业权　力
01. 车　工			
02. 出租汽车司机			
03. 个体商贩			
04. 公共汽车司机			
05. 作　家			
06. 工程师			
07. 科级干部(业务)			
98. 大学教师			
09. 环卫工人			
10. 处级干部			
11. 农民(纯农户)			
12. 纺织工人			
13. 司、局级干部(党员)			
14. 与外商合资的大饭店服务员			
15. 司、局级干部(非党)			
16. 机关办事员			
17. 记　者			
18. 小学教师			
19. 乡镇企业工人(亦工亦农)			
20. 医　生			
21. 解放军战士			

职 业 名 称	工 资 收 入	社 会 声 望	职 业 权 力
22. 会 计			
23. 演 员			
24. 家庭保姆			
25. 翻 译			
26. 运动员			
27. 售货员			
28. 秘 书			
29. 律 师			
30. 护 士			
31. 中学教师			
32. 食品工人			
33. 图书管理员			
34. 手工艺品工人			
35. 幼教保育员			
36. 编 辑			
37. 采购员			
38. 家用电器修理工			
39. 服装业工人			
40. 导游员			
41. 影剧院服务员			
42. 化工工人			

职 业 名 称	工 资 收 入	社 会 声 望	职 业 权 力
43. 描图员			
44. 钳 工			
45. 厨 师			
46. 数学家			
47. 海 员			
48. 历史学家			
49. 铸 工			
50. 公安警察			
(42)请您对自己的职业打个分			

(43) 在评价职业间差别时,您认为下列因素
哪些主要、哪些次主要、哪些因素最不
重要,请按顺序排列:

1. 工资收入的差别

2. 社会声望的差别

3. 职业权力的差别

4. 工作时间上的差别(是否倒班、是否
有夜班等)

5. 对社会贡献大小的差别

6. 技术复杂性的差别

7. 劳动形式和劳动强度上的差别

8. 工作环境和条件上的差别

9. 福利待遇上的差别

(4301) ☐

(4302) ☐

(4303) ☐

(4304) ☐

(4305) ☐

(4306) ☐

(4307) ☐

(4308) ☐

第一位	第二位	第三位	第四位

第五位	第六位	第七位	第八位	第九位

(4309) ☐

(4401) ☐☐

(4402) ☐☐

六、最后,请您对改革以来各种职业的收入情况发表一下看法:

(44)您认为近几年来哪一种职业在改革中受益最大,比较富裕?(请参照第五大题第1小题举出五种,并排出顺序)

第一位	第二位	第三位	第四位	第五位

(45)您认为哪一种职业生活水平提高不快,或者相对下降?(请举出五种,并排出顺序)

第一位	第二位	第三位	第四位	第五位

(46)从社会发展的角度来说,您认为哪些职业先富起来较为合理:(请参照第五大题第1小题举出五至十种)

☐	☐	☐	☐	☐

☐	☐	☐	☐	☐

(47)下面我们给出几组职业或职务职称,请您比较一下,在同年参加工作的情况下,谁的收入应该高些,高几倍较为合理:

(4403) ☐☐

(4404) ☐☐

(4405) ☐☐

(4501) ☐☐

(4502) ☐☐

(4503) ☐☐

(4504) ☐☐

(4505) ☐

(4601) ☐☐

(4602) ☐☐

(4603) ☐☐

(4604) ☐☐

(4605) ☐☐

(4606) ☐☐

(4607) ☐☐

(4608) ☐☐

(4609) ☐☐

(4610) ☐☐

职业、职务和职称比较	应该高	高的倍数	
01	02. 出租汽车司机与 04. 公共汽车司机			（4701）☐☐☐☐
02	14. 与外合资饭店服务员与 27.（一般商店的）售货员			（4702）☐☐☐☐
03	03. 个体商贩与 01. 车工			（4703）☐☐☐☐
04	03. 个体商贩与 08. 大学教师			（4704）☐☐☐☐
05	16. 机关办事员与 09. 环卫工人			（4705）☐☐☐☐
06	07.（相当于车间主任的） 科级干部与 01. 车工			（4706）☐☐☐☐
07	10. 处级干部与 06.（高级）工程师			（4707）☐☐☐☐

问卷五

上海市民生活方式问题调查表

调查说明：

为了对上海市民的生活方式进行调查，我们想了解您的生活情况，请您合作。这次调查采取不记名的方法，希望您填上您的实际情况和真实的想法，以便为分析研究提供科学依据。

请您在填表时，注意下列事项：

1. 回答问题一般每题只选一项，在（　　　）内打上（✓）；
2. 凡要求填写数字的问题，请填上准确数字；
3. 每页右侧竖线旁的编码一栏，不必填写。

谢谢您的合作。

上海市委宣传部思想研究室
《 解 放 日 报 》 文 艺 部
上海市民生活方式问题调查组
一九八五年十月

调 查 表

(1) 您的性别：

    1. 男（　　） 2. 女（　　）

(2) 您的年龄：

    1. 18—25 岁（　　） 2. 26—35 岁（　　）

    3. 36—45 岁（　　） 4. 46—60 岁（　　）

    5. 61 岁以上（　　）

(3) 您的文化程度：

    1. 小学以下（　　） 2. 小学（　　）

    3. 初　　中（　　） 4. 高中或技校（　　）

    5. 中　　专（　　） 6. 大专（　　）

    7. 大学本科以上（　　）

(4) 您的职业：

    1. 教　　师（　　） 2. 工程师（　　）

    3. 机关干部（　　） 4. 研究人员（　　）

    5. 军　　人（　　） 6. 职员（　　）

    7. 工　　人（　　） 8. 个体户（　　）

    9. 待　　业（　　） 10. 其他（请注明）（　　）

(5) 您的职务或职称（请注明）_____

(6) 您今年上半年每月总收入（工资、奖金或其他补贴）：

    1. 40 元以下（　　）

    2. 40—60 元（　　）

    3. 60—80 元（　　）

    4. 80—100 元（　　）

    5. 100—130 元（　　）

6. 130—160元( )

7. 160—200元( )

8. 200—250元( )

9. 250—300元( )

10. 300—400元( )

11. 400元以上( )

(7)您的婚姻情况：   7_____

 1. 已婚( ) 2. 未婚( )

 3. 其他(请注明)_____

(8)您的家庭成员人数(经济上共同开支)： 8_____

 1. 3人以下( ) 2. 4—5人( )

 3. 6人以上( )

(9)您的家庭成员中从事工作的人数(包括离、退休人 9_____

员)：

 1. 2人以下( ) 2. 3—4人( )

 3. 5—6人( ) 4. 6人以上( )

(10)您的家庭今年上半年度总收入_____元。 10_____

(11)每月实用于家庭日常开支(除储蓄数和其他负 11_____

  担)_____元。

(12)您的家庭是否拥有：   12(1)_____

      有   无   (2)_____

 1. 室内自来水 ( ) ( ) (3)_____

 2. 煤 气 ( ) ( )

 3. 卫 生 间 ( ) ( ).

(13)您的家庭是否有：

      有   无

 1. 彩色电视机 ( ) ( ) 13(1)_____

 2. 录 音 机 ( ) ( ) (2)_____

 3. 洗 衣 机 ( ) ( ) (3)_____

404

4. 电 冰 箱　　　（　）（　　）　　　　　　　(4)＿＿＿＿

5. 录 像 机　　　（　）（　　）　　　　　　　(5)＿＿＿＿

(14) 您今年上半年平均每月在吃的方面（包括伙食、　　14 ＿＿＿＿

　　点心、水果、补品等）的花费是：

　　1. 20 元以下（　　）　2. 20—30 元（　　）

　　3. 30—40 元（　　）　4. 40—50 元（　　）

　　5. 50—60 元（　　）　6. 60—70 元（　　）

　　7. 70—80 元（　　）　8. 80 元以上（　　）

(15) 您在吃的方面的花费占工资的百分之多少？　　　　15 ＿＿＿＿

　　＿＿＿＿＿＿＿％；

(16) 您的家庭今年上半年在吃的方面的花费占家庭　　16 ＿＿＿＿

　　开支的＿＿＿＿＿％；

(17) 您今年上半年平均每月添置衣物等用品的花费：　　17 ＿＿＿＿

　　1. 10 元以下（　　）　2. 10—20 元（　　）

　　3. 20—30 元（　　）　4. 30—40 元（　　）

　　5. 40—50 元（　　）　6. 50 元以上（　　）

(18) 您的家庭人均住房面积：　　　　　　　　　　　18 ＿＿＿＿

　　1. 3 平方米以下（　　　）

　　2. 3—4 平方米（　　　）

　　3. 4—5 平方米（　　　）

　　4. 5—7 平方米（　　　）

　　5. 7—10 平方米（　　　）

　　6. 10 平方米以上（　　　）

(19) 您的家庭今年上半年平均每月用于房租、水电、　　19 ＿＿＿＿

　　煤或煤气的费用：

　　1. 5 元以内（　　）　2. 5—10 元（　　）

　　3. 10—15 元（　　）　4. 15—20 元（　　）

　　5. 20—30 元（　　）　6. 30—40 元（　　）

　　7. 40 元以上（　　）

(20)这类开支占您的家庭总开支的百分之多少？　　　20 ＿＿＿＿

＿＿（　）％；

(21)今年上半年您平均每月储蓄多少元？（包括国库　　21 ＿＿＿＿

券）

1. 5 元以下（　　　） 2. 5—15 元（　　　）

3. 15—25 元（　　　） 4. 25—35 元（　　　）

5. 35—45 元（　　　） 6. 45—50 元（　　　）

7. 50 元以上（　　　）

(22)您今年上半年平均每月用于买书、订报、买杂志、　　22 ＿＿＿＿

文具用品等方面的花费为：

1. 2 元以下（　　　） 2. 2—5 元（　　　）

3. 5—10 元（　　　） 4. 10—15 元（　　　）

5. 15—20 元（　　　） 6. 20 元以上（　　　）

(23)您今年上半年平均每月用于请客送礼等方面的　　23 ＿＿＿＿

花费为：

1. 5 元以下（　　　） 2. 5—15 元（　　　）

3. 15—25 元（　　　） 4. 25—35 元（　　　）

5. 35 元以上（　　　）

(24)您今年上半年平均每月用于看电影、看录像、看　　24 ＿＿＿＿

戏、听音乐、看体育比赛等方面的花费为：

1. 2 元以下（　　　） 2. 2—5 元（　　　）

3. 5—10 元（　　　） 4. 10 元以上（　　　）

(25)您今年上半年平均每月用于去舞会、咖啡馆、音　　25 ＿＿＿＿

乐茶座、游乐场等方面的花费为：

1. 0（　　　） 2. 5 元以下（　　　）

3. 5—10 元（　　　） 4. 10—20 元（　　　）

5. 20—30 元（　　　） 6. 30—50 元（　　　）

7. 50 元以上（　　　）

(26)您今年上半年平均每月用于接受业余教育方面　　26 ＿＿＿＿

的花费(自费)为:

    1. 0(   )   2. 5 元以下(   )

    3. 5—10 元(   )   4. 10—20 元(   )

    5. 20 元以上(   )

(27)您今年上半年平均每月用于医疗的费用为(自   27 _____

    费):

    1. 0(   )   2. 5 元以下(   )

    3. 5—10 元(   )   4. 10—20 元(   )

(28)您今年上半年平均每月用于抚养教育孩子的费   28 _____

    用为:

    1. 0(   )   2. 20 元以内(   )

    3. 20—30 元(   )   4. 30—40 元(   )

    5. 40—50 元(   )   6. 50—60 元(   )

    7. 60—80 元(   )   8. 80—100 元(   )

    9. 100 元以上(   )

(29)您是否有老人需要赡养: 29 _____

    1. 有(   )每月多少____元 2. 无(   )

(30)您是否有兄弟姐妹和其他亲戚需要经济援助: 30 _____

    1. 有(   )每月多少____元 2. 无(   )

(31)您去年八月到今年八月共旅游过几次?   31 _____

    1. 郊游____次;   2. 江浙地区____次;

    3. 其他地区____次。

(32)您去年八月到今年八月用于旅游的费用为: 32 _____

    1. 0(   )   2. 20 元以下(   )

    3. 20—50 元(   )   4. 50—100 元(   )

    5. 100—150 元(   ) 6. 150—200 元(   )

    7. 200 元以上(   )

(33)您上星期平均每天上下班路途所需要的时间为: 33 _____

1. $\frac{1}{2}$ 小时以内（　） 2. $\frac{1}{2}$ 小时—1 小时（　）

3. 1—2 小时（　）　　4. 2—3 小时（　）

5. 3 小时以上（　）

(34) 您上星期平均每天实际工作时间为（除去吃饭和　　34 _____
休息时间）：

1. 4 小时以下（　） 2. 5—7 小时（　）

3. 8 小时左右（　） 4. 9—10 小时（　）

5. 10 小时以上（　）

(35) 您上星期平均每天用于吃饭和个人卫生等的时　　35 _____
间为：

1. 1 $\frac{1}{2}$ 小时以内（　）2. 1 $\frac{1}{2}$—2 小时（　）

3. 2—3 小时（　）　　4. 3 小时以上（　）

(36) 您上星期平均每天的睡觉时间为（包括午休时　　36 _____
间）：

1. 5 小时以下（　） 2. 5—6 小时（　）

3. 6—7 小时（　） 4. 7—8 小时（　）

5. 8—9 小时（　） 6. 9 小时以上（　）

(37) 您上星期平均每天用于照顾老人和子女,包括教　　37 _____
育辅导子女的时间为：

1. 0（　）　　　　 2. 1 小时以内（　）

3. 1—2 小时（　） 4. 2—3 小时（　）

5. 3—4 小时（　） 6. 4 小时以上（　）

(38) 您上星期平均每天用于阅读书、报、杂志,以及自　　38 _____
学的时间为：

1. 0（　）　　　　 2. $\frac{1}{2}$ 小时以内（　）

3. $\frac{1}{2}$—1 小时（　） 4. 1—2 小时（　）

408

5. 2—3 小时(　　) 6. 3—4 小时(　　)

7. 4 小时以上(　　)

(39) 您上星期看了几次电视： 39 _____

1. 0 次(　　) 2. 1—2 次(　　)

3. 3—4 次(　　) 4. 5—7 次(　　)

5. 7 次以上(　　)

(40) 您上星期平均每次看电视的时间为： 40 _____

1. $\frac{1}{2}$ 小时以内(　　) 2. $\frac{1}{2}$—1 小时(　　)

3. 1—2 小时(　　) 4. 2—3 小时(　　)

5. 3—4 小时(　　) 6. 4 小时以上(　　)

(41) 您上星期平均每天用于体育活动的时间为(包括 41 _____
打球、跑步、拳操等等)：

1. 0(　　) 2. $\frac{1}{2}$ 小时以内(　　)

3. $\frac{1}{2}$—1 小时(　　) 4. 1—2 小时(　　)

5. 2 小时以上(　　)

(42) 您上星期平均每天用于栽花、养鱼、下棋、打牌、 42 _____
逛公园、聊天等的时间为：

1. $\frac{1}{2}$ 小时以内(　　) 2. $\frac{1}{2}$—2 小时(　　)

3. 2—3 小时(　　) 4. 3—5 小时(　　)

5. 5—7 小时(　　) 6. 7 小时以上(　　)

(43) 您上星期平均每天用于看电影、看录像、看戏、听 43 _____
音乐、去茶室和咖啡馆、跳舞、走亲访友的时
间为：

1. 0(　　) 2. $\frac{1}{2}$—1 小时(　　)

3. 1—2 小时(　　) 4. 2—3 小时(　　)

409

5. 3 小时以上（　　）

(44) 您上星期平均每天用于从事第二职业或其他经　　44 ＿＿＿＿
营性业余劳动的时间为：

1. 0（　　）　　　　　　2. 1 小时以内（　　）

3. 1—2 小时（　　）　　4. 2—3 小时（　　）

5. 3 小时以上（　　）

(45) 您上星期天的主要活动是（请选 2—3 项）：　　45(1)＿＿＿＿

1. 外出旅游（　　）　　　　　　　　　　　(2)＿＿＿＿

2. 学习研究（　　）　　　　　　　　　　　(3)＿＿＿＿

3. 逛公园（　　）

4. 家务劳动、教育子女（　　）

5. 走亲访友（　　）

6. 逛街买东西（　　）

7. 看电影、录像、电视、听音乐、看戏、跳舞等娱乐
（　　）

8. 其他（请注明）：＿＿＿＿＿＿＿＿＿＿＿＿

(46) 您是否喜欢与别人来往：　　　　　　　　　46 ＿＿＿＿

1. 很喜欢（　　）　　　　2. 较喜欢（　　）

3. 无所谓（　　）　　　　4. 不大喜欢（　　）

5. 很不喜欢（　　）

(47) 今年上半年您主要与哪些人交往：　　　　47(1)＿＿＿＿

经常　　偶尔　　无　　(2)＿＿＿＿

1. 知识分子　　（　　）（　　）（　　）　　(3)＿＿＿＿

2. 干部　　　　（　　）（　　）（　　）　　(4)＿＿＿＿

3. 职员　　　　（　　）（　　）（　　）　　(5)＿＿＿＿

4. 学生　　　　（　　）（　　）（　　）　　(6)＿＿＿＿

5. 工人　　　　（　　）（　　）（　　）　　(7)＿＿＿＿

6. 待业青年　　（　　）（　　）（　　）

7. 其他（请注明）＿＿＿＿＿＿＿＿＿

410

(48)您今年上半年是否经常参加同事、朋友、同学、亲　　48 ＿＿＿＿

戚等的聚会：

　　1. 经常（　　） 2. 难得（　　） 3. 无（　　）

(49)您今年上半年与朋友交往最多的主要原因是：　　　49(1) ＿＿＿

（限选 2—3 项）　　　　　　　　　　　　　　　　(2) ＿＿＿

　　1. 共同的事业兴趣（　　　）　　　　　　　(3) ＿＿＿

　　2. 共同的娱乐爱好（　　　）．

　　3. 日常生活中的互助（　　　）

　　4. 习惯常在一起玩玩（　　　）

　　5. 工作需要（　　　）

　　6. 亲戚关系（　　　）

　　7. 其他（请注明）＿＿＿＿＿＿＿＿＿＿＿＿＿

(50)您今年上半年有几个知心朋友：　　　　　　　　50 ＿＿＿＿

　　1. 1—2 个（　　　）　　　　2. 3—4 个（　　　）

　　3. 5 个以上（　　　）　　　　4. 无（　　　）

(51)今年上半年您在与朋友的交往中谈论最多的是　　51(1) ＿＿＿

　　（限选 3 项）：　　　　　　　　　　　　　　　(2) ＿＿＿

　　1. 社会新闻、小道消息（　　　）　　　　　(3) ＿＿＿

　　2. 经济方面的问题（调资、物价、奖金等）（　　　）

　　3. 学习和专业方面的问题（　　　）

　　4. 家庭关系和邻里关系方面的问题（　　　）

　　5. 单位工作和人事关系方面的问题（　　　）

　　6. 对各种文艺作品和体育比赛的讨论（　　　）

　　7. 恋爱、婚姻方面的问题（　　　）

　　8. 健康状况和各种业余爱好方面的问题（　　　）

　　9. 社会风气和社会问题（　　　）

　　10. 改革和国家大事、国际形势（　　　）

　　11. 社会经验和经历（　　　）

　　12. 衣食住行方面的问题（　　　）

13. 其他(请注明)_____

(52)今年上半年您是否经常看下列报纸、杂志栏目和
听电视广播节目：

	经常	偶尔	无	
1. 新闻	( )	( )	( )	52(1)_____
2. 商品广告、经济信息	( )	( )	( )	(2)_____
3. 生活之友、为您服务	( )	( )	( )	(3)_____
4. 医药顾问	( )	( )	( )	(4)_____
5. 文化与生活	( )	( )	( )	(5)_____
6. 青年一代	( )	( )	( )	(6)_____
7. 家庭婴幼儿教育	( )	( )	( )	(7)_____
8. 电视教育讲座(专业知识)	( )	( )	( )	(8)_____
9. 美与生活、服装专栏	( )	( )	( )	(9)_____
10. 国外生活用品	( )	( )	( )	(10)_____
11. 外国文艺	( )	( )	( )	(11)_____
12. 祖国各地	( )	( )	( )	(12)_____
13. 旅游风光	( )	( )	( )	(13)_____
14. 世界之窗、国际瞭望	( )	( )	( )	(14)_____
15. 其他(请注明)_____				(15)_____

(53)今年上半年您是否经常喝咖啡：　　　　　　53_____

　　1. 经　常　( )　　　2. 偶　尔( )

　　3. 没喝过　( )

(54)今年上半年您是否经常吃西餐：　　　　　　54_____

　　1. 经　常( )　　　2. 偶　尔( )

　　3. 没吃过( )

(55)今年上半年您是否经常喝茶：　　　　　　　55_____

　　1. 经　常( )　　　2. 偶　尔( )

　　3. 不喝茶( )

412

(56)您从居住地方到下列地点是否方便：

　　　　　　　　　　　方便　　一般　　不方便

1. 小菜场　　　　　（　　）（　　）（　　）　　56(1)＿＿＿
2. 粮　店　　　　　（　　）（　　）（　　）　　　(2)＿＿＿
3. 油酱店　　　　　（　　）（　　）（　　）　　　(3)＿＿＿
4. 食品店　　　　　（　　）（　　）（　　）　　　(4)＿＿＿
5. 百货商店　　　　（　　）（　　）（　　）　　　(5)＿＿＿
6. 杂货店　　　　　（　　）（　　）（　　）　　　(6)＿＿＿
7. 修理部门　　　　（　　）（　　）（　　）　　　(7)＿＿＿
8. 服装店　　　　　（　　）（　　）（　　）　　　(8)＿＿＿
9. 理发店　　　　　（　　）（　　）（　　）　　　(9)＿＿＿
10. 浴　室　　　　　（　　）（　　）（　　）　　(10)＿＿＿
11. 饭店、饮食店　　（　　）（　　）（　　）　　(11)＿＿＿
12. 废品回收站　　　（　　）（　　）（　　）　　(12)＿＿＿
13. 新华书店　　　　（　　）（　　）（　　）　　(13)＿＿＿
14. 电影院、剧场　　（　　）（　　）（　　）　　(14)＿＿＿
15. 文化宫、俱乐部　（　　）（　　）（　　）　　(15)＿＿＿
16. 图书馆　　　　　（　　）（　　）（　　）　　(16)＿＿＿
17. 公　园　　　　　（　　）（　　）（　　）　　(17)＿＿＿
18. 体育场　　　　　（　　）（　　）（　　）　　(18)＿＿＿
19. 医　院　　　　　（　　）（　　）（　　）　　(19)＿＿＿
20. 公共汽车站　　　（　　）（　　）（　　）　　(20)＿＿＿

(57)您所居住的地方是否受到下列噪声的影响：　　　57(1)＿＿＿

　　　　　　　　　　　有　　　　无　　　　　　　　(2)＿＿＿

1. 工厂的噪声　　　　（　　）（　　）　　　　　　(3)＿＿＿
2. 汽车的噪声　　　　（　　）（　　）　　　　　　(4)＿＿＿
3. 轮船的噪声　　　　（　　）（　　）　　　　　　(5)＿＿＿
4. 火车的噪声　　　　（　　）（　　）
5. 其他(请注明)＿＿＿（　　）（　　）

413

(58)您所居住的地方是否受到严重的环境污染：

                  有   无

    1. 工厂等单位的废气、废水和灰尘（ ）（ ）

    2. 堆积的垃圾和废料   （ ）（ ）

    3. 其他（请注明）____

(59)您是否认为只要有钱，有各种家用电器，就能生活得愉快充实：

    1. 是（ ）   2. 否（ ）

    3. 为什么（请注明）_____

(60)您对使用洗衣机、电冰箱等家用电器的态度是：

    1. 能缩短家务劳动时间，减轻家务劳动的强度，所以经常使用（ ）

    2. 能省时省力，但增加支出，使用受居住、经济等条件限制，所以不常用（ ）

    3. 其他_____

(61)您是否认为打扮得漂亮、时髦、吃得讲究就是资产阶级生活方式：

    1. 是（ ）   2. 否（ ）

    为什么（请写明）_____

(62)您是否赞成"时间就是金钱，效率就是生命"这句话：

    1. 赞 成（ ）   2. 无所谓（ ）

    3. 不赞成（ ）

    为什么（请写明）_____

(63)您对那些开会总是迟到、办事拖拖拉拉的人的态度是：

    1. 十分反感（ ）   2. 无所谓（ ）

    3. 可以原谅（ ）

(64)如果条件许可，您是否希望与子女分开住：

58(1) ____	
(2) ____	
(3) ____	
59 ____	
60 ____	
61 ____	
62 ____	
63 ____	
64 ____	

414

1. 希　望(　　)　　　2. 无所谓(　　)

3. 不希望(　　)

　　为什么_____

(65)如果条件许可,您是否希望与父母分开住:　　　65 _____

1. 希　望(　　)　　　2. 无所谓(　　)

3. 不希望(　　)

　　为什么_____

(66)如果条件许可,您是否希望经常外出旅游:　　　66 _____

1. 希　望(　　)　　　2. 无所谓(　　)

(67)在您的业余或空闲时间,您最喜欢干什么:　　　67 _____

_____

_____

(68)在近一两年内,您希望在哪些方面改变自己的　　68 _____
　　生活:

_____

_____

_____

(69)您最急需市政府帮您解决的问题是(限选3项):　69(1)____

1. 交通问题　　　　　　　(　　)　　　(2)_____

2. 住房问题　　　　　　　(　　)　　　(3)_____

3. 工作调动和专业对口　　(　　)

4. 社会治安　　　　　　　(　　)

5. 就业和就学　　　　　　(　　)

6. 孩子入托入园　　　　　(　　)

7. 工资调整　　　　　　　(　　)

8. 物价问题　　　　　　　(　　)

9. 业余学习　　　　　　　(　　)

10. 环境污染　　　　　　 (　　)

11. 买菜难　　　　　　　 (　　)

12. 做衣难　　　　　　　　（　　）
13. 婚姻恋爱　　　　　　　（　　）
14. 分居两地　　　　　　　（　　）
15. 看病难　　　　　　　　（　　）
16. 娱乐场所少　　　　　　（　　）
17. 照顾老人　　　　　　　（　　）
18. 安装煤气　　　　　　　（　　）
19. 身边无子女　　　　　　（　　）
20. 其他（请写明）_____（　　）

附录 II

附表 1　随机数字表

编号	1 2 3 4 5	6 7 8 9 10	11 12 13 14 15	16 17 18 19 20	21 22 23 24 25
1	03 47 43 73 86	36 96 47 36 61	46 98 63 71 62	33 26 16 80 45	60 11 14 10 95
2	97 74 24 67 62	42 81 14 57 20	42 53 32 37 32	27 07 36 07 51	24 51 79 89 73
3	16 76 62 27 66	56 50 26 71 07	32 90 79 78 53	13 55 38 58 59	88 97 54 14 10
4	12 56 85 99 26	96 96 68 27 31	05 03 72 93 15	57 12 10 14 21	88 26 49 81 76
5	55 59 56 35 64	38 54 82 46 22	31 62 43 09 90	06 18 44 32 53	23 83 01 30 30
6	16 22 77 94 39	49 54 43 54 82	17 37 93 23 78	87 35 20 96 43	84 26 34 91 64
7	84 42 17 53 31	57 24 55 06 88	77 04 74 47 67	21 76 33 50 25	83 92 12 06 76
8	63 01 63 78 59	16 95 55 67 19	98 10 50 71 75	12 86 73 58 07	44 39 52 38 79
9	33 21 12 34 29	78 64 56 07 82	52 42 07 44 38	15 51 00 13 42	09 66 02 79 54
10	57 60 86 32 44	09 47 27 96 54	49 17 46 09 62	90 52 84 77 27	08 02 73 43 28
11	18 18 07 92 46	44 17 16 58 09	79 83 86 19 62	06 76 50 03 10	55 23 64 05 05
12	26 62 38 97 75	84 16 07 44 99	83 11 46 32 24	20 14 85 88 45	10 93 72 88 71
13	23 42 40 64 74	82 97 77 77 81	07 45 32 14 08	32 98 94 07 72	93 85 79 10 75
14	52 36 28 19 95	50 92 26 11 97	00 56 76 31 38	80 22 02 53 53	86 60 42 04 53
15	37 85 94 35 12	83 39 50 08 30	42 34 07 96 88	54 42 06 87 98	35 85 29 48 39
16	70 29 17 12 13	40 33 20 38 26	13 89 51 03 74	17 76 37 13 04	07 74 21 19 30
17	56 62 18 37 35	96 83 50 87 75	97 12 25 93 47	70 33 24 03 54	97 77 46 44 80
18	99 49 57 22 77	88 42 95 45 72	16 64 36 16 00	04 43 18 66 79	94 77 24 21 90
19	16 08 15 04 72	33 27 14 34 09	45 59 34 68 49	12 72 07 34 45	99 27 72 95 14
20	31 16 93 32 43	50 27 89 87 19	20 15 37 00 49	52 85 66 60 44	38 68 88 11 80

No.																									
21	68 07 97 06 57	04 33 46 09 52	44 22 73 84 26	55 74 30 77 40	68 34 30 13 70
22	15 54 55 95 52	13 58 18 24 76	71 91 38 67 54	59 29 97 68 60	74 57 25 65 76
23	97 60 49 04 91	96 46 92 42 45	96 57 69 36 10	48 55 90 65 72	27 42 37 86 53
24	11 04 96 67 24	10 45 65 04 26	77 84 57 03 29	66 37 32 20 30	00 39 68 29 61
25	40 48 73 51 92	34 25 20 57 27	53 75 91 93 30	68 49 69 10 82	29 94 98 94 24
26	02 02 37 03 31	60 47 21 29 68	67 19 00 71 74	83 62 64 11 12	16 90 82 66 59
27	38 45 94 30 38	76 70 90 30 86	02 94 37 34 02	06 09 19 74 66	11 27 94 75 06
28	02 75 50 95 98	16 92 53 56 16	79 78 45 04 91	33 32 51 26 38	35 24 10 16 20
29	48 51 84 08 32	40 01 74 91 62	87 75 66 81 41	42 38 97 01 50	38 23 16 86 38
30	27 55 26 89 62	00 52 43 48 85	34 86 82 53 91	96 44 33 49 13	31 96 25 91 47
31	57 16 00 11 66	76 83 20 37 90	11 05 65 09 68	64 05 71 95 86	60 67 40 67 14
32	07 52 74 95 80	22 98 12 22 08	52 27 41 14 86	75 73 88 05 90	14 90 84 45 11
33	49 37 38 44 59	59 33 82 43 90	07 60 62 93 55	33 96 02 75 19	68 05 51 18 00
34	47 05 93 13 30	39 54 16 49 36	04 02 33 31 08	97 51 40 14 02	20 46 78 73 90
35	02 67 74 17 33	40 78 73 89 62	01 90 10 75 06	15 06 15 93 20	64 19 58 97 79
36	52 91 05 70 74	59 56 78 06 83	92 03 51 59 77	22 35 85 15 13	05 26 93 70 60
37	58 05 77 09 51	06 51 29 16 93	61 71 62 99 15	09 98 42 99 64	07 97 10 88 23
38	29 56 24 29 48	44 95 92 63 16	73 32 08 11 12	54 87 66 47 54	68 71 86 85 85
39	94 44 67 16 94	32 17 55 85 74	42 10 50 67 42	58 37 78 80 70	26 99 61 65 53
40	15 29 39 39 43	13 08 27 01 50	26 78 63 06 55	87 59 36 22 41	14 65 52 68 75
41	02 96 74 30 83	44 95 27 36 99	12 41 94 96 26	71 41 61 50 72	17 53 77 58 71
42	25 99 32 70 23	07 02 18 36 07	96 93 02 18 39	23 52 23 33 12	90 26 59 21 19
43	97 17 14 49 17	13 41 43 89 20	10 47 48 45 88	31 04 49 69 96	41 23 52 55 99
44	18 99 10 72 34	24 30 12 48 60	35 81 33 03 76	31 99 73 68 68	60 20 50 81 69
45	82 62 54 65 60	90 35 57 29 12	45 37 59 03 09	94 58 28 41 36	91 25 38 05 90
46	45 07 31 66 49	74 94 80 04 04	09 77 93 19 82	98 80 33 00 91	34 50 57 74 37
47	53 94 13 38 47	08 31 54 46 31	33 62 46 86 28	73 81 53 94 79	85 22 04 39 43
48	35 80 39 94 88	72 89 44 05 60	05 03 27 24 83	73 82 97 22 21	09 79 13 77 48
49	16 04 61 67 87	02 48 07 70 37	39 32 82 22 49	22 95 75 42 49	88 75 80 18 14
50	90 89 00 76 33	94 37 30 69 32	55 85 78 39 36	39 00 03 06 90	90 96 23 70 00

编号	1	2	3	4	5	6	7	8	9	10	11	12	13	14	15	16	17	18	19	20	21	22	23	24	25
1	53	74	23	99	67	61	32	28	69	84	94	62	67	86	24	98	33	41	19	95	47	53	53	38	09
2	63	38	06	86	54	99	00	65	26	94	02	82	90	23	07	79	62	67	80	60	75	91	12	81	19
3	35	30	58	21	46	06	72	17	10	94	25	21	31	75	96	49	28	24	00	49	55	65	79	78	07
4	63	43	36	82	69	65	51	18	37	88	61	38	44	12	45	32	92	85	88	65	54	34	81	85	35
5	98	25	37	55	26	01	91	82	81	46	74	71	12	94	97	24	02	71	37	07	03	92	18	66	75
6	02	63	21	17	69	71	50	80	89	56	38	15	70	11	48	43	40	45	86	98	00	83	26	91	03
7	64	55	22	21	82	48	22	28	06	00	61	54	13	43	91	82	78	12	23	29	06	66	24	12	27
8	85	07	26	13	89	01	10	07	82	04	59	63	69	36	03	69	11	15	83	80	13	29	54	19	28
9	58	54	16	24	15	51	54	44	82	00	62	61	65	04	69	38	18	65	18	97	85	72	13	49	21
10	34	85	27	84	87	61	48	64	56	26	90	18	48	13	26	37	70	15	42	57	65	65	80	39	07
11	03	92	18	27	46	57	99	16	96	56	30	33	72	85	22	84	64	38	56	98	99	01	30	98	64
12	62	95	30	27	59	37	75	41	66	48	86	97	80	61	45	23	53	04	01	63	45	76	08	64	27
13	08	45	93	15	22	60	21	75	46	91	98	77	27	85	42	28	88	61	08	84	69	62	03	42	73
14	07	08	55	18	40	45	44	75	13	90	24	94	96	61	02	57	55	66	83	15	73	42	37	11	61
15	01	85	89	95	66	51	10	19	34	88	15	84	97	19	75	12	76	39	43	78	64	63	91	08	25
16	72	84	71	14	35	19	11	58	49	26	50	11	17	17	76	86	31	57	20	18	95	60	78	46	75
17	88	78	28	16	84	13	52	53	94	53	75	45	69	30	96	73	89	65	70	31	99	17	43	48	76
18	45	17	75	65	57	28	40	19	72	12	25	12	74	75	67	60	40	60	81	19	24	62	01	61	16
19	96	76	28	12	54	22	01	11	94	25	71	96	16	16	88	68	64	36	74	45	19	59	60	88	92
20	43	31	67	72	30	24	02	94	08	63	38	32	36	66	02	69	36	38	25	39	48	03	45	15	22

21	50 44 66 44 21	66 06 58 05 62	63 15 54 35 02	42 35 48 96 32	14 52 41 52 48
22	22 66 22 15 86	26 63 75 41 99	58 42 36 72 24	58 37 52 18 51	03 37 18 39 11
23	96 24 00 14 51	23 22 30 88 57	95 67 47 29 83	94 69 40 06 07	18 16 36 78 86
24	31 73 91 61 19	60 20 72 93 48	98 67 07 23 69	65 95 39 69 58	56 80 30 19 44
25	78 60 73 99 84	43 89 94 36 45	56 69 47 07 41	90 22 91 07 12	78 35 34 08 72
26	84 37 90 61 56	70 10 23 98 05	85 11 34 76 60	76 48 45 34 60	01 64 18 39 96
27	36 67 10 08 23	98 93 35 08 86	99 23 76 29 81	33 34 91 58 93	63 14 52 32 52
28	07 28 59 07 48	89 64 58 89 75	83 85 62 27 89	30 14 78 56 27	86 63 59 80 02
29	10 15 83 87 60	79 24 31 66 56	21 48 24 06 93	91 98 94 05 49	01 47 59 38 00
30	55 19 68 97 65	03 73 52 16 56	00 53 55 90 27	33 42 29 38 87	22 13 88 83 34
31	53 81 29 13 39	35 01 20 71 34	62 33 74 82 14	53 73 19 09 03	56 54 29 56 93
32	51 86 32 68 92	33 98 74 66 99	40 14 71 94 58	45 94 19 38 81	14 44 99 81 07
33	35 91 70 29 13	80 03 54 07 27	96 94 78 32 66	50 95 52 74 33	13 80 55 62 54
34	37 71 67 95 13	20 02 44 95 94	64 85 04 05 72	01 32 90 76 14	53 89 74 60 41
35	93 66 13 83 27	92 79 64 64 72	28 54 96 53 84	48 14 52 98 94	56 07 93 89 30
36	02 96 08 45 65	13 05 00 41 84	93 07 54 72 59	21 45 57 09 77	19 48 56 27 44
37	49 83 43 48 35	82 88 33 69 96	72 36 04 19 76	47 45 15 18 60	82 11 08 95 97
38	84 60 71 62 46	40 80 81 30 37	34 39 23 05 38	25 15 35 71 30	88 12 57 21 77
39	18 17 30 88 71	44 91 14 88 47	89 23 30 63 15	56 34 20 47 89	99 82 93 24 98
40	79 69 10 61 78	71 32 76 95 62	87 00 22 58 40	92 54 01 75 25	43 11 71 99 31
41	75 93 36 57 83	56 20 14 82 11	74 21 97 90 65	96 42 68 63 86	74 54 13 26 94
42	38 30 92 29 03	06 28 81 39 38	62 25 06 84 63	61 29 08 93 67	04 32 92 08 09
43	51 29 50 10 34	31 57 75 95 80	51 97 02 74 77	76 15 48 49 44	18 55 63 77 09
44	21 31 38 86 24	37 79 81 53 74	73 24 16 10 33	52 83 90 94 76	70 47 14 54 36
45	29 01 23 87 88	58 02 39 37 67	42 10 14 20 92	16 55 23 42 45	54 96 09 11 06
46	95 33 95 22 00	18 74 72 00 18	38 79 58 69 32	81 76 80 26 92	82 80 84 25 39
47	90 84 60 79 80	24 36 59 87 38	82 07 53 89 35	96 35 23 79 18	05 98 90 07 35
48	46 40 62 98 82	54 97 20 56 95	15 74 80 08 32	16 46 70 50 80	67 72 16 42 79
49	20 31 89 03 43	38 46 82 68 72	32 14 82 99 70	80 60 47 18 97	63 49 30 21 30
50	71 59 73 05 60	08 22 23 71 77	91 01 93 20 49	32 96 59 26 94	66 39 67 98 60

编号	1 2 3 4 5	6 7 8 9 10	11 12 13 14 15	16 17 18 19 20	21 22 23 24 25
1	22 17 68 65 84	68 95 23 92 35	87 02 22 57 51	61 09 43 95 06	58 24 82 03 47
2	19 36 27 59 46	13 79 93 37 55	39 77 32 77 09	85 52 05 30 62	47 83 51 62 74
3	16 77 23 02 77	09 61 87 25 21	28 06 24 25 93	16 71 13 59 78	23 05 47 47 25
4	78 43 76 71 61	20 44 90 32 64	97 67 63 99 61	46 38 03 93 22	69 81 21 99 21
5	03 28 28 26 08	73 37 32 04 05	69 30 16 09 05	88 69 58 28 99	35 07 44 75 47
6	93 22 53 64 39	07 10 63 76 35	87 03 04 79 88	08 13 13 85 51	55 34 57 72 69
7	78 76 58 54 74	92 38 70 96 92	52 06 79 79 45	82 63 18 27 44	69 66 92 19 09
8	23 68 35 26 00	99 53 93 61 28	52 70 05 48 34	56 65 05 61 86	90 92 10 70 80
9	15 39 25 70 99	93 86 52 77 65	15 33 59 05 28	22 87 26 07 47	86 96 98 29 03
10	53 71 96 30 24	18 46 23 34 27	85 13 99 24 44	49 18 09 79 49	74 16 32 23 02
11	57 35 27 33 72	24 53 63 94 09	41 10 76 47 91	44 04 95 49 66	39 60 04 59 81
12	48 50 86 54 43	22 06 34 72 52	82 21 15 65 20	33 29 94 71 11	15 91 29 12 03
13	61 96 48 95 03	07 16 39 33 66	98 56 10 56 79	77 21 30 27 12	90 49 22 23 62
14	36 93 89 41 26	29 70 83 63 51	99 74 20 52 36	87 09 41 15 09	98 60 16 03 03
15	18 87 00 42 31	57 90 12 02 07	23 47 37 17 31	54 08 01 88 63	39 41 88 92 10
16	88 56 53 27 59	33 35 72 67 47	77 34 55 45 70	08 18 27 38 90	16 95 86 70 75
17	09 72 95 84 29	49 41 31 06 70	42 38 06 45 18	64 84 73 31 65	52 53 37 97 15
18	12 96 88 17 31	65 19 69 02 83	60 75 86 90 68	24 64 19 35 51	56 61 87 39 12
19	85 94 57 24 16	92 09 84 38 76	22 00 27 69 85	29 81 94 78 70	21 94 47 90 12
20	38 64 43 59 93	98 77 87 68 07	91 51 67 62 44	40 98 05 93 78	23 32 65 41 18

21	53 44 09 42 72	00 41 86 79 79	68 47 22 00 20	35 55 31 51 51	00 83 63 22 55
22	40 76 66 26 84	57 99 99 90 37	36 63 32 08 58	37 40 13 68 97	87 64 81 07 83
23	02 17 79 18 05	12 59 52 57 02	22 07 90 47 03	28 14 11 30 79	20 69 22 40 98
24	95 17 82 06 53	31 51 10 96 46	92 06 88 07 77	56 11 50 81 69	40 23 72 51 39
25	35 76 22 42 92	96,11 83 44 80	34 68 35 48 77	33 42 40 90 60	73 96 53 97 86
26	26 29 13 56 41	85 47 04 66 08	34 72 57 59 13	82 43 80 45 15	38 26 61 70 04
27	77 80 20 75 82	72 82 32 99 90	63 95 73 76 63	89 73 44 99 05	48 67 26 43 18
28	46 40 66 44 52	91 36 74 43 53	30 82 13 54 00	78 45 63 98 35	55 03 36 67 68
29	37 56 08 18 09	77 53 84 46 47	31 91 18 95 58	24 16 74 11 53	44 10 13 85 57
30	61 65 61 68 65	37 27 47 39 19	84 83 70 07 48	53 21 40 06 71	95 06 79 88 54
31	93 43 69 64 07	34 18 04 52 35	56 27 09 24 86	61 85 53 83 45	19 90 70 99 00
32	21 96 60 12 99	11 20 39 45 18	48 13 93 55 34	18 37 79 49 90	65 97 38 20 46
33	95 20 47 97 97	27 37 83 28 71	00 06 41 41 74	45 89 09 39 84	51 67 11 52 49
34	97 86 21 78 73	10 65 81 92 59	58 76 17 14 97	04 76 62 16 17	17 95 70 45 80
35	69 92 06 34 13	59 71 74 17 32	27 55 10 24 19	23 71 82 13 74	63 52 52 01 41
36	04 31 17 21 56	33 73 99 19 87	26 72 39 27 67	53 77 57 68 93	60 61 97 22 61
37	61 06 98 03 91	87 14 77 43 96	43 00 65 98 50	45 60 33 01 07	98 99 46 50 47
38	85 93 85 86 88	72 87 08 62 40	16 06 10 89 20	23 21 34 74 47	76 38 03 29 63
39	21 74 32 47 45	73 96 07 94 52	09 65 90 77 47	25 76 16 19 33	53 05 70 53 30
40	15 69 53 82 80	79 96 23 53 10	65 39 07 16 29	45 33 02 43 70	02 87 40 41 45
41	02 89 08 04 49	20 21 14 68 86	87 63 93 95 17	11 29 01 92 80	35 14 97 35 33
42	87 18 15 89 79	85 43 01 72 73	08 61 74 51 69	89 74 39 82 15	94 51 33 41 67
43	98 83 71 94 22	59 97 50 99 52	08 52 85 08 40	87 80 61 65 31	91 51 80 32 44
44	10 08 58 21 66	72 68 49 29 31	89 85 84 46 06	59 73 19 85 23	65 09 29 75 63
45	47 90 56 10 08	88 02 84 27 83	42 29 72 23 19	66 56 45 65 79	20 71 53 20 25
46	22 85 61 60 90	49 64 92 85 44	16 40 12 89 88	50 14 49 81 06	01 82 77 45 12
47	67 80 43 79 33	12 83 11 41 16	25 58 19 68 70	77 02 54 00 52	53 43 37 15 26
48	27 62 50 95 72	79 44 61 40 15	14 53 40 65 39	27 31 58 50 28	11 39 03 34 25
49	33 78 80 87 15	38 30 05 38 21	14 47 47 07 26	54 96 87 53 32	40 36 40 96 76
50	13 13 92 66 99	47 24 49 57 74	32 25 43 62 17	10 97 11 69 84	99 63 22 32 98

编号	1	2	3	4	5	6	7	8	9	10	11	12	13	14	15	16	17	18	19	20	21	22	23	24	25
1	10	27	53	96	23	71	50	54	36	23	54	31	04	82	93	04	14	12	15	09	26	78	25	47	47
2	28	41	50	61	88	64	85	27	20	18	83	36	36	05	56	39	71	65	09	62	94	76	62	11	89
3	34	21	42	57	02	59	19	18	97	48	80	30	03	30	98	05	24	67	70	07	84	97	50	87	46
4	61	81	77	23	23	82	82	11	54	08	53	28	70	58	96	44	07	39	55	43	42	34	43	39	28
5	61	15	18	13	54	16	86	20	26	88	90	74	80	55	09	14	53	90	51	17	52	01	63	01	59
6	91	76	21	64	64	44	91	13	32	97	75	31	62	66	54	84	80	32	75	77	56	08	25	70	29
7	00	97	79	08	06	37	30	28	59	85	53	56	68	53	40	01	74	39	59	73	30	19	99	85	48
8	36	46	18	34	94	75	20	80	27	77	78	91	69	16	00	08	43	18	73	68	67	69	61	34	25
9	88	98	99	60	50	65	95	79	42	94	93	62	40	89	96	43	56	47	71	66	46	76	29	67	02
10	04	37	59	87	21	05	02	03	24	17	47	97	81	56	51	92	34	86	01	82	55	51	33	12	91
11	63	62	06	34	41	94	21	78	55	09	72	76	45	16	94	29	95	81	83	83	79	88	01	97	30
12	78	47	23	53	90	34	41	92	45	71	09	23	70	70	07	12	38	92	79	43	14	85	11	47	23
13	87	68	62	15	43	53	14	36	59	25	54	47	33	70	15	59	24	48	40	35	50	03	42	99	36
14	47	60	92	10	77	88	59	53	11	52	66	25	69	07	04	48	68	64	71	06	61	65	70	22	12
15	56	88	87	59	41	65	28	04	67	53	95	79	88	37	31	50	41	06	94	76	81	83	17	16	33
16	02	57	45	86	67	73	43	07	34	48	44	26	87	93	29	77	09	61	67	84	06	69	44	77	75
17	31	54	14	13	17	48	62	11	90	60	68	12	93	64	28	46	24	79	16	76	14	60	25	51	01
18	28	50	16	43	36	28	97	85	53	99	67	22	52	76	23	24	70	36	54	54	59	28	61	71	96
19	63	29	62	66	50	02	63	45	52	38	67	63	47	54	75	83	24	78	43	20	92	63	13	47	48
20	45	65	58	26	51	76	96	59	38	72	86	57	45	71	46	44	67	76	14	55	44	88	01	62	12

21	39 65	36 63	70	77 45	85 50	51	74 13	39 35	22	30 53	36 02	95	49 34	88 73	61
22	73 71	98 16	04	29 18	94 51	23	76 51	94 84	86	79 93	96 38	63	08 58	25 58	94
23	72 20	56 20	11	72 65	71 08	86	79 57	95 13	91	97 48	72 66	48	09 71	17 24	89
24	75 17	26 99	76	89 37	20 70	01	77 31	61 95	46	26 87	35 73	51	53 33	18 72	87
25	37 48	60 82	29	81 30	15 39	14	48 38	75 93	29	06 87	37 78	48	45 46	00 84	47
26	68 08	02 80	72	83 71	46 30	49	89 17	95 88	29	02 39	56 03	46	97 74	06 56	17
27	14 23	98 61	67	70 52	85 01	50	01 84	02 78	43	10 62	98 19	41	18 83	99 47	99
28	49 08	96 21	44	25 27	99 41	28	07 41	08 34	66	19 42	74 39	91	41 96	53 78	72
29	78 37	06 08	43	63 61	62 42	29	39 68	95 10	96	09 24	23 00	62	56 12	80 73	16
30	37 21	34 17	68	68 96	83 23	56	32 84	60 15	31	44 73	67 34	77	91 15	79 74	58
31	14 29	09 34	04	87 83	07 55	07	76 58	30 83	64	87 29	25 58	84	86 50	60 00	25
32	58 43	28 06	36	49 52	80 51	14	47 56	91 29	34	05 87	31 06	95	12 45	47 09	09
33	10 43	67 29	70	80 62	80 03	42	10 80	21 38	84	90 56	35 03	09	43 12	74 49	14
34	44 38	88 39	54	86 97	37 44	22	00 95	01 31	76	17 16	29 56	63	38 78	94 49	81
35	90 69	59 19	51	85 39	52 85	13	07 28	37 07	61	11 16	36 27	03	78 86	72 04	95
36	41 47	10 25	62	97 05	31 03	61	20 26	36 31	62	68 69	86 95	44	84 95	48 46	45
37	91 94	14 63	19	75 89	11 47	11	31 56	34 19	09	79 57	92 36	59	14 93	87 81	40
38	80 06	54 18	66	09 18	46 06	19	98 40	07 17	81	22 45	44 84	11	24 62	20 42	31
39	67 72	77 63	48	84 08	31 55	58	24 33	45 77	58	80 45	67 93	82	75 70	16 08	24
40	59 40	24 13	27	79 26	88 86	30	01 31	60 10	39	53 58	47 70	93	85 81	56 39	38
41	05 90	35 89	95	01 61	16 96	94	50 78	13 69	36	37 68	53 37	31	71 26	35 03	71
42	44 43	80 69	98	46 68	05 14	82	90 78	50 05	62	77 79	13 57	44	59 60	10 39	66
43	61 81	31 96	82	00 57	25 60	59	46 72	60 18	77	55 66	12 62	11	08 99	55 64	57
44	42 88	07 10	05	24 98	65 63	21	47 21	61 88	32	27 80	30 21	60	10 92	35 36	12
45	77 94	30 05	39	28 10	99 00	27	12 73	73 99	12	49 99	57 94	82	96 88	57 17	91
46	78 83	19 76	16	94 11	68 84	26	23 54	20 86	85	23 86	66 99	07	36 37	34 92	09
47	87 76	59 61	81	43 63	64 61	61	65 76	36 95	90	18 48	27 45	68	27 23	65 30	72
48	91 43	05 96	47	55 78	99 95	24	37 55	85 78	78	01 48	41 19	10	35 19	54 07	73
49	84 97	77 72	73	09 62	06 65	72	87 12	49 03	60	41 15	20 76	27	50 47	02 29	16
50	87 41	60 76	83	44 88	96 07	80	83 05	83 88	96	73 70	66 81	90	30 56	10 48	59

编号	1	2	3	4	5	6	7	8	9	10	11	12	13	14	15	16	17	18	19	20	21	22	23	24	25
1	28	89	65	87	08	13	50	63	04	23	25	47	57	91	13	52	62	24	19	94	91	67	48	57	10
2	30	29	43	65	42	78	66	28	55	80	47	46	41	90	08	55	98	78	10	70	49	92	05	12	07
3	95	74	62	60	53	51	57	32	22	27	12	72	72	27	77	44	67	32	23	13	67	95	07	76	30
4	01	85	54	96	72	66	86	65	64	60	56	59	75	36	75	46	44	33	63	71	54	50	06	44	75
5	10	91	46	96	86	19	83	52	47	53	65	00	51	93	51	30	80	05	19	29	56	23	27	19	03
6	05	33	18	08	51	51	78	57	26	17	34	87	96	23	95	89	99	93	39	79	11	28	94	15	52
7	04	43	13	37	00	79	68	96	26	60	70	39	83	66	56	62	83	55	86	57	77	55	33	62	02
8	05	85	40	25	24	73	52	93	70	50	48	21	47	74	63	17	27	27	51	26	35	96	29	00	45
9	84	90	90	65	77	63	99	25	69	02	09	04	03	35	78	19	79	95	07	21	02	84	48	51	97
10	28	55	53	09	48	86	28	30	02	35	71	30	32	06	47	93	74	21	86	33	49	90	21	69	74
11	89	83	40	69	80	97	96	47	59	97	56	33	24	87	36	17	18	16	90	46	75	27	28	52	13
12	73	20	96	05	68	93	41	69	96	07	97	50	81	79	59	42	37	13	81	83	92	42	85	04	31
13	10	89	07	76	21	40	24	74	36	42	40	33	04	46	24	35	63	02	31	61	34	59	43	36	96
14	91	50	27	78	37	06	06	16	25	98	17	78	80	36	85	26	41	77	63	37	71	63	94	94	33
15	03	45	44	66	88	97	81	26	03	89	39	46	67	21	17	98	10	39	33	15	61	63	00	25	92
16	89	41	58	91	63	65	99	59	97	84	90	14	79	61	55	56	16	88	87	60	32	15	99	67	43
17	13	43	00	97	26	16	91	21	32	41	60	22	66	72	17	31	85	33	69	07	68	49	20	43	29
18	71	71	00	51	72	62	03	89	26	32	35	27	99	18	25	78	12	03	09	79	50	93	19	35	56
19	19	28	15	00	41	92	27	73	40	38	37	11	05	75	16	98	81	99	37	29	92	20	32	39	67
20	56	38	30	92	30	45	51	94	69	04	00	84	14	36	37	95	66	39	01	09	21	68	40	95	79

21	39	27	52	39	11	00	81	06	28	48	12	08	05	75	26	03	35	63	05	77	13	81	20	67	58
22	73	13	28	58	01	05	06	42	24	07	60	60	29	99	93	72	93	78	04	36	05	76	01	54	03
23	81	60	84	51	57	12	68	46	55	89	60	09	71	87	89	70	81	10	95	91	83	79	68	20	66
24	05	62	98	07	85	07	79	26	69	61	67	85	72	37	41	85	79	76	48	23	61	58	87	08	05
25	62	97	16	29	18	52	16	16	23	56	62	95	80	97	63	32	25	34	03	36	48	84	60	37	65
26	31	13	63	21	08	16	01	92	58	21	48	79	74	73	72	08	64	80	91	38	07	28	66	61	59
27	97	38	35	34	19	89	84	05	34	47	88	09	31	54	88	97	96	86	01	69	46	13	95	65	96
28	32	11	78	33	82	51	99	98	44	39	12	75	10	60	36	80	66	39	94	97	42	36	31	16	59
29	81	99	13	37	05	08	12	60	39	23	61	73	84	89	18	26	02	04	37	95	96	18	69	06	30
30	45	74	00	03	05	69	99	47	26	52	48	06	30	00	18	03	30	28	55	59	66	10	71	44	05
31	11	84	13	69	01	88	91	28	79	50	71	42	14	96	55	98	59	96	01	36	88	77	90	45	59
32	14	66	12	87	22	59	45	27	08	51	85	64	23	85	41	64	72	08	59	44	67	98	36	65	56
33	40	25	67	87	82	84	27	17	30	37	48	69	49	02	58	98	02	50	58	11	95	39	06	35	63
34	44	48	97	49	43	65	45	53	41	07	14	83	46	74	11	76	66	63	60	08	90	54	33	65	84
35	41	94	54	06	57	48	28	01	83	84	09	11	21	91	73	97	28	44	74	06	22	30	95	69	72
36	07	12	15	58	84	93	18	31	83	45	54	52	62	29	91	53	58	54	66	05	47	19	63	92	75
37	64	27	90	43	52	18	26	32	96	83	50	58	45	27	57	14	96	39	64	85	73	87	96	76	23
38	80	71	86	41	03	45	62	63	40	88	35	69	34	10	94	32	22	52	04	74	69	63	21	83	41
39	27	06	08	09	92	26	22	59	28	27	38	58	22	14	79	24	32	12	38	42	33	56	90	92	57
40	54	68	97	20	54	33	26	74	03	30	74	22	19	13	48	30	28	01	92	49	58	61	52	27	03
41	02	92	65	68	99	05	53	15	26	70	04	69	22	64	07	04	73	25	74	82	78	35	22	21	88
42	83	52	57	78	62	98	61	70	48	22	68	50	64	55	75	42	70	32	09	60	58	70	61	43	97
43	82	82	76	31	33	85	13	41	38	10	16	47	61	43	77	83	27	19	70	41	34	78	77	60	25
44	38	61	34	09	49	04	41	66	09	76	20	50	73	40	95	24	77	95	73	20	47	42	80	61	03
45	01	01	11	88	38	03	10	16	82	24	39	58	20	12	39	82	77	02	18	88	33	11	49	15	16
46	21	66	14	38	28	54	08	18	07	04	92	17	63	36	75	33	15	11	11	78	97	30	53	62	38
47	32	29	30	69	59	68	50	33	31	47	15	64	88	75	27	04	51	41	61	96	86	62	93	66	71
48	04	59	21	65	47	39	90	89	86	77	46	86	86	88	86	50	09	13	24	91	54	80	67	78	66
49	38	64	50	07	36	56	50	45	94	25	48	28	48	30	51	60	73	73	03	87	68	47	37	10	84
50	48	33	50	83	53	59	77	64	59	90	58	92	62	50	18	93	09	45	89	06	13	26	98	86	29

编号	1	2	3	4	5	6	7	8	9	10	11	12	13	14	15	16	17	18	19	20	21	22	23	24	25
1	25	19	64	82	84	62	74	29	92	24	61	03	91	22	48	64	94	63	15	07	66	85	12	00	27
2	23	02	41	46	04	44	31	52	43	07	44	06	03	09	34	19	83	94	62	94	48	28	01	51	92
3	55	85	66	96	28	28	30	62	58	83	65	68	62	42	45	13	08	60	46	28	95	68	45	52	43
4	68	45	19	69	59	35	14	82	56	80	22	06	52	26	39	59	78	98	76	14	36	09	03	01	86
5	69	31	46	29	85	18	88	26	95	54	01	02	14	03	05	48	00	26	43	85	33	93	81	45	95
6	37	31	61	28	98	94	61	47	03	10	67	80	84	41	26	88	84	59	69	14	77	32	82	81	89
7	66	42	19	24	94	13	13	38	69	96	76	69	76	24	13	43	83	10	13	24	18	32	84	85	04
8	33	65	78	12	35	91	59	11	38	44	23	31	48	75	74	05	30	08	46	32	90	04	93	56	16
9	76	32	06	19	35	22	95	30	19	29	57	74	43	20	90	20	25	36	70	69	38	32	11	01	01
10	43	33	42	02	59	20	39	84	95	61	58	22	04	02	99	99	78	78	83	82	43	67	16	38	95
11	28	31	93	43	94	87	73	19	38	47	54	36	90	98	10	83	43	32	26	26	22	00	90	59	22
12	97	19	21	63	34	69	33	17	03	02	11	15	50	46	08	42	69	60	17	42	14	68	61	14	48
13	82	80	37	14	20	56	39	59	89	63	33	90	38	44	50	78	22	87	10	83	06	58	87	39	67
14	03	68	03	13	60	64	13	09	37	11	86	02	57	41	99	31	66	60	65	64	03	03	02	58	97
15	65	16	58	11	01	98	78	80	63	23	07	37	66	20	56	20	96	06	79	80	33	39	40	49	42
16	24	65	58	57	04	18	62	85	28	24	26	45	17	82	76	39	65	01	73	91	50	37	49	38	73
17	02	72	64	07	75	85	66	48	38	73	75	10	96	59	31	48	78	58	08	88	72	08	54	57	17
18	79	16	78	63	99	43	61	00	66	42	76	26	71	14	33	33	86	76	71	66	37	85	05	56	07
19	04	75	14	93	39	68	52	16	83	34	64	09	44	62	58	48	32	72	26	95	32	67	35	49	71
20	40	64	64	57	60	97	00	12	91	33	22	14	73	01	11	83	97	68	95	65	67	77	80	98	87

21	06 27 07 34 26	01 52 48 69 57	19 17 53 55 96	02 41 03 89 33	86 85 73 02 32
22	62 40 03 87 10	96 88 22 46 94	35 56 60 94 20	60 73 04 84 98	96 45 18 47 07
23	00 98 48 18 97	91 51 63 27 95	74 25 84 03 07	88 29 04 79 84	03 71 13 78 26
24	50 64 19 18 91	98 55 83 46 09	49 66 41 12 45	41 49 30 83 43	53 75 35 13 39
25	38 54 52 25 78	01 98 00 89 85	86 12 22 89 25	10 10 71 19 45	88 84 77 00 07
26	46 86 80 97 78	65 12 64 64 70	58 41 05 49 08	68 68 88 54 00	81 61 61 80 41
27	90 72 92 93 10	09 12 81 93 63	69 30 02 04 26	92 36 48 69 45	91 99 08 07 65
28	66 21 41 77 60	99 35 72 61 22	52 40 74 67 29	97 50 71 39 79	57 82 14 88 06
29	87 05 46 52 76	89 96 34 22 37	27 11 57 04 19	54 93 08 35 69	07 51 19 92 66
30	46 90 61 03 06	89 85 33 22 80	34 89 12 29 37	44 71 38 40 37	15 49 55 51 08
31	11 88 53 06 09	81 83 33 98 29	91 27 59 43 09	70 72 51 49 73	35 97 25 83 41
32	11 05 92 06 97	68 82 34 08 83	25 40 58 40 64	56 42 78 54 06	60 96 96 12 82
33	33 94 24 20 28	62 42 07 12 63	34 39 02 92 31	80 61 68 44 19	09 92 14 73 40
34	24 89 74 75 61	61 02 73 36 85	67 28 50 49 85	37 79 95 02 66	73 19 76 28 13
35	15 19 74 67 23	61 38 93 73 68	76 23 15 58 20	35 36 82 82 59	01 33 48 17 66
36	05 64 12 70 88	80 58 35 06 88	73 48 27 39 43	43 40 13 35 45	55 10 54 38 50
37	57 49 36 44 06	74 93 55 39 26	27 70 98 76 68	78 36 26 24 06	43 24 56 40 80
38	77 82 96 96 97	60 42 17 18 48	16 34 92 19 52	98 84 48 42 92	83 19 06 77 78
39	24 10 70 06 51	59 62 37 95 42	53 67 14 95 29	84 65 43 07 30	77 54 00 15 42
40	50 00 07 78 23	49 54 36 85 14	18 50 54 18 82	23 79 80 71 37	60 62 95 40 30
41	44 37 76 21 96	37 03 08 98 64	90 85 59 43 64	17 79 96 52 35	21 05 22 59 30
42	90 57 55 17 47	53 26 79 20 38	69 90 58 64 03	33 48 32 91 54	68 44 99 24 25
43	50 74 64 67 42	95 28 12 73 23	32 54 98 64 94	82 17 18 17 14	55 10 61 64 29
44	44 04 70 22 02	84 31 64 64 08	52 55 04 24 29	91 95 43 81 14	66 13 18 47 44
45	32 74 61 64 73	21 46 51 44 77	72 48 92 00 05	83 59 89 65 06	53 76 70 58 78
46	75 73 51 70 49	12 53 67 51 54	38 10 11 67 73	22 32 61 43 75	31 61 22 21 11
47	76 18 36 16 34	16 28 25 82 98	64 26 70 54 87	49 48 55 11 39	94 25 20 80 85
48	00 17 37 71 81	64 21 91 15 82	81 04 14 52 11	39 07 30 60 77	39 18 27 85 68
49	54 95 57 55 04	12 77 40 70 14	79 86 61 57 50	52 49 41 73 46	05 63 34 92 33
50	69 99 95 54 63	44 37 33 53 17	38 06 58 37 93	47 10 62 31 28	63 59 40 40 32

附表 2   标准正态曲线下的面积表（Z 值表）

Z	.00	.01	.02	.03	.04	.05	.06	.07	.08	.09
0.0	.0000	.0040	.0080	.0120	.0160	.0199	.0239	.0279	.0319	.0359
0.1	.0398	.0438	.0478	.0517	.0557	.0596	.0636	.0675	.0714	.0754
0.2	.0793	.0832	.0871	.0910	.0948	.0987	.1026	.1064	.1103	.1141
0.3	.1179	.1217	.1255	.1293	.1331	.1368	.1406	.1443	.1480	.1517
0.4	.1554	.1591	.1628	.1664	.1700	.1736	.1772	.1808	.1844	.1879
0.5	.1915	.1950	.1985	.2019	.2054	.2083	.2123	.2157	.2190	.2224
0.6	.2258	.2291	.2324	.2357	.2389	.2422	.2454	.2486	.2518	.2549
0.7	.2580	.2612	.2642	.2673	.2704	.2734	.2764	.2794	.2823	.2852
0.8	.2881	.2910	.2939	.2967	.2996	.3023	.3051	.3078	.3106	.3133
0.9	.3159	.3186	.3212	.3238	.3264	.3289	.2315	.3340	.3365	.3389
1.0	.3413	.3438	.3461	.3485	.3508	.3531	.3554	.3577	.3599	.3621
1.1	.3643	.3665	.3686	.3708	.3729	.3749	.3770	.3790	.3810	.3830
1.2	.3849	.3869	.3888	.3907	.3925	.3944	.3962	.3980	.3997	.4015
1.3	.4032	.4049	.4066	.4082	.4099	.4115	.4131	.4147	.4162	.4177
1.4	.4192	.4207	.4222	.4236	.4251	.4265	.4279	.4292	.4306	.4319
1.5	.4332	.4345	.4357	.4370	.4382	.4394	.4406	.4418	.4429	.4441
1.6	.4452	.4463	.4474	.4484	.4495	.4505	.4515	.4525	.4535	.4545
1.7	.4554	.4564	.4573	.4582	.4591	.4599	.4608	.4616	.4625	.4633
1.8	.4641	.4649	.4656	.4664	.4671	.4678	.4686	.4693	.4699	.4706
1.9	.4713	.4719	.4725	.4732	.4728	.4744	.4750	.4756	.4761	.4767

z	.00	.01	.02	.03	.04	.05	.06	.07	.08	.09
2.0	.4772	.4778	.4783	.4788	.4793	.4798	.4803	.4808	.4812	.4817
2.1	.4821	.4826	.4830	.4834	.4838	.4842	.4846	.4850	.4854	.4857
2.2	.4861	.4864	.4868	.4871	.4875	.4878	.4881	.4884	.4887	.4890
2.3	.4893	.4896	.4898	.4901	.4904	.4906	.4909	.4911	.4913	.4916
2.4	.4918	.4920	.4922	.4925	.4927	.4929	.4931	.4932	.4934	.4936
2.5	.4938	.4940	.4941	.4943	.4945	.4946	.4948	.4949	.4951	.4952
2.6	.4953	.4955	.4956	.4957	.4959	.4960	.4961	.4962	.4963	.4964
2.7	.4965	.4966	.4967	.4968	.4969	.4970	.4971	.4972	.4973	.4974
2.8	.4974	.4975	.4976	.4977	.4977	.4978	.4979	.4979	.4980	.4981
2.9	.4981	.4982	.4982	.4983	.4984	.4984	.4985	.4985	.4986	.4986
3.0	.4987	.4987	.4987	.4988	.4988	.4989	.4989	.4989	.4990	.4990
3.1	.4990	.4991	.4991	.4991	.4992	.4992	.4992	.4992	.4993	.4993
3.2	.4993	.4993	.4994	.4994	.4994	.4994	.4994	.4995	.4995	.4995
3.3	.4995	.4995	.4995	.4996	.4996	.4996	.4996	.4996	.4996	.4997
3.4	.4997	.4997	.4997	.4997	.4997	.4997	.4997	.4997	.4997	.4998
3.5	.4998	.4998	.4998	.4998	.4998	.4998	.4998	.4998	.4998	.4998
3.6	.4998	.4998	.4999	.4999	.4999	.4999	.4999	.4999	.4999	.4999
3.7	.4999	.4999	.4999	.4999	.4999	.4999	.4999	.4999	.4999	.4999
3.8	.4999	.4999	.4999	.4999	.4999	.4999	.4999	.4999	.4999	.5000
3.9	.5000	.5000	.5000	.5000	.5000	.5000	.5000	.5000	.5000	.5000

附表3 t值表

df	P(2): 0.50 P(1): 0.25	0.20 0.10	0.10 0.05	0.05 0.025	0.02 0.01	0.01 0.005	0.005 0.0025	0.002 0.001	0.001 0.0005
1	1.000	3.078	6.314	12.706	31.821	63.657	127.321	318.309	636.619
2	0.816	1.886	2.920	4.303	6.965	9.925	14.089	22.327	31.599
3	0.765	1.638	2.353	3.182	4.541	5.841	7.453	10.215	12.924
4	0.741	1.533	2.132	2.776	3.747	4.604	5.598	7.173	8.610
5	0.727	1.476	2.015	2.571	3.365	4.032	4.773	5.893	6.869
6	0.718	1.440	1.943	2.447	3.143	3.707	4.317	5.208	5.959
7	0.711	1.415	1.895	2.365	2.998	3.499	4.029	4.785	5.408
8	0.706	1.397	1.860	2.306	2.896	3.355	3.833	4.501	5.041
9	0.703	1.383	1.833	2.262	2.821	3.250	3.690	4.297	4.781
10	0.700	1.372	1.812	2.228	2.764	3.169	3.581	4.144	4.587
11	0.697	1.363	1.796	2.201	2.718	3.106	3.497	4.025	4.437
12	0.695	1.356	1.782	2.179	2.681	3.055	3.428	3.930	4.318
13	0.694	1.350	1.771	2.160	2.650	3.012	3.372	3.852	4.221
14	0.692	1.345	1.761	2.145	2.624	2.977	3.326	3.787	4.140
15	0.691	1.341	1.753	2.131	2.602	2.947	3.286	3.733	4.073
16	0.690	1.337	1.746	2.120	2.583	2.921	3.252	3.686	4.015
17	0.689	1.333	1.740	2.110	2.567	2.898	3.222	3.646	3.965
18	0.688	1.330	1.734	2.101	2.552	2.878	3.197	3.610	3.922
19	0.688	1.328	1.729	2.093	2.539	2.861	3.174	3.579	3.883
20	0.687	1.325	1.725	2.086	2.528	2.845	3.153	3.552	3.850
21	0.686	1.323	1.721	2.080	2.518	2.831	3.135	3.527	3.819
22	0.686	1.321	1.717	2.074	2.508	2.819	3.119	3.505	3.792
23	0.685	1.319	1.714	2.069	2.500	2.807	3.104	3.485	3.768
24	0.685	1.318	1.711	2.064	2.492	2.797	3.091	3.467	3.745
25	0.684	1.318	1.708	2.060	2.485	2.787	3.078	3.450	3.725

26	3.707	3.435	3.067	2.779	2.479	2.056	1.706	1.315	0.684
27	3.690	3.421	3.057	2.771	2.473	2.052	1.703	1.314	0.684
28	3.674	3.408	3.047	2.763	2.467	2.048	1.701	1.313	0.683
29	3.659	3.396	3.038	2.756	2.462	2.045	1.699	1.311	0.683
30	3.646	3.385	3.030	2.750	2.457	2.042	1.697	1.310	0.683
31	3.633	3.375	3.022	2.744	2.453	2.040	1.696	1.309	0.682
32	3.622	3.365	3.015	2.738	2.449	2.037	1.694	1.309	0.682
33	3.611	3.356	3.008	2.733	2.445	2.035	1.692	1.308	0.682
34	3.601	3.348	3.002	2.728	2.441	2.032	1.691	1.307	0.682
35	3.591	3.340	2.996	2.724	2.438	2.030	1.690	1.306	0.682
36	3.582	3.333	2.990	2.719	2.434	2.028	1.688	1.306	0.681
37	3.574	3.326	2.985	2.715	2.431	2.026	1.687	1.305	0.681
38	3.566	3.319	2.980	2.712	2.429	2.024	1.686	1.304	0.681
39	3.558	3.313	2.976	2.708	2.426	2.023	1.685	1.304	0.681
40	3.551	3.307	2.971	2.704	2.423	2.021	1.684	1.303	0.681
50	3.496	3.261	2.937	2.678	2.403	2.009	1.676	1.299	0.679
60	3.460	3.232	2.915	2.660	2.390	2.000	1.671	1.296	0.679
70	3.435	3.211	2.899	2.648	2.381	1.994	1.667	1.294	0.678
80	3.416	3.195	2.887	2.639	2.374	1.990	1.664	1.292	0.678
90	3.402	3.183	2.878	2.632	2.368	1.987	1.662	1.291	0.677
100	3.390	3.174	2.871	2.626	2.364	1.984	1.660	1.290	0.677
200	3.340	3.131	2.839	2.601	2.345	1.972	1.653	1.286	0.676
500	3.310	3.107	2.820	2.586	2.334	1.965	1.648	1.283	0.675
1000	3.300	3.098	2.813	2.581	2.330	1.962	1.646	1.282	0.675
∞	3.2905	3.0902	2.8070	2.5758	2.3263	1.9600	1.6449	1.2816	0.6745

附表 4 χ² 值表

P

df	0.995	0.990	0.975	0.950	0.900	0.750	0.500	0.250	0.100	0.050	0.025	0.010	0.005
1	…	…	…	…	0.02	0.10	0.45	1.32	2.71	3.84	5.02	6.63	7.88
2	0.01	0.02	0.05	0.10	0.21	0.58	1.39	2.77	4.61	5.99	7.38	9.21	10.50
3	0.07	0.11	0.22	0.35	0.58	1.21	2.37	4.11	6.25	7.81	9.35	11.34	12.84
4	0.21	0.30	0.43	0.71	1.06	1.92	3.36	5.39	7.76	9.49	11.14	13.28	14.86
5	0.41	0.55	0.83	1.15	1.61	2.67	4.35	6.63	9.24	11.07	12.83	15.09	16.75
6	0.68	0.87	1.24	1.64	2.20	3.45	5.35	7.84	10.64	12.59	14.45	16.81	18.55
7	0.99	1.24	1.69	2.17	2.83	4.25	6.35	9.04	12.02	14.07	16.01	18.48	20.28
8	1.34	1.65	2.18	2.73	3.49	5.07	7.34	10.22	13.36	15.51	17.53	20.09	21.96
9	1.73	2.09	2.70	3.33	4.17	5.90	8.34	11.39	14.68	16.92	19.02	21.67	23.59
10	2.16	2.56	3.25	3.94	4.87	6.74	9.34	12.55	15.99	18.31	20.48	23.21	25.19
11	2.60	3.05	3.82	4.57	5.58	7.58	10.34	13.70	17.28	19.68	21.92	24.72	26.76
12	3.07	3.57	4.40	5.23	6.30	8.44	11.34	14.85	18.55	21.03	23.34	26.22	28.30
13	3.57	4.11	5.01	5.89	7.04	9.30	12.34	15.98	19.21	22.36	24.74	27.69	29.82
14	4.07	4.66	5.63	6.57	7.79	10.17	13.34	17.12	21.06	23.68	26.12	29.14	31.32
15	4.60	5.23	6.27	7.26	8.55	11.04	14.34	18.25	22.31	25.00	27.49	30.58	32.80
16	5.14	5.81	6.91	7.96	9.31	11.91	15.34	19.37	23.54	26.30	28.85	32.00	34.27
17	5.70	6.41	7.56	8.67	10.09	12.79	16.34	20.49	24.77	27.59	30.19	33.41	35.72
18	6.26	7.01	8.23	9.39	10.86	13.68	17.34	21.60	25.99	28.87	31.53	34.81	37.16
19	6.84	7.63	8.91	10.12	11.65	14.56	18.34	22.72	27.20	30.14	32.85	36.19	38.58
20	7.43	8.26	9.59	10.85	12.44	15.45	19.34	23.83	28.41	31.41	34.17	37.57	40.00

21	8.03	8.90	10.28	11.59	13.24	16.34	20.34	24.93	29.62	32.67	35.49	38.93	41.40
22	8.64	9.54	10.98	12.34	14.04	17.24	21.34	26.04	30.81	33.92	36.78	40.29	42.80
23	9.26	10.20	11.69	13.09	14.85	18.14	22.34	27.14	22.91	35.17	38.03	41.64	44.18
24	9.89	10.86	12.40	13.85	15.66	19.04	23.34	28.24	33.20	36.42	39.36	42.98	45.56
25	10.52	11.52	13.12	14.61	16.47	19.94	24.34	29.34	34.38	37.65	40.65	44.31	46.93
26	11.16	12.20	13.84	15.38	17.29	20.84	25.34	30.43	35.56	38.89	41.92	45.64	48.29
27	11.81	12.88	14.57	16.15	18.11	21.75	26.34	31.53	36.74	40.11	43.19	46.96	49.64
28	12.46	13.56	15.31	16.93	18.94	22.66	27.34	32.62	37.92	41.34	44.46	48.28	50.99
29	13.12	14.26	16.05	17.71	19.77	23.67	28.34	33.71	39.09	42.56	45.72	49.59	52.34
30	13.79	14.95	16.79	18.49	20.60	24.48	29.34	34.80	40.26	43.77	46.98	50.89	53.67
40	20.71	22.16	24.43	26.51	29.05	33.66	39.34	45.62	51.80	55.76	59.34	63.69	66.77
50	27.99	29.71	32.36	34.76	37.69	42.94	49.33	56.33	63.17	67.50	71.42	76.15	79.49
60	36.53	37.48	40.48	43.19	46.46	52.29	59.33	66.98	74.40	79.08	83.30	86.38	91.95
70	43.28	45.44	48.76	51.74	55.33	61.70	69.33	77.58	85.53	90.53	95.02	100.42	104.22
80	51.17	53.54	57.15	60.39	64.28	71.14	79.33	88.13	86.58	101.88	106.63	112.33	116.32
90	59.20	61.75	65.65	69.13	73.29	80.62	89.33	98.64	107.56	113.14	118.14	124.12	128.30
100	67.33	70.06	74.22	77.93	82.36	90.13	99.33	109.14	113.50	124.34	129.56	135.81	140.17

图书在版编目（ＣＩＰ）数据

现代社会调查方法/吴增基. 吴鹏森. 苏振芳主编. —3
版. —上海：上海人民出版社,2009
ISBN 978 - 7 - 208 - 08396 - 7

Ⅰ. 现... Ⅱ. ①吴...②吴...③苏... Ⅲ. 社会调查—调查
方法—高等学校—教材 Ⅳ. C915

中国版本图书馆 CIP 数据核字（2009）第 013693 号

责任编辑　　李　卫
封面装帧　　张志全

现代社会调查方法

（第三版）

吴增基　吴鹏森　苏振芳 主编

世 纪 出 版 集 团

上海人民出版社出版、发行

（200001 上海福建中路 193 号 www.ewen.cc）

世纪出版集团发行中心发行　　常熟新骅印刷厂印刷

开本 890×1240 1/32 印张 14 插页 4 字数 383,000
2009 年 3 月第 3 版 2009 年 3 月第 1 次印刷
印数 1 - 5,100
ISBN 978 - 7 - 208 - 08396 - 7/C · 327

定价 28.00 元